타인을
읽는
슬픔

이 도서의 국립중앙도서관 출판시도서목록(CIP)은 e-CIP홈페이지
(http://www.nl.go.kr/cip.php)에서 이용하실 수 있습니다.
(CIP제어번호 : CIP2008003542)

서영인 평론집

타인을 읽는 슬픔

실천문학사

차례

1부 시 간 의 눈

새로운 문학을 호명하는 방법들

1. 비평의 자의식과 소통

나 자신 비평가라는 직함을 달고 현장비평에 참여하고 있는 입장으로서 동시대의 문학비평을 돌아보기란 퍽 겸연쩍다. 그 성과를 평하기에 적절한 자격을 갖추었는가 하는 점이 새삼 되돌아보이기 때문이기도 하지만, 무엇보다도 내가 동시대 비평가들에게 의미 있는 타자로 기능하지 못했다는 자책감이 앞서기 때문이다. 특히 요즈음 비평이 자족적이 되어가고 있다거나, 작품의 실상에 비추어볼 때 담론이 성급하게 앞서고 있다는 평가가 자주 들리고 있는 상황에서는 더욱 그렇다.

비평의 성격에 대해 여러 가지 정의가 가능하겠지만, 근본적으로 비평은 협업이라고 나는 생각한다. 언제나 비평가는 작가와 독자의 사이에 서 있는 존재이며 비평은 당대 작가들과의 호흡, 독자와의 교류 속에서 더 의미를 발할 수밖에 없는 작업이다. 당대 작가들의 성과를 가장 성실하게 읽는 최초의 독자로서, 거기에 정당한 해석과 가치평가를 부여하는 자격과 의무를 지닌 자가 비평가라는 사실은 새삼 강조할 필요도 없는 당연한 상식이다. 한 명의 작가가 독특한 개성과 세계인식을 작품 속에 구축한다면, 비평가는 그 작가들 사이의 거리와 관계를 통해 당대의 '문학지도'를 만드는 자이다. 그리고 그 작업을 통해 시대와 소통한다. 숨 가쁜 일상의 사건과 사건들 속에서 그 시대의 의식과 무의식을 읽어내고 시대에 반응하는 주체들의 감각을 읽어내는 일, 그리고 그것으로 당대의 문학이 시대와 맺는 관련을, 혹은 시대 속에서 지니는 의미를 축조해내는 일이야말로 비평가가 수행해내야 할 가장 중요한 업무인 셈이다. 그리고 이 일은 한 비평가의 독자적 작업만으로는 이루어지지 않는다. 비평은 근본적으로 협업이라고 했거니와 그것은 작가, 독자, 혹은 당대의 문학생산 시스템과의 조밀하고도 광범위한 결합과 관계 형성을 의미하는 말이다. 여기에 동시대 비평가들 사이의 협업이 빠질 수 없다. 당대의 작품들을 읽어내는 다른 관점과 인식이 때로 부딪치고 때로 동의하고 승인하면서 비로소 당대의 문학현상에 대한 나름의 의미 부여와 관계 정리가 가능해지는 것이라고 생각한다. 1980년대는 정치와 역사의 시대라거나, 1990년대는 사생활과 내면의 시대라거나 하는 우리에게 이미 익숙한 규정 역시 당대의 비평가들이 서로 충돌하고 협조하면서 이루어낸 협업의 결과물이라고 할 수 있다. 그러므로 가장 적대적인 논쟁과 갈등, 혹은 침묵과 무시마저도 한 시대의 비평 장에서 공히 당대의 담론을 만드는 데 기여한다.

겸연쩍음과 자책감에도 불구하고 애써 당대의 평론을 읽어야 하는 이유도 아마 여기에 있을 것이다. 더구나 지금은 2000년대의 문학에 대해 새로운 지형 파악과 구도 짜기가 본격적으로 진행되고 있는 때라는 점에서 이러한 비평적 개입과 대화가 더욱 필요한 시점이다. 이미 몇몇 평론에서 거론된 바와 같이 작년에 발간된 중요한 평론집들에서 바야흐로 2000년대라는 새로운 시대의 문학을 명명하는 작업, 그것을 통해 우리 시대 문학의 성격과 방향을 모색하는 작업이 제출된 바 있다. 시 평론 분야에서도 주목할 만한 성과가 충실히 제출되었지만 이 글에서는 주로 소설 평론 분야를 다룰 것이다. 다른 글에서 시 평론에 대한 검토가 따로 수행될 것이라는 점이 중요한 이유가 되기도 하지만, 일단 필자의 역량이 못 미치는 까닭이다. 제한된 역량이기는 하나마 최근에 제출된 중요한 평론들을 통해 우리 시대의 문학을 진단하는 다른 목소리들을 들어보고 그것으로 우리 비평의 현재를 짚어보는 일은 나름대로의 의미를 지닐 것이라고 생각한다.

2. 리얼리즘이라는 알리바이

최근에 나온 비평집에서 단연 화제의 중심은 의외로 '민족문학론/리얼리즘론'이다. 검토한 비평집에서 '민족문학론/리얼리즘론'은 그 입론을 세우기 위해서라기보다는 그것에 반대하기 위해서, 비판하기 위해서 주로 거론되었다. '의외로'라는 표현은 실제 이론의 중요성보다는 반대와 비판을 위해서 빈번히 거론되는 현상에 대한 나의 뒤늦은 실감의 결과일 것이다. 『창작과비평』 2006년 겨울호의 좌담에서 지적된 바와 같이 민족문학론/리얼리즘론이 당대 작품들에 대한 비평적 적응력과 효율성을 잃고 있다는 비판은 이미 오래전부터 제기되어왔던 것이고 그간 여러 논자들이 여기에 대해 이런저런 돌파구를 찾고자 했지만 획기적인 전환의 모습을 보이지 못하고 있는 것도 사실이다. 김영찬의 지적과 같이 민족문학론 혹은 리얼리즘론이 비평적 효율성을 잃고 있는 것은 그 외연을 지나치게 넓게 설정함으로써 사실상 세부적 논의에서 치밀한 해석의 접점을 만들어낼 수 없었던 데서 기인하지 않나 싶다. 이 비대성이 당대의 문학에 대해 몸 빠르게 대응하지 못하는 결과를 만들어냈고 그럼에도 불구하고 민족문학론과 리얼리즘론이 부단히 주장되는 것은 어떤 권력의지의 결과라는 것이 비판론자들의 주요 논점인 것 같다. 민족문학론과 리얼리즘론을 둘러싼 비판, 그리고 그 돌파의 가능성에 대해서는 따로 글이 필요할 만큼 여러 가지 고민이 있을 수밖에 없고 나 자신 뚜렷한 대답을 가지고 있지 못한 것도 사실이지만, 여기서 내가 관심을 가지는 것은 조금 다른 문제이다.

민족문학론/리얼리즘론이 세부적 각론에서 부족한 적응력을 드러내고 있으며 당대의 문학을 해석하는 데 있어서 유효하지 못하다면 다른 방식을 통해 당대의 문학을 해석하고 그것과 현실과의 관련성을 어떤 방식으로든 증명하는 작업이 진행되는 것이 타당할 것이다. 그리고 나는 1990년대와 2000년대의 비평들 속에서 그러한 성과가 적지 않았다고 생각한다. 그런데 최근에 발간된 비평집들을 확인하면서 산포해 있었을 때는 미처 알지 못했던 어떤 집중적인 경향을 발견하게 되는데, 그것은 리얼리즘 비판을 통해 자신들의 비평작업의 정당성을 보증받으려는 경향이다. 그리고 그 과정에는 리얼리즘 문학론의 유효성, 그리고 그간의 이론 전개 과정에 대한 왜곡과 편견이 부단히 작용한다.

가령 김형중의 『변장한 유토피아』[1]에 실린 일련의 리얼리즘 비판 글들을 보자. 김형중은 '당파성, 총체성, 전형'의 개념을 리얼리즘의 핵심 개념으로 내세우면서 그것을 포기한 리얼리즘은 이미 리얼리즘이 아니라고 단언한다. 그가 정의하는 '당파성, 총체성, 전형'은 물론 1980년대의 리얼리즘 논쟁 과정에서 정의된 개념이다. 당파성이란 노동자·농민의 눈으로 바라본 세계인식의 방향을 의미할 것이며, 총체성은 당대 사회의 핵심적 모순을 파악함으로써 그 전체적 유기성을 확인하는 일일 것이고, 전형은 역시나 당대 사회의 모순을 핵심적으로 구현하고 있는 인물이나 계급군을 의미할 것이다. 그러나 모든 개념이 그렇듯이 그 개념은 역사적 관계 속에서 결정되는 것이며 시대와 사회구조의 변화 속에서 언제나 변모를 겪기 마련이다. 노동자·농민이라는 계급적 주체를 통해 우리 사회의 모순을 핵심적으로 파악하고 총체적으로 해석하는 일은 이미 가능한 일도 아니며 더 이상 유용하지도 않다. 그간의 논의를 통해서 그 개념들은 여러 단계를 거쳐서 수정되었고 남아 있는 것은 당대 현실 속에 다양하고 복수적으로 흩어져 있는 갈등과 적대를 통해 현실의 문제에 개입하려는 실천의 과정이라 할 수 있다. 그간의 논의를 눈여겨 살펴보았다면 '당파성, 총체성, 전형'을 통해 리얼리즘에 문제를 제기하는 방식은 지나치게 때늦었거나 이미 유효성을 상실한 비판이라는 점을 잘 알 것이다. 비판은 언제나 교정과 갱신을 위해 제출되는 것이며 비판을 위한 비판은 소모적일 뿐이다. 만약 비판이 가능하다면 당대의 현실 속에서 부단히 변모해왔다고, 변

---

1) 김형중, 『변장한 유토피아』, 랜덤하우스중앙, 2006.

모해야 한다고 주장해왔던 것과는 달리 계급적 관점이나 총체성에 대한 단순한 신념이 여전히 살아 있는 것에서 찾아져야 할 것이다.

김형중이 다른 지면에서 여러 차례 주장해왔던 것과 같이 그의 리얼리즘 비판은 리얼리즘론 자체에 대한 이론적 개입이라기보다는 당대의 효과를 겨냥한 것이다. 리얼리즘에 대한 집착이 오히려 당대 문학의 변화와 다양한 실천의 성과를 제대로 해석하지 못하고 있다는 점을 부각하기 위해 그는 리얼리즘에 대한 일종의 과잉비판을 수행했다고 볼 수 있다. 물론 김형중은 이러한 비판을 통해서 당대 문학이 지닌 의미를 더욱 증폭시키고 리얼리즘론자들에게 해석적 성실성과 세심함을 촉구하는 효과를 이끌어내었다. 그러나 나는 이러한 비판이 정작 본인에게는 문학적 접근의 유연성을 심각하게 훼손시키는 효과를 유발했다고 생각한다. 무엇보다도 그는 리얼리즘을 과거의 개념에 한정시켜 비판함으로써 스스로에게도 문학과 현실의 관련성에 대한 사유의 활로를 차단했다. 그의 리얼리즘 비판은 스스로의 기준 속에 리얼리즘을 매우 협소하고도 경직된 방식으로 보관하고 있고 그러한 리얼리즘 이해 방식은 문학과 현실의 관련성을 매우 제한적으로 규정하는 것으로 이어진다. 예컨대 배수아를 해석하는 백낙청의 관점을 비판하는 대목을 보자. 그는 "한국사회의 현실을 사실적으로 그려내는"에서 한국사회의 특수성을 상상하고 "어떤 역사적인 '주체형성의 노력'"을 통해 "민중, 즉 집단적 주체"를 상상한다.[2] 그리고 논의는 이에 대한 반박으로 이어진다. 그러나 백낙청의

---

2) 김형중, 「민족문학의 결여, 리얼리즘의 결여」, 앞의 책, 44~45쪽.

글에서 '한국사회의 현실'이 한국사회만의 고유한 특수성을 의미한다는 증거는 없고, '어떤 역사적인 주체형성'이 반드시 민중을 의미하는지도 확실치 않다. 백낙청이 세계체제론의 하위단위로 분단체제를 설정하면서 그의 분단체제론을 구축해왔고 '민중'이라는 개념을 즐겨 사용한 비평가가 아니라는 점을 상기한다면 '한국사회의 현실'이란 전 지구적 자본주의 속에서 이미 당연한 것으로 주체들에게 각인된 일반적 가난의 의미로 이해할 수 있고, '역사적인 주체형성'이란 그 가난의 의미를 내면적으로 탐구하고 추적하는, 집단적 체험뿐만 아니라 개인적 체험으로부터도 자신의 존재근거를 더욱 치밀하게 확인하고자 하는 새로운 주체를 의미할 수도 있다. 물론 지나친 과잉해석이 될 수도 있다. 중요한 것은 김형중이 '한국적'이라든가 '주체'라는 말에 과잉반응을 보이면서, 혹은 자신의 관점 속에 현실에 대한 개념어를 경직되게 고착시킴으로써 더 이상의 비평적 진전을 수행하지 못한다는 것이다. 현실을 직접적 체험과 관련된 것으로 고착시킨다든가, 주체라는 말을 통해 집단적 주체를 곧바로 상상한다든가 진정성을 비판의식이나 역사의식으로 치환시켜 비판하고 태도로서의 진정성을 다시 부각시킨다든가 하는 과정을 통해 현실의 영역은 점점 축소되고 고착된다. 그렇다면 문학은 점점 더 현실 바깥으로 달아날 수밖에 없다. 김형중의 막대 구부리기는 구부러진 채로 굳어버릴 우려가 있다. 나는 김형중이 리얼리즘을 '당파성, 총체성, 전형'이라는 개념을 바탕으로 비판하고 역사의식이나 비판의식의 주문을 진정성의 개념으로 비판할 것이라면 왜 굳이 이 시점에서 리얼리즘 비판을 들고 나왔는지가 내내 궁금했다. '당파성, 총체성, 전형'의 개념은 이미 1990년대에 그 개념의 부적절성이나 경직성 때문에 비판받아왔고 진정성에 관해서라면 이미 1990년대 중반에 황종연이 주장하면서 1990년대 문학을 분석하는 데 상당히 자주 활용된 것이 아닌가. 의도한 것인지는 알 수 없지만 결과는 비교적 선명해 보인다. 리얼리즘 비판을 통해 현실과 문학과의 관련문제를 최대한 좁은 영역으로 축소한 후 1990년대 이후의 문학을 다양한 형식의 향연장으로 만들 자유를 확보한 것이다. 이 자리에서 길게 논할 수는 없지만 최근의 김형중의 비평적 행보가 점점 더 문학적 형식을 강조하는 쪽으로 치우치고 있는 것도 이와 무관하지 않다고 나는 생각한다.

1980년대 문학이 눈앞을 막아선 가공할 위력의 적대, 군사정권과 폭력적 자본가들과 맞섬으로써 자신의 문학적 세부를 가다듬는 일을 유예해왔고 막상 그 적이 없어짐으로 해서 자신의 문학을 지탱할 근거를 상실했다는 진단에 나는 동의한다. 그래서 김형중이 「이것은 리얼리즘이 아니다」에서 과거 민족문학 진영의 작가들이 퇴행의 딜레마에 빠져 있다는 분석은 지금의 리얼리즘 문학에 대해서도 여전히 유효한 비판이라고 생각한다. 분명한 적과 싸울 때는 그 적과 싸워 이긴다면, 민주화가 이루어진다면 새로운 문학이 가능할 것이라는 상상 속에서 그 결여를 의식하지 못하게 되지만 정작 적이 사라진 이후 그 결여는 치명적인 결함으로 남게 된다. 과거의 문학으로부터 우리는 문학의 '민주화'(?)란 정치적, 제도적 민주화에 의해서 저절로 보장되는 것이 아니라는 뼈아픈 교훈을 얻었다. 그리고 나는 이러한 뼈아픈 경험이 다시 반복되지 않기를 바란다. 김형중의 리얼리즘 비판에 대해 동일한 반복의 징후를 느끼는 일이 기우였으면 좋겠다. 리얼리즘

의 경직된 잣대가 현재의 문학을 자유롭게 해석하지 못하게 한다
는 비판, 그것은 자칫 리얼리즘이라는 가상의 적대를 설정한 덕
분에 현재의 문학 해석이 지닌 결여에 대해 너그러워지는 결과를
불러올 수도 있다. 김형중이 인정했듯이 현재의 문학이 지닌 다
양한 형식과 새로운 문법은 그것 자체로 새로운 문학의 미래를
보증받는 것이 아니다. 정작 리얼리즘 비판의 어조를 걷어내고
나면 그가 주장하는 문학의 새로움이라는 것이 그다지 명확하지
않다는 것이 문제의 핵심이 될 것이다. 고은의 『만인보』를 세심
하게 분석하면서 민중·민족주의 문학이 지닌 맹점을 비판한 황
종연의 글[3]에 대해서도 마찬가지의 비판이 가능하다. 시대적 맥
락을 삭제하고 고은의 『만인보』를 현재의 민주화 담론 사이에 곧
바로 넣는 것이 정당한가에 대해서는 의문이 남지만, 『만인보』가
최근까지 계속 발행되고 있는 시편이라는 점에서, 그리고 거기에
는 현재를 바라보는 시인의 관점이 개입되기 마련이라는 점에서
황종연의 비판은 국가, 민족, 민중의 개념이 지닌 동일화를 경계
하기에 충분하다. 무엇보다도 이 글의 의의는 문학담론에 대한
비판을 넘어서서 우리 사회의 현재적 성격을 분석하고 거기에 상
응하는 문학론을 구상했다는 점에서 텍스트주의로 귀결되곤 하
는 그간의 문학비평의 난점을 돌파하는 매력을 지니고 있다. 그
런데 여기에서 문제가 되는 것은 그가 민중·민족주의를 비판하
는 자리에 놓는 다원주의와 자유주의의 확대 심화라는 대안이 상
당히 추상적이고도 공허하다는 것이다. 황종연 스스로도 글의 서
두에서 언급하고 있듯이 다원주의와 자유주의에는 필연적으로

---

3) 황종연, 「민주화 이후의 정치와 문학」, 『문학동네』 2004년 겨울호.

심각한 갈등과 적대가 뒤따른다. 그는 현재 우리 사회의 갈등과 대립을 두고 "어떤 파국을 예감"하고 있다고 하면서 가능한 방법은 더욱 철저한 민주화일 수밖에 없다고 주장한다. 이 철저한 민주화에 대응하는 문학이 바로 자유주의의 심화와 확대이고 다원주의라는 것이 황종연의 논의의 핵심이다. 그러나 그 다원주의와 자유주의가 필연적으로 마주할 수밖에 없는 갈등과 적대는 어떻게 할 것인가. 철저한 민주화라는 주문이 해결방책이 될 수 없다는 것은 너무나 분명하다. 그럼에도 불구하고 철저한 민주화라는 대안이 반복되는 까닭은 김영찬의 지적처럼 "자율적 자아 관념의 물신화"[4] 때문이기도 하다. 집단적 주체형성은 일종의 억압이나 이데올로기로 귀결될 뿐이고 오직 가능한 것은 자율적 개인들의 진정성을 통한 다원주의라는 주장은 사실상 그 다원주의적 진정성이 지닌 공백을 민중·민족주의 비판을 통해 덮어버리는 것으로 이어진다. 그가 라클라우와 무페의 급진적 민주주의 개념을 들어 철저한 민주화, 자유주의의 심화를 논의하면서 정작 핵심적인 개념인 적대와 접합을 언급하지 않는 것도 이와 관련이 있을 것이다. 라클라우와 무페의 급진적 민주주의는 사회주의의 붕괴와 스탈린주의의 폐해를 경험한 서구 좌파 지식인들이 계급적 주체에 한정되지 않는 다양한 주체위치를 민감하게 지각하면서 사회의 전 국면에서의 진지전을 이끌어내기 위해 고안한 개념이다. 여기에서는 다양한 주체위치들의 갈등과 충돌 속에서 이루어지는 적대와 그 적대들의 접합을 통한 사회변혁의 문제가 결정적 의미

---

4) 김영찬, 「2000년대, 한국문학을 위한 비판적 단상」, 『비평극장의 유령들』, 창비, 2006, 67쪽.

를 차지한다.[5] 서구 이론의 인용이 제대로 되어 있지 않다는 점을 지적하려는 것이 아니다. 핵심적인 개념쌍에서 어떤 결정적 부분이 누락된 데에는 단지 이론적 전유라고 말하기에는 곤란한 의도가 있다는 점을 지적하려는 것이다. 그리고 황종연의 글에서 이러한 인용은 사회 곳곳에서 개인의 삶에 육박해 들어오는 현실적 조건들을 외면한 채 다원주의를 비정치화하는 것과 관련되어 있다. 지젝의 말을 빌려 민중을 '공백의 기표'라고 지적한 부분 역시도 마찬가지로 읽힌다. 민중만이 '공백의 기표'인 것이 아니라 여성도 민족도 다원주의도 민주주의도 역시 공백의 기표이다. 지젝이 '공백의 기표'를 통해 말하려고 한 바는 아마도 존재의 확실성에 대한 믿음이 지니는 물신화의 우려, 그리고 그 공백의 기표를 부단히 채워 넣는 실천과 투쟁의 중요성, 그럼에도 불구하고 곧잘 비어버리거나 다른 물신이 차지하는 그 공백의 기표에 대한 예민한 주시 등일 것이다. 민족주의와 국가주의가 전체주의로 변질될 우려가 있다면 다원주의가 기존의 지배 이데올로기를 인정하면서 그 지배 이데올로기로의 귀환을 고독한 자유의 포즈로 위안해버릴 우려 역시 만만치 않다.

리얼리즘, 민중문학, 민족문학, 거대서사, 정치적 문학 등에 대한 비판은 1990년대 문학을 의미화하는 데 중요한 요소였으며 이러한 비판이 2000년대에도 지속되고 있다는 것은 비판에도 불구하고 문제가 제대로 교정되지 않았다는 점과도 관련이 있을 것이다. 그런데 그보다 더 중요한 것은 이러한 1980년대적 요소에

---

5) 어네스토 라클라우 · 샹탈 무페(김성기 외 옮김), 『사회변혁과 헤게모니』, 도서출판터, 1992, 239~262쪽 참조.

대한 비판이 여전히 2000년대의 문학을 보증하는 적대로서 기능하고 있다는 것이다. 1990년대 문학과 마찬가지로 2000년대의 문학 역시 리얼리즘의 강박, 거대서사의 비판을 통해 자신들의 새로움을 보증받고 있다. 나아가 리얼리즘, 민중·민족주의라는 적대는 1990년대 문학의 해석, 2000년대 문학의 해석에 결여된 것들을 은폐하고 방임하는 것으로 이어진다. 그렇다면 민족문학론/리얼리즘론 비판은 사실상 민족문학론/리얼리즘론과 공생하고 있는 것이 아닐까. 여기에 그토록 끈질기게 리얼리즘 문학비판이 지속적으로 등장하는 진짜 이유가 있는 것이 아닐까. 그렇게 본다면 1990년대 문학과의 구분을 통해 새로움을 주장하고 있는 2000년대 문학은 진정으로 새로운 것일까.

3. 새로운 문학의 과거와 현재, 그리고 미래

'혼종적 글쓰기', '무중력 공간의 탄생'이라는 말로써 2000년대 문학의 새로움을 명명하고 있는 이광호의 글은 현재의 새로운 세대의 문학들을 적극적으로 옹호하면서 그 새로움의 가능성을 최대한 증폭시키고 있는 글이라고 생각된다. 그가 호명하는 작품들이 과연 그만큼 새로운가, 혼종적 글쓰기라는 특성이 과연 2000년대의 글쓰기와 이전의 글쓰기를 구분해줄 만큼 구별되는 특성인가, 2000년대의 문학공간은 과연 무중력 공간인가 등의 의문이 일차적으로 생길 수밖에 없지만 이는 관점의 차이이고 이에 대해서는 더 긴 논의가 필요할 듯하므로 일단 생략하기로 하자. 여기에서 지적하고 싶은 것은 그의 '무중력 공간의 탄생'이라는 탈현실적인 새로운 명명법이 역시나 앞에서 언급했던 것과 같은 문제를 반복하고 있다는 점이다. 모든 새로움의 기원에는 1980년대가 있다. 한 시대의 새로움을 증명하기 위해 이전 시대와의 차이가 거론되는 것은 당연한 일이고 그러므로 1980년대와 1990년대의 문학과 구분되는 2000년대의 문학이 이전 시대와 비교되는 것은 물론 당연하다. 문제는 이러한 비교가 당대 문학의 특성을 규명하는 기원으로 환원된다는 점에 있다. 요약하자면 이렇다. 1980년대는 정치와 역사에 대한 부담과 억압이 개인성을 억눌렀던 시대이고 군부독재나 자본가에 대한 저항의식이 문학의 자유로운 발현을 방해했다면, 1990년대는 1980년대를 대타항으로 설정함으로써 비로소 그 의미를 행사했으므로 역시 1980년대의 부담으로부터 자유롭지 못했다. 그런 의미에서 2000년대의 문학은 무엇으로부터의 억압, 무엇에 대한 저항이라는 자의식을 지니지 않은 곳에 있기 때문에 자유롭고 그러므로 이 시대의 문학적 특성을 무중력 공간의 탄생이라고 명명할 수 있다. 거친 요약이지만 이러한 명명에 의해 탄생한 무중력 공간은 당연히 당대의 현실 규정력으로부터 자유롭다. 1980년대라는 현실 관련성의 대표명사를 부정함으로써 당대 문학 속에 포함된 당대 현실의 규정력은 간단히 삭제될 수 있는 것이다. 좀 과도하게 단순화하자면 1980년대로부터 자유롭다면 현실로부터도 자유롭다는 도식이 가능해진다. 물론 그는 당대의 현실 규정력을 작품 속에 명백히 드러내는 작가들 대신 상대적으로 현실 규정력에서 자유로운 작가들을 선별함으로써 작품 해석과 거시적 분류 사이의 격차를 해소한다. 가령 「혼종적 글쓰기, 혹은 무중력 공간의 탄생」[6]에서 예로 들고 있는 작가는 김중혁, 한유주, 편혜영

등이다. 그러나 그 밖의 다른 작가들을 배제하고 제한적인 범위의 작가들만 새로운 문학세대로 호명하는 것이 과연 적절하겠는가의 문제는 논외로 치더라도, 과연 김중혁이나 편혜영 같은 작가들이 당대의 현실로부터 자유로운 무중력 공간에 있는지는 의문이다. 작가 자신 현실에 대한 부담이나 부채의식을 가지고 있지 않다고 하더라도 김중혁과 편혜영은 자본주의적 현실의 무게와 전망 없는 고통을 나름의 방식으로 작품 속에 드러내고 있는 작가라고 생각되기 때문이다. 이들에게서 현실의 중압이 느껴지지 않는다면 이들이 현실을 대하는 태도에서 비롯되는 것인데, 김중혁처럼 현실의 무게를 유희나 마니아적 탐닉을 통해 휘발시켜버리거나 편혜영처럼 지옥같은 끔찍한 현실의 이미지를 더욱 극단적으로 밀고 나가는 방식이 그것이다. 이들이 바라보는 현실이 한국적 특수성에서 벗어나 있다는 분석을 첨가한다고 하더라도 결론은 유사하다. 이들이 한국적 특수성에서 벗어나 있는 까닭은 현실의 중압이 작용하지 않기 때문이 아니라 이미 한국적 자본주의의 현실이 일국적 차원을 넘어서 있기 때문이다. 김형중이나 황종연과 마찬가지로 이광호 역시 당대의 문학에 1980년대 문학이라는 적대를 설정함으로써 당대 문학이 지닌 함의를 좀 더 다각적으로 분석하거나 증명해야 할 부담을 지워버린다. 이광호는 여기에서 한발 더 나아가 당대의 작가들을 선별하고 배제함으로써 자신의 입론을 더욱 강조한다.

이광호의 이러한 탈현실적 관점은 스타일의 정치성을 주장하는 것에서도 발견된다. 그가 주장하는 '이토록 사소한 정치성'이

---

6) 이광호, 『이토록 사소한 정치성』, 문학과지성사, 2006.

란, 사소한 일상이나 관계에 잠재해 있는 사회적 이데올로기의 규정력이나 그것에서 비롯되는 위반의 가능성과는 거리가 멀다. 그러므로 그 정치성이라는 단어가 주는 환기력에도 불구하고 '이토록 사소한 정치성'은 '무중력 공간'과 큰 모순 없이 결합할 수 있게 된다. 그런데 순수한 스타일의 정치성이라는 것이 과연 가능한지는 여전히 의문이 될 수밖에 없다. 예컨대 정이현의 소설에서 진행되는 위반이 그 위반의 효과를 온전히 달성하고 있는지, 혹은 그렇다 하더라도 그것이 과연 스타일에 의해서만 가능한 것이었는지는 몹시 애매하다. 「낭만적 사랑과 사회」(『낭만적 사랑과 사회』, 문학과지성사, 2003)에서 주인공은 기존의 순결 이데올로기를 비웃고 그것을 이용함으로써 자본주의 사회구조 속에 성공적으로 진입하는 여성상을 연기한다. 이 '연기', '위장'의 어법이 정이현이 마련한 특유의 스타일이라는 이야기인데 소설의 결말에서 혈혼을 얻지 못함으로써 주인공의 기획은 실패로 돌아간다. 실패의 결말은 개인의 위장과 연기로는 불가능한 사회적 구조의 견고함을 말해주는 것이 아닐까. 「순수」(『낭만적 사랑과 사회』, 문학과지성사, 2003) 역시 남편을 죽이고 나약한 여인의 상을 연기함으로써 감쪽같이 제도와 여성 이미지를 역이용하는 여성의 모습은 대중문화에서 차용된 팜므파탈의 이미지를 반복함으로써 그 위장과 연기의 정치성을 스스로 소비한다. 정이현이 김중혁이나 편혜영과 마찬가지로 과연 무중력 공간에 있는 것인지는 여러 측면에서의 검증이 필요한 듯하다.

이광호가 규정하는 새로움은 끊임없이 전 시대의 것을 부정하고 새로운 세대를 찾는 것, 그리고 기존의 작가들을 계속해서 부정하고 배제하면서 새로운 작가를 호명하는 방식을 통해 가능해진다. 1990년대가 1980년대의 정치성에 대비한 일상성과 사생활의 발견으로 새로운 것이었다면 1990년대는 다시 1980년대의 대타의식이라는 측면에서 부정된다. 과거의 작가들은 끊임없이 부정되고 새로운 작가들은 그 자리를 채우면서 호명된다. 그의 이러한 부정과 배제를 통한 새로움의 명명방식이 미학적 전위와 소수자를 위한 문학을 극단적으로 추구하는 데에는 기여하겠지만 동시대와 밀착된 문학비평의 의미와 관련해서는 유보와 망설임을 동반할 수밖에 없다. 그의 비평의 비일관성이 자주 지적되기도 하지만 전위적 문학의 스타일을 추구한다는 점에서 그의 비평은 그리 비일관적이라고 볼 수도 없다. 전위는 곧 익숙한 것이 되어버리고 그 이후 또 다른 전위에게 자신의 자리를 넘겨줄 수밖에 없기 때문이다. 문제는 이러한 방식이 문학생산의 장에서 새로운 문학들을 계속해서 소비한다는 것(이 얼마나 자본주의적인가), 그 반복의 과정에서 전위의 의미를 폭넓게 사고하고 반성할 여유를 남겨두지 않는다는 데에 있다.

김영찬은 여러모로 이광호와는 대조적인 방식으로 2000년대 문학의 새로움을 호명한다. 무엇보다 이광호가 무중력의 공간이라는 관점으로 2000년대 문학을 조망한다면, 김영찬은 현실적 중압에서 벗어나지 못하는 무력한 자아들이라는 관점으로 2000년대 문학을 정의한다는 점이 가장 큰 차이이다. 김영찬이 2000년대 문학의 지도를 그리는 방법은 연속 속에서 단절을 찾아내고 개별성을 통해 전체성을 확인해나가는 방법이라 할 수 있다. 과거 작가들의 변모를 성실하게 따라간다는 측면에서는 연속적이며 그 속에서 전 시대와의 결정적인 차이를 찾아낸다는 점에서는 단절적이다. 김영찬이 1990년대 문학과 2000년대의 문학을 구분하는 방식, 특히 개별적인 작가들의 변화를 부각하는 방식에 대해서 나 자신 온전히 동의하지는 못한다. 개인적인 해석의 차이는 차치하고 현재의 문학이 자신의 한계를 돌파해나가는 데 그러한 분류방식이 얼마나 효과적일 수 있는가의 문제 때문이다. 많은 예를 거론할 여유는 없으니 김영찬이 1990년대 문학의 종언을 선언하는 데 결정적인 근거로 사용했던 은희경의 경우만 보자. 은희경의 1990년대 문학이 환멸과 냉소의 문학이며 『비밀과 거짓말』(문학동네, 2005)이 현실에 대해 무력한 자아를 인식하고 허무와 우울의 어조를 드러낸다는 점에 대해 나는 전반적으로 동의한다. 그러나 과연 그것뿐일까. 은희경이 현실의 중압과 결정력에 대해서 결코 무관심한 작가가 아니었다는 점은 그의 1990년대 문학 몇몇을 떠올려보아도 알 수 있는 일이다. 그럼에도 불구하고 1990년대의 은희경과 2000년대의 은희경을 애써 구분하는 것은 무엇 때문일까. 혹시 과장된 내면과 현실원리의 자각이라는 김영찬의 구분 때문에 은희경의 문학이 과장되거나 축소된 것은 아닐까. 물론 1990년대 은희경의 문학은 '바라보는 나'와 '보여지는 나'의 분리를 통해 현실에 대해 냉소를 유지할 수 있는, 현실에 대해 거리를 유지할 수 있는 내면을 확보했다. 그런데 그 내면의 확보와 그것이 과장되었다는 김영찬의 진단 사이에는 공백이 존재한다. 혹시 이것은 이후의 작가의 변모로부터, 즉 작가가 현실원리의 위력을 인정하면서 지난날의 자신의 자의식을 '자기반성'한다는 사실에서 소급되어 확인되는 것은 아닌가. 나는 1990년대 은희경의 내면이 그렇게 확대된 것이었다고 생각하지 않는다. 오히려 은희경 문학의 장점은 현실원리를 냉정하게 인정하고 그를 통해 당대의 여러 제도와 이데올로기의 숨은 힘에 대해 긴장력을 유지한다는 데 있었다. 은희경의 소설이 대부분 가족 이데올로기를 승인하는 결말을 보여준다는 것도 이와 관련 이 있다. 『새의 선물』(문학동네, 1995)은 아버지의 등장과 함께 결말을 맞았으며, 「그녀의 세 번째 남자」(『타인에게 말 걸기』, 문학동네, 1996)는 결국 첫번째 남자에게로 되돌아오는 것으로 끝난다. 물론 그 과정에서 첫번째 남자를 세번째 남자로 변경하기 위한 주관의 태도 변화가 있었지만 말이다. 『마지막 춤은 나와 함께』(문학동네, 1998)에서 진희의 냉소와 거리 두기가 불륜의 추문에서 비롯된 해고 앞에서 흔들리고 결정적으로 전남편을 기다리는 장면에서 끝난다는 점도 의미심장하다. 「명백히 부도덕한 사랑」(『행복한 사람은 시계를 보지 않는다』, 창비, 2000)이나 「상속」(『상속』, 문학과지성사, 2002), 「빈처」(『타인에게 말 걸기』) 등에서 얼마간의 주관적 자기조정 과정을 거쳐 가족 이데올로기를 현실원리로 인정하는 것도 같은 맥락에 속한다. 그렇게 본다면 작가의 '자기반성'에도 불구하고, 아버지의 존재를 인정하고 이해하는 『비밀과 거짓말』은 전작들에서 그리 멀지 않은 곳에 있다. 만약 은희경이 1990년대를 자기반성해야 한다면 그것은 '내면'을 과신했다거나 현실원리를 부정하는 포즈로 일관했던 것이 아니라 사실은 알면서도 행하지 않았다는 점, 자기 위장과 냉소의 내면이 결국은 현실원리로 귀환하는 과정을 알고 있었으면서도 그 직전에서 멈추어 서버렸다는 점에 있다. 이 지점이 좀 더 엄밀하게 반성되지 않는다면 은희경의 소설이 그 날카로운 분별력과 거리감각에도 불구하고 자주 익숙한 이데올로기로 귀환하고마는 문제는 2000년대의 소설에서도 반복될 우려가 있다. 냉소 대신 우울과 자기연민이 그 귀환을 정당화할 수는 있겠지만 말이다.

도무지 정체를 알 수 없는 현실원리의 위력과 그 앞에서 무력해지고 왜소해진 주체들에 대한 비판적 응시가 돌연 새로운 전망을 찾는 일은 가능하지도 않고 비평이 작품에 대해 그것을 요구하는 일은 더욱 가당치 않다. 그러나 작품의 내부에서 그 가능성의 물꼬를 찾는 일에 비평이 동행해야 한다는 것은 분명한 일인데 그것은 동시대 문학의 '어쩔 수 없음'을 승인하는 것, 혹은 과거의 문학에 대한 평가를 그대로 수용하면서 변화를 통해서만 그 가능성을 찾는 일에서 한발 더 나아가는 데서 가능해지는 것이 아닌가 한다. 물론 김영찬은 1990년대의 내면성을 의심 없이 승인하고 평가절상했던 비평에 대해서 비판한 바 있고 우회적이긴 하지만 작가들의 확대된 내면성의 추구 경향에 대해서도 비판적 관점을 유지한다. 내가 우려하는 것은 이후의 반성을 근거로 과거의 문제들을 추인하는 방식이 동시대의 작품들에 대해서도 동일하게 적용됨으로써, 똑같은 부정과 구별 짓기가 반복될 가능성에 대한 것이다.

4. 비평, 끝없는 확신과 반성

리얼리즘 비판, 새로운 문학의 명명과 관련하여 최근의 비평을 검토해보았다. 다소 비판적으로 우리 시대의 비평을 확인해보고자 하였으나 그 비판적 시선은 고스란히 내게로 다시 되돌아온다. 리얼리즘 비판이 오히려 새로운 비평담론의 성실한 제출을 가로막고 있다거나 새로운 문학의 명명이 자칫 과거와의 과장된 단절로 이어질 수 있다고 생각하지만 그렇게 말하는 내게도 대안이 달리 보이지는 않기 때문이다.

주변에서 들려오는 우울한 진단처럼 나 역시 문학의 현재, 혹은 미래에 대해서 비관적인 편이다. 특히 비평에 대해서는 더욱 그러한데 문학이 점점 읽히지 않는다거나 예전과 같은 비중으로 우리 사회의 문화를 형성하고 있지 못하다거나 하는 점도 물론 이유가 되지만 더 정확하게는 비평이 독자를 잃어가고 있다는 데 이유가 있다. 다각화된 정보의 홍수 속에서 비평이 제공하는 정보가 특별한 위치를 지닐 수 없을 뿐 아니라 문학 역시 빠른 속도로 소비되는 상품의 위치에 있는 현실에서 비평이라는 2차적 산물이 지니는 의미는 더욱 아득해지고 있는 것이다. 문학의 의미와 기능이 더 이상 유효하지 않다고 생각하는 가라타니 고진의 '근대문학의 종언' 선언이 한국의 대다수 문인들에게 상당히 절박한 울림을 지니고 있는 까닭도 이 때문일 것이다.

'근대문학의 종언'이라는 선언에 동의하고 하지 않고를 떠나서 그 선언이 주는 절박한 반성과 비판의 요구는 그것대로 심각한 참고의 대상이 되어야 할 것이다. 이렇게 볼 때 근대문학 이후의 문학이라는 것이 여전히 존재하지 않겠느냐는, 목적론이나 운동성을 삭제한 자유로운 곳에서 전혀 새로운 문학이 싹트지 않겠느냐는 기대는 고진의 문제의식을 성급히 지나쳐버린 자리에 서 있는 것은 아닐까. 최근 가라타니 고진의 문학론을 목적론이라고 비판하고 있는 황종연의 글[7]이 어쩐지 문제와 정면으로 부딪치지 못하고 있다고 생각하는 것도 그 때문이다. 문제를 근본적으

---

7) 황종연, 「문학의 묵시록 이후」, 『현대문학』 2006년 8월호.

로 사유하기 위해서는 가라타니 고진이 푸코 식의 탈중심적 사고에서 헤겔적인 총체성이나 목적론으로 복귀하고 있다는 사실[8]을 비판하는 것으로 끝내는 것이 아니라 푸코와 헤겔 사이에 있는 틈, 무엇이 탈중심론에서 다시 어떤 중심(그것이 비어 있는 중심이라 할지라도)을 상정하는 것으로 나아가게 했는가를 생각해볼 필요가 있다. 그것은 예컨대 알튀세르가 왜 최종심급은 결코 오지 않는다는 유보조항 속에서도 여전히 사회구성체의 모순을 결정하는 최종심급은 '경제'라는 명제를 버리지 않았는지, 지젝이 포스트주의자들의 손에서 헤겔을 복원하기 위해 왜 그토록 오랜 노력을 바쳤는지를 진정으로 이해해보려는 일과도 통한다. 모든 중심에 대한 비판, 모든 중심으로부터의 이탈을 외치는 것은 쉽지만 이러한 탈중심주의가 자칫 모든 사회적 현실에 대한 무책임한 방기나 외면으로 통할 수 있다는 점에서 그것은 담론 수준의 자기만족에 머물고 말 우려가 있다. 중심을 상정한다는 것은 언제나 그 중심과 주변 사이의 권력관계를 만들어내고 그래서 지배욕망과 타자화의 문제는 또 다른 갈등과 고통의 원인이 되고 말지만, 그렇다고 해서 아무런 중심도 상정되지 않는 진정한 탈중심의 세계가 과연 가능한 것인지도 궁금하다. 중심은 언제나 상정되지만 그것은 또한 늘 비어 있다는 사실을 인정하면서, 목적론으로 소멸되지 않는 수많은 목적들을 지독한 비관 속에서도 생각할 수밖에 없다는 것이 현재의 내가 가진 최선의 대답이다. 문학비평이 근본적으로 협업이며 여기에는 단순히 이해와 소통의 기

---

8) 이수형처럼 가라타니 고진의 이전 저작 역시 탈중심론이라기보다는 헤겔의 자장 안에 있었다고 해석하는 입장도 있다. 이수형, 「'나'의 욕망과 '너와 나'의 상상력」, 『문학과사회』 2006년 겨울호.

대뿐 아니라 그것을 위해 발견해야 할 수많은 적대와 갈등이 존재하고 있다고 생각하는 것도 이 때문이다. 자기 비평의 근거와 기반에 대한 끊임없는 확인과 반성이 그 협업의 기반이 될 것이고 또한 결과가 되기도 할 것이다. 여전히 답은 없고 고민의 끝에 수많은 과제들이 새롭게 확인되지만 그 고민과 질문을 외면하지 않는 곳에서 비평은 겨우 존재할 이유의 실마리를 얻게 될 것이다.

(『문학수첩』 2007년 봄호)

몇 가지 사례를 통해 본 한국문학의 현주소에 관한 다소 (의도적으로) 과장된 보고서

프롤로그

온갖 위기론의 소문이 흉흉하다. 위기론의 근거나 진위 여부, 이데올로기적 효과, 대책과 전망을 검토할 능력은 없다. 이미 숱한 진단이 나와 있고 모두 옳으신 말씀이다. 여기서 말하고 싶은 것은 이 문학 위기설이 지치지 않고 반복되는 이유의 일부분에 대중성에 대한 불안이 자리잡고 있는 것이 아닌가 하는 심중이다. 대체로 비평가들은 대중의 취향을 따라가는 것이 반드시 긍정적이지는 않다고 우려를 표하는 편이지만, 그래도 대중성에 의해서 그들의 담론이 지탱되어왔다는 것을 부인하기는 힘들다. 한 시대를 주름잡았던 문학담론들이 믿을 만한 분석과 진단이 되었던 까닭은 그 비평의 대상이 되는 작품들이 대중들과 폭넓게 만나고 있었기 때문이다. 좋은 문학이 언제나 대중과 행복하게 만나는 것은 아니라고들 말하지만 대중과 만나지 못하는 책들로 우리 문화를 읽는 일이 오래 지속되면 불안해지기 마련이다. 문학의 죽음이라는 선언, 혹은 그래도 문학은 지속된다는 신념은 이 불안을 이기기 위한 일종의 과장된 포즈가 아닌가 하는 혐의를 갖는 것도 이 때문이다. 이 글에서는 이 점에 대한 몇 가지 사례들을 확인해보고자 한다. 비교적 대중적인 호응을 얻고 있는 작품들을 대상으로, 우리 문학이 처해 있는 현황을 점검하기. 그것은 이 대중성이 표상하는 우리 시대의 문화환경을 확인하는 일이기도 하다. 대책과 전망은 그다음의 일이다. 인색한 비평과 너그러운 비평의 자가당착에 대한 자기심문이기도 하기 때문에 효과를 위해서 좀 막 나갈지도 모르겠다. 그럼 사례들을 보자.

사례 1 〈섹스 앤 더 시티〉를 보다가 문학성에 관해 생각하다.

2007년 6월 5일, 자정이 되기 전에 나는 모든 준비를 마치고 TV 앞에 앉았다. 여기서 모든 준비란 집 안을 대충 치우고 샤워도 마치고 편한 옷으로 갈아입고 약간의 맥주와 약간의 간식을 손이 닿는 곳에 두는 것, 그리고 다른 모든 잡생각을 잠시 잊고 TV에 몰입할 마음의 준비까지 포함한 말이다. 무슨 특별한 날이었을까. 혹시 다음 날이 호국선열의 충정을 그리는 현충일인 것과 관계가 있을까. 맞기도 하고 아니기도 하다. 케이블 채널인 On Style TV에서는 모처럼의 주중 휴일을 앞두고 몸과 마음이 느긋해진 대한민국의 언니들을 위해서 "〈Sex And The City〉: Allnight"를 준비해주고 계셨다. "Special Day"라는 이름으로 일요일이나 휴일, 12부작이나 24부작 미국드라마를 하루 종일 연속 방영하는 것이 케이블 채널의 유행처럼 번져가고 있을 때(얼마 후엔 인기 한국 드라마들도 이 대열에 합류했다), 역시 〈섹스 앤 더 시티〉는 남달랐다. 올나이트라니, 따분한 일요일 베란다 창으로 기어들어오는 햇빛 아래서 나른하게 TV를 끌어안고 있는 것보다는 훨씬 은밀하고 유혹적이다. 본격적인 올나이트에 앞서서 여러 유명인이 이른바 〈섹스 앤 더 시티〉의 매력이라고, 패션과 뉴욕이라는 코드를 늘어놓는 것을 심드렁하게 바라보았다. 나는 〈섹스 앤 더 시티〉의 매력을 명품 패션이나 트렌드 메이커인 뉴욕이라는 공간에 초점을 두어 장황하게 설명하는 논법을 경멸하는 편이다. 그건 우리 언니들을 너무 무시하는 말이다. 본편은 캐리와 미란다, 샬롯과 사만다 네 주인공들의 에피소드를 인물별로 나누어서 압축판으로 보여주고 있었다. 역시 심야 시간에는 사만다 언니가 제격이다. 그녀의 자유분방한 섹스 편력을 희뿌옇게 밝아오는 새벽빛과 함께 보는 것은 어쩐지 어색하다.

그런데 가만, 이건 어디서 많이 본 듯한 풍경인걸. 물론 베스트 프렌드인 네 명의 독신 여성이 브런치 식당에 앉아 자신들의 근황을 늘어놓으면서 함께 야유하고 한숨 쉬고 다투고, 그러다가 전화로 화해하고 쇼핑을 가는 장면이야 온갖 드라마나 소설에서 익히 보아온 풍경이다. 그런데 그 순간 내 머릿속을 스치고 지나간 기시감은 바로 얼마 전에 읽었던 정이현의 『달콤한 나의 도시』(문학과지성사, 2006)에서 비롯된 것이었다. 매체광고나 서평에서 한국판 "섹스 앤 더 시티"라는 문구를 여러 번 보아온 터이지만 그날의 올나이트 스페셜에서 소설과 드라마는 완벽한 싱크로율을 자랑하며 새삼 내 머릿속을 복잡하게 만들었다(온스타일에서 방영하는 〈섹스 앤 더 시티〉는 이미 시리즈 완결편이 다 방송된 뒤였고 몇 번이나 재방을 섭렵했던지라 올나이트 스페셜을 보기 전까지는 그다지 괘념치 않았던 바였다). 남부럽지 않은 집안의 딸로 결혼에 대한 얼마간의 환상을 가지고, 역시나 남부럽지 않은 집안의 의사를 만나 "아, 이 남자였구나 하는 느낌"으로 결혼을 선언하는 재인은 바로 우리의 얌체 낭만주의자 샬롯이었다. 결정적일 때마다 직선적인 조언과 핀잔으로 산통을 깨는, 매사에 분명하고 쿨한 유희는 그럼 언제나 이성적이고 똑똑하여 늘 비판적이었으나 정작 계획한만큼 쿨하게 풀리지 않는 생활에 가끔 전전긍긍했던 미란다란 말인가. '마놀로 블라닉'이나 '지미 추' 구두, 혹은 '샤넬'이나 '크리스찬 디올' 드레스 대신 '바비 브라운' 립글로스나 '스타벅스' 카페모카를 거명하며 중간 중간 의미심장한 내레이션을 섞어 넣는 오은수는 연인을 따라 좌충우돌 전 세계를 한 바퀴 도는 우리의 주인공 캐리였던 셈. 그런데 소설에는 베스트 프렌드가 세 명이다. 짝을 맞추다 보니 사만다 언니가 없다. 하긴 우리 사만다 언니가 좀 개성이 강하긴 하지. 짧게는 30분, 길게는 2주일 만에 상대를 바꾸며, 자신에게 필요한 것은 연인이 아니라 섹스파트너일 뿐이라고 줄기차게 주장하면서 늘 새로운 남자를 찾아 의욕을 불태우던 사만다가 한국소설에서 자기 자리를 찾기란 쉽지 않은 일이다. 그래도 사만다 언니의 매력적인 연하 애인 스미스까지 덩달아 없어지기는 좀 아까운데. 오은수의 연하 애인 태오는 스미스의 변형인가.

오해는 말자. 나는 지금 『달콤한 나의 도시』의 모방이나 독창성 부족 같은 것을 문제 삼고자 하는 것이 아니다. 굳이 〈섹스 앤 더 시티〉가 아니더라도 이런 식의 설정은 흔하디흔하다. 어쩌면 현대의 도시를 살아가고 있는 30대 독신 직장 여성들의 삶이란 굳이 어떤 특정 드라마나 소설을 거론하지 않더라도 다 비슷비슷하게 유형화되어 있는지도 모른다. 『달콤한 나의 도시』가 쇄를 거듭하며 상당한 인기를 누리고 있는 까닭 역시 이러한 현실성 때문일 것이다. 카드 고지서와 메신저 대화명, 모텔과 원룸, 약간의 명품 가방과 액세서리, 혹은 리본 달린 시폰 블라우스와 알파카 코트, 그리고 소개팅과 웨딩 컨설턴트 등등이 이런 진단에 구체성을 입힌다. 그렇다면 나는 〈섹스 앤 더 시티〉에 몰입했던 것처럼 『달콤한 나의 도시』의 현실성과 재치와 나름의 진지한 고민들에 왜 몰입하지 못했던 것일까. 이건 〈섹스 앤 더 시티〉의 팬으로서 이율배반적인 태도가 아닐까. 비슷비슷하다고 해서 재미없는 것은 아니다. 그리고 잘 만든 드라마에는 모두 나름의 차별성이 있다. TV에서는 온갖 종류의 사극이 대전성 시대를 펼치고 있지만 나는 〈왕과 나〉도 〈이산〉도 〈태왕사신기〉도 편견 없이 즐기는 편이다. 『달콤한 나의 도시』에 대해서 그러지 못할 이유가 어디 있단 말인가. 그것이 〈섹스 앤 더 시티〉의 유사판이라고 하더라도 드라마 방영시간에 맞추어 TV를 켜기 귀찮거나, 혹은 PMP를 사는 것보다 훨씬 저렴한 비용으로 즐길 수 있기 때문에 언제 어디서나 읽을 수 있는 소설을 선호하는 독자에게 그만큼의 매력을 주지 못하란 법은 없지 않은가. 소설도 드라마처럼 하나의 문화라고 생각한다면 말이다. 〈섹스 앤 더 시티〉가 재미있다면 『달콤한 나의 도시』도 충분히 재미있는 소설이다.

혹시 나는 대중문화의 여러 작품들과 그리 다르지 않은, 그래서 매력적인 작품에 돌연 끼어든 문학성의 자기과시가 불편했던 것은 아닐까. 이를테면 김영수의 존재 같은 부분이 그렇다. 평범하고 안정감 있는, 어디에나 있는 것 같은 평범한 상대를 만나 힘든 삶을 기대고 싶다는 소망이 얼마나 어이없이 불가능한 것인가를 알려주려 돌연 나타난 김영수의 과거. 어려서 친구를 죽이고 다른 사람의 인생으로 살아왔다는 김영수의 고백은, 그러니까 독신 여성들의 평범한 안정감에 대한 기대가 일종의 미스터리와도 같은 것이라는 문학적 반전에 해당할 터이다. 그러나 꼭 그랬어야 할까. 과연 김영수의 존재를 알고 난 후 오은수의 수동성과 명랑성은 사라지고 그녀는 자못 비장하게 '오롯이 나인 존재'로의 홀로서기를 선언한다. 이것은 과연 문학적인 것인가. 아니 이런 식의 구분이라면 문학적이라는 것이 그다지 큰 의미가 없는 것이 아닌가. 김영수 이전과 이후로 분리되느라 오은수는 숱한 현실적 기회를 늘 회피하기만 했고 그것을 건너뛰기만 했다. 재인의 결혼 실패, 직장에서의 소문, 엄마의 별거, 여성의 사회생활과 가족제도라는 문제제기는 이미 가볍게 스쳐 지나가는 듯했던 구체적 사건들에서 충분히 드러났지만 오은수는 거기에서 질문을 얻지도 대답을 구하지도 않았다. 김영수라는 일종의 상징을 거치고서야 그녀는 비로소 성장을 시도한다. 이 문학적 장치가 오히려 『달콤한 나의 도시』의 현실성이 지닌 빛을 잃게 만든다. 혹시 이 작품은 이미 작가가 구분해놓은 한계선으로 분열되어 있었던 것이 아닌가. 대중과 비평의 두 마리 토끼를 모두 잡는 것은 어려운 일이다. 특히 그것이 대중의 몫과 비평의 몫으로 갈라진 두 쪽을 겨우 맞붙여놓은 것에 불과하다면.

캐리는 결국 첫 남자에게 돌아가고, 싱글 맘 미란다가 결국 아이의 아빠와 가정을 선택하고, 우리의 호프 사만다가 발병으로 육체의 허망함을 알고 연하 애인과의 사랑을 인정하는 〈섹스 앤 더 시티〉 역시 대중문화의 익숙한 해피엔딩으로 귀결된다. 그러나 적어도 〈섹스 앤 더 시티〉는 인물들이 맞닥뜨렸던 사건과 현실 속에서 해법을 찾아간다. 그리고 그녀들은 자신의 욕망을 가지고 있는 캐릭터였다. 다정하고 자상하고 이해심마저 깊은 에이든을 뿌리치고 바람둥이 미스터 빅에게 돌아간 캐리나 좋은 혈통의 외과의사 트레이와 이혼하고 대머리 유태인 해리와 재혼한 샬롯을 우리가 미워할 수 없는 이유이다. 오은수가 연하 애인 태오와 친구 같은 애인 유준, 그리고 평범한 그림자였던 김영수와의 관계 속에서 어떤 결론을 얻었다면 마찬가지였을 것이다. 그러나 오은수는 돌연 너무 우아해져버렸다. 스스로의 우아에 대한 자의식도 없이. 온갖 갈등을 뒤로하고 임신한 배를 내밀고 가족사진을 찍는 것으로 결론나는 일일드라마를 비웃고 있을 때가 아니다. 사건의 구체성을 배반하는 비약이기는 마찬가지. 일일드라마의 비약을 가능하게 한 것이 보수적 가족주의라면『달콤한 나의 도시』의 비약을 가능하게 한 것은 문학성이라는 일종의 안일한 고정관념이다.

대중적 공감과 서사를 선택했다면 그 안에서 승부를 걸 수 있어야 한다. 여기서 대중성이냐 문학성이냐의 구분은 부차적인 것이다. 문학이 특별한 고유성을 지녔기보다는 대중문화의 일부분으로서 숱한 유사성 속의 나름의 개성으로 존재하고 있는 현상은 돌이키기 힘든 현실이다. 어떤 텍스트에서든 우리는 거기에 겹쳐지는 다른 제작품들의 환영을 본다. 그러나 그렇기 때문에 대중문화와의 유사성을 변명하거나, 혹은 구별되는 고유성을 애써 주장하는 것은 독자의 입장에서 그다지 반가운 해법은 아니다. 『달콤한 나의 도시』를 우리 시대의 한 명민한 문화현상으로 즐기지 못하게 된 것, 그것이 숱한 드라마와 만화와 영화들로 무장되어 쓸데없이 눈만 높은 독자들이 가지는 가장 큰 아쉬움일 것이다.

사례 2 지식인에게도 개그가 필요하다.

비교 대조가 너무 길어졌다. 박형서(『자정의 픽션』, 문학과지성사, 2006)에 대해서라면 장황한 사례 설명을 좀 압축하는 편이 좋을 것이다. 그는 이미 업계의 문법을 숙지하고 있다. "가금류의 뇌"와 "흑사병 수준의 문장"이 탄로 나는 것은 시간문제이다. 그러니 먼저 쓸데없이 뻗대지 말고 저자세로 고백부터 해두는 것이 신상에 이롭다. 「날개」나 「노란 육교」를 읽으며 밀려오는 당혹감을 감출 수가 없었다. 아아 모르겠다. 읽을 수가 없다. 도대체 이 황당하고 중구난방의 이야기란 무엇이란 말인가. 이야기의 구조와 서사의 문법을, 논리와 개연성과 캐릭터의 독특성을 분석할 만반의 준비를 갖추고 소설을 씹어 먹으려 했다가 허를 찔려 시작도 못 해보고 두 손 두 발을 다 들고 만 형국이다. 침착성을 되찾으려 했지만 쉽지 않았다. 작가는 「논쟁의 기술」이나 「「사랑 손님과 어머니」의 음란성 연구」를 들이밀며 의기양양하게 속삭였다. 이봐, 즐기라구.

겨우 마음의 평정을 찾았지만 어쩐지 계획된 각본대로 되어가고 있다는 찜찜함을 떨치기 힘들었다. 역시, 또 작가의 페이스에 말려든 것이다. 이번에는 역으로 치고 들어온다. 「논쟁의 기술」과 「「사랑 손님과 어머니」의 음란성 연구」에서는 분석적 이성과 구조적 판단의 무기를 들이댈 짬도 없이 소설에 함몰될 수밖에 없었다. 너무 재미있다. 우아하고 논리적인 문체, 치밀한 조사와 어처구니없는 조작의 산물임에 분명한 방대한 자료 제시, 그런데 정작 정신 차리고 보면 시정잡배들의 치졸한 싸움이나 음담패설과 다를 것이 없다. 논문을 써보거나 논쟁에 참여한 적이 있는 작자들이라면 참혹하게 인정할 수밖에 없다. 그게 다 대체로 헛

짓이라는 것을. '유리한 주제의 선정', '말 돌리기와 문답법', '상대가 모르는 예를 들기', '괴상한 어법', '서둘러 결론 내리기' 화법의 매뉴얼을 가르치는 대학의 교양과목 수업을 하다가 문득 어처구니없어 스스로를 의심할 때, 「논쟁의 기술」은 이상한 방식의 자기반성이고 또는 철저하게 기획된 풍자다. 부분의 포착을 전체로 과장하고 거기에 거창한 의미 붙이기, 어려운 용어로 말도 안 되는 증거 나열하기, 자기만의 논리로 앞 문장을 증명하며 결론을 향해 나아가기, 논문을 쓰다가 혹시 이것이 자기만을 설득하는 아전인수격의 궤변은 아닌가 하고 주춤하다가 이왕 시작한 길이니 끝까지 그냥 가볼 수밖에 없다고 자포자기했을 때, 「「사랑 손님과 어머니」의 음란성 연구」는 또한 그 결과의 어이없음을 잔인하게 까발리는 냉혹한 예시이다.

〈100분 토론〉 애시청자이거나, 혹은 「사랑 손님과 어머니」를 수업시간에 배운 적이 있는 독자라면 누구나 무리 없이 「논쟁의 기술」과 「「사랑 손님과 어머니」의 음란성 연구」를 즐길 수 있다. 그러나 논리를 목숨보다 중요하게 생각하고 매사를 그럴듯한 학설과 근거로 뒷받침하지 않으면 뭔가 허전해하는 자들, 논쟁과 논문 발표와 학위 인정의 관행과 체계를 속속들이 경험해본 특수 직종의 독자들에게 그 즐거움은 더욱 각별해진다. 체계와 제도의 고집스러움과 그래서 짐짓 모른 척해왔던 허위를 알고 있기 때문에, 거기서 요구하는 태도와 기대하는 행동의 지평에 익숙해 있기 때문에 슬쩍슬쩍 엇나가면서 뒤통수를 치는 재치와 의뭉스러움은 더욱 절묘한 재미를 창출한다. 그렇다. 문제는 재미였던 것이다. 특수 직종의 종사자들만이 알고 있는 문법을 숙지하고 그것을 조롱하거나 거기에 기대어 무한확산되는 현란한 말놀음은 나름대로 논리적이고 이성적인 독자를 슬그머니 간질이면서 긴장을 풀어놓는다. 풍자와 자기반성은 보너스다.

예컨대 '형남뉴스'에 풍자가 없는 것은 아니다. 나름 진지하게 조국과 민족을 위한다며 명분을 떨쳐 갖춘 소위 고위층 인사들의 염치없는 행태를 비웃고 조롱하는 풍자가 왜 없겠는가. 그러나 문법을 아는 자들은 그 풍자에 감탄하지 않는다. 그것보다는 취재를 나가 딴짓만 하는 길용이와 덕근이가 오늘은 무슨 짓을 할지가 더 궁금하고, "장남 아니고 막냇세" 바바리맨의 숨가쁜 연속대사 말장난이 더 기대된다. 그러니 다시 한 번, 분석하지 말고 즐기자. 이제 겨우 「날개」와 「노란 육교」를 즐길 여유를 찾았다. 그러니 「날개」도 「노란 육교」도 일종의 개그다. 소설집 『자정의 픽션』에서 김형중의 분명한 해설이 이미 알려준 바, 이야기의 무한증식, 자동기술이다. 상갓집에 찾아온 무례하고 지저분한 노파로부터 발생된 꼬리에 꼬리를 무는 이야기의 무한증식, 상상력의 무한 확산, 혹은 저승으로 통하는 길을 상정해두고 거기에서 벌어질 수 있는 온갖 상황을 상상하기. 그 인과성 없는 이야기의 무한확산을 어깨에 힘을 빼고 따라가면 된다. 좀 심오하기는 하지만 「물속의 아이」 역시 약간의 지식이 있으면 힘들이지 않고 즐길 수 있다. 정신분석과 오이디푸스 콤플렉스에 대한 약간의 지식으로 이렇게 훌륭하게 여가를 보낼 수 있는 교양오락은 흔하지 않다. 단 오이디푸스 콤플렉스와 거울단계가 인간의 성장과 사회화에 미치는 영향이나 근원적 트라우마 같은 것에 너무 골몰하지는 말 것.

그러니까 박형서의 소설이 〈개그 콘서트〉의 '마빡이' 같은 개그를 즐길 수 없는 지식인을 위한 개그라고 할 수 없을까. 지식이 많으면 많을수록, 그 지식이 만들어놓은 체계와 제도에 익숙하면 익숙할수록 이 개그의 즐거움은 배가된다. 쉴 새 없이 이마를 치면서 말도 안 되는 소리만 늘어놓는 개그맨들을 보고 도대체 사람들이 왜 저렇게 즐거워하는지 알 수 없는 자들에게 박형서의 소설은 느닷없는 선물과도 같다. 이제 소설은 특수 직종의 경험과 습성에 기대는 신종오락이 되었는지도 모른다. 모든 소설이 백만 부 돌파의 베스트셀러여야 하는 것이 아니라면 이것도 나쁘지 않다. 타깃이 분명하기 때문이다. 역시 지식인들에게는 몸 개그보다는 언어유희가 체질에 맞다. 그리하여 이 신종오락이 근대 소설의 지평을 배반하는 새로운 시대의 소설이 될 것인지 어쩐지는 어쩌면 별로 중요하지 않을지도 모른다. 근대 소설이면 어떻고 아니면 어떻단 말인가. '마빡이'의 숨 가쁜 절규에 귀를 기울이는 것도 나쁘지 않다. 힘들어죽겠는데 분석 좀 하지 말고 타이밍 맞춰 웃어달라는. 소설이 특수한 오락의 일종이 된다고 해서 그것이 경천동지할 위기나 기회라고 호들갑 떨 필요는 없을 것 같다. 분석과 의미부여 자체도 일종의 오락이라는 것을 지각한다면 말이다. 그러니 '개그는 개그일 뿐' 흥분하진 말자. 지나친 자위는 건강에 해롭다.

사례 3 재미는 셀프

이제 분야를 좀 바꿔보자. 자전거나 타자기, 혹은 지도나 달리기는 어떤가. 나는 자전거를 탈 줄 모르고 타자기를 가져본 적이 없으며 지도를 읽는 데는 젬병이고 아마추어 마라톤 대회 같은 데 출전해본 적도 없다. 그러니 경험이나 추억에 관련된 이야기는 아니다. 그렇지만 나는 매년 새해 계획에 꼭 자전거 배우기를 빼놓지 않는다. 자전거를 타고 집에서 10킬로미터 거리인 학교까지 달려본다면 어떨까 하는 상상은 내 상상목록의 가장 빈번한 레퍼토리이다. 뻐근한 허벅지와 엉덩이, 앞으로만 달려가는 자전거를 역으로 거스르며 불어올 바람의 감촉, 흐르는 땀과 가쁜 호흡을 상상하면 지금도 가슴이 뛴다. 이제는 구입하기조차 어려워져버린 타자기는 내 오랜 로망이었다. 오래된 영화나 박물관 같은 데서나 볼 수 있는 구식 수동 타자기 말이다. 동그랗게 돌출된 키를 누르면 글자판 막대기가 벌떡 일어나 경쾌하게 자신의 자국을 종이에 찍고 얌전하게 제자리로 돌아와 눕는 그 착한 타자기. 아직 의미를 찾지 못한 기표의 흔적들이 힘겹게 하나하나 모여 글쓰기의 자국으로 문장을 이루어내는, 그 안간힘을 함축할 수 있다면 내 글쓰기는 어쩐지 좀 더 성스러운 노동의 결정체가 될 수 있을 것만 같다. 지도는커녕 약도도 읽지 못해서 길을 찾을라치면 지도를 뒤집었다 폈다 돌려놓다 못해 심지어 멀쩡한 지도는 손에 들고 내 몸을 이리저리 돌리기까지 하는 주제에 그래도 지도를 갖고 있으면 마음이 든든하다. 내가 살고 있는 대구 근처에 옹기종기 모여 있는 경주와 구미와 경산을 보고 있으면 어쩐지 마음이 따뜻해지고 차를 타고 해안도로를 달리다 지도의 구불구불한 해안선을 상상하면 어쩐지 마음이 애틋해진다.

이러니 김중혁(『펭귄뉴스』, 문학과지성사, 2006)의 소설에 무장해제될 수밖에 없다. 그의 지도와 라디오와 자전거와 타자기와 달리기 등등의 이야기를 읽고 있으면 알 수 있다. 이것은 지도와 라디오와 자전거와 타자기와 달리기 등등을 깊이 사랑하는 사람만 쓸 수 있는 이야기라는 것을. 그 사랑이 어디에서 연원하는지는 비교적 분명하다. 예컨대 "종이를 버리면서 생각을 정리하는

게 낭비입니까. 아니면 컴퓨터처럼 종이를 아끼면서 생각을 지우는 게 낭비입니까"라는 「회색 괴물」의 전직 타이피스트의 말을 통하면 아주 선명하다. 낭비되지 않는 생각, 버려지지 않는 감각, 다른 것으로 치환될 수 없는 순간, 다른 누구의 것도 아닌 나의 리듬. 이런 부재하는 것들에 대한 강렬한 그리움과 열망이 지도와 라디오와 자전거와 타자기와 달리기 등등에 대한 곡진한 사랑과 깊은 탐구를 낳았다. 마니아란 별것 아니다. 어떤 것에 대한 끝없는 열망과 애정, 그 사랑의 이유, 그리고 그것을 책임질 수 있는 행동을 갖고 있다면 그들은 마니아다. 그러니 내 지도와 타자기와 자전거 이야기 역시 행동을 갖추지는 못했지만 부재하는 것들에 대한 열망의 표현임에 분명하다. 어쩌면 내 열망은 김중혁의 소설에 의해 대리충족되고 그리하여 위로받는 것인지도 모르겠다.

아직, 방심은 이르다. 나는 김중혁의 소설이 전하는 자전거와 지도와 타자기와 달리기에 대한 애정 가득한 묘사가 내 애착의 마음과 거의 같아서 잠시 놀랐고 그리고 깊이 안심했으며 그러다가 문득 불안해졌다. 어떻게 이다지도 똑같단 말인가. 예컨대 달리기를 하는 자의 몸을 묘사하는 「사백 미터 마라톤」의 한 대목은 내가 언젠가 TV에서 백 미터 달리기 결승선에 들어오는 선수를 보며 느꼈던 전율과 거의 같다. 몸이 마음을 따르는 것이 아니라 몸으로 이미 진입해와 거기에 깃들어 있는 마음, 다른 군더더기 없이 달리는 긴장과 고통으로만 가득 차 있는 그 몸의 빈틈 없는 자기완결성. 그리하여 그 몸의 순간을 체험해보고 싶은 열망. 그 열망을 다른 누군가도 갖고 있다는 것, 그리고 이렇게나 곡진하게 묘사되고 있다는 것은 반가운 일이고 그래서 놀랍고도 안심되는 일이다. 그러나 이것은 흡사 인터넷 지식검색에서 내 궁금증이 어김없이 누군가와 공유되고 있다는 것을 확인하는 것처럼 불안한 일이기도 하다. 내 호기심과 상상력마저 이미 누군가에 의해 선점되었다는 사실을 알고 났을 때, 궁금증을 해소하여 다행이긴 하나 나만의 것은 아무것도 없다는 사실 때문에 울적해진다.

마니아의 세계란 그런 것이다. 나는 가끔 그들의 맹목적인 열정과 대가를 바라지 않는 욕망이 지구를 지킬지도 모른다는 생각을 한다. 검색어에서 출발하여 끝없는 지식과 정보의 작은 공화국들에 가닿을 때마다, 비록 나누어줄 것은 없지만 그 열망과 애정만은 공유하고 싶어 기꺼이 눈팅족 동호인이 된다. 그 열망과 애정의 세계는 그렇게 나의 즐겨찾기에 링크된다. 김중혁의 소설이 대부분 혼자인 주인공과 또는 그의 또 다른 자아라 할 수 있는 절친한 짝패만으로 이루어져 있다는 사실은 이와 무관하지 않다. 그들은 언제나 고립되어 있으며 그 고립이 외골수의 탐구와 애정을 만들어낸다. 혹은 그 외골수의 열망과 애정 때문에 그들은 고립되어 있다. 그러나 그들은 외롭지만은 않다. 그의 것과 같은 열망과 애정을 지닌 누군가와 언젠가는 접속될 것이기 때문이다. 그래서 나는 그의 소설이 웹의 지도를 따라 방황하는 고독한 서핑의 행로이기도 하다고 느낀다. 김중혁 소설에 대한 대중적 호감도는 이렇게 설명할 수 있지 않을까. 지극히 고립적이고 단독적인 그의 소설이 그의 것과 같은 열망과 애정을, 부재를 앓고 있는 이웃들을 불러 모아 그 고립으로 공감하는 까닭이라고. 그리고 부재와 열망마저도 모두 똑같은 세계 앞에서 우리는 멈춰 선다. 그의 고립과 폐쇄는 사실은 획일성의 한 덩어리였던 것이다. 순수한 글쓰기의 노동이나 충일된 몸의 호흡에 대한 열망이 어쩐지 진부해지는 바람에 몸 둘 바를 모르겠다.

물론 우리의 주인공들은 결코 슬퍼하거나 노여워하지 않는다. 재미는 찾아 나서는 자들의 것이니까. 더 오래 재미있기 위해 견고한 고립의 성으로 깊이 잠입하거나, 혹은 기발한 열망들마저도 모두 닮아 있는 세계의 획일성을 예민하게 지각하거나, 그것은 그들의 자유이다. 아무도 그들을 말릴 권리가 없다. 그들은 이미 스스로 관습이고 제도인 일인 공화국이다. 누구도 자신의 공화국을 넘어설 생각이 없으니 이 공화국연맹의 전체를 파악할 수 없다는 것이 좀 아쉬운 일이지만, 교역과 교류가 그다지 원활치 않아서 좀 불편하긴 하겠지만 그것도 그리 나쁘지는 않다. 이 셀프 공화국의 나 홀로 주인들은 다른 재미에 영향받지도 않고 다른 재미를 간섭하거나 훈계하지도 않는다. 그저 홀로 즐거웠으니 그것으로 충분하다. 이곳에서는 문학도 하나의 작은 공화국일 뿐. 문학은 타자기처럼 묵묵히, 라디오나 자전거로 대체되며 의연하게 재미있으면 된다. 다만 그 재미가 좀 독특해준다면 고마울 따름.

여기는 문학과 음악과 타자기와 라디오가 모두 평등하게 하나의 세계인 일인 공화국연맹이다. 펭귄뉴스에 접속한다면 교신은 언제든지 가능하다. 자신만의 검색어가 없다고 너무 고독해하지는 말 것.

P.S
문학이 여타의 다른 예술 장르, 혹은 문화형식들과 다른 특별한 지위를 가지고 있는 시대가 아닌 것은 분명하다.(그런 시대가 있기는 했던가?) 우리 시대의 문학은 대중문화의 모방으로 존재하기도 하고 특수한 집단들의 지식과 습관에 기대는 특화된 오락이기도 하고, 고립된 개인들로 이루어진 현대사회의 한 증거물로 존재하기도 한다. 이것 자체는 비관적인 것도 낙관적인 것도 아니다. 여기에 문학성이라는 고유함을 내세우거나 증명하려고 할 때, 종종 오해가 생긴다. 그렇다면 이것을 어떻게 읽을 것인가의 문제. 간단하다. 있는 그대로, 숱한 문화형식과 교양오락의 형식 중 하나로 읽으면 된다. 그러기 위해서는 이 숱한 것들 중의 하나인 문학의 위치를, 그리고 그것과 다른 문화형식들과의 관계를, 그리고 그것들의 문법을 제대로 알고 있어야 한다. 필요 이상의 과장과 위축을 막는 가장 좋은 방법이기도 하다. 물론 다른 문학도 많다. 이것은 몇 개의 사례들일 뿐이다.

(『문학수첩』 2007년 겨울호)

문학의 경계, 시장의 법칙

1. '혼종'은 자율적이지 않다

애초에 이 글은 최근 한국문학에 나타난 혼종의 문법을 짚어보려는 기획을 염두에 두고 있었다. 혼종이란 결국 섞이기 이전의 순수한 어떤 동일성을 전제로 한 이야기이며 순수한 전통이랄까 정형화된 문법이랄까 하는 것들이 문학의 원래 속성은 아니라는 점에서 혼종이란 이를테면 편의적 구분을 기반으로 하고 있다. 문학, 특히 소설이 온갖 잡다한 것들, 시정의 풍속과 인간의 삶, 그리고 그간 축적해온 모든 문화적 관습들의 혼종 속에서 태어난 것이라는 일반론을 이야기하는 것은 논의의 진전에 별 도움이 안 되기 때문이다. 그러니까 여기에서 혼종이란 이른바 본격문학과 대중문학, 장르문학과 일반문학, 문학과 대중문화, 문학과 영상 콘텐츠의 결합과 혼성, 그를 통한 새로운 문법 창조와 경향에 대한 이야기인 셈이다.

문학의 위기에 대한 풍문을 여기서 다시 언급하는 일은 좀 지루한 일이다. 문학이 언제 위기가 아니었던 적이 있었냐라든가, 문학이란 원래 위기의 그늘 아래서 새로운 창조성의 꽃을 피우는 법이라는 뻔한 결론도 그다지 달갑지 않다. 영화와 드라마, 컴퓨터 게임 등 온갖 오락거리와 읽을거리, 다양한 종류의 신종 서사들이 넘쳐나는 후기 산업사회의 환경 속에서 활자매체를 근간으로 하는 문학의 입지가 좁아지고 있다는 진단 등도 상식에 속한다. 컴퓨터 그래픽과 다양한 영상효과가 실사보다 더욱 실감나는 시뮬레이션의 세계를 가능하게 했고 이러한 영역이 능동적 상상력을 요구하는 문학보다 독자들에게 더욱 매력적으로 어필한다는 것도 부인할 수 없는 사실이다. 그러므로 이러한 담론들을 근거로 확산되는 문학의 위기설은 전혀 근거 없는 이야기가 아니다.

그리고 혼종에 대한 진단은 이러한 위기설에 대응하는 여러 방식 중 하나라고 할 수 있다. 최근 작가들의 작품에서 게임이나 영화, 드라마의 문법이 개입되고 그 문법의 혼성은 이른바 후기 산업사회의 문화환경 속에서 문학이 진화하거나 혹은 변전하는 여러 징후 중의 하나가 되는 셈이다. 그리고 이 징후는 당연히 기대와 우려를 동반한 평가를 낳는다. 문학이 영상매체의 문법을 받아들이고 그 속에서 자신의 문학적 지평을 여는 일은 변화에 대한 능동적 대응이고 거기에서 또 다른 상상력의 출구를 발견한다는 점에서 긍정적이다. 그러나 시장의 호의를 부인하지 않음으로써 문학은 시장의 법칙에 속수무책으로 투항하는 결과를 낳을 수도 있다. 또한 장르적 스타일과 이미지에 집중된 서사는 인간과 세계에 대한 작가 고유의 개성적 통찰을 약화시키는 결과를 불러올 수도 있다.

예컨대 영상문법과 새로운 문화환경의 영향력과 그것의 창의적 활용과 재해석의 가능성을 동시에 보여주는 박민규, 윤이형, 편혜영 등의 작품을 보면 이러한 기대와 우려의 양가성을 함께 느낄 수 있다. 만화와 프로야구, SF적 상상력과 개그를 보여주며 한국문학의 중요한 작가로 부상한 박민규가 최근 발표한 작품은 흥미롭다. 무협소설의 장르를 활용한 「龍龍龍龍」(『창작과비평』 2008년 봄호), SF문법을 활용한 「깊」(『문학동네』 2006년 겨울호)이나 「크로만, 운」(『문학과 사회』 2007년 가을호) 같은 작품들은 장르의 문법을 통해 어떤 새로운 이야기와 정서를 이끌어낼 수 있는지를 보여주는 훌륭한 예가 될 것이다. 게임 캐릭터를 통해 이미 결정된 시뮬레이션의 세계를 살아가는 자아의 고독 혹은 곤혹을 보여준 윤이형의 「피의 일요일」(『셋을 위한 왈츠』, 문학과지성사, 2007년), 공포영화의 설정을 상상하게 하는 편혜영의 일련의 소설들도 역시 마찬가지이다. 그러나 한편으로 박민규의 소설에서 장르적 문법과 그것이 전해주는 익숙한 정서들(SF의 묵시록적 세계관이라든가 무협소설의 허무주의적 인간관 같은)은 스타일의 능숙한 활용 속에서 너무 자주 동어반복되고 있는 것은 아닌가 하는 혐의를 버릴 수 없다. 윤이형의 SF와 호러 아래에는 현실사회의 공고한 위계와 압도 아래에서 여전히 인간다운 삶과 자아의 정체성에 대한 그리움을 버릴 수 없는, 일종의 낭만주의적 동경이 일관되게 자리하고 있으며 이는 스타일의 구체성과 참신함에 비한다면 간혹 진부하거나 추상적이다. 익명의 현대사회가 주는 공포와 잔혹을 그려내는 편혜영의 소설에서 그러한 세계를 감당하는 주체들의 경악과 공포는 자주 반복되며 그것은 이미지와 스타일을 통해서 효과적으로 표현된다. 그러나 이미지와 스타일은 반복될 수록 익숙해지며 그 익숙함을 벗어나기 위해서는 새로운 스타일, 혹은 더 강한 이미지를 찾을 수밖에 없다. 최근 편혜영의 소설이 이미지와 스타일의 강조에서 벗어나 일상적 사건의 구체성을 추구하고 있는 것은 이러한 반복의 딜레마를 의식한 결과라고 판단된다. 그러나 스타일과 이미지를 약화시킨 이후 드러나는 서사의 허약함이 앞으로의 편혜영에게 새로운 도약의 계기가 될 수 있을지 어떨지는 좀 더 두고 보아야 할 것 같다.

문학 이외의 여러 장르와의 혼성, 또는 문학 내에서도 전통적인 문학의 영역에서 거론되지 않았던 여러 장르문학과의 혼성에 대한 예는 이 밖에도 여러 가지가 있을 것이다. 그리고 여기에도 역시 기대와 우려의 양가성을 덧붙일 수 있을 것이며 이에 대한 평가 역시 평자들의 관점에 따라 엇갈릴 수 있을 것이라고 생각한다. 구체적인 작품들을 통해 한국문학의 동향을 짚어보고 그 가치를 섬세하게 가늠하는 것은 분명히 중요한 일이다. 그러나 또한 이러한 작품들에 나타나는 혼종의 양상이 작품 차원에서 이루어지는 문학의 자율적 진화나 대응 능력으로 치환되어 한정될 수도 있다는 점을 염두에 두어야 할 것 같다. 문화환경의 변화가 이끌어낸 문학환경의 변화가 서두로 제시되지만 결국 작품에 의해서 그것을 확인하고 평가하면서 문학의 미래를 가늠하는 방식은 결과적으로 문화환경이나 문학환경, 시스템과 제도의 위력을 실제보다 과소평가하거나 심각하게 진단하지 못하게 하는 결과를 불러올 수도 있다.

현재의 문학은 확실히 전에 보지 못했던 양식과 문법을 우리에게 제시하고 있다. 문학사적 연속성이나 기원 찾기도 중요한 일이겠지만 현재성의 맥락에서 이러한 현상을 검토하는 일은 중요하다. 여기에서 간과하지 말아야 할 것은 이러한 혼종적 문학의 양상은 어떤 방식으로든 시장의 법칙, 시장의 논리와 연관을 맺고 있다는 것이다. 그러므로 '혼종성'을 문학의 자율적 진화 내지는 변전의 과정으로만 이해하는 것은 위험하다. 이 글이 최근 한국문학의 혼종적 양상에 대한 전반적 검토라는 기획으로 출발했으나 문학담론과 시스템에 대한 고민으로 선회한 이유가 여기에 있다.

2. 시장의 중심에서 문학을 외치다

앞서 박민규와 윤이형, 편혜영의 소설이 기존의 방식과는 다른 문법으로 인접 장르의 규칙들을 소화한 예를 언급하였다. 이들의 문학적 성취는 한국문학의 전화와 새로운 가능성을 보여주는 중요한 예증을 제공한다. 이들의 결과물이 있었기에 문학담론은 장르문학과의 접속, 영상문법과의 교통 가능성을 논의할 근거를 얻을 수 있었다. 그런데 여기에서 주목해야 할 사실은 이러한 예증들이 전혀 예상하지 못한 (혹은 예상할 수 있었으나 그 계기의 인과성을 쉽게 해명할 수 없는) 파장들을 만들어낸다는 사실이다. 이러한 결과물들을 근거로 이른바 본격문학과 대중문학, 혹은 본격문학과 장르문학 사이에 나름대로 공고하게 구축되어왔던 경계의 벽이 허물어진다. 여기에서 본격문학이라는 경계의 엄숙주의와 순혈주의를 문제 삼을 수 있겠으나 그렇다고 해서 시장의 법칙에 문학이 저항력 없이 귀속되는 과정을 간단히 합리화해서는 곤란하다.

예컨대 2004년 『문학과 사회』의 특집 좌담에서 "1990년대 이후부터 본격문학과 순수문학의 입지가 흔들렸기 때문"에 문예지에서 장르문학에 대한 관심을 가지는 것이 아니냐는 의혹에 대해 "순수문학과 장르문학의 권력관계가 역전되었기 때문이거나 장르문학의 괄목할 만한 판매량 때문은 결코 아니"며, "대화와 소통을 통해서 순수문학을 바라보는 또 다른 시선을 얻고자 한다"[1]라는 대답이 되돌아오지만 문제는 그리 간단치 않다.

좀 더 구체적인 논의를 위해 이야기는 작년부터 한국문학의 중요한 화두가 되었던 장편문학론으로 거슬러 올라간다. 한국문학이 기형적으로 단편문학에 치중되어 있다는 문제의식과 함께 대중성과 보편성을 함께 담보하는 장편문학의 생산이 절실하며, 그러므로 단편에 치중되어 있던 문학제도를 개선하여 장편문학이 활발하게 생산될 수 있는 환경을 만들자는 것으로 이 논의는 요약될 수 있다. "문학의 보편성과 대중적 공감이 만나는 자리가 바로 장편소설"[2]인 것이다. 단편 문학이 보여주는 예술적 성취를 부정할 수는 없지만 한국문학이 단편 위주로 고착되다 보니 다양한 독자들의 경험과 만나면서 보편적 공감을 불러 일으키기에는 역부족이라는 점, 그래서 단편 위주의 문학이 그들만의 리그에 귀속되어버리는 현상이 가속화되고 있다는 우려가 장편문학에 대한 기대를 뒷받침한다. 또한 세계문학과의 교섭과 소통에 있어서도 서사보다는 문체나 이미지 같은 디테일에 치중하는 단

---

1) 「좌담―장르 문학과 장르적인 것에 관한 이야기들」, 『문학과 사회』 2004년 가을호, 1137~1139쪽.
2) 진정석, 「한국의 장편, 단절의 감각을 넘어서」, 『창작과비평』 2007년 여름호, 238쪽.

편은 한계를 가질 수밖에 없다는 것이다. 적절한 문제제기이며 이것 자체로는 문단의 편중된 시각과 기형적 구도를 바로잡기 위한 의미 있는 시도라고 할 수 있다.

사실 한국문단에서의 단편 집중 현상은 심하게 말해 기형적이라 해도 좋을 만큼 유별난 데가 있다. 2007년 여름『창작과 비평』의 특집에서 최재봉 기자가 소상히 밝히고 있는 바와 같이 한국문학의 단편 집중 현상은 등단, 신인작가의 활동 기반과 국가적 지원 체계, 문학상 제도에 이르기까지 광범위한 기반과 구조에 의해 완성된 것이다. 신춘문예나 잡지의 신인상 당선을 통해 등단하고 단편 중심의 문예지에 작품을 발표하여 그 작품들을 모아 작품집으로 묶어내는 일반적 관행, 거기다가 주요 문학상이 단편만으로 대상을 한정하고 있으며 문화예술위원회의 지원 역시 단편에 치중되고 있는 현상은 자연스럽게 작가들이 단편에 집중하도록 만든다.[3] 같은 책의 특집에서 "학생들은 강의시간에 공부한 소설들만 정전이라고 생각"[4]하며 "문예지들이 단편소설을 청탁하니까 소설가들은 단편소설만 쓰는 것"[5]이라는 작가들의 전언도 이러한 구조 분석을 뒷받침한다. 제도에 의해 규정된 문단조건의 기형성을 다른 제도의 창출에 의해 바로잡는 것도 한 방법이 될 것이다. 그러나 한쪽으로 구부러진 막대를 펴기 위해 다른 쪽으로 구부리는 것, 그것만으로 막대는 곧은 평형을 유지할 수 있을까. 이미 구부러진 막대를 적정한 수준으로 펴는 것이 그리 쉬운 일은 아닌 것 같다. 이후에 벌어진 일련의 사건을 생

---

3) 자세한 내용은 최재봉, 「장편소설과 그 적들」, 같은 책, 참조.
4) 이기호, 「전국의 조교들은 단결하라!」, 같은 책, 208쪽.
5) 김연수, 「그 입술에 아무리 귀를 기울여봐도」, 같은 책, 196쪽.

각한다면 말이다. 그러므로 편향의 막대를 펴기 위해서, 그 편향의 구조를 좀 더 면밀히 살펴보아야 할 것 같다.

문학제도가 시종일관 단편을 권장했다면 거기에는 어떤 이유가 있다. 그 이유를 캐지 않고 단지 제도의 현상만으로 문제를 해결할 수는 없는 법이다. 한국문단이 단편 중심으로 운영되게 된 것은 어쩌다 보니 그렇게 된 것이 아니라 문예지와 문예지를 기반으로 문학출판을 진행하고 있는 출판사, 그리고 거기에 상징권력을 보장해주는 문학평론가들에게 문학권력이 집중된 데에 원인이 있다. 단순하게 말하자면 문학시장이 문예지와 관련 출판사, 문학비평가들에 의해 형성되었고 그것으로 유지 가능했기 때문이다. 주로 계간이나 월간으로 발행되는 문예지는 한 번의 게재만으로 완결된 작품을 만날 수 있는 단편을 선호하기 마련이다. 그리고 여기에 발표된 작품들을 대상으로 한 문학상이 주어지고 또 그 작품들을 묶어 단행본을 발간하기 때문에 문예지가 선호하는 단편 형식은 다른 제도를 만들어내고 그것을 유지시키는 데도 큰 역할을 한다. 문학시장이 문예지를 근간으로 하고 있기 때문에 '단편 권하는 문단'은 큰 무리 없이 한동안 지속될 수 있었다. 문학상이 단편 위주로 운영되는 이유는 이미 발표되어 문학적 평가를 인정받은 작품을 대상으로 하는 것이 안전하기 때문이다. 일정한 평가를 이미 획득한 작품을 대상으로 상을 수여한다면 상의 공정성 시비가 일 우려도 적고 독자들에게 어필하기도 상대적으로 안전하다. 그것보다 더 중요한 이유는 수상작을 단행본으로 발간하여 출판하고 그것으로 상업적 이익을 얻는 데 용이하기 때문이다. 통상 단행본으로 출간된 작품은 판권을 해당 출판사가 갖고 있기 마련이고 그러므로 그 작품을 대상으로 상을 수여한다면 따로 책을 출판하거나 하여 부수적인 이익을 얻을 수 없다. 그렇기 때문에 처음부터 단행본으로 출간되는 장편은 문학상의 대상이 되는 경우가 단편보다 적다. 쉽게 말해 타산이 맞지 않는 것이다. 이미 단행본으로 발간된 작품집에 수록된 단편이 심사과정에서 제외되거나 혹은 다른 문학상을 받은 작품들이 심사대상에서 제외되는 것도 전적이라고 할 수는 없지만 같은 맥락에 있다.[6] 소설문학상으로는 독보적인 역사와 전통을 가진 이상문학상과 현대문학상 수상작품집이 시대를 막론하고 베스트셀러의 위치를 유지했던 것은 단편 중심의 문학상과 수상작품집 출간, 그에 따른 상업적 이익과 관련한 중요한 예가 될 수 있다.

단순화의 우려가 없지 않지만, 그간의 한국문학이 단편 위주로 운영된 것은 문예지나 문학비평가들이 주축이 되어 단편의 예술적 성취나 그와 관련된 작가적 개성을 옹호했기 때문이 아니라 그런 구조만으로도 시장의 운영이 가능했기 때문이다. 그러나 이제 2000년대의 문학시장은 그것만으로는 유지가 불가능한 시점에 이르렀다. 다양한 영상매체의 출현과 각종 레저 산업의 확산 속에서 문학이 산업적 경쟁력을 상실하게 되었고 그에 따라 더 크고 다면적인 시장의 창출이 요구되게 된 것이다. 출판사가 대형화되고 출판물의 유통이 다양한 방식의 망을 가지게 되면서 출판물을 판매하기 위해 다양한 홍보수단이 동원되어야 하며 아울

---

6) 문학상과 관련한 잡음, 수상작품집 발간과 관련해서는 여러 비판적 논의가 있어왔다. 대표적인 예로 『작가와 비평』 1호(화남, 2004), 특집 "문학상 제도의 빛과 그늘"을 참조할 수 있다. 특히 이상문학상과 문학시장에 관련하여 고봉준, 「시장과 우상 : '이상문학상'을 비판한다」 참조.

러 다른 부가적 가치 창출도 기획해야 하는, 문학상 수상작품집 정도로는 감당할 수 없는 규모의 경제 시대가 오고 있는 것이다. 단편 위주의 문학제도는 "지금에 비해 그 규모가 현저히 작았던 시대의 출판시장과 더 잘 호응했던 것"이며, "1990년대부터 출판시장과 문학제도 사이의 간격은 더욱 벌어지고 있는 듯하다."[7] 는 진단이 장편문학에 대한 요구와 기대를 적절히 설명하는 말이 될 것이다.

　장르문학이나 대중문화와의 혼종 현상을 특정 작가들의 작품에서 나타나는 의미 있는 성취를 언급하는 정도로 마무리할 수 없는 이유도 여기에 있다. 장편문학에 대한 요구가 거세진다고 해서 단편문학 창작이 어느 날 갑자기 중단될 리도 없거니와 단편이 만들어내는 문학적 성취가 의미를 잃어버리지도 않는다. 우려되는 것은 이러한 성취들마저도 시장의 변화를 합리화하는 수단으로 활용되면서 시장의 공세에 흡수될 가능성이다. 도식화를 무릅쓰고 말하자면 이렇다. 최근 장르문학과 대중문화를 자신의 문학적 영역 내로 흡수하면서 새로운 상상력을 보여주는 작가가 있다. 이들의 예를 통해 알 수 있듯이 장르문학/본격문학, 장르문학/대중문화의 경계가 흐려지고 혼종의 문학 시대가 열리고 있다. 장르문학과 본격문학을 구분하는 경계는 이미 낡은 것이다. 장르문학이 한국문학의 새로운 돌파구가 되어줄 것이다. 그리하여 장르문학을 통한 한국문학의 영역 확대를 환영한다! 이러한 담론의 물밑에서 장르문학과 본격문학을 가리지 않는, 나아가 문학적 성취와 시장의 요구를 애써 따지지 않는 문학시장의

---

7) 김연수, 앞의 글, 199쪽.

법칙이 기정사실화된다.

물론 한국문단의 담론 수준이 그리 만만하지는 않다. 장르문학에 관한 최근의 논의에서도 "박민규나 윤이형과 같은 작가들의 시도를 SF라는 기존 용어에 포섭하는 것은 장르문학의 외연을 넓히는 것이 아니라 오히려 장르문학에 대한 무방비한 침략을 허용하는 역설을 가능케 한다"[8]는 의견과 "'본격문학'과 '본격' 장르서사 사이에 자명한 위계 같은 건 없을 것"이며, "우리가 생각하는 '본격문학'이 문학이란 이름으로 세상에 존재하는 온갖 것들이 아니라 좋은 문학, 이상적인 문학(문학적인 것)을 모델로 한 개념이라면, 그 비교의 대상 또한 좋은 장르서사여야 마땅"[9]하다는 의견이 공존한다. 앞의 것이 장르문학과 본격문학의 경계를 오히려 분명히 함으로써 최근 작가들의 문학적 성취를 차별적으로 의미화하는 경우라면 뒤의 것은 본격문학과 장르문학의 구분이 많은 부분 편견에 근거하고 있으며 이러한 편견에서 벗어날 때 혼종을 통한 쇄신은 가능하다는 입장이다. 장르문학의 수용이 상업주의와 연결되는 최근의 상황을 고려한다면 뒤의 논의는 그 진의와는 무관하게 이러한 상업주의를 허용하는 예로 연결되기 쉬우며 앞의 것은 상업주의에 대한 경계를 지킴으로써 기존 문단의 권위를 강화하려는 태도로 이해될 수도 있다. 논의는 분분하며 비판 또는 옹호의 거점도 경우에 따라 다르게 설정될 수 있을 것이다. 그러나 이 글에서 좀 더 주목하고 싶은 것은 이러한 논의가 결국 시장의 변화와 확대에 의해 비롯되고 활용되면서 효과

---

8) 강유정, 「한국 소설의 새로운 문체, SF(Sympton Fiction)」, 『작가세계』 2008년 봄호, 247쪽.
9) 박진, 「장르들과 접속하는 문학의 스펙트럼」, 『창작과비평』 2008년 여름호, 34쪽.

를 발휘한다는 사실이다. 이미 여러 징후가 발견되고 있다. 구부러진 막대 펴기가 생각보다 쉽지 않음을 알 수 있는 대목이다. 이미 막대는 걷잡을 수 없이 반대편으로 휘어지고 있는 중인지도 모른다.

3. 신종 장르의 탄생과 관습의 함의들

우연찮게도 장편문학으로의 체질 개선이 필요하다는 논의와 함께 장편만을 대상으로 한 문학상이 속속 제정되었다. '창비 장편소설상', 조선일보사가 주관하는 '뉴웨이브 문학상'이 작년에 처음 수상자를 냈으며 올해는 문학사상사가 1억 5천만 원의 상금을 걸고 장편소설을 공모 중이다. 장편을 대상으로 하는 기존의 '세계일보 문학상', 문학수첩의 '문학수첩 작가상', 문학동네의 '문학동네 작가상'과 '문학동네 소설상', 민음사의 '오늘의 작가상'까지 포함한다면 장편소설만을 대상으로 하는 문학상은 수적으로 결코 적지 않다. 물론 이러한 문학상들은 발표되지 않은 신작을 대상으로 한다는 점에서 기존의 단편 위주의 문학상과는 성격을 달리한다. 신작 출판을 염두에 둔 문학상이기 때문에 대상작들의 상업적 가치를 고려하지 않을 수 없기도 할 것이다. 여하튼 단편 위주의 문학상이 비판의 도마에 오르고 있는 상황에서 문학상의 제정은 작가들의 장편 창작의 의욕을 북돋우고 실질적인 후원이 되어줄 것처럼 보인다. 그러나 수상작들의 면면을 보면 꼭 그렇지만은 않다. 애초부터 '중간소설'이라는 이름으로 팩션, 칙릿, SF, 판타지, 스릴러 등의 장르문학을 대상으로 한정하면서 '스토리 산업'으로의 활용을 전제한 '뉴웨이브 문학상'은 그렇다 치더라도 작년 주요 장편문학상 수상작은 '젊은 여성들의 일과 사랑'을 주요 내용으로 하는 '칙릿(chick-lit)'소설이 주종을 이룬다. '창비 장편소설상' 수상작인 『쿨하게 한걸음』, 오늘의 작가상 작년 수상작인 『걸프렌즈』, 올해 수상작인 『마이 짝퉁 라이프』, 올해 '세계일보문학상' 수상작인 『스타일』이 대표적인 작품이다. 최근 20~30대 젊은 여성들이 문화상품의 주요 소비자로 떠오른 현상을 감안하더라도 이처럼 비슷한 종류의 소설들이 주요 문학상 수상작으로 한꺼번에 쏟아져 나오는 현상은 좀 민망하다.

장편소설의 필요성과 장편으로의 체질 전환이 논의되고 있는 시점에서 쏟아져 나온 최근의 문학상 수상작들은 그래서 한국문단의 편향을 바로잡는 새로운 움직임으로, 다른 문학성들을 창출할 가능성으로 오해되기 쉽다. 그러나 규모가 달라졌을 뿐, 단편을 대상으로 하는 문학상과 마찬가지로 장편을 대상으로 하는 문학상에도 역시 시장의 법칙이 적용된다. 이 '새로움'과 '다른 문학성'의 실질적 내용은 아마도 '대중성', '동시대 독자와의 소통' 혹은 '상업적 가능성의 발견' 정도가 될 것이다. 물론 다양한 의미와 내용을 지닌 작품들을 이렇게 일축하는 것은 별로 온당치 않으며 경우에 따라서는 억울할 수도 있을 것 같다. 그렇지만 중요한 것은 흐름이다. 신작 중심의 장편문학상이 출판을 염두에 두고 있을 수밖에 없고 그래서 상업적 가치에 초연할 수 없다는 것도 예상할 수 있는 일인데 문제는 이러한 제도의 구축이 문학성의 검토라든가 문학장의 재구성이란 논의와 결합하여 진행된다는 점이다. 장편문학으로의 방향 전환이 이처럼 거의 천편일률적으로 시장친화적인 성향을 보인다면 한국문학의 다양한 통찰과 실험은 쉽게 빛이 바랠 수밖에 없다. 기존의 문학 판도에 대한 반성과 고민이 사실은 변화된 시장환경에 적응하기 위한 수순에 머물러버릴지도 모른다.

여기에서 단편 위주의 문학환경이 가져온 문단의 폐쇄성과 권력화를 반성하는 목소리를 폄하하려는 것도 아니고 장편문학이 지닌 당대적 삶에 대한 고민과 성찰, 독자와의 소통 노력에 깃들인 진정성을 의심하는 것도 아니다. 다만 이러한 고민과 성찰의 목소리가 확장일로에 있는 시장의 법칙에 너무 저항력을 갖지 못한 것이 아닌가 하는 우려를 덧붙이고 싶을 뿐이다. 최근 문학장에서 논의되고 있는 장르문학에 대한 관심 역시 그 논의의 진정성과 고민의 깊이와 무관하게 '스토리 산업'의 한 기반으로 작용할 수 있음을 미리 경계하는 것도 나쁘지 않을 것이다. 장르문학이란 "특정한 서사적 코드를 활용하여 서사의 주제와 범위를 집중화·전문화함으로써 출판시장에서 나름의 점유율을 확보한 '기획상품들'"[10]이라고 일단 정의할 수 있을 것인데, 이 특정한 서사적 코드는 시장에서 경쟁력을 확보하기 유리한 관습의 정착으로 활용된다. 한편 특정한 관습의 공유로 특징지어지는 장르문학이 모두 대중성에 접근해 있는 것은 아니다. 박진의 분류처럼 "영웅 이야기를 중심으로 하는 액션물, 갱스터와 누아르, 멜로물 등은 대체로 대리만족과 소망충족을 지향하는 대중적 장르"이며 "역사물 또한 대중적인 장르"이지만 추리물과 스릴러는 이보다 좀 덜 대중적이고 공포물과 SF는 대중성이 별로 없는 장르이다.

---

10) 유희석, 「장르의 경계와 오늘의 한국문학」, 『창작과비평』 2008년 여름호, 13쪽.

그러므로 "장르서사를 대중서사와 동일시하는 관점은 지나치게 단순하고 편협한 생각"이다.[11] 그런데 장편소설 중흥과 장르문학과의 혼종 논의 속에 살아남은 장르는 이 중 가장 대중성이 높은 변형된 멜로물인 '칙릿', 그리고 '역사추리물' 정도이다.

가장 전형적인 '칙릿'이라고 평가받는 『스타일』(백영옥, 예담, 2008)의 경우 패션 전문지 기자의 생활 현장을 어떤 작품보다도 생생하게 그려내고 있으며 "스키니 진 같은 건 제 몸에 맞지 않는데도, 그걸 최고의 패션 트렌드라고 변명해야" 하는 소비자본주의의 최첨단에서 느끼는 회의, "배우 한 명 섭외하느라 제 시간의 2/3를 쏟고 있"으며 "기사 쓸 시간은 정작 세 시간도 온전히 없는"[12] 직장 여성의 정체성 혼란을 솔직하고도 실감나게 보여준다. 그래서 이 작품은 당대의 일상을 통해 당대인들이 겪는 소외와 고통에 다가가는 구체적 공감대를 여실하게 확보한다. 그러나 이게 다일까. 7년간 패션지 여기자로 겪었던 소비자본주의의 화려한 꽃그늘 아래의 경험은 어느 날 신비롭게 다가온 한 남자로 인해 환상적인 로맨스로 돌변한다. 잘생기고 스타일 멋진, 어두운 과거의 우수와 일에 대한 전문가적 능력과 신념을 갖추고 있으며 거기다가 절대적 인연의 신화를 간직한 남자의 사랑과 배려 아래에서 직장에서 겪은 고통과 갈등은 눈 녹듯이 사라져버리는 것이다. 그래서 결국 『스타일』은 명품과 패션으로 포장된 하이틴 로맨스이거나 변형된 신데렐라 스토리가 된다. 이 소설의 가장 큰 장점인 현장의 구체성과 그것을 통해 드러나는 소비자본

---

11) 박진, 「장르들과 접속하는 문학의 스펙트럼」, 위의 책, 35~38쪽 참조.
12) 백영옥, 『스타일』, 예담, 2008, 281쪽.

주의의 현실은 이러한 강력한 위안 효과에 묻혀 사라진다. 심지어 젊은 여성의 일과 사랑은 멋진 남자와의 로맨스 앞에서 아무것도 아니라는, 다소 위험한 여성상을 제시하기까지 한다. 패션 잡지의 화려한 포장과 소비욕망 창출의 기능을 쇼핑몰 사업과 연계하려는 구상을 듣고 주인공이 자신의 회의를 접고 다시 새로운 다짐을 하게 되는 결말 역시 그렇다. 소비산업의 도구로 전락한 자신의 정체성에 대한 고민은 한층 더 위력적이고 거대한 소비산업에 의해 극복되는 것이다. 멋진 남자와의 로맨스, 그리고 자본의 위력은 주인공의 정체성을 구성하는 짝패인 셈이다.

역사추리물이라는 이름으로 1억 원 공모의 '뉴웨이브 문학상' 1회 수상작으로 선정된 『진시황 프로젝트』(유광수, 김영사, 2008)는 방대한 양과 한·중·일의 극우단체들이 얽혀 벌이는 세계질서의 헤게모니까지 언급하는 스케일을 내세우지만 그 실상은 생각보다 훨씬 허술한 작품이다. 광화문 네거리에서 백주대낮에 일어난 살인사건, 그리고 연이은 연쇄살인의 진상, 그리고 고종이 그렸다는 춘화첩을 두고 벌이는 한·중·일 삼국의 각축전, 민비 시해 사건이라는 역사적 사실과 진시황의 환생이라는 환상적 소재까지 버무렸을 뿐 아니라 유능한 형사와 미모의 킬러 사이에 벌어지는 멜로까지 가미한 스토리 라인은 박진감 있는 서사를 기대하게 하며 나아가 사상적 깊이까지도 확보하고 있는 것처럼 보인다. 그러나 반전에 반전을 거듭하며 5백 페이지가 넘는 분량으로 이끌어낸 서사의 실질적 내용은 의외로 빈약하다. 우선 진시황 프로젝트와 극우민족주의자들의 각축전은 서사의 진행 과정에서 설득력 없이 사라져버린다. 광화문 네거리에서 시작된 연쇄살인 사건의 진상은 친일파로부터 돈을 받아내려다 실패한 브로커들의 보복살인에 불과하고 이러한 음모의 배후에는 어마어마한 거물들이 층층이 자리잡고 있다는 설정은 좀 황당하다. 고종의 춘화첩을 얻기 위해 일본과 중국의 극우단체들이 왜 그렇게 혈안이 되었는지도 불분명하며 비정한 킬러가 한 형사와 사랑에 빠져 자살하고 만다는 설정도 쉽게 납득이 가지 않는다. 잔혹한 살인과 진상을 캐기 위한 추리의 과정, 진시황 프로젝트라는 거대한 음모와 배후, 민족주의를 둘러싼 논란과 그 진상 해석, 소설의 표피를 둘러싸고 있는 것은 이러한 거대한 스케일의 서사 같지만 실상 이 소설이 드러내는 이데올로기는 천박한 속물적 욕망에 대한 혐오, 그럼에도 불구하고 남아 있는 낯익은 휴머니즘에 대한 소박한 기대 정도이다. 더군다나 친일파가 피해자로 설정되고 친일파를 살해한 사람들은 그들이 가진 재산을 탐냈던 사기꾼에 불과하다는 설정은 민족적 범죄와 그에 대한 역사적 평가를 흐려놓는 역할을 한다. 일상에 편재한 권력의 음모와 민족주의 이데올로기의 허구를 지적한다는 평가에는 그래서 선뜻 동의를 표하기가 힘들다.

요약하자면 장르와의 혼종, 장편문학의 중흥을 기반으로 속속 출현한 장편소설들은 변형된 로맨스, 음모와 반전, 그리고 역사적 사실과의 유비 등의 관습을 활용하지만 당대의 삶과 호흡을 같이하고 세계문학과 주제를 같이하기에는 역부족이다. 오히려 익숙한 관습을 선호하는 독자들의 기대에 부응하면서 보수적 이데올로기를 재생산한다고 하는 편이 더 정확한 진단이다. 물론 이러한 작품들이 하나의 읽을거리로서의 역할을 충분히 담당해내고 있고 급변하는 우리 시대의 문화환경을 나름의 방식으로 반영하고 있다는 데에 특별한 이의는 없다. 그리고 이러한 소설 이

외에도 우리 문학에는 다양한 고민과 통찰을 담은 다른 장편소설들이 충분히 많다. 그러나 유독 장편문학 중흥이 외쳐지고 이에 부응하듯이 속속 제정된 문학상의 수상작들이 이러한 경향에서 크게 벗어나지 못하고 있다는 사실을 분명히 의식해야 할 것이다. 더군다나 이 작품들이 "작가가 어떻게든 상처받지 않고 더러운 세계를 견디면서 진정성을 지켜려는 젊은이들을 자기 세계로 끌어안"고 있다거나 "오늘날 우리가 겪고 있는 급변하는 시대 상황과 혼란스러운 동북아정세를 역사의 거울에 비추어 보며, 현재의 문제점을 성찰하고 미래의 비전을 예시"하고 있다는 심사평의 후광을 입고 있음을 생각한다면 문제는 좀 더 심각하게 받아들여질 필요가 있다. 당대의 욕망에 어필하고 새로운 문학산업으로의 확산을 구체적으로 염두에 두고 있는 장르의 관습에 '문학적 진정성'이라는 표사를 헌납하는 것은 그간의 문학담론, 문학성에 대한 고민과 방향 설정의 진정성마저 의심하게 만들 수 있다. 이전의 단편 위주의 문단에서 문예지와 문학비평가 그룹들은 시장의 법칙을 창출하고 주도하였다면 이제 문학전문지, 문학전문가들은 시장의 법칙과 논리를 승인하고 거기에 깃들인 노골적인 상업적 의도를 희석함으로써 상업성에 문학적 진정성의 후광을 입혀주는 역할을 하고 있는 것은 아닐까. "칙릿의 존재 이유를 '진정성'에서 찾는, 과연 있기나 할까 싶은 극소수의 희귀한 독자들에게 어필할 요량이 아니라면, 칙릿의 스타일에 적응하지 못한 기성작가나 평론가로부터 작품과 동떨어진 서평이나 추천사를 받아내려고 땀 흘릴 시간에 차라리 새끈한 카피 한 줄에 목숨을 걸거나, 뛰어난 표지 삽화가를 찾아 헤매"[13]는 편이 훨씬 생산적이라는 한 출판편집자의 칼럼은 신랄하지만 정확하고 그러나 충분치 않다. 새끈한 카피 한 줄과 뛰어난 표지 삽화뿐 아니라 진정성이라는 후광까지도 책의 가치와 구매력을 상승시키는 데 충분한 역할을 하기 때문이다. 값싸고 안전하고 맛있기까지 한 쇠고기처럼 대중적 흡입력과 시대에 대한 진정한 성찰까지 겸비했다는 광고는 생각보다 훨씬 위험하다.

4. 관습을 딛고 도약할 수 있을까

장르문학을 빌려 말해보자면 이미 장르의 법칙에 익숙한 독자층을 가지고 있는 장르문학은 그 법칙과 관습을 통해 독자들과 소통한다. 그리고 이 관습들이 새로운 이탈의 문법을 만들고 그 관습을 반성과 성찰의 대상으로 바라볼 수 있을 때, 관습으로부터 새로운 가능성이 창출된다. 관습은 장르문학의 기반이지만 그 관습에 갇혀 있을 때 장르문학은 진부한 동어반복을 피하기 힘들다.

관습에 대해서만 말한다면 한국문학은 이미 장르문학화되어 있다는 김영하의 지적은 새삼 흥미롭다. "요즘의 한국 순수문학의 주인공들은 관습적으로 음울"하며, "그가 왜 음울한지, 실직을 해서 그랬는지, 실연을 당해서 그랬는지, 아니면 그냥 우울증인지, 굳이 설명하지 않아도" 되는 현상은 "일종의 장르적 규칙과 유사"[14]하다. 장르문학의 게토화는 독자와의 소통에 실패하고

---

13) 태풍클럽, 「산은 산이요 칙릿은 칙릿이다」, 『한겨레21』 709호, 2008. 5. 8.
14) 「좌담—장르문학과 장르적인 것에 관한 이야기들」, 『문학과 사회』 2004년 가을호, 1155쪽.

자기만의 폐쇄적인 세계로 스스로 고립되고 있다는 한국의 순문학에 대한 비판과도 통하는 바가 있다. 그리고 관습의 가짓수는 점점 늘어가면서 몸집을 불려나가고 있다. 칙릿과 역사추리물은 이제 '중간문학'이라는 형태로 한국문학의 권역 속에서 새로운 장르로 등재되면서 관습을 만들어내고 있다. 최근까지는 풍문으로 존재하거나 혹은 문화현상의 징후로, 또는 베스트셀러 목록 속에서만 위력을 발휘했다면 이제 본격적인 문학논의 속에서 이 관습은 더욱 공고하게 자신의 위치를 확보한다. 그리고 다양한 문학현상을 가로지르며 문학성의 의미를 탐구하려는 노력이 의도와 무관하게 상업주의의 외관을 화려하게 장식하는 것으로 귀속된다면 이 역시 하나의 관습으로 고착될 우려가 있다.

다시 반복하자면 관습은 분명히 우리의 문화현상을 움직이는 실질적인 키워드 중 하나이고 무시할 수 없는 법칙이다. 그러나 그 관습을 객관화하고 거기서부터 진지한 성찰과 반성을 이끌어내지 못한다면 새로운 문학의 미래는 없다. 관습이 관습을 반성하고 자본이 자본을 반성하지 않는다면 자본의 위력 속에 불안하게 자리한 오늘의 문학은 아무도 듣지 않는 공허한 진정성의 외침만으로, 일종의 부재효과만을 기대하면서 생존해갈지도 모른다. 고유의 문법을 주장하다가는 독자와의 소통에 실패하고 자신만의 성채에 고립될 수 있다. 그렇다고 변화의 문법을 받아들이자니 전방위적 시장의 폭풍에 스스로를 던져넣을 수밖에 없는, 지금 문학은 진퇴양난의 기로에 서 있다. 물론 작품생산과 시스템을 변화시키려는 다양한 시도들이 계속되는 와중에 새로운 반성의 양식들이 등장하기도 할 것이다. 시장의 유연성과 인문학적 자의식의 자정능력이 그리 만만하지 않다는 것도 알고 있다. 그

러나 숱한 문학적 담론들이 자본과 시장의 법칙 위에서 운용되고
또한 그에 귀속될 수 있다는 사실을 외면한다면 관습을 쇄신하고
관습으로부터 새로운 돌파구를 찾는 일은 점점 요원해질지도 모
른다. 지식권력의 힘을 스스로 과소평가하면서 그 안으로 움츠러
드는 일이 생각보다 훨씬 위험하다는 것, 문학성을 지키려 하면
할수록 점점 더 문학성은 시장의 논리 속으로 사라지고 마는 역
설, 이 글은 이러한 일련의 과정을 좀 더 의식적으로 자각하지
않으면 안 된다는 위기의식의 소산이다.

(『문학수첩』 2008년 가을호)

후일담, 그 후로도 오랫동안

1. 인간에 대한 예의

1980년대 이후 리얼리즘적 글쓰기의 새로움과 다양성을 점검하는 것이 이 글에 맡겨진 과제이다. 그런데 이 주제를 당연한 것으로 받아들이고 1980년대 이후 문학의 다양한 양상으로 곧바로 진입하기에는 이 주제에 함축된 전제들이 예사롭지 않다. 우선 리얼리즘적 글쓰기란 어떤 것이겠는가를 확인해야 할 필요가 있다. 리얼리즘적 글쓰기란 일단 통념적으로 우리 사회의 대다수 삶을 규정짓는 객관적 현실의 조건들과 대면하면서 그 현실을 살아가는 주체들의 형상을 그려내는 글쓰기라 이름할 수 있겠다. 그러나 그 객관적 현실의 조건이란 어떻게 정의내릴 수 있고 확인할 수 있는가. 점점 다면화되어가는 현실의 여러 조건들과 함께 거기에 반응하는 주체의 행동양식 역시 천차만별로 다양해져 가고 있는 지금의 상황은 객관적 현실에 대응하는 리얼리즘적 글쓰기의 범주를 쉽게 한정할 수 없게 한다. 뿐만 아니라 1990년대 이후 그 영향력이 한층 막강해진 영상매체를 비롯한 다양한 매체 환경은 객관적 현실의 한계선을 무너뜨리고 있다.

우리가 봉착한 문제거리는 여기에만 있는 것이 아니다. 1980년대 이후 리얼리즘적 글쓰기라 말할 때에는 이미 1980년대의 문학이 하나의 전통으로서 리얼리즘적 글쓰기의 전범을 제시하고 있다. 우리는 이러한 전제를 부인할 수 있는가. 혹은 쉽게 인정할 수 있는가. 1980년대 노동문학이 제시했던 계급적 시선으로 바라본 현실의 구조는 과연 엄정한 객관현실을 반영한 글쓰기라 말할 수 있는가. 혹은 거기에서 비롯되는 여러 문제들, 계급적 시선으로 규정할 수 없었던 다양한 타자들과의 대면을 1980년대 문학은 얼마나 충실하게 문학적으로 형상화했는가. 그렇다면 1980년대 이후 리얼리즘적 글쓰기의 새로움과 다양함이란 1980년대 문학의 연장으로서인가 아니면 전혀 새로운 문제틀로 다시 시작하기를 말하는가.

많은 의문들을 서두에 제시해두고 글을 시작하는 것은 엄청난 부담이 될 수밖에 없다. 그러나 어쨌든 1980년대 이후 문학의 리얼리즘적 글쓰기란 결국 1980년대를 연원으로 하고 있는 글쓰기라 말할 수밖에 없다. 이후 다시 언급될 김소진의 표현을 빌려 말한다면 테제이든 안티테제이든 말이다. 그러므로 좀 진부하겠지만 후일담에서부터 이야기를 시작해보자.

이제는 그리 낯설지 않은 1990년대 초반 후일담 소설들에 대한 평가, 즉 1980년대적 가치에 대한 향수 어린 회고가 1980년대적 현실독법을 제대로 반성하지 못할 뿐 아니라 변화된 현실의 면모를 냉철하게 파악할 수 없게 한다는 비판은 대체로 옳다. 순식간에 지난날의 열정이 어설프거나 성마른 것으로 외면당하고 마는 상황에 대한 반대 급부로, 사라진 것에 대한 애정은 더욱 깊어지고 변화된 현실 앞에 서 있는 왜소한 주체들의 방황은 더욱 쓸쓸하고 애잔한 것으로 비쳐지는 것이다. 그러나 물론 그것으로 끝은 아니다. 후일담 소설은 낭만화와 신비화의 우려를 지닌 채로 1980년대와는 다른 방식으로 달라진 현실을 해석하는 나름의 관점을 제시하고 있다고 보아야 한다. 가령 공지영의 소설들 「인간에 대한 예의」나 「무엇을 할 것인가」가 하나의 예가 될 수 있을 것이다. 「인간에 대한 예의」의 권오규와 이민자, 「무엇을 할 것인가」의 김정석의 운동과 그 여자의 사랑, 각각 앞의 것이 공동체를 위한 신념과 대의를 상징한다면 뒤의 것은 개인성과 내면성의 가치를 상징하고 있을 터이다. 소설은 권오규와 김정석이 보여준 가치에 경의를 표하지만 그렇다고 이민자와 그 여자의 위안이나 절실함을 외면하거나 배제하지 않는다. 그렇다면 소설은 이른바 1980년대적 가치의 아름다움을 아프게 떠올리면서도 거기에 강력한 타자로 등장하는 또 다른 가치들의 의미를 함께 묻고 있다고 보아야 할 것이다. 공지영의 후일담은 여기에서 우리 문학이 풀어내야 할 중요한 문제를 제시하고 있다. 공동체의 더 나은 삶을 위한 신념과 실천이 가진 가치를 존중하면서도 그것만으로 충분치 않은 현실의 여러 타자들을 어떻게 이해하고 고민해야 할 것인가. 권오규와 이민자, 김정석과 그 여자가 함께 공존할 수 있는 삶의 방식은 어떤 것인가. 어쩌면 우리 문학은 후일담을 감상적이고 낭만적이라고 비판하면서도 이 후일담들의 문제제기로부터 아직 벗어나지 못하고 있는지도 모른다.

2. 멀리 끝없는 길 위에

군이 후일담 소설로 분류하지 않더라도 공지영과 같은 문제의
식을 1990년대의 다른 소설들에서 발견하는 일은 어렵지 않다.
1980년대적 공동체를 향한 열정과 신념에 대비되는 개인적 삶의
고통스러운 현실 버티기는 1990년대 소설의 중요한 주제 중 하
나이기 때문이다. 전시대와 전혀 다른 문학적 감수성과 상상력을
보여주었다고 평가받으면서 1990년대 대표작가로 자리잡은 신
경숙과 윤대녕이 공동체의 신념과 대의, 혹은 정치적 사회적 관
심사와 대비되는 개인적 진정성과 내면성의 가치를 표 나게 드러
낸 작가라는 점은 이미 주지의 사실이다. 다른 점이 있다면 이들
의 문학은 개인적 일상의 세계, 혹은 개별화된 개인들의 소외와
고독을 1980년대 문학의 강력한 타자로 내세우면서 한편으로
1980년대 문학을 타자화시키고 있다는 점이다.

대표작이라 하긴 힘들지만 윤대녕의 초기작인 「January 9,
1993 미아리통신」은 이러한 1990년대 문학의 성격을 매우 직설
적인 방식으로 보여준다. 〈베티 블루 37°2〉의 여주인공을 닮은
베티, 프랑스작가와 닮은 전업작가 뚜생, 그리고 주머니에 가득
100원짜리 동전을 넣어 다니는 나 세종, 이들은 매일매일이 똑
같은 일상 속에서 우울하게 지쳐가는 별 볼 일 없는 예술가들이
다. 이들은 '슈베르트의 아르페지오 소나타가 질좋은 미란츠 스
피커에서 흘러나오는 카페 〈전함 포템킨〉'에서 자주 만나 술잔
을 기울이는 사이이다. 영화를 보고 술을 마시면서도 정작 할 말
은 별로 없는 사이, 역사적인 한중수교도 LA폭동도 관심의 대상
이 되지 못하는 이들의 일상이야말로 전적으로 개인적이고 개별

적인 삶을 스케치한 것이라고 해도 과언이 아니다. 이들이 어느 날 일없이 만나 즉흥적으로 점이나 보러 가기로 한 것이 소설의 주요 사건이다. 그런데 문제는 이들이 만난 점쟁이, 『관상대전』과 『팔자대전』, 『베트남 운동사』와 『노동법 해설』을 같은 책꽂이에 꽂아 놓은 '국화정사'이다.

　　나이는 서른하나. 이름은 끝내 밝히지 않데요. 애인도 구학련 소속 지하운동권이었답니다. 팔육년에 검거되어 재작년에 출감하고 나서 이틀 만에 교통사고로 죽었대요. 하필이면 새벽 두시에 국화를 만나러 오다 그렇게 됐답니다. (중략) 나중에 궁합을 보니 그 남자를 잡아먹을 사주였대요……. 미혹에 빠진 거죠. (중략) 저는 비구니가 되어야 할 사주팔자래요. 속세에서 그렇게 보시하며 업살을 풀어낸 다음엔 다시 운동을 하겠답니다.[1]

　　지하운동권이었다가 사주를 배워 점쟁이가 된, 남자를 죽일 운명을 벗어나지 못하고 결국은 변혁도 실천도 무망한 점술의 세계에 귀착한 국화의 삶은 어딘지 과장되어 있다. 소설은 지하운동권이었던 국화를 느닷없이 자신의 남자를 죽게 만든 드센 팔자의 여인으로 희화화시킨다. 소설은 국화를 기괴하고 우스꽝스런 존재로 희화화시킴으로써 국화의 삶을 해석하지 않고 그로 인해 국화는 소설에서 타자화된다. 뿐만 아니라 국화가 베티의 운명을 모질게 폭로하고 윽박지르며 그로 인해 베티가 더욱 깊은 우울과 신경증에 빠지게 되는 과정을 통해 국화를 그들의 나약하게 개별

1) 윤대녕, 「January 9, 1993 미아리통신」, 『은어낚시통신』, 문학동네, 1994, 48쪽.

화된 삶을 강박하는 존재로 만든다. 정신분석의 힘을 빌릴 것도 없이 소설이 의미는 명확해진 셈이다. 국화를 회화화하고 운명의 이름으로 그들을 궁지에 몰아넣는 존재로 만듦으로써, 1980년대 적 삶이 그들의 우울한 개별적 일상으로 몰아넣고 있다는 발언을 하고 있다는 해석이 가능해진다. 이후 윤대녕이 은어라는 상징을 통해 '존재의 시원으로 회귀'하는 신비적이고 낭만적인 아우라를 만들어냈지만, 그리고 이러한 윤대녕의 문학이 "사회의 차원에 서 이루어지는 정의가 아니라 각각의 개인들이 직면하는 진정성 이 문제"[2]라는 점을 여실히 보여주고 있다고 평가받아왔지만, 결국 이는 1980년대적 가치를 타자화시킨 이후, 그 타자화를 딛 고 이루어진 성과라는 점을 부인할 수는 없을 듯하다.

　신경숙 역시 마찬가지의 예를 보여준다. 모두가 거리의 열풍에 휩싸여 있는 동안 거식증으로 죽어간 친구를 애도하는 「멀리 끝 없는 길 위에」 역시 1980년대적 가치와 이후 그것의 타자로 등 장한 개인적 내면의 문제를 정확히 반대되는 위치에 놓는다. 북 에서의 삶을 잊지 못해 현실적응력을 잃어버린 아버지의 상처와 함께의 무리에 합류할 수 없는 존재의 무게 때문에 음식을 먹지 못하고 혼자 죽어간 친구를 잊은 것은 거리에서 스크럼을 짜고 최루가스를 마시며 공동체의 희망에 골몰했던 까닭이다. 친구의 존재가 기억과 기록의 힘을 빌려 안간힘으로 재현되고 있을 동안 최루가스 자욱한 그 거리는 모든 개별적 삶의 나약함을 잊게 만 든 원인으로 등재된다. 혼자 죽어간 친구 '이숙'의 개인성의 내면

---

2) 서영채, 「냉소주의, 죽음, 메저키즘 : 1990년대 소설에 대한 한 성찰」, 『문학동 네』 1999년 겨울호, 412쪽.

을 끝까지 밀어붙여 공동체적 열망이 놓친 타자로서의 긴장감을 부여한 것은 신경숙 문학의 미덕이며 이는 공동체와 개인성이라는 다소 이분법적이긴 하지만 의미 있는 문제제기를 가능하게 한다. 그러나 문제는 이러한 방식을 통해 1980년대적 가치가 새로운 방식으로 사유되지 못하고 타자화된다는 점이다. 그리고 이러한 양상은 1990년대를 1980년대의 안티테제로만 존재하게 하고 그럼으로 인해 우리가 현실을 사유하기 위해 주목해야 할 중요한 긴장들을 놓치게 만들었다. 어쩌면 이것은 신경숙이나 윤대녕의 문제가 아니라 1990년대의 편향된 담론들이 만들어낸 결과일지도 모른다.

이러한 담론의 영향력은 「멀리 끝없는 길 위에」보다 시간적으로 한참 뒤, 1990년대의 말미에 발표된 「딸기밭」을 통해 더욱 명확하게 드러난다.

「딸기밭」은 「멀리 끝없는 길 위에」보다 훨씬 노골적이다. 소설을 이루는 두 축, 유와 그 남자의 이미지는 전적으로 거리의 시위나 공동체적 행동의 반대편에서 구성된다. 모두가 비슷하게 열정적이고 비슷하게 금욕적이었던 거리의 풍경에 대비되어, 유의 화려한 스커트나 흰 살결은 더욱 두드러지며 '범죄형 얼굴'이라는 남자의 음울함은 더욱 강조된다. '나'를 이끄는 두 존재는 모두 거리의 시위와 정반대의 이미지로 구성된다. 그리고 드디어 신경숙은 그 거리의 시위를 '억압'이라고 표현한다.

어떻게 너는 그때 젊은이들이 마시는 공기 속에까지 포함되어 있었던 억압을 피해 그렇게 자유로울 수가 있었나. 어떻게 너는 그렇게 화사한 웃음을 웃을 수가 있었나. 어떻게 너는 그렇게 매끈한 종

아리를 최루탄 가스 속에 드러내놓을 수가 있었는가.[3]

여기에서 억압이란 물론 일상에서의 자유가 전혀 허용되지 않았던 1980년대의 강압적인 지배를 말하는 것일 수도 있다. 그러나 '매끈한 종아리'와 '최루탄 가스'가 대비되면서 이 억압이란 또한 모두가 금욕적인 공동체적 신념으로 열떠 있는 현장을 가리키는 것이 되기도 한다. 1980년대의 억압적 정치현실을 그에 대항하는 실천이나 행동과 동일시하고 그것에 포함되지 않는 타자들의 가치를 절대화시킴으로써, 신경숙의 문학은 1980년대에 대한 안티테제로서의 자신의 역할을 더욱 표 나게 강조하고 있는 것이다. 「멀리 끝없는 길 위에」에서 「딸기밭」으로 점점 강화되는 이분법과 타자화의 경향이 1990년대가 신경숙의 문학에 부여했던 이름을 작가가 스스로 강화한 결과라고 읽어도 크게 무리한 해석은 아니다.

윤대녕과 신경숙을 통해 1990년대 문학이 1980년대 문학의 후일담으로 존재한다고 말한다면 그것은 너무 과장된 것일까. 여기에서 후일담이란 1990년대 문학의 존재가 1980년대 문학에 기대어 의미화된다는 것을 뜻한다. 「January 9, 1993 미아리통신」과 「멀리 끝없는 길 위에」는 윤대녕과 신경숙 문학의 어떤 연원을 짐작하게 해준다는 점에서 의미 있다. 그리고 이 연원이란 1980년대 문학에 있으며 이들의 문학은 1980년대 문학을 타자화시키면서 그 효과를 발휘한다.

그렇다면 이들의 문학은 또 다른 후일담이며 앞에서 예로 든

---

3) 신경숙, 「딸기밭」, 『딸기밭』, 문학과지성사, 2000, 51쪽.

공지영의 문제의식으로부터 그리 멀리 벗어나지 못했다. 뿐만 아니라 공지영을 비롯한 후일담들이 제시한 중요한 문제 하나를 1980년대 문학을 타자화시키면서 외면했다. 그것은 정치성, 사회성, 공동체적 가치와 양립하기 힘들'었'지만 결코 모순되는 것은 아닌 개인성, 내면성, 일상성들이 어떻게 공존하면서 그 관계를 통해 현실을 구성해낼 수 있겠느냐 하는 문제이다.

3. 열린 사회와 그 적들

1990년대의 담론체계는 현대인들의 모든 관계들에 대한 '잔혹한 무관심'이라는 요소를 군중의 출현 이후 내내 존재했던 사회적 내용과 형식으로 규정하고 이를 사소한 것으로 위치시킨 1980년대식 현실 독법의 한계를 비판하지 않는다. 대신 사물의 주인공화와 인간의 사물화를 새로운 시대적 본질로 규정하고 그를 통해 1980년대의 역사에 대한 물신적 성찰을 시대착오적으로 비판한다. 이렇게 1990년대는 이전 시기와는 전혀 다른 시대로 명명되었고, 그러자 1980년대의 역사에 대한 어설픈 성찰이 문제가 된 것이 아니라 역사적 성찰 자체가 의미 없는 것으로 규정되고 만다[4]

그리고 또 하나의 의미심장한 후일담이 등장한다. 1980년대적 가치를 외면하는 것이 아니라 1990년대에 등장한 다른 타자들과 맞대면시키는 장면에서 그것은 출발한다. 1990년대 초반의 후일

---

4) 류보선, 「역사와 기억, 그 영원한 화두」, 『문학동네』 1999년 겨울호, 488쪽.

담이 1980년대적 가치와 1990년대 새롭게 등장하기 시작한 타자들의 사이에서 고민하고 연민하며 스스로를 위안했다면, 신경숙과 윤대녕으로 대표되는 1990년대 문학은 1980년대 문학을 타자화시킴으로써 자신의 존재가치를 확정하려 했고, 그런 점에서 여전히 1980년대의 자장 속에 머물러 있었다.

타자라고 뭉뚱그려 말했지만 1980년대 이후 한국문학에서 발견된 타자들은 이렇게 한마디로 정의하기 어려울 정도로 다양하다. 계급적 위계로 쉽게 정의되지 않는 계급의 주변들, 민족의 문제가 본격적으로 회의되어야 할 만큼 중요한 사회적 존재들로 급부상한, 대부분이 노동자인 국내 거주 외국인들, 계급 혹은 민족적 정체성으로 규정될 수도 없고 규정되지도 않는 성 정체성, 개발과 생산성 위주의 성장과 변화가 스스로를 반성적으로 회의할 수밖에 없게 만드는 환경과 생태 문제, 이러한 다양한 타자들의 존재와 그들의 중층적 관계는 문제를 더욱 까다롭게 만든다. 비약과 생략을 감수하면서 이 글에서는 우선 이러한 다양한 타자들과의 대면방식에 주목하고자 한다. 그리고 이 지점에서 김소진은 빼놓을 수 없는 중요한 문학적 장면을 우리에게 제시한다.

여러 작품을 거론할 여유도 없지만 「열린 사회와 그 적들」만으로도 대강의 윤곽을 그리는 것이 가능할 것이다. 무대는 무리한 시위진압 때문에 숨진 김귀정의 시신이 있는 백병원이다. 시신을 지키기 위한 사수대와 집행위 사람들이 주인공은 아니다. 소속도 알 수 없고 병원에 모인 목적도 분명치 않은 이른바 '밥풀떼기'들이 주인공이다. 아니 그들은 주인공이 아닐지도 모른다. 그들을 중심으로 사건이 서술되지만 그렇다고 해서 그들의 존재가 무대의 전면에 나서는 것도 아니기 때문이다. 그들이 무대에 등장함으로써 벌어질 수밖에 없는 논쟁, 그것이 진정한 주인공일지도 모른다.

좀 길긴 하지만 우선 인용이 필요하다.

"세계가 돌아가는 것을 봐도 그렇고 그간 우리가 쌓아온 경제·사회적인 역량을 보더라도 우리 사회가 열린 사회의 구조로 접근해가고 있는 것은 아무도 부인할 수 없는 흐름이잖소. 이제 그 흐름의 물꼬를 정치 쪽으로 돌리려는 과도기적 진통을 지금 겪는 것으로 보면 될 것이오."

"무슨 비맞은 중의 염불 소리런가 잉. 사회가 무슨 대문짝이어라? 열리고 닫히게."

"여기서 열린 사회라는 건 계급이나 종족 그리고 이데올로기라는 신화가 더 이상 개인에게 굴레가 되지 않고 개개인이 사회의 진정한 주인으로서 질적으로 더 많은 자유와 민주주의, 물질적 풍요와 평등을 이룰 수 있는 마당이며 소수에 의한 지배가 아니라 이성적으로 눈뜬 다수에 의한 착실하고도 양심적인 사회운영이 기본 원리로 받아들여지는 사회를 가리키는 것이오."

"당신네들 지금 자꾸 어려운 말을 씀시롱 머릿속을 헷갈리게 하는데 한번 물어나 봅시다. 우리, 우리 하는데 도대체 거기에 낄 수 있는 축은 누가 되는 거요? 이데올로기의 신화니 이성적 원리니 하며 거창하게 빚어내는 사회라면 우리 같은 못 배우고 빽줄 없는 떨거지들은 여전히 찬밥 신세를 면치 못할 게 불보듯 뻔한데 뭐가 진

---

5) 김소진, 「열린 사회와 그 적들」, 『열린 사회와 그 적들』, 솔, 1993, 86쪽.

정한 사회란 거요"[5)]

　'현실의 흐름을 냉철하게 주시하고 현재 당면한 문제의 긴급성을 인지하며 시민사회의 반응을 염두에 두면서 가장 효과적인 해결을 모색하는' 집행위원회가 한 축에 있다면 울분과 정의감은 공유했으되 처지나 목적, 혹은 해결방법에 있어서 전혀 의견을 달리하는 밥풀떼기, 혹은 평범한 시민들이 다른 한 축에 있다. 집행위원회가 이른바 공동체적 가치를 지향하며 조직적인 문제해결과 실천을 모색하는 1980년대적 가치를 대변한다면 이 밥풀떼기들은 전혀 규정할 수 없는 어색하고 난데없는 타자들이다. 이들이 맞부딪쳐 자신들의 담론으로 자신들의 주장을 개진하고 그것이 첨예하게 부딪치는 장면은 이제야 비로소 타자들이 자신들의 존재를 드러내며 상대를 발견하기 시작하는 장면이기도 하다.
　자, 이제 그렇다면 무엇을 할 것인가. 공동체적 실천방법과 천차만별의 신분과 계급과 처지의 개인성들이 맞부딪쳤을 때, 시신은 병원에 있고 그것을 지키면서 부당한 억압에 항의하는 일이 당면과제라고 했을 때 이들의 충돌은 어떤 방식으로 해결의 물꼬를 틀 것인가. 바야흐로 논쟁이 필요한 시점에서 그러나 소설은 멈춘다. 그리고 소설이 밥풀떼기 중 하나인 박상선 씨의 사고사로 마무리된다는 점은 의미심장하다. 그가 술에 취해 홀로 외롭게 죽고 그것은 신문의 일 단짜리 사건기사에 불과함을 알림으로써, 여전히 이 사회는 열린 사회가 아닐뿐더러 만인의 평등과 민주를 내걸은 시위현장에서조차 소외는 존재하기 마련이라는 점을 알리는 결말이기도 하기 때문이고, 한편으로 결국 이렇게 우연한 사고로 마무리될 수밖에 없는 논쟁의 빈약함을 말하는 결말이기도 하기 때문이다. 아직은 도스토예프스키적인 다성성이 더 필요한 국면에서 소설은 마무리되고 김소진의 탐문도 마무리되었다. 그리고 그 후로도 오랫동안 논쟁은 없었다.

남로당도 자본가도 아닌 게흘레꾼 아비를 내세우면서 한국문학의 독특한 타자성을 창출한 김소진의 문학은 그런 의미에서 1980년대 문학에 대해서 테제도 안티테제도 아니다. 새로 등장한 타자에 대해 누구보다 진지하였으나 그 타자로 인해 다른 타자를 배제한 적도 없고 더구나 그 타자들을 정면으로 맞대면시킴으로써 한국문학에서 드물게 논쟁의 장면을 연출했다. 그리고 우리가 현실을 읽기 위해서 여전히 풀어야 할 문제들, 테제와 안티테제가 아니라 그것들의 관계를 통해 구성되는 현실의 다면성에 대한 탐구가 아직 충분히 진행되지 않았음을 선명하게 보여준다. 김소진의 기자적인 글쓰기가 얻은 독특한 성과인 동시에 한계인 셈이다.

4. 도플갱어

그리고 이제 더 이상 후일담은 없다. 있다 하더라도 그것에 1980년대 문학이라는 연원은 없다. 후일담이 있다면 타자들과 함께 성장하고 고민해온 새로운 세대, 그들의 후일담이다. 세대론적으로 말한다면 이들은 "1990년대 문학의 주체들이 문화적으로 투쟁했던 것과 같은 방식으로 '무엇으로부터'의 환멸과 저항의 전선을 설정하지 않는" 세대이다. 그렇다고 해서 이들이 "한국 사회의 역사적 인력(引力)에서 벗어난 자리에서" "탈국가주의적인 문명적 차원의 개체적 비전을 모색한다"[6]고 보기는 힘들다. 이들의 문학이 한국 사회의 역사적 인력으로부터 온전히 벗어났다고 보기도 힘들거니와 혹시 그렇게 보인다고 하더라도 그것은 한국 사회가 이미 세계화된 자본주의의 현실 한 중간에 자리잡고 있기 때문이다.

　이 글에서 특히 손홍규와 윤이형을 주목하는 것은 다음과 같은 이유 때문이다. 손홍규는 분단, 광주 등의 역사적 사건들에 여전히 자기 방식으로 주목하면서 한국적 현실의 어두움과 고통을 끌어안고 있으며 윤이형은 자기 세대의 문화적 체험을 통과한 문법으로 자신들의 현실을 형상화하려는 노력을 보여주고 있기 때문이다. 먼저 제목도 의미심장한 손홍규의 「도플갱어」를 보자. 손홍규는 작품집 『봉섭이 가라사대』의 후기에서 「도플갱어」를 '북조선의 한 젊은 소설가에게 바치는 헌사'라고 썼다. 물론 이러한 개인적 체험이 그가 한반도의 역사적 현실에 대해 여전히 주목하고 있는 근거라고 말할 수는 없다. 또한 남과 북을 동시에 배경으로 삼고 있다는 사실이 한반도의 역사적 현실을 곧바로 대변한다고 보기도 어렵다. 오히려 주목할 만한 것은 「도플갱어」라는 제목이 말해주는 바와 같이 남쪽의 준영과 북쪽의 준영을 동일한 인격의 두 개체, 동질성으로 바라보고 있다는 점이다. 물론 이 동질성이 이를테면 '조국은 하나다'라든가 '우리는 동포'라는 분단의식을 뛰어넘는 통일지향으로 묶인 동질성은 아니다. 오히려 이들의 동질성은 당대의 현실에 발붙이고 기꺼운 보람으로 살 수

─────────

6) 이광호, 「혼종적 글쓰기, 혹은 무중력 공간의 탄생」, 『이토록 사소한 정치성』, 문학과지성사 2006, 101쪽.

없는, 소외되고 밀려난 자들의 서러움 같은 정서의 공유에서 온다. 서울이든 평양이든 그 도시의 화려함 혹은 삭막함들을 비감의 정서로 바라보는 이들의 심려와 심난이 이들의 동질성을 가능하게 한 조건이다. 남쪽의 준영은 "세상 어느 곳보다 자본주의가 아름답게 피어난 서울"을, 북쪽의 준영은 주체탑의 불빛을 "난파하는 평양이 보내는 구조신호처럼" 바라보며 자신들의 삶을, 그리고 삼팔선 저쪽의 다른 준영의 삶을 바라본다. 물론 이들은 "이 세상에 자신과 희숙을 닮은 똑같은 사람이 있을 수는 있지만, 자신과 희숙의 삶을 대신 살아줄 수는 없"[7]다는 것을 안다. 색다른 분단체험을 통해 삼팔선 이쪽과 저쪽을 같으면서도 다른 존재로 살아갈 수밖에 없다는 것을 담담하게 그려내는 「도플갱어」의 비감은 그러므로 분단의 비극도 아니고 통일의 열망도 아닌 각기 다른 사회에서 같은 모순을 살아내야 할 동시대적 존재들의 동질감에서 온다. 그러나 이러한 남북의 개별적 삶들을 '도플갱어'로 묶어내는 상상력에는 오랜 분단의 역사와 통일운동이 그림자처럼 드리워져 있음을 알기란 어렵지 않다.

호러영화의 문법을 빌리고 있지만 윤이형의 「큰 늑대 파랑」은 가속화된 자본주의의 위협적인 압박 속에서 존재의 의미를 잃어가는 오늘의 젊은 세대의 초상을 절실하게 그려내고 있다. 자신의 힘으로 자기가 원하는 것을 하며 살 수 있으리라 믿었던 세대, 무언가를 진심으로 좋아한다면 그걸로 세상을 바꿀 수 있을 줄 알았던 세대, 재미있는 것들이 그들을 구원해줄 수 있으리라 믿었기에 그들은 시위로 자욱한 거리를 벗어나 작은 방에서 컴퓨

---

7) 손홍규, 「도플갱어」, 『봉섭이 가라사대』, 창비, 2008.

터 화면에 '늑대 파랑'을 그리면서 그들의 미래를 생각했다. 그러나 대학을 졸업하고 생계를 자신들의 힘으로 유지해야 했을 때, 그들을 괴롭힌 것은 부끄러움이었다.

　　자신의 밥벌이를 부끄러워해서는 안 된다는 말을 들을 때마다 정희는 얼굴이 뜨거워졌다. 그렇게 많은 회사들 가운데서 부끄러움과 자괴감을 품지 않고 일할 수 있는 회사 한 군데가 없다면 그건 세계의 잘못이 아니라 정희의 잘못일 수도 있었다. 하지만 정희는 부끄러웠다. 자신이 하는 일이 언제나 부끄러웠고, 모두가 참아내는 그 부끄러움을 참지 못하고 매번 비겁하게 도망쳐 나오는 자신이 버거웠다. 모든 기자들이 자신과 비슷한 일을 하는 것 같지는 않았다. 하지만 정희가 들어가는 회사들은 모두 그런 종류의 업무를 수행할 능력을 요구했다. 그런 일이 아니면 무슨 일을 할 수 있을까. (중략) 생계를 유지하기 위해 정희도 이 세상 한구석에 쉴 새 없이 무언가를 만들어냈다. 하지만 그것은 다른 누군가가 이미 만들어놓은 것을 망그러뜨리고 흠집을 낸 다음 셀로판지로 포장한 것에 지나지 않았다.[8]

　　재미있는 것들이 세상을 구원해줄 줄 알았으나 그 재미는 상품화, 사물화된 삭막하고 잔인한 자본주의 속으로 포장되어 사라졌다. 이제 그들이 할 수 있는 일이란 배급회사의 압력 때문에 별 반 개짜리 영화를 별 다섯 개로 바꾸는 일, 혹은 유행이 지난 자켓을 조롱하거나 조롱당하는 일, 무명작가의 소설을 작가의 의도

---

8) 윤이형, 「큰늑대 파랑」, 『창작과비평』 2007년 겨울호, 313쪽.

와는 전혀 다르게 윤색하는 일, 그런 것들이었다. 부끄러움으로 밥벌이를 해야 하는 세대의 고통에 대한 적나라한 보고서이기도 한 윤이형의 소설은 영상매체와 장르소설의 문법으로 여기에 자기처벌의 방식을 덧붙인다. 좀비가 습격한 세상에서 재미있는 것이 세상을 구원해주리라 믿었던 순진한 믿음은 가차없이 공격당하고 처참한 모습으로 뭉개진다. 소설의 결말은 그때 그 친구들 중 유일하게 살아남은 아영이 '큰 늑대 파랑'의 등을 타고 사랑을 찾아 떠나는 것으로 끝나지만 그런 식의 구원이 가능하지 않다는 것을 우리 모두는 안다. '하이텔 세대'[9]의 후일담이라 할 만한 윤이형의 「큰 늑대 파랑」은 장르문학을 통해 현실을 돌파하고 또한 장르문학을 통해 현실을 떠난다. 새로운 문화체험이 우리 문학에 불어넣어준 새로운 상상력이 어떤 방식으로 진화할지는 아직 알 수 없지만 적어도 그들이 그 문화체험과의 긴장을 통해 자신들의 현실을 독특한 방식으로 형상화하고 있다는 사실은 분명한 것 같다.

손홍규와 윤이형은 자신들이 처한 전면적 상품화와 사물화의 현실 속에서 한없이 왜소해진 주체의 고통을 나름의 방식으로 절실하게 그려내고 있다. 이들에게서 공동체적 투쟁과 실천의 행동방식, 이른바 1980년대적 가치의 흔적을 찾기란 쉽지 않다. 어쩌면 이들은 진정으로 테제도 안티테제도 아닌 세대의 출발점을 알리고 있을지도 모른다. 자신들의 눈으로 자신들의 현실을 직면하기 시작한 젊은 세대의 문학에서 우리는 현실을 읽는 다른 방법들을 찾을 수 있다. 그렇다. '다른' 방법이다. 그 '다른' 방법들은

---

9) 김영찬의 명명이다. 「한국문학의 장르적 상상력」, 『문학수첩』 2008년 가을호 참조.

아직 더 탐구되어야 한다. 그것은 한국 사회의 대다수 비주류의 삶들이 겪어내야 하는 현실의 고통들을 외면하지 않으면서, 김소진에게서 중단되었던 논쟁적 직면을 이어가는 일이기도 하다.

(요산문학제 기념 심포지엄 "리얼리즘, 생성의 상상력", 2008)

기억하는 자의 슬픔

1. 존재의 형식들

흐려진 눈앞에 어른거리는 얼굴이 있었다. 생애의 어느 부분도 잘라낼 수 없을 뿐만 아니라 눈앞에 어른거리고 있는 희미한 얼굴 하나도 지워버릴 수 없으리라는 예감이 그의 온몸을 엄습했다.

_방현석, 「랍스터를 먹는 시간」(『랍스터를 먹는 시간』, 창비, 2003), 179쪽

강박적으로 말하자면, 모든 복고는 안일하다. 1980년대를 다시 읽는다는 것, 그리고 그 1980년대에 대해 말한다는 것은 그 시작에서부터 그것이 복고, 또는 향수가 아니냐는 의심을 사기 쉽다. 전 지구적 자본주의가 더욱더 촘촘히 우리의 일상을 장악하고 있고 거기로부터 벗어나는 길은 요원해 보인다. 그것은 현실이 더욱 강력한 위력으로 우리를 압도하고 있다거나, 거기에 맞서는 주체의 대응력이 심각히 약화되었다거나 하는 안과 밖의

대비로 설명될 수 있는 성질의 것이 아니다. 이미, 안과 밖은 없다. 외부 현실은 강고하고 우리의 내면은 왜소하다는 설정은 기계적이고 도식적인 설명으로는 적합할지 모르지만, 우리의 무기력한 현재를 적실하게 지각하는 데는 적절치 않다. 강고한 외부 현실은 그것 자체로 존재하는 것이 아니라 그것을 수용하고 받아들이고 적응하는 우리 몸속에 그대로 살아 있다. 일상을 둘러싸고 있는 자본주의적 질서 속에 우리가 이미 편입되어 있기 때문에 그 현실은 더욱 위력적이다. 우리는 자본주의와 싸우고 있는 것이 아니라 전전긍긍하며 자본주의를 살고 있는 것이다. 우리의 욕망을 숙주로 번성일로를 내닫고 있는 자본주의, 속도와 경쟁의 나날을 버티는 우리들에게, 그래도 적이 분명했던 시대, 그와 맞서 싸우는 것만으로도 존재의 존엄을 느낄 수 있었던 시대로 1980년대를 기억한다면, 그래서 그 1980년대를 다시 불러와 현재의 무기력한 주체와 대비한다면, 그것은 의도와는 무관하게 자기만족적 복고나 향수로 귀착되기 십상이다. 지난날은 고통스러웠으되, 그래도 알 수 없는 미래보다는 겪어온 날들의 구체성이 친근하다. 속수무책의 전망 없는 나날들을 헤매는 일보다는 격정과 회한의 기억들을 돌아보는 일이 더 생동감 있다.

강박적으로, '모든 복고는 안일하다'고 서두를 열었던 이유이다. 기억은 언제나 주관적이지만 그 기억의 감각들이 지니는 구체성은, 쉽게 거부할 수 없는 물질성을 지니고 있다. 울컥했던 감격과 고통 속에 집적된 분노, 뜨거운 연대의 감동과 기약할 수 없었지만 가능하다고 믿었던 새로운 미래에 대한 희망은 여전히 때때로 우리를 괴롭힌다. 그 기억 속에서 다시 점검하는 현재는 남루하다. 그래서 기억은 현재를 더욱 혐오스럽고도 원망스러운 것으로 밀쳐놓게 만들 우려가 있고 그것이 안일한 복고로 가는 지름길이기도 할 터이다. 혹은 반대의 경우도 있다. 모두가 하나의 세상을 꿈꾸고 있다고 믿었던 단단한 공동체 안에 스스로를 결합시킬 수 없었던 소외의 기억, 혹은 그것을 개인의 자유와 무관한 집단적 격정의 낭만성으로밖에 이해할 수 없었으므로 부담스러운 억압의 감각으로 시대를 바라보았던 아연한 침묵 속의 반발들, 그러므로 그 기억들을 삭제한 곳에서 새로운 현재의 영토를 찾아야 한다는 당위 역시 강박적이기는 마찬가지이다.

1980년대에 국한한다면, 과거로부터 현재를 다시 읽는다는 기획은 아마도 강박적인, 이 기억의 과잉으로부터 출발해야 할 것이다. 시대가 변했다고 하지만 우리의 현실이 과연 변화했는가, 우리가 꿈꾸었던 인간다운 삶은 오히려 우리의 현재와 더욱 거리가 멀고, 1980년대에 그토록 맞서 싸웠던 자본의 속악함과 부당한 권력은 오히려 더욱 강력히 우리의 현실을 규정하고 있지 않은가라는 항변, 혹은 문학과 현실이 관계 맺는 모든 방식의 기원에 1980년대를 두고 그것으로부터 얼마나 멀어졌는가를 현재의 정체성으로 규정하려는 방식 모두 이 기억의 과잉에서 비롯되는 것이기 때문이다. 자본과 속도와 경쟁이 이미 우리의 몸을 장악하고 있다면 이 기억 역시 우리의 몸을 장악하고 있어 쉽게 떨쳐내기 힘들다. 기억을 깡그리 비운 몸을 가질 수 없듯이, 현실의 질서 바깥으로 완전히 벗어나 있는 몸을 상상할 수도 없다. 아름다운 기억이든, 경악스러운 기억이든 그 기억을 단단히 다시 읽는다는 것은, 그 기억들이 여전히 한 귀퉁이를 차지하고 있는 우리의 현재와 만나기 위한 힘겨운 싸움이 될 것이다. 방현석의 말을 빌리자면 그것이 우리의 '존재의 형식'이다.

2. 감염의 언어들

그런 세상이 있어요. 이 땅의 사람들 대다수가 그렇게 되기를 바라고 있고 또 그렇게 되도록 노력한다면 그렇게 되는 거죠. 그렇게 되지 않는 세상이 오히려 이상한 거지요.

_방현석, 「지옥선의 사람들」(『내일을 여는 집』, 창비, 1991), 179쪽

「지옥선의 사람들」에서 공장에서 고용한 폭력배들에게 린치를 당한 '기대'는 부상 입은 몸으로 '정형'의 집에서 기거한다. 그의 부상을 돌보아주었던 정형의 부인에게 기대는 자신이 이렇게 만신창이가 되도록 맞으면서도 노동운동을 포기하지 않는 이유를 이 땅의 사람들 대다수가 원하는 세상을 위해서라고 말한다. 가치를 생산하는 사람이 억압받지 않고 고통받지 않고 자신의 삶을 존중하면서 살 수 있는 세상. 기대는 자신이 꿈꾸는 세상을 말하지만 또한 그 세상을 '이 땅의 사람들 대다수'가 꿈꾼다고 믿어 의심치 않는다. 조곤조곤 정형의 부인이 가진 의심을 풀어주려는 이 계몽의 언어는 사실, 자신의 꿈이 모두의 꿈과 다르지 않다는 확신에서 나온다. 또는 정형의 부인이든 누구든 기대가 말하는 모두의 꿈이 자신의 꿈이기도 하다는 사실에 동의했기 때문에 그 계몽은 성립된다. 이를테면 기대의 계몽의 언어는 시대의 동의를 얻었기에, 어떤 방식으로든 기대가 꿈꾸는 세상에 자신의 꿈을 얹을 수 있었던 사람들에 의해 가능한 언어였던 것이다.

그리고 그 꿈은 저마다 다른 사연과 다른 어두움 속에 잠겨 있었던 다른 이들에게도 감염된다. 꼭히 노동자가 아니더라도, 민주노조 건설이 당면 목표가 아닌 사람들에게도 노동자들의 꿈은

남의 것이 아니었고 그러므로 1980년대 문학은 당대의 현실과 같은 길을 걸을 수 있었다고 말할 수도 있다. 그러니 1980년대 문학의 성취는 작가 개인의 혹은 작품 개별의 성취가 아니라 시대의 성취라고 해도 좋을 것이다. 그리고 그 시대의 성취 안에는 사실상 다양한 꿈들이 서려 있기도 하다. 예컨대 최윤의 「회색 눈사람」에서, 가난과 외로움에 눌려 막연히 죽음의 날을 예감하고 있었던 '강하원'에게 인쇄소의 '안'과 그 동료들은 무언가 미래를 위해 묵묵히 나아가고 있다는 것만으로도 위안이고 힘이고 빛일 수 있었다.

김희진이 도착하던 날, 그녀의 피곤에 지쳐 눈 감긴 얼굴을 쳐다보면서 나는 내가 이미 오래전부터, 나도 모르게 그 성격을 규정하기 어려운 희망이란 것에 감염되었음을 알아차렸다. 그리고 그것이 결국은 어떤 형태로든 일생 동안 나를 지배하리라는 것도. 나는 막연한 희망에 대한 막무가내의 기대로 김희진을 돌보았다.

_최윤, 「회색 눈사람」(『저기 소리 없이 한 점 꽃잎이 지고』,

문학과지성사, 1992), 67쪽

물론 강하원이 회고하는 시절은 엄밀히 따지자면 1980년대라기보다는 1970년대 어름의 때이겠지만 그 구체적 연대가 중요한 것은 아니다. 죽음처럼 어두운 삶과 아무 기대 없는 고통의 나날들에 위안이 되었던, 현재의 고통을 돌파하고자 하는 의지와 노력, 헌신의 열정이 존재하고 있다는 사실, 그들과 결코 하나가 될 수 없었지만 그들의 꿈에 동의하고 자신의 기대를 얹을 수 있었다는 사실이 중요하다. 그리고 그곳에서 안은 아무것도 강요하지 않고 아무것도 계몽하지 않았지만 강하원에게 희망을 감염시킬 수 있었다. 이러한 감염된 희망과 감염된 언어들은 1980년대 문학이 남겨놓은 또 하나의 가능성이기도 한데, 그것은 어둡고 무거운 현실의 고통을 넘어서고자 하는 간절한 열망을 현실화하려는 열정의 가능성이기도 하다.

사실 「회색 눈사람」에서 강하원이 겪은 죽음과 같은 절망은 지극히 개인적인 사연과 내력에 의한 것이었고 그러므로 개인의 내면과 존재에 대한 극단적인 탐구로 이어질 수도 있는 내용이다. 인쇄소의 안과 그 동료들이 진행하는 작업이나 그들의 단체에 대해 한사코 거리를 유지하면서도 그들의 삶에서 희망의 감염을 발견한 것은 최윤의 소설이 지닌 긴장력과 섬세한 감각의 산물이며 성취이다. 그러나 또한 그것은 1980년대의 문학이 지닌 감염력의 근거를 예민하게 드러내고 있는 것이기도 하다. 1990년대 후반에 연재된 신경숙의 『외딴 방』(문학동네, 1999)에서도 이러한 감염력을 발견할 수 있는데, 『외딴 방』의 성취는 사실상 이러한 감염력을 이전 시대와는 다른 언어로 풀어놓은 데 있다고 해도 무리가 없다. 『외딴 방』에서 현재의 존재와는 다른 존재가 되고자 했던, 그래서 글쓰기에 골몰했던 여공 '나'와 다른 세상을 만들려 했던 노조 사람들과는 일종의 유비관계가 성립된다. 그들의 꿈은 달랐지만 또한 그들은 모두 지금의 존재와는 다른 존재가 되고자 하는 열망을 함께 품고 있었으며 그래서 노조 사람들은 '나'에게 존중하지 않을 수 없는 타자가 된다. 이제는 정설처럼 굳어진 1990년대 내면성의 신화 가운데서도 『외딴 방』이 의미 있는 성취를 이룰 수 있었던 것은 바로 이처럼 존중하지 않을 수 없는 타자에 의해 세계를 읽는 균형감각을 얻을 수 있었기 때문이다.

역으로 1980년대 문학이 더 이상 존중하지 않을 수 없는 타자의 위치를 잃어버릴 때 저마다의 다른 꿈들은 더 이상 감염의 효과를 보여주지 못한 채 개인의 내면으로 침잠하고 만다. 나의 꿈이 모두의 꿈이 된다는 확신을 얻을 수 없을 때, 다른 세상을 설득하는 목소리는 동의할 수 없는 계몽이 되거나 회한에 찬 회고가 될 수밖에 없을 것이며, 그랬을 때 타자들과 더 이상 관계 맺지 못한다. 1980년대 문학의 감염력이 작가 개인이나 작품 개별의 성취라기보다는 그 시대의 공감대를 바탕으로 형성되었다고 본다면 이는 곧 시대의 공감대를 잃어버린 곳에서 1980년대 문학의 쇠퇴가 있었다는 말과도 통한다. 그렇다면 남은 일은 이제 더 이상 모두의 것으로 화할 수 없는 타자들의 세계, 그 모호하고도 다층적인 세계의 심연으로, 그것이 지닌 불투명한 고립들 사이로 들어가보는 일이다.

3. 이국의 타자들

스미스가 왜 이리(裡里)에다 그랑프리 패션을 차린 줄 아니? 지네 나라인 미국은 임금이 비싸기 때문이야. 패션은 공단 내의 다른 회사와는 엄청나게 틀려. 이번 싸움은 중요해. 우리 회사에서는 첫 싸움이야. 우리는 이겨야 해.

    _정도상, 「새벽기차」(『친구는 멀리 갔어도』, 풀빛, 1988), 238쪽

최근 1980년대 작가들이 공통적으로 중국, 북한, 베트남 등 국

경 너머의 공간들을 주요 무대로 삼고 있다는 것은 결코 우연이 아니다. 간략히 정리하자면 이는 일국적인 차원을 뛰어넘는 지구적 현실, 그 속에서 더욱 심화되고 다층화되어야 할 정치적, 문학적 실천의 필요성에서 기인한 것이라 볼 수 있다. 여기에 한가지 덧붙일 것은 타자에 대해 더욱 복잡하고도 심란한 고민을 할 수밖에 없었던 작가들의 사정에 관한 것이다. 정도상의 「새벽기차」에서 그랑프리 패션의 여공들이 "이번 싸움은 중요"하며, "반드시 이겨야" 한다고 다짐할 수 있었던 것은 단지 저임금이나 공장에서의 인격적 모욕 때문만은 아니다. 거기에는 저임금이 가능한 저개발의 땅에서 무자비한 이윤 추구를 일삼는 미국이라는 제국에 대한 적대의식이 중요한 명분으로 자리잡고 있다. 공장의 직공들은 개인이지만 고용자로서의 미국과 피고용자로서의 한국이라는 부당하고 모욕적인 관계가 집단적 적대로 자리잡고 있었기 때문에 그 여공들의 싸움은 단지 개인적인 싸움이 아니게 되는 것이다. 물론 지금도 미국은 여전히 부당한 권력이고 한미 관계는 여전히 굴욕적이지만, 그것은 거부할 수 없는 굴욕이다. 그 굴욕이 거부할 수 없는 굴욕인 이유는 단지 제국주의의 위력이 저항할 수 없을 정도로 강력하기 때문이라거나 우리 사회가 그 힘의 위계를 당연한 것으로 받아들이고 있기 때문만은 아니다. 더 진정한 이유는 우리도 그 관계구조의 한 축을 담당하고 있다는 뼈아픈 자각에 있을 것이다. 스미스가 이리에 세웠던 그랑프리 패션처럼 이제 베트남에, 중국에, 캄보디아에 값싼 임금을 이유로 한국의 기업들이 진출해 있으며, 탈북자들과 동남아의 불법 노동자들이 상상할 수 없는 임금과 대우를 받으면서도 한국으로 오기 위해 아우성을 치고 있다. 자신이 사용자가 되었든 아니든,

그러한 집단적 구조 속에 우리도 속해 있다는 사실, 부당함을 알면서도 그 구조 속에서 생존하고 있다는 사실은 참담한 모욕이면서 동시에 피할 수 없는 자괴감이 된다.

정도상의 「함흥, 2001, 안개」에, 방현석의 「랍스터를 먹는 시간」에, 김인숙의 「바다와 나비」에 한국으로 들어오기 위해 갖은 애를 쓰는 조선족들과, 현지 기업들이 고용한 노동자들이 한결같이 문제의 중심으로 떠오르는 이유도 여기에 있을 것이다. 이 작가들은 이제 맞서 싸우고 규탄하고 척결해야 할 대상들이 나 자신에게도 서려 있다는 사실과 직면해야 하는 것이다. 이전에 맞서 싸우던 타자들은 바로 내 자신이기도 하며, 꿈을 공유하며 서로를 감염시킬 타자는 너무 멀리 있다는 사실이 소설을 더욱 착잡한 성찰의 시간에 들게 한다. 정도상의 최근작이 분단에 고통받는 남쪽의 사람들(실향민이거나, 혹은 반공 이데올로기에 의한 부당한 사상탄압의 피해자이거나) 대신 타의에 의해 난민이 되어버린 북쪽의 사람들과 직접 대면하고 있는 것, 방현석이 베트남을 배경으로 그곳에 진출한 한국 기업들의 행태나 베트남 해방투쟁의 전사들을 소설 속에 직접 등장시키고 있는 것, 김인숙의 「바다와 나비」 같은 소설이 금단의 이상이었던 중국의 현재를 무대로 펼쳐지고 있는 것은 어떤 의미에서는 같은 맥락 안에 있다. 쉽게 동일시할 수 없는 타자와의 맞대면을 시도하고 있다는 점에서 그렇다.

이 타자들과의 맞대면을 통해 소설공간은 훨씬 폭넓게 확장된다. 국가의 경계를 넘는, 소설 무대의 외연적 확장만을 의미하는 것이 아니다. 쉽게 동일시할 수 없는 타자들과의 곤혹스런 만남은 현실의 층위를 다면적이면서도 복잡하게 구조화하고, 그로 인해 현실을 사유하는 우리 인식의 폭은 확장된다. 정도상의 주인공 충심을 보면서 우리는 이제 더 이상 북한이 통일운동의 맥락 속에서 어떤 금지된 이상으로 존재하지 않는다는 점을 절감한다. 아울러 탈북자들의 인권 운운에 그치고 마는 이념공세가 얼마나 단견일 수밖에 없는지도 새삼스럽게 증명된다. 금지된 이념 때문에 이상화되기도 했던, 혹은 폐쇄적 사회주의 체제의 한 대표격으로 생각되었던 북한조차 세계적 자본주의화의 물결 안에서 자유로울 수 없는 공간임을 알게 되는 것이다. 그리고 그 탈북자들이 이념적 당위로도 민족적 당위로도 쉽게 끌어안을 수 없는 아주 낯선 타자라는 사실을 막막한 곤혹으로 접하게 된다. 방현석의 베트남 역시 단순하지 않다. 베트남은 사회주의를 살았던, 동료의 죽음으로 자신의 생명을 얻은 견결한 전사들이 살고 있는 곳이기도 하지만 한국의 1970년대가 재현되는 저개발의 땅이기도 하다. 자본에의 예속과 자본에의 욕망이 함께 얽혀 꿈틀거리고 있는 반복과 발견의 그 땅에 자신들이 경험했던 방식으로 개발과 산업화를 이식하는 한국의 관리자들이 있다. 그리고 또 그들은 한국에서 밀려나온 사람들이며 살아남기 위해 더욱 잔혹해져야 하는 인간들이라는 데 한 가닥 염오와 연민이 함께 솟아오른다. 김인숙의 중국은 어떤가. "빠른 것, 간단한 것, 포장된 환상, 결국 자본주의적인 것"의 상징인 맥도날드가 자리잡은 중국은 지난날의 금단의 이상이 무너져버렸다는 상실감으로만 존재하는 것은 아니다. 먹고살기 위해 비굴과 모욕의 나날을 견뎌야 했던 한국에서의 삶이 중국의 그것과 다르지 않다는 사실, 그리하여 한국 국적을 얻기 위해 생면부지의 나이 많은 남자와의 결혼도 마다 않는 채금을 이해하지도 미워하지도, 말리지도 돕지도 못하는 자신을 확인하는 곳이 바로 중국인 것이다.

　이국으로 확장된 소설의 공간은 단지 한국의 현실을 견디지 못해 건너온 도피처가 아니다. 오히려 어디를 가도 더 이상 물러날데가 없다는 것을 확인하는, 세계 전체가 소금기 가득한 망망한굴욕의 바다임을 확인하는 일에 다름 아니다. 그리고 거기서 만난 타자들은 모두 그 바다에서 사지가 찢겨진 가냘픈 나비임을아는 일, 그럼에도 불구하고 그 타자들은 결코 같은 꿈을 꾸지못한다는 사실을 확인하는 자리, 여기에 어떤 감염이 있다면 그것은 희망의 감염이 아니라 쓸쓸한 절망의 감염이다.

4. 흔들리는 주체

　여전히 잘났어요. 하는 그 비아냥거림이 아니라 한마디도 하지않은 창은의 왼손에 들린 술잔이 재우에게 상처가 되었다. 충분히외로워서 이 땅을 떠났고, 완벽하게 외톨이가 되어서 잠시 돌아왔다고 생각한 그 앞에 창은이 있었다.
　_방현석, 「존재의 형식」(『랍스터를 먹는 시간』, 창비, 2003), 16쪽

　낮은 목소리의 설득이든 격앙된 구호이든, 이제 다른 이들을계몽할 수 있는 주체는 없다. 나의 꿈이 곧 모두의 꿈이라고 확신할 수 없고, 서로 다르지만 언젠가는 함께할 것이라고 믿어 의심치 않았던 타자들도 없다. 그리하여 그들은 외롭다. 이전이었다면 공수부대 출신의 만복이 정치범 원태의 오물 묻은 속옷을슬그머니 빨아주었겠지만(정도상, 「십오방 이야기」), 아이가 아파

도 돌볼 새가 없는 부위원장 남편을 원망하다 어느새 반드시 이 길 싸움에 동참하는 희재엄마는 외롭지 않았겠지만(김인숙, 「함께 걷는 길」), 대학생 출신의 기대와 현장 출신의 봉수의 갈등은 노동운동의 과정에서 어느새 해결되었겠지만(방현석, 「지옥선의 사람들」) 그 길을 함께 걷는 일이 그리 만만치 않다는 것을 이제 그들은 안다.

　방현석의 「랍스터를 먹는 시간」에서 '건석'은 자신들을 모욕한 관리자들에 대해 태업을 벌이고 있는 노동자들과 같은 분노의 자리에 있지 못한다. 오히려 건석은 징계를 받는 김 부장과 같은 관리자들의 문제를 해결하기 위해 분주하게 여러 기관을 찾아 다녀야 한다. 그 관리자들 역시 한국에서 밀려난 사람들이라는, 베트남을 떠난다면 그들에게 남은 것은 퇴직뿐이라는 것을 알고 있기 때문이다. 더 나아가 그 베트남의 노동자들에게 자신은 이미 존재 자체로 가해자임을 알고 있기 때문이다. 태업을 벌이는 노동자들을 장악하기 위해 가족들에게 전보를 보내는 행태가 지난날의 한국의 관리자들이 하던 짓과 다를 것이 없다는 것을 알고 있지만 그 전문을 작성하는 일에 참여하지 않는다고 해서 건석이 죄의식에서 자유로울 수 있는 것은 아니다. 이라크 파병 뉴스에서 월남 파병을 떠올리는 자들 앞에서, 한국군대에 의해 몰살당한 한 마을을 방문해야만 하는 건석이 설 자리는 어디에도 없는 것이다. 이는 「존재의 형식」에서 변호사로 성공한 지난날의 동지 문태를 재우가 끝내 비난할 수 없는 사정과도 통한다. 그 역시 외로움을 이기지 못해 한국을 떠나왔으며 프레스 기계에 한 손을 잃은 창은이 그가 떠나온 곳에 여전히 존재하고 있기 때문이다. 재우는 문태를 비난할 수 없으며, 건석은 공장의 관리자들과 맞서지 못한다. 그리고 공장의 베트남 노동자들을 계몽할 수도, 그들과 같은 꿈을 꿀 수도 없다.

그리하여 그들은 계몽하는 대신, 행동하는 대신 오래 서성인다. 마치 베트남어로 시나리오를 번역하는 그 지루한 과정처럼, 한국어를 베트남어로 직역하고 다시 그것을 성조와 울림을 살린 온전한 베트남어로 번역하는 과정처럼, 그 사이의 서걱거리는 거리와 차이 속에서 외롭게 서 있다. 정도상의 「소소, 눈사람이 되다」에 잠깐 등장하는 남쪽 사내의 어정쩡한 위치 역시 이렇게 흔들려서 외로운 주체들의 현재를 대변한다. 굶주림과 가난에 시달리고 팔려서 국경을 넘고 다시 사기를 당하여 국적 없이 떠도는 북쪽 처녀 '충심'에게 다가온 그 남쪽 사내는 충심을 좋아한다고 말하지만 그 둘은 쉽게 결합할 수 없다. 충심을 사랑하기 위해서는 충심을 남쪽으로 데려가야 하겠지만 그것이 곧 "상대방의 처지를 이용해 자신의 욕구를 채우려는" 일이 되어버릴 것이기 때문이다. 이미 평등하지 않은 자들과 같은 길을 가기 위해서 무엇을 해야 할 것인지 그들은 알 수 없다.

이 외롭고 흔들리는 주체들은 지난날의 힘차고 단단한 서사를 기억하는 독자들에게는 아쉬움으로 남을지도 모른다. 그러나 이들이 흔들리는 덕분에 발견된 새로운 타자들, 새로운 현실이 있음을 기억해야 할 것이다. 서사의 한쪽에 비켜난 남쪽 사내 덕분에 탈북과 난민의 세월을 겪는 충심의 고난은 더욱 오롯이 절실하고, 북한이거나, 중국이거나, 남한이거나 할 것 없이 욕망에 들끓는 세월을 살고 있음을 우리는 알게 된다. 혹은 그 수많은 욕망의 주체들조차도 진정한 주체가 아님을, 누구든 할 것 없이 떠밀리고 떠밀려서 이 시절을 살아내고 있음을 알게 된다. 쉽게 개입할 수 없는 타자들과의 거리에 의해 우리가 읽어야 할 현실의 층위는 더욱 난감하고 복잡하며 곤혹스러운 것이라는 점을 다잡아 생각하게 되는 것이다. "그와 함께 울 수만 있다면, 무슨 짓이든 하고 싶"(「바다와 나비」)었지만 '나'는 남편을 떠난다. 연민과 이해로 해결할 수 없는 존재의 바닥을 외면하지 않기 때문이다. 그러니 아직 화해할 때가 아니다. 쉽게 동일시될 수 없는 무수한 타자의 발견 앞에서 쉽게 개입하지도 물러나지도 못하는 곤혹으로 그들과 나 사이의 거리를 더 오래 바라보아야 할 것이다. 그러기 위해서 이 흔들리는 주체들은 더욱 오래 외로워야 할 것이다.

5. 기억하는 자의 슬픔

그건 말이지. 죽음보다 더한 거야. 그건 말이지…… 살아 있다는 거라구. 그것도 아주 천천히, 아주 오래…… 가마솥 속의 개고기 뼈가 다 무르도록, 아주 오래오래…… 흠씬 두들겨맞아 나달나달해진 살 속에서 진국의 국물이 다 빠져나올 때까지 천천히 천천히…… 아주, 아주 오래, 오래…… 그렇게 보고, 또 보고 해야 한다는 걸 말이야.

_김인숙, 「바다와 나비」(『그 여자의 자서전』, 창비, 2005), 87~88쪽

그러나 아직, 이 새로운 타자들, 낯선 자기를 탐구하는 일은 완성되지 않았다. 사실, 그것은 완성될 수 없는 것이다. 그리고 소설에서 갈등은 자주 봉합되고, 화해한다. 이를테면 「존재의 형

식」에서 시인 반레의 존재가 그렇다. 베트남 해방투쟁을 겪으며 얻은 반레의 품성과 고뇌는 충분히 경외로운 것이지만 그의 깨달음과 삶에의 태도가 곧 재우의 것으로 동일시될 수는 없다. 아마도 문태가 골프장 대신 구찌 터널에 가 있다는 사실에 재우의 몸이 금세 가벼워졌던 까닭은 역사와 인민을 신뢰하는 반레의 깊은 눈매에 감염된 것이겠지만, 그렇다고 해서 문태와 재우의 물질적 기반이 쉽게 바뀔 수 있는 것은 아닐 터이다. 문태는 계속해서 변호사 집단의 속물성 속에서 살아가야 할 것이고, 재우는 여전히 슬리퍼로 베트남 노동자의 빰을 때리는 한국 기업의 야만 사이에서 살아가야 할 것이다. 그리고 창은은 한쪽 손을 잃은 채로 여전히 한국에 있다. 아마도 「랍스터를 먹는 시간」에서 건석이 에데족의 딸 리엔과 결혼하려 하는 것, 아버지가 월남에서 낳아온 형이 노동현장에서 죽음을 맞게 된 것은 건석과 재우를 그토록 절망하게 한 낯선 타자들을 향해 존재전이를 감행하고자 하는 작가의 의욕이 표현된 결과일 것이다. 그리고 그것은 개체적 존재에서 집단적 존재로, 지식인에서 노동자로의 존재전이를 통해 같은 꿈을 일구었던 지난날의 소설적 관습일지도 모른다. 정도상은 「소소, 눈사람이 되다」에서 남쪽 사내를 한쪽으로 비켜나게 하는 대신, 충심을 아무에게도 기대지 않고 홀로 성장하는 외롭고 약한 영웅으로 만든다. 주위는 온통 자신의 욕망을 쫓느라 다른 이들의 삶을 아랑곳하지 않는 탐욕의 화신들이고 충심은 홀로 꿋꿋하다. 의리와 순정과 곧은 주체성을 지닌 충심은 아직 아무것도 이루지 못했지만 또한 새로운 희망이기도 하다. 역사나 수많은 방해와 장애를 뚫고 스스로의 성장을 이루어가는 주인공들에 대한 기억, 서사적 관습의 잔재가 희미하게 남아 있다.

혹자는 쉽사리 지난날의 관습으로 퇴행하는 동일시의 욕망을 아쉬워하기도 할 것이다. 그러나 이것은 또한 기억을 지닌 자들의 슬픔이다. 몸속에 각인된 기억을 깡그리 지울 수 없으니, 그 기억 속에서 현재를 보는 일은 오래 계속될 수밖에 없다. 낯선 타자들이 수없이 존재함을, 그들을 계몽하거나 그들과 동일시될 수 없는 주체의 외로움을 알고 있지만 거기에 덧대어 이어지는 함께 걷는 길의 기억을 짊어질 수밖에 없는 슬픔. "자기가 살지 않은 것을 남에게 요구할 수" 없듯이(「존재의 형식」에서, 반레의 말이다) 자기가 살아온 삶을 외면할 수도 없다. 이것이야말로 쉽게 동일시될 수 없는 슬픔이다. 그리고 이 슬픔 아래에 결코 봉합되지 않는, 화해되지 않는 현실의 조건들이, 흔들리며 외롭게 복원한 타자들과의 거리가, 관계가 있다. 재우는 문태를 보내고 돌아오는 택시 안에서 자신도 모르게 "명동성당"이라고 무심코 말한다. 그러나 그가 탄 택시가 명동성당으로 돌아가지 못한다는 것을 누구나 안다. 아직 화해하기에는 너무 이른, 베트남의 노동자들과, 한국의 관리자들과, 해방 용사 러이의 분노와 결기, 그리고 그 때문에 잃어버린 전쟁 중의 연인과, 돌아가지 못한 한국과 그곳에 남아 있는 창은이 갈피갈피에 새겨져 있기 때문이다.

「바다와 나비」에서 가장 인상 깊은 장면으로 꼽을 수 있는, 죽음을 보고 멀어버린 채금 아버지의 한쪽 눈은, 그대로 중국에서 몰락한 이상을 확인한 '나'의 심경에 대응되는 것이 아닐까 하는 생각을 한다. 죽음의 목격이란 이제 어디에도 금단의 이상 따위는 존재하지 않는, 이상의 죽음을 목격하는 일과 통한다. 그것을 중국에 와서 '나'는 다시금 확인했다. 그리하여 이상을 보던 한 눈은 이미 멀어버렸다. 남은 눈으로 세계를 보는 일, 그것은 죽음보다 더 참혹한 일이다. 멀어버린 눈은 이상을 볼 수 없지만 그래도 죽어버린 눈은 여전히 내 육체에 붙어 있다. 그리고 살아 있는 한 눈으로 생면부지의 남자와 결혼하기 위해 돈밖에 남아 있는 것이 없는 한국으로 떠나는 채금과, 먹고살기 위해 온갖 비굴과 모욕을 견디고 있는 남편을 오래오래 바라보아야 한다. 아주, 아주 오래, 오래. 이 외눈의 고통이 곧 기억하는 자들에게 남겨진 몫이 될 것이다.

(『내일을 여는 작가』 2007년 여름호)

제도에 대항하는 예민한 감각들

_1990년대 여성서사

1. 1990년대 여성서사를 다시 읽기 위하여

돌이켜보건대 '여성'은 1990년대 문학에서 단연 두드러진 주제어였다. 그것은 비단 1990년대에 등단하거나 본격적인 활동을 펼친 여성작가들이 1990년대 문학사에 중요한 족적을 남겼기 때문만은 아니다. 혹은 익히 알려진 바, 역사/일상, 남성/여성, 외부 현실/개인적 내면 등의 분할로 1980년대와 1990년대를 구분 짓는 논리 때문에 '여성'이 1990년대를 대표하는 주제어로 등재되어야 하는 것도 아니다. 그렇게 본다면 1990년대의 여성작가들이 이루어낸 문학적 성과를 지나치게 협소하고도 도구적으로 평가하는 것이다. 소재 면에서나 그 주제의식 면에서나 혹은 서사의 형식 문제에 있어서 1990년대 들어 '여성'과 밀접한 관련을 맺은 소설들이 대거 등장한 것은 사실이다. 그러나 흔히 말하듯이 이러한 여성서사를 1980년대 문학의 과잉을 증명하기 위한 대타항으로 설정해서는 곤란하다. 이른바 '억압된 것의 귀환'이라는 명명법에 대한 재고가 필요하다는 말이다.

물론 1980년대 주류를 이루었던 노동문학에 여성인물들의 비중이 상대적으로 약했으며 여성적 문제의식이 날카롭게 서사의 전면에 등장했던 경우도 그리 흔하지는 않았다. 1990년대의 여성서사를 두고 1980년대적인 것, 즉 정치, 역사 등의 거대서사에 대항하는 미시담론으로서의 의미를 부여하는 논법 역시 이러한 근거에서 비롯된 것이다. 그러나 상식적으로 생각해도 역사적 변혁이나 정치적 민주화와 같은 문제들이 일상적이고 미시적인 것과 분리되어 있는 것은 아니다. 애써 1980년대적인 것들을 거대서사로 두고 1990년대적인 것을 미시서사로 두어 둘을 분리하려는 태도는 사실상 역사를 일상과 분리시키고 공동체의 이념을 개인의 내면과 분리시켜 바라보고자 하는 전형적인 이분법적 사고의 소산이라 할 만하다. 그리고 이러한 분리의 해석법은 사실상 1980년대의 문학을 청산하고 개인의 가치를 과장되게 강조함으로써 문학이 지녀야 할 공동체에 대한 성찰과 반성의 의미를 약화시키는 결과를 불러왔다.

1980년대의 문학이 일면 지니고 있었던 이념 과잉이나 성급한 전망 제시의 강박, 그로 인해 생략되기도 했던 서사의 세목은 반성되어야 마땅하지만 그것이 무의미한 것이기 때문에 반성되어야 하는 것은 아니다. 오히려 그 반성은 이념을 지키고 전망을 얻고, 삶을 변화시키고 갱신하는 것이 그처럼 만만한 것이 아니었다는 데서 출발해야 한다. 말하자면 실패를 이유로 청산할 것이 아니라 실패 때문에 더 깊이 사고하고 실천해야 할 항목들을 발견할 수 있어야 한다. 그리하여 서사는 시위의 현장과 공장과 비밀 아지트에서 벗어나 이제 우리들 일상의 전면을 더욱 세심하게 주목하고 관찰하며, 가장 먼저 주체의 내면과 무의식을 구석 구석 헤집어보아야 하는 것이다. 이를테면 1990년대 초반에 김인숙이 당차게 제기했던 문제들, 선량하고 성실하며 역사와 공동체를 향한 윤리와 소명의식에 동의하고 그 가치의 실현에 뛰어들 수도 있으나 여전히 생활의 논리에 발목이 잡혀 있는 이 주변인들을 역사와 대의는 어떻게 끌어안을 수 있느냐의 문제(「당신」, 『당신』, 솔, 1996), 역시 1990년대 초반에 페미니즘 선풍을 일으켰던 공지영의 『무소의 뿔처럼 혼자서 가라』(문예마당, 1993)가 날카롭게 제시했듯이 새로운 세계에 대한 꿈과 열망에 가득 차 있었던 20대 여성들이 결혼을 하고 직장을 가지면서 어느새 자신의 존재를 잃어가는 현실 속에서 우리는 '무엇을 할 것인가'라는 질문, 이러한 도발적이고도 난감한 문제를 뛰어넘을 수 있을 때 진정한 변혁과 진보는 이루어지는 것이라는 사실을 우리는 일상에 눈을 돌림으로써 확인하게 되는 것이다.

1990년대의 여성서사는 바로 이 지점에서 가장 기억할 만한 의미를 지니게 된다. 그러므로 1990년대 여성서사를 일상에 대한 관심의 환기, 혹은 개인적 내면의 발견이라고 의미화한다면 그것은 분명 일면적인 것이다. 개인의 일상을 감싸고 있는 가족제도, 결혼제도, 그리고 이렇게 말할 수 있다면 연애라는 제도가 지니는 위력이 얼마나 큰 것인지, 그 속에서 개인은 얼마나 무력한 것인지를 아주 깊고도 오랫동안 탐사해냈던 것, 그것이 1990년대 여성문학이 얻은 성과라고 할 것이다. 그러므로 그 제도를 바꾸고 개인의 자유와 평등을 이루기 위해서는, 공동체가 좀 더 성숙한 삶의 집합체를 이루기 위해서 우리가 견디고 싸우면서 나아가야 할 길이 얼마나 지난한 것인지를 다시 한 번 생각하게 된다. 1990년대 여성소설이 이룬 바를 말하라고 한다면 그것은 단연 제도에 대한 예민한 감각이다. 습성과 감상과 심지어 꿈과 분노와 절망까지도 장악하는 제도, 유구한 세월 동안 갈고닦여진 이 제도의 장악력은 이미 우리의 영혼을, 감수성마저 잠식하고 있으니 이것을 알아채자면 정말이지 칼날처럼 예민해지지 않으면 안 된다. 이제 그 예민한 감각이 일상 속에서 분투한 싸움의 기록을, 그들이 나아간 곳과 돌아온 곳을 점검할 차례이다.

2. 우울하고 고통스런 일상과 이탈의 열망
__전경린의 「바닷가 마지막 집」

우리는 전경린 소설을 통해 단호하고 과감한 탈출의 여성상을 만난다. 그녀들은 아무 일도 일어나지 않을 것 같은 일상 속에서 난데없이 검은 우산을 쓰거나 염소를 모는 이상한 여자로 등장한다. 그리고 그녀들은 어느 날, 찌개 냄새가 풍기는 따뜻한 저녁 밥상을 뒤로 하고 트렁크를 챙겨 어디론가 떠나버린다. 그리고 지나치다 싶을 정도로 음울하고 황량했던 그 여자들이 떠난 자리에는 이제 식어가는 저녁밥상과 먼지가 쌓여가는 거실이 남는다. 이 선연한 이미지, 날카롭고 단호한 부정과 대립의 관계항 속에서 우리는 우리들 일상의 무기력함과 불안함, 그리고 거기를 이탈하고자 하는 열망의 강렬함을 함께 읽는다. 이탈의 열망이 강하면 강할수록 남아 있는 일상은 더욱 남루하고 보잘것없어진다. 혹은, 남루하고 보잘것없지만 오랫동안 우리를 붙잡아 앉혔던 일상의 힘은 지루하고도 끈질기다. 이 남루하고도 지루한 일상이 바로 결혼제도와 가족제도의 권역 내에 놓여진 일상이라는 것을 아는 것은 어렵지 않다.

「평범한 물방울 원피스에 관한 이야기」(『바닷가 마지막 집』, 생각의나무, 2005)를 통해 우리는 이 대립항들, 즉 남루한 일상과 이탈에의 열망이라는 것이 어떻게 성립되었는가에 대한 초보적인 정보를 얻을 수 있다. 그녀의 첫사랑은 사촌오빠였다. 친절하고 다정하며 준수했던 사촌오빠가 어린 그녀를 돌보고 아끼던 그 때, 사랑은 삶을 흔드는 고통과 아찔함이었으니 그 아찔함이 영원한 결합에 대한 은밀한 욕망을 낳는 것은 당연한 일이겠다. 그러나 사촌오빠는 어느 날 훌쩍 결혼해버렸으니 독자인 오빠는 군대에 가지 않기 위해 일찌감치 결혼을 서둘렀던 것이다. 삶을 흔드는 고통으로, 아찔하고 아득하며 치명적인 그 사랑을 내버려두고 떠나야 하는 이유가 단지 군대에 가지 않기 위해서라면 그 결혼은 너무나 초라하고 궁색하다. 어쩌면 여기에서 근친상간의 금기나 미성숙한 자아가 품는 사랑에 대한 환상은 그리 중요하지 않을지도 모른다. 사랑과 대립하는 결혼, 초라하고 궁색하여 하릴없이 낡아가는 일밖에 남지 않은, 보편적이고 일반적인 삶의 행로라 여겨지기에 모두 수긍하는 듯하지만 사실 따지고 보면 이상한 모순에 가득 차 있는 결혼제도의 정체, 그것이 중요하다.

「바닷가 마지막 집」에서는 결혼제도와 가족제도의 무력함과 위력, 그 역설의 일상적 공간이 작가 특유의 예민한 감각에 의해 탐구된다. 이 작품이 전경린 작품에서 특별한 의미를 지니는 까닭은 무엇보다 그녀의 그 강렬한 이탈의 욕망, 특유의 나른하고도 몽환적인 일상에 대한 태도가 어디에서 비롯되는지를 비교적 선명히 보여주고 있기 때문이다. 그 '어디'란 바로 '가족'이다. 혹은 가족이 유포하는 안락과 평화와 위안의 환상이 실재와 가지는 아득하고도 난감한 격차이다. 아버지는 조그만 도시의 공무원이었고 큰딸은 사범대학을 다녔던 때, 도시에서 그 가족들은 깨끗하고 화사했다. 그러나 아버지가 퇴직하고 퇴직금으로 사들인 소들이 사료값도 감당하기 힘든 애물덩이로 변해버렸을 때, 이들 가족의 삶은 한없이 황폐하고 막막하다.

　나는 졸업을 했는데, 승혜는 이제 겨우 복학해 삼학년이 되었다. 승혜뿐 아니라 남자애들이 좀처럼 자라지 않는 시대였다. 집에 내려가서 교직 발령을 기다리겠다고 말했을 때, 승혜는 농담하느냐고 했다. 오빠는 군대엘 갔고, 엄마는 가망 없는 시골 생활로 인해 우울증에 걸렸으며 아버지는 귀향의 낭만을 즐겨볼 사이도 없이 막노동에 지치고 있었다. 그리고 여동생은 적대감을 가지고 나를 대했고, 집의 경제는 이자에 이자가 물리면서 하루하루 빚이 불어나고 있었다. 나는 아버지가 정해준 나의 방으로 돌아왔다.
　_「바닷가 마지막 집」(『소설 구십년대』, 생각의나무, 2007), 81~82쪽

무너진 가정경제는 가족들 모두를 지치게 한다. 그리고 이 가족들은 모두 다른 곳을 바라보고 있다. 아버지는 공무원의 소신과 사명감을 지키지 못하게 한 정권에 분노하고 가족들의 경제를 책임지지 못한다는 자괴감에 하루하루 말을 잃어간다. 엄마는 아버지에게 악다구니를 퍼붓다가 지쳐 고된 노동으로 자신을 학대하고 가끔 부엌에서 식구들 몰래 고기를 구워 먹는다. 고교를 졸업하고 읍내 농협 직원이 되어 있는 동생은 그의 월급에 얹힌 식구들의 생계를 지긋지긋해하며 먼 도시로 떠날 것을 꿈꾼다. 그

리고 교직발령을 받지 못하고 집에 돌아와 있는 나에게 이 모든 풍경은 고통의 풍경일 뿐이다. 그러므로 '가난해도 웃음을 잃지 않는'이라든가, '시련 속에서 더욱 굳건해지는 가족애'라든가 하는 상투적 어구는 모두 환상에 불과하다. 아버지의 퇴직과 실패로 가족 모두가 황폐해진 것이라면, 이전의 화기와 단란 역시 아버지의 월급에 의해 유지되는 것뿐이었지 않는가. 가족들은 모두 다른 곳을 보면서 지쳐가고 있으며 새로이 가계를 유지할 수입이 생긴다고 해도 이 피폐는 쉽게 회복되지 않을 것이다. 절망과 고통이 안겨다준 삶에 대한 깊숙한 상처는 오래오래 남아 이들을 괴롭힐 것이다. 애인 승혜는 자신과 함께 떠나자고 하지만 어디로 떠날 것인가. 어디로 간들 이 고통과 절망으로 얼룩진 가족의 나날들이 잊혀질 것이며 그 가족들이 서로 입힌 상처가 잊혀질 것인가. 혹은, 한때 사랑이라 믿었던 이들의 관계가 얼마나 덧없는 것인가를 알아버린 이에게 새로운 출발은 더 이상 희망이 되지 못한다.

전경린의 소설에서 두드러지는 것은 일상을 견디는 자의 고독한 내면이지만 이 내면은 많은 것을 말하고 있다. 그것은 선량한 의지나 노력으로 쉽게 회복되지 않는 일상의 질긴 힘, 혹은 단지 가난하기 때문이 아니라 그 가난 때문에 피폐해지고 포악해지며 냉소적이 되고 수동적이 되어버린 우리들의 가난한 내면인 것이다. 이 내면은 관계 속에서, 혹은 제도 속에서 자라나고 성숙하며 혹은 좌절하고 절망하고 소멸한다. 그래서 소설 속의 그녀는 쉽게 떠나지 못하는 것이고 그 견딤이 임계점에 이르렀을 때 더욱 단호해진다. 「밤의 나선형 계단」(『바닷가 마지막 집』)이나 「고통」(『바닷가 마지막 집』)을 포함하여 「바닷가 마지막 집」은 이 침묵과 우울로 일상과 대면하는 내면의 고통을 임계점까지 끌어올리고 있으며 그 경계에 선 긴장을 보여주는 작품이다. 그리고 그 경계는 지독한 일상과 마주해 있기에 그 바깥을 더더욱 현실에서 멀리 이탈한 낭만적인 공간으로 만드는 위험한 경계이기도 하다.

3. 견고한 일상에 대한 냉소적 거리 두기
  __은희경의 「그녀의 세 번째 남자」

　은희경 역시 일상의 견고함을 아는 작가이며 그것이 이탈에의 열망을 만들어내는 진원지라는 사실도 알고 있다. 다만 전경린과는 그 일상을 바라보고 견디는 시선과 방법을 좀 다르게 설정하고 있을 뿐이다. 단순하게 말하자면 은희경은 전경린보다 좀 더 치밀하며 냉정하다. 여러 평자들이 지적한 바와 같이 은희경 소설의 매력은 사랑의 탈낭만화, 그것을 바라보는 냉소적 시선과 이지, 현대인이 처한 삶의 내부를 날카롭게 투사하는 냉정한 판단력 등에 있다. 그는 일상의 지리멸렬과 무상한 사랑과 위장된 애정과 친밀에 지긋지긋해하며 거기로부터 떠나 낯선 사람이 되고 싶어하는, 그러나 그 지긋지긋한 삶에 기대지 않고는 하루도 살아갈 수 없는 현대인들의 삶을 능숙하게 서사화한다. 그러나 그보다 더 주목해야 할 점은, 낯선 삶을 원하지만 그러기 위해 익숙한 삶을 벗어나는 일이 얼마나 어려운가를 치밀하고도 정확하게 짚어내고 있는 그의 현실감각이다.

　「그녀의 세 번째 남자」(『타인에게 말 걸기』, 문학동네, 1996)는 작가 은희경의 냉소가 어떻게 만들어졌는가를 보여주는, 말하자

면 냉소의 발생학과 같은 소설이라 할 만하다. 소설을 보자. 그
녀의 친구는 2년간 동거했던 남자를 두고 낯선 남자와 결혼한다.
삶에서 바꿀 수 있는 것이 아무것도 없어서, 낯선 남자와 만나서
낯선 결혼을 하는 것 말고는 방법이 없어서, 그 친구는 그렇게
낯선 삶을 향해 용감하게 떠나갔다. 그리고 그녀도 떠났다. 다른
여자와 결혼한 옛 애인이 "마치 돈이 떨어졌을 때 잔고의 일부를
인출하듯이 당연하게" "그녀를 찾아와서 연애감정과 섹스를 인
출해"가는 일상으로부터. 떠나는 것은 쉽다. 결심이 서자 그녀는
아무렇지도 않은 듯 바로 길을 떠났고 우편으로 사표를 보냈다.
그녀가 떠나 도착한 곳은 그와 함께 사랑을 맹세했던 추억의 장
소, 영추사이다. 그들의 사랑이 사라졌듯이 영추사도 물속으로
사라져 지금은 산 위로 장소를 옮겼다. 그녀는 옛 사랑의 추억이
있는 장소에 찾아갔지만 추억에 잠기기 위해서가 아니라 그 추억
과 무덤덤하게 대면하기 위해 찾아간 것이다. 그러나 결심을 하
고 떠나기는 쉬웠는지 모르지만 추억과 대면하여 그것을 넘어서
는 일은 쉽지 않았다. 그녀가 영추사에 머무른 길고 지루한 시간
을 생각해보라. 그녀는 읍내 여관에서 며칠을 자고 깨고 두리번
거리다가 영추사에 가서 절집 일손으로 또 한참을 무심하게 지내
야 했다. 영추사에서 지내는 짧지 않은 시간 동안 그녀는 그와의
길고 오래되고 낡아빠져서 습관만 남은 사랑을 수없이 반추했고
그래도 좀처럼 무심해지지 않아서, 그에게 전화를 걸었던 날 폭
음을 했다. 옛 애인과의 현재는 모욕적이지만 그것으로부터 벗어
나는 일은 쉽지 않다. 감정의 습관이란 그토록 질기고 위력적인
것이기 때문이다. 그녀가 마침내 그에게서 벗어날 수 있게 된 것
은 절집에서 목수일을 하던 그 남자와의 섹스 이후였다. 처음이

어렵지 두번째는 쉬운 것이며 세번째부터는 다 똑같다는 결론. 그래서 사랑은 유일한 것이라거나, 가정의 평온은 깨어지지 말아야 한다거나 관계는 언제나 의미로 가득 차 있어야 한다거나 하는 순정 어린 기대를 모두 버리는 것, 작가 은희경의 냉소는 여기에서 나온다. 그리고 이미 처음부터 냉소적 태도로 무장했던 다른 주인공들의 것과는 달리 냉소를 얻기까지의 지루하고 고독한 번민의 시간이 이 소설 속에는 존재한다.

그리고 다시 돌아온 곳이 옛 애인의 옆자리라는 것이 재미있다. 물론 돌아온 자리는 같지만 돌아온 그녀는 이미 옛날의 그녀가 아니다. 이전의 옛 애인이 첫 남자였다면 이제 그는 그녀의 세번째 남자가 된 것이다. 세번째부터는 다 똑같다. 이것이 작가 은희경의 현실감각이다. 무의미한 삶과 익숙한 일상은 언제나 지리멸렬하지만 떠날 곳도 없다. 사람들은 '지겨워! 지겨워!'를 외치지만 어느새 그 삶에 적응하면서 아무 일 없었다는 듯이 여기를 산다. 세상을 바꿀 수 없다면 내가 바뀔 수밖에. 그래서 그녀는 냉소의 포즈를 얻었다. 그러므로 은희경의 냉소에는 견고한 세계에 대한 포기와 허무가 내재해 있다. 그 냉소가 일상의 위선과 허위를 얼마나 오랫동안, 그리고 얼마나 깊이 주시할 수 있을 것인가. 그것이 은희경의 문학적 태도가 이룰 성과의 관건이 되는 셈이다. 그 냉소가 관성이 되어버린다면 짐짓 모든 것을 다 알고 있다는 듯이 선수를 쳤던 오만한 자아가 결국 기존의 이데올로기가 지닌 위력 속으로 스스로 귀환하는 광경에 대한 알리바이는 사라져버리고 말기 때문이다.

4. 일상에 맞서는 낯선 힘
_공선옥의 「홀로어멈」

그리고 여성을 주제어로 한 일상 탐구의 길 끝에서 우리는 공
선옥을 만난다. 이 「홀로어멈」의 삶 역시 만만치 않다. 세상일에
불만만 많은 남편은 실직 후 마누라만 잡았고 그 남편과 이혼한
뒤 남은 것은 거둬 먹여야 할 세 아이와 팍팍한 살림살이뿐이다.
시골 폐교에 살림을 풀어놓은 그녀의 일상은 막막하기만 하다.
소설 써서 먹고살겠다고 마음먹었지만 어디 원고를 달라는 데도
없고 무엇보다 소설과 씨름할 여유도 시간도 없다. 생활비 덜 들
고 친구가 산다는 거 믿고 들어온 시골생활도 만만치 않다. 사사
건건 부딪치면서 자신의 모자람을 꾸짖는 시골 사람들과의 불화
도 문제거니와 내 손 들이지 않으면 아무것도 거두어지지 않는
시골살림의 번잡함도 문제다. 남편 없이 혼자 사는 여편네에 대
한 온갖 구설수는 끊이질 않고 천둥 한번 치고 산사태 나고 나면
생활은 모두 올스톱되는 상황이다. 가난이 끊임없이 삶을 압박하
고 유대와 이해의 인간관계는 좀처럼 성립되지 않는다.
　공선옥이 그려내는 홀로어멈의 삶 또한 희망적일 것 하나 없으
며 반복되는 일상이 스스로의 존재를 압박해 들어온다는 점에서
앞의 작품들과 그리 다를 것 없다. 가난하든 부유하든, 아이가
있든 없든, 여성들에게 언제나 질곡으로 작용하는 결혼제도, 가
족제도를 공선옥 역시 예민하게 주시하고 있다. 거기다가 공선옥
의 작품에서 일상은 극단적인 궁핍 혹은 가난이 겹쳐짐으로써 한
층 더 불행한 모습으로 다가온다. 그런데 이 홀로어멈, 어떻게
이다지도 씩씩하고 명랑한지 자못 의아할 정도이다. 일상에 가득

찬 우울과 고통을 선연한 감각으로 지각하면서 묵묵히 견디다 마침내 일상 저편으로 훌쩍 뛰어내리려 했던 전경린이나 냉소와 위장으로 허위와 위선에 가득 찬 일상을 비웃는 한편 그것을 자기 방어의 방법론으로 채택했던 은희경과 공선옥이 다른 점은 어디에 있을까. 가장 예민하게 겹쳐지면서 또 어긋나는 남녀관계, 결혼제도의 문제를 예로 들어 보자.

해고를 당한 남편이, 이제 갓 셋째 아이를 낳은 정옥을 두들겨 팼다. 사회에서 실패한 남자한테 가장 만만한 것이 자기 마누라인 것은 공식이고, 정옥은 자기가 그런 만만한 마누라들 중의 한 사람이 되어 살아간다는 것이 소름끼쳤다. 해서 순아와 순아의 남편을 보증인으로 해서 이혼을 하고 말았다. 남편은 자신이 책임져야 할 가족이 스스로 떨어져나가는 것에 홀가분한 미소까지 흘렸다. 속으로 이혼을 안 해주면 어쩌나 걱정했던 정옥은 남편의 가증스런 미소가 차라리 고맙기도 하였다. 생각해보면 불쌍한 인생들끼리 뭉쳐도 시원찮을 판국에 또 불쌍한 인생들끼리 싸움박질을 해대는 게 이 세상이다. 남편과 이혼을 하고 나서야 정옥은 남편이 불쌍해서 눈물을 조금 흘렸다.

_「홀로어멈」(앞의 책), 22쪽

"사회에서 실패한 남자한테 가장 만만한 것이 자기 마누라인 것이 공식"이라면 마누라를 두들겨 패고 함부로 대하는 남편과의 결혼생활이란 쉽게 달라지지 않을 일상임에 틀림없다. "자신이 책임져야 할 가족이 스스로 떨어져나가는 것에 홀가분한 미소"까지 흘리는 남편은 가증스럽지만, 한편으로는 그 남편에게

책임을 맡기고 삐걱거리는 것이 현재의 가족구조이기도 하다. 공선옥의 씩씩함은 공식으로 굳어 제도화된 일상을 역전시키는 발상에 의해서 가능하고 그 역전을 통해 공선옥은 한자리에 정체되지 않는다. 남편들이 마누라를 만만히 여기는 것이 공식이라면 그 공식을 깨뜨리면 된다. 가부장적 구조를 바꾸는 것은 쉽지 않겠지만 이혼은 의외로 쉽다. 역설적으로 자신만이 당하는 불행이 아니라 모두에게 주어진 공식 같은 것이라면 혼자만 당한 일인 양 억울해할 필요도 세상이 바뀌지 않는다고 지레 겁먹을 필요도 없다. 더군다나 그 만만함이 남편에게 생계를 맡긴 상황 때문이기도 하다는 점을 깨닫는다면 자신이 가족의 생계를 맡을 각오를 하면 된다. 그러고 보면 다 같이 '불쌍한 인생'이다. 내 불행이 다른 불행을 참조하고 다른 불행으로 내 불행을 특별히 여기지 않는 데서 그 씩씩함과 낙관은 온다. 「홀로어멈」의 또 다른 에피소드. 산사태가 나서 전기가 끊기자 홀로어멈 정옥은 군청 재해 대책반에 항의를 한다. 그런데 다음 날 이웃 사람들은 모두 울력을 나와 현장을 복구하고 있다. 군청에서 나올 것이니 그럴 필요가 없다고 그것이 다 국민의 세금에서 나오는 것이라 잘난 척을 하는 정옥에게 동네 사람들은 오히려 여자가 술 취해서 군청에 전화했다고 타박이다. 동네 사람들 한나절 봉사하면 되는 일에 군의 힘까지 빌릴 것이 뭐 있냐는 것이다. 어떻게 보면 관을 어려워하고 자신의 당연한 권리를 주장하지 않는 시골 사람들의 무지와 학습된 수동성이 한심해 보일 수도 있다. 그러나 역설적으로 이런 동네 사람들의 행동은 관에 대한 의존을 버리고 예상 못한 방식으로 자신들의 독자성을 만들어나가기도 한다.

공선옥 소설이 지닌 낙관성의 또 다른 이유가 여기에 있다. 주인공들은 씩씩하게 자신의 앞길을 헤쳐나가는데 그 사이사이에서 언제나 느닷없이 타인들과 만나고 섞인다. 그 타인들이 자신과 한 몸처럼 공유와 연대를 나누는 사이가 될 리 만무하지만 또 그것이 위로가 되고 힘이 되며 다른 길을 만든다. 아이들의 교통비를 얻기 위해 교육청으로 행차한 길에 정옥은 꿀 먹은 벙어리 같은 외딴집 사내를 타박한다. 그런데 앞에서는 교통비를 지급하겠다고 친절한 얼굴을 하고 뒤에서는 폐교에 사는 정옥네를 쫓아낼 궁리를 하는 교육장의 빤히 보이는 이중성에 외딴집 사내는 의자를 집어던지고 유리창을 박살 낸다. 자신의 정당한 권리를 주장하며 논리를 가다듬고 설득을 해야 한다고 믿었던, 그래서 최대한 공손하면서도 야무지게 자신의 할 말을 준비하고 입술에 연지까지 발랐던 정옥이 전혀 생각지도 못했던 방식이지만 그것도 하나의 방법이기는 하다.

그래서 공선옥의 주인공들은 좌충우돌 술 먹고 담배 피면서 아이들에게 소리를 지르고 이웃에게 잘난 척도 하면서, 그러다가 아쉬운 순간에는 계면쩍게 도움도 받으면서 또 산다. 타인들은 전혀 예상하지 못한 때에 의외의 행동으로 자신의 삶에 끼어드는데, 이 타인들과 비껴 만나는 덕분에 외롭고 고단한 홀로어멈들은 자신의 내면에 오래 머무를 겨를이 없다. 이 간섭과 충돌과 분노와 멋쩍음이 세상을 이해하는 하나의 방법이 된다. 예상할 수 없고 결론 맺을 수 없지만 그 의외성과 우연성을 받아들이지 않는다면 고립과 정체를 피할 길이 없다. 그래서 그녀들은 자신의 척박한 삶을 한탄하지만 거기에만 머무르지 않으며 연애와 결혼 말고도 세상에는 할 일이 참 많다는 듯이 새끼들을 끌고 오늘도 분주하다.

5. 내면과 현실, 일상과 역사의 이분법을 넘어서

1990년대 여성소설이 지닌 의미를 분석하는 과정에서 한결같이 강조되었던 것이 내면과 일상이었지만 사실 때때로 이 내면과 일상은 일면적이고도 일방적으로 정의되기도 했다. 내면을 외부 현실의 대타항으로 설정하거나 일상을 공동체나 역사와 구분되는 개인의 발견으로 환치하는 방식이 그런 것이다. 그러나 서두에서 언급했듯이 내면은 외부 현실과 단절된 곳에서 홀로 존재하는 것이 아니며 일상 또한 온전히 개인의 것이라기보다는 역사가 개개인의 육체와 정신에 스며들어온 모습이라고 보아야 한다. 전경린, 은희경, 공선옥의 소설이 보여주는 내면과 일상 역시 그러한 의미 속에 있다. 세 작가의 소설은 모두 제도화된 인간관계, 특히 결혼이나 가족의 문제에 깊이 천착했으며 어조와 방법은 다르지만 그 제도들이 자신의 일상을 만드는 과정을 오래 성찰했다.

세 작가에게 공히 제도는 넘어서기 힘든 벽이며 관계의 불모성과 단절된 소통은 견디기 힘든 일상의 고통이었다. 쉽사리 변할 것 같지 않은 견고한 세계 앞에서 전경린은 그 불행의 극한을 예민하게 앓았으며, 은희경은 다시 일상으로 돌아오는 대신 더 이상 상처받지 않겠다며 쓴웃음을 지었다. 그리고 공선옥은 내면을 간수하기보다는 타인과의 만남을 통해 변하지 않지만 늘 반전으로 귀결되는 일상의 묘미를 터득했다.

우리의 일상이 그토록 위력적인 것은 그것이 개인의 것이 아니라 우리가 애써 얻으려 몸부림치고 그래서 자주 동의하면서 편입하고자 했던 제도의 다른 얼굴인 까닭이다. 취향을 바꾸는 일이

혁명을 하는 것보다 훨씬 어렵다는 말이 있다. 일상의 습관이 얼마나 끈질기게 우리를 구속하고 있는지를 새삼 생각하게 하는 말이다. 우리 삶의 변화란 이 일상과 내면이 구체적 변화의 길을 발견할 때 비로소 완성된다. 그래서 변화는 그녀의 치맛자락이나 그의 탄탄한 팔뚝 같은 것에 마지막 승부를 건다.

우리는 1990년대 여성소설을 통해 마지막까지 질기게 남을 미개척지, 일상의 견고함을 그토록 고통스럽고 쓰디쓰게 확인한다. 그리고 이미 개인의 내면 깊숙이 침착된 현실의 무게를 통해 우리는 그 내면이 고립된 개인들의 것만이 아니라는 사실을 알았다. 1990년대의 여성소설의 성과가 빛나는 지점은 바로 여기이다. 그 이후의 소설들 역시도 이 지점에서 그리 멀리 나가지는 못했다. 그러므로 개인의 내면과 외부 현실을 분리시키는 태도는 별로 생산적이지 못하다. 내면을 자신만의 것으로 고립시킬 때, 현실의 구조는 더욱 굳건히 고정되고 여전히 버리지 못한 낭만적 기대들만이 점점 더 우리를 힘들게 할 것이기 때문이다.

(『소설 90년대』, 생각의나무, 2007)

2부 다른 리얼리티들

비정규, 무허가의 세상을 잠행하는 문학적 상상력

1. 우리 시대의 노동소설은 있는가

　이재웅의 「젊은 노동자」(『내일을 여는 작가』 2005년 겨울호)를 보고 잠시 아연했던 적이 있다. 제목 때문이다. '노동자'라니. '어떤' 노동자? 정규직 노동자, 비정규직 노동자, 주유소·편의점의 알바들, 공사현장의 일용직들, 더는 이방인이 아닌 외국인 노동자들, 수많은 노동자들이 있지만 그들을 함께 노동자로 부르는 것은 어쩐지 어색하다. 어쨌든, '철의 노동자'는 분명히 아니다. '노동자'라는 명명이 노동하는 주체로 자신을 정의하고, 그 노동을 통해 세계를 인식하고 부자유와 불평등에 저항하는 자들의 계급적 정체성을 의식한 것이라면, 이즈음의 '노동'이란 서로 상이한 조건과 환경 속에서 파편화되어 있어서 그런 식의 집단적 명명법에 썩 들어맞지 않는다.

　이재웅의 '젊은 노동자'라는 표제는 아마도 '노동자'에 대한 과거의 명명법을 의식한 결과물이 아닌가 싶은데, 그가 보는 현재의 노동자는 이렇다. 도시 빈민촌 출신으로 중학생이 되면서 자신에게 주어진 삶의 조건이 형편없다는 걸 깨닫고 방황과 비행을 일삼다가 갈 곳이 없어 떠도는 인생, 어느 날 그 인생이 까닭 없이 너무 슬퍼서 펑펑 울다가 어딘가 떠날 곳이 필요했기에 지방의 빵 공장으로 향했다. 그러나 지방의 빵 공장이 그의 슬픈 인생을 구원해줄 리 없으니, 그의 인생은 여전히 막막하고 슬프다. 지각을 일삼고 작업 도중 게으름을 피우며 창고에 구겨져 낮잠이나 자고, 심지어 같은 공장의 여공을 강간하기까지 하는 그의 삶이란 형편없다. 그것이 '젊은 노동자'의 일상이다. 주위에는 성실하거나 굼뜨거나 불량한 노동자들이 있고 그 공장에서도 노조결성을 위한 움직임이 있고 그에 따른 불만과 갈등들이 있지만, 중요한 것은 거기에 대해 어떤 반응도 보이지 않는 '젊은 노동자' 중택의 갈피 없는 일상들이다. 늘 말썽만 일으키면서 주위의 동료들과 어떤 소통도 하지 않고 있으며 삶에 대해서도 아무런 의욕을 갖지 않는 중택의 '될 대로 되라' 식의 일상은 지난날의 '철의 노동자'를 의식한 '현재 보여주기'일 터이므로, 이는 출구가 보이지 않는 삶 속에서 갈 곳을 잃은 '젊은 노동자'들의 현주소일 것이다. 동료애도, 생활에 대한 애착도, 파업에 대한 기대도 갖지 않고 주변의 삶에 전혀 개입하지 않는 중택의 무료한 눈길은 도무지 달라질 것 같지 않은 현실에 대한 젊은 작가의 망연함이나 무력함을 보여주는 것이기도 하다.

일단 중택이 보여주는 '젊은 노동자'의 일상을, 현재의 우리 삶을 그려내는 하나의 표지로 기억해두기로 하자. 그리고 또 한 명의 노동자를 불러와보자. 이번에는 지나친 적응이 문제다. 주인공은 조선희의 「경리 7년」(『햇빛 찬란한 나날』, 실천문학사, 2006)

의 정희이다. 경리 7년 경력 끝에 정희는 대차대조와 손익계산 중독자가 되어버렸다. 그는 버스를 타서도 머릿속으로 재빨리 그 버스의 하루 동안의 수입과 지출을 가늠하고 손익을 계산한다. 식당에 가서는 식당의 손님 수와 비용을 대조해서 그 식당의 수익을 뽑아보고 심지어 굿판에서도 무녀의 수입과 지출이 궁금해서 죽을 지경이다. 그런 정희를 그가 근무하는 출판사의 편집 담당은 "자본주의의 화신", "시스템화한 인간"이라고 부른다. 문제가 있다면, 그가 너무 선량하다는 것이다. IMF 때문에 회사가 도산 직전까지 갔을 때, 직원들을 내보내고 혼자 회사를 꾸려가겠다는 사장에게 정희는 점심값과 차비만 받고 함께 일하기를 청했다. 그리고 그는 자신의 일인 경리 업무에 충실하며 회사를 살리기 위해 애썼다. 그러나 자신의 업무에 충실하면 충실할수록 그는 점점 숫자에 파묻힌 기계가 되어간다. 출판사에서 출간한 책은 열 페이지 이상을 읽을 수 없고, 번번이 영수증 관리 규칙을 어기는 영업부장의 업무도 이해할 수 없다. 직원 네 명의 영세한 출판사에서도 노동은 분화되어 그 노동가치를 실감할 수 없으며, 개인은 점점 파편화되고 고립되어가는 것이다.

그리하여 정희는 "허리를 꺾고 웃"다가 "눈가에 물기가 벙벙하게" 번지도록 뛰다가 하는 것이며, 중택은 "바람은 계속 불어"오는 곳에서 "아주 짧은 순간 돌아갈 곳을 잊고" 마는 것이다. 원인을 찾는 일이 그리 어려운 일은 아니다. IMF 이후 본격화된 노동 유연화 정책은 다수의 비정규직을 양산했으며, 명퇴·조퇴 바람에다 취업난까지 겹쳤으니 생활을 계획하고 미래를 꿈꿀 가능성은 여지없이 위축된다. 직장에서 밀려나 거리를 떠도는 사람들, 소규모의 자영업을 기획했다 도산하고 마는 사람들 천지에서 경제는 여전히 살아날 기미를 보이지 않는다. 노조가 해결책을 제시하지 못한 지는 오래이다. 날이 갈수록 늘어가는 비정규직들 사이에서 정규직 노조는 노조 이기주의라는 비난 속에서 운신의 폭이 좁아지고 있고 소수의 중산층과 대다수의 극빈층 사이의 골을 메울 방법은 쉽게 보이지 않는다. 최근의 포항 건설업 노동자들의 점거농성이나 고속열차 여승무원의 문제에서 보는 바와 같이 비정규직 노동자들의 처우 개선을 위한 몸부림은 협상의 대상을 누구로 설정해야 하는지조차 애매한 것이니, 도대체 무엇과 싸우고 어디에서 무엇을 얻을 것이며 누구와 연대해야 하는 것인가. 「젊은 노동자」의 중택이나 「경리 7년」의 정희가 느끼는 아득함과 정처 없음은 이러한 노동현실에서 기인한 주체의 혼란이라 할 만하다. 중택과 정희에게 자신이 겪는 세상 이외의 바깥은 없다.

이제 갈 곳 없는 노동자들의 현주소는 확인되었다. 아마도 이 암울한 현주소는 아주 오래 우리의 남루한 거처로 남을 것이다. 그렇다면 이 희망 없는 현실과 어떻게 맞서 나갈 것인가가 문제가 된다. 분석과 전망이 상식적인 대답이 되겠지만, 유감스럽게도 지당하신 대안을 구체적 실감으로 경험하기가 그리 쉽지는 않다. '노동자'라는 말로 뭉뚱그릴 수 없는 다양한 사례들을 그 각각의 구체적 사정에 맞추어 분석하고 그 속에서 명확한 적대와 연대를 구분하면서 앞으로 나아가는 일, 당위적으로 옳은 그 방향성을 관념 속에서가 아니라 현실 속에서 찾아내는 과정은 몹시 지난하다. 수많은 노동자들을 집단적 투쟁의 길로 들어서게 한 노동현실이 개선된 것은 물론 아니다. '노동문학'은 점점 더 그 경계가 흐려지고 있으되 어디나 노동의 현장이고 현실인 것은 분명하다. 그것을 담아낼 문학적 방법론이 쉽사리 찾아지지 않는 것이다. 우리의 작가들은 아직도 여전히 현실을 발견 중이며, 스스로의 무력을 절감하면서 나름대로 그 돌파의 방법들을 모색하고 있다. 조롱하고 냉소하고, 스스로를 위안하고 때로 비감에 젖고 때로 짐짓 명랑하지만, 그 와중에서도 언제나 비정규, 무허가인 삶은 벗어버릴 수 없는 무게로 그들을 짓누른다. 희망 없는 삶의 막다른 골목길에서 궁지에 몰린 상상력이 바로 이 지점에서 반짝, 빛난다.

2. 출구 없는 현실 위에 구축된 상상의 왕국

목하 잠행·탐색 중인 우리 작가들의 행로를 올해 한겨레문학상 수상작인 조영아의 『여우야 여우야 뭐 하니』(한겨레출판, 2006, 이하 『여우야』)에서부터 추적해보자. 『여우야』는 초등학교를 졸업하는 소년 상진의 눈으로 서울의 빈민촌의 일상을 쓸쓸하고도 따뜻하게 그려내고 있다. 발파 현장을 따라다니며 건물을 발파하는 일을 하던 아버지가 부상을 입고 일을 못 하게 되면서 가족은 빈민촌의 초라한 연립 옥탑방으로 이사를 오게 되었다. 엄마는 중고 트럭을 몰고 각종 화물을 실어 나르다가 동네 어귀에 포장마차를 개업했다. 엄마가 메뉴를 개발하고 포장마차 여주인에 어울리는 모양새를 갖추어 나가면서, 그 수입에 가족이 변해가는 모습이란 자본이랄 것도 없는 얼마의 돈에 따라 일상이 좌우되는 도시빈민들의 삶이라 할 만하다. 그러나 결국 불안정한 무허가 옥탑방의 생활이라는 기본 조건은 엄마가 포장마차에서 얼마의 돈을 더 벌거나 덜 벌거나에 크게 영향받지 않는다. 그리고 거기에 한 마리 여우가 있다.

　우선 여우가 등장하게 된 사정부터 헤아려보기로 하자. 소년 주인공 상진은 산동네 꼭대기 옥탑방에서 자주 골목과 허름한 집들을 내려다본다. 그는 그가 내려다보는 세상을 하나의 커다란 분화구 같다고 느낀다. 그리고 그 분화구에서 언제 폭발이 일어날지 모른다고 생각한다. 그는 "이 세상을 지배하는 질서가 마음에 들지 않"고, "거대한 폭발이 아니고서야 이 세상을 뒤집을 만한 그 무엇이 있을까"라고 생각한다. 거대한 폭발이 일어나지 않는다면 바뀌지 않을 세상의 한 끝에서 그는 여우를 만나는 것이다. 여우는 희고 빛나는 털을 바람에 날리며 노란 물탱크 옆에 앉아 그를 바라보다가 옥상과 옥상을 사뿐히 뛰어넘어 사라진다. 아마도 여우는 도무지 마음에 들지 않는 세상 바깥의 존재이고 그 바깥을 꿈꾸는 나와 대화할 수 있는 유일한 존재일 것이다. 축약에 축약을 거듭하여 간단히 말하자면, 이 소설의 한 끝에는 거대한 폭발이 일어나 뒤집어져야 할 정도로 엉망인 세상이 있는 것이고, 그 반대 끝에 한 마리 은빛 여우가 있는 것이다.

　그런데 이 여우, 왠지 낯설지가 않다. 그러니까 아마도 이 여우는 박민규의 너구리, 기린, 펠리컨 등일 것이고, 김애란의 괴물 네시나 수족관의 물고기들, 김중혁의 펭귄, 조경란의 코끼리이기도 할 것이다. 박민규도, 김애란도, 김중혁도 그랬다. 너구리와 기린과 네시와 펭귄 들을 통해 세상 바깥을 상상했다. 그리고 이 동물들이 출몰하게 된 계기도 비슷하다. "경쟁은 많고 취업은 힘들고, 세상은 엉망이었다."(박민규, 「고마워, 과연 너구리야」, 『카스테라』, 문학동네, 2005) "그즈음 세계는 매우 흔들리고 있었다."(김애란, 「사랑의 인사」, 『달려라, 아비』, 창비, 2005) 그

엉망인 세계, 흔들리는 세계가 너구리, 기린, 펠리컨, 공룡 혹은 괴물 네시를 불러왔다. 그리고 그 동물들은 엉망인 세계 속에서 안간힘으로 버텨나가고 있는 인물들의 손을 가만히 잡아주거나 등을 밀어주거나 혹은 일제히 입을 뻐끔거리며 합창을 해주기도 하는 것이다. 이 동물들은 그러니까 도무지 그들이 서식할 법하지 않은 곳에서 홀연히 나타나 엉망인 세상 속의 인간들로 하여금 그 세상을 견디게 해준다. 그들은 출구가 보이지 않는 세상, 절대로 달라질 것 같지 않은 견고한 체계의 바깥을 보여주는, 다른 세상으로 통하는 구멍인 것이다. 그러나 여우와 마찬가지로, 이 동물들은 현실의 세상이 그만큼 견고하게 엉망이었기 때문에 나타날 수 있었던 상상의 산물이라는 점을 잊어서는 안 된다. 그렇다면 이 동물의 왕국은 지나치게 자족적인 자기위안이며 자칫 도피의 통로가 되는 것은 아닌가 질문해볼 수 있겠다. 그러나 단정은 아직 이르다. 이 상상력의 내공이 결코 만만한 것이 아니기 때문이다. 그러니 이 상상력의 구조를 좀 더 찬찬히 짚어볼 필요가 있다.

동물이 등장하는 것은 아니지만 김애란의 「달려라, 아비」가 보여주는 상상력의 세계는 참신하고 유쾌하며 깜찍하다. 어머니의 불러오는 배를 보고 집을 나간 아버지가 '나를 버린 것'이 아니라 지금까지 줄곧 달리고 있을 뿐이라는 상상. '아버지는 나를 버렸다'가 '아버지는 지금도 달리고 있다'로 전환되는 순간 아비 없는 자식의 우울과 자기연민은 유쾌한 자기긍정으로 변한다. 그리고 그 긍정은 아버지를 이해하고 어머니를 이해하면서 당당하게 자신의 세계를 사는 방법론을 구축한다. 그런데 여기에서 눈여겨볼 곳은 이 상상력이 발원하는 지점이다.

아버지가 뛴 것은 그때부터였다. 아버지는 달동네 맨 꼭대기에서 부터 약국이 있는 시내까지 전속력을 다해 뛰었다. 오줌 마려운 듯 벌게진 얼굴로 아버지는 입이 찢어져라 웃고 있었고, 아버지를 보고 놀란 개가 짖자 온 동네 개들이 일제히 짖어대기 시작했다. 아버지는 뛰고 또 뛰었다. 상기된 얼굴로 장발을 휘날리며, 계단을 넘고, 어둠을 가르며 바람보다 빨리. 아버지는 허겁지겁 뛰어가다 연탄재에 발이 걸려 넘어지고 말았다, 온몸에 하얀 재를 뒤집어쓴 아버지는 그 즉시 벌떡 일어나, 지금 달려가고 있는 곳이 훗날 어디를 향하게 될지도 모른 채 죽어라 뛰어갔다.

_김애란, 「달려라, 아비」(『달려라, 아비』, 창비, 2005), 13쪽

아버지가 최초로 뛰었던 날, 집 나간 아버지를 달리는 아버지로 상상하게 된 최초의 장면 뒤에 남은 사연은 이렇다. 돈을 벌기 위해 상경하여 가구 공장에 취직한 아버지의 셋방에 어머니가 돌연 찾아온다. 끝없이 구애하는 아버지를 허락하면서 어머니는 지금 당장 피임약을 사오라는 조건을 달았다. 아버지는 피임약을 사기 위해 그처럼 죽어라 뛰었던 것이다. 아마도 이 장면은 '내'가 달리는 아버지를 상상하게 된 최초의 계기일 것이고, 물론 이 장면 역시 '나'의 상상 속에서 구체화된 것일 터이다. "나는 아버지가 뛰는 장면을 한 번도 본 적이 없"었으니, 이 장면은 "오래 전 어머니가 내게 들려준 이야기 때문에 생긴 환상일지도 모른다". 그럼 여기에 또 하나의 상상을 보태자. 시골에서 상경하여 가구 공장의 노동자가 된 아버지, 어머니와 한방에서 지내게 되면서 어머니를 품고 싶은 욕망은 들끓어오르지만 그 욕망을 주저앉히는 것은 생활의 위력이다. 언제 어떻게 될지 모르는 하루하

루의 노동과 남루한 셋방을 짊어지고 사랑하는 여자를 안기 위해서는 조건이 필요하다. 아버지가 죽도록 달렸던 것은 사랑하는 여자를 안고 싶다는 젊음과 생명의 욕망 때문이었지만 그 욕망의 질주 끝에 있는 것은 피임약이다. 드디어 여자로부터 허락을 얻어냈다는 환희가 아버지로 하여금 태어나서 처음으로 죽어라 달리게 만들었지만 그 환희는 참담한 생활의 예감 때문에 슬프다. 그러니 아버지는 사랑을 향해 뛰면서 생활로부터 달아나고 있었던 것이다. 아버지는 얼마나 행복하고 기쁘고 또 두렵고 슬펐을까. 어머니의 배가 불러오면서 하얗게 질려 집을 나갔던 아버지가 지금까지 달리고 있다는 상상은, 멈춰 서는 순간 빈곤과 실의와 절망의 셋방에 안착할 것이 두려워 멈추지 못하는 아버지의 공포와 막막함에 대한 상상이며 그런 아버지를 이해할 수밖에 없는 상상이기도 하다. 그러니 아버지는 사랑을 위해 달리는 것인가, 도피를 위해 달리는 것인가. 아버지는 "지금 달려가고 있는 곳이 훗날 어디를 향하게 될지" 몰랐다.

　김애란의 '달리는 아비'에 대한 상상은 남루하고 억울한 삶을 나름대로 긍정하고 이해하기 위한 상상이지만 또한 현실 발견의 상상이기도 하다. 이 둘은 결코 다른 것이 아니다. 출구 없는 삶으로부터 벗어나 주관적인 자기긍정의 공간을 만든 이 상상력은 애초에 그가 이해할 수 없었던 현실이 안고 있는 모순과 아이러니와 비애의 '결정적 순간'을 포착한 결과물이었던 것이다. 지구는 둥그니까 달리는 아비는 지금까지 죽도록 달려 다시 내게로 돌아와 '사랑의 인사'를 건넬 것이다. 삶이란 그런 것이란다. 헉헉. 나는 무서웠고 도망가고 싶었지만 또 사랑하고 싶었던 것이란다. 휘유우. '나'는 그 아버지에게 마주 인사를 건넨다. 뜨거운 태양 아래서 달리느라 내내 눈이 아프고 시렸을 아버지에게 선글라스를 끼워주면서. 달려가면서 다가오는 아버지처럼, 사랑을 팽개친 도피였지만 또한 사랑을 향한 질주이기도 했던 아버지의 달리기처럼 이 상상력은 현실로부터 달아나면서 자꾸만 현실로 되돌아온다. 혹은 현실에서부터 발원하여 그 현실과 한 줄에 묶여 이인삼각으로, 여기가 아닌 다른 세상을 향해 영차영차 달려나간다.

박민규의 너구리라고 다르지 않다. 여덟 명의 인턴 중에 한 명만 정식 사원이 되는 경쟁에서 살아남기 위해 온종일 자료를 찾고, 카피를 하고, 파일을 정리하고, 과장의 민방위 훈련도 대신 받고, 남색가인 팀장에게 엉덩이까지 내주어야 하는 '나'의 등을 밀어주었던 그 커다란 너구리 말이다. 그 너구리는 뽕뽕거리는 음악 속에서 "무슨 과일인지를 따 먹고, 또 무슨 벌레 같은 것들이 잡으러 오면 도망가고, 그러다 떨어져 압정에 찍혀 죽는, 터무니없는" 오락의 주인공이기도 하다. 그리고 그 너구리는 세상이 말하자면 스테이지 23과 같은 것이라고 가르쳐준다. 과일을 따 먹고 벌레를 피하면서 언덕을 오르고 골짜기를 넘어 낭떠러지를 뛰어내리면서 딱 한 점 크기의 착지점에 내려앉아야 하는 생존게임 말이다. 자신만의 즐거움에 탐닉해서도 안 되고, 업무 이외의 오락에 빠져서도 안 되며, 새로운 스테이지 앞에서 언제나 압정에 찍혀 죽는 위험을 감수하면서 그 게임의 법칙에 동의할 것인가 아닌가를 결정해야 하는 살벌한 세계는 바로 너구리가 가르쳐준 세계이다. 압정에 찍혀 죽지 않는다고 하더라도 끊임없이 지속되는, 취업과 실업과 임시직과 정규직 사이를 오가야 하는 인생은 "엉망이다". 그 경쟁의 세계를 하나의 오락으로 만든 것이 박민규 식의 상상력이고 그 상상력은 마침내 수치와 모멸로 사우나 바닥에 주저앉은 나의 등을 밀어준다. 그러니 커다란 너구리에게 등을 맡기고 그 따스한 위안에 빠져 있는 순간에도 희한하게 우리는 잊지 않는다. 이 너구리가 그 너구리라는 것을. 사실 이 너구리는 벌레를 피해 끊임없이 자신이 뛰어넘어야 할 장애물을 가늠하면서 한 점 크기의 착지점을 찾아 헤매야 했던 그 너구리이다. 다만 그 견디기 힘든 경쟁 속에서 어떻게든 살아남기 위해 우리는 다른 너구리를 '상상'했을 뿐이다.

『여우야』의 소년이 분화구와 여우를 보았던 곳이 모두 빈민촌의 꼭대기 옥탑방이었음을 기억하자. "티라노사우루스와 시조새가 살아온다 해도 지금 세상보다는 훨씬 괜찮을 것" 같을 정도로 세상이 엉망임을 알게 해주었던 곳, 그렇게 엉망이기 때문에 또한 세상은 거대한 분화구이기도 하다는 것을 알게 해주었던 곳이 바로 옥탑방이며, 여우는 소년이 그 세상을 발견하고 있던 시점에 나타났다 사라졌다. 옥탑방을 중심으로 분화구와 여우는 서로 마주 보고 있고 이 세 꼭짓점은 팽팽한 이등변삼각형을 이룬다. 이 상상력의 이등변삼각형은 팽팽한 긴장력으로 서로를 지탱하고 있다. 달려가면서 다가오는 아비의 달리기가 그렇고, 어처구니없이 압정에 찍혀 죽는 너구리와 등을 밀어주었던 너구리도 그렇다. 무허가와 비정규와 임시의 삶은 너무 오래 지속되는 불안정이기에 안정적이다. 주거의 권리와 사람답게 살 자격은 허가받은 사람들에게만 주어지고, 삶은 아주 오랫동안 임시적이어야 겨우, 간혹 정규적인 것이 된다. 도무지 벗어날 수 없는 스테이지의 반복이 아닌가. 그러니 나을 것도 없는 다음 스테이지를 향해 달리고 달려야 하는 삶에 변화의 출구란 보이지 않는다. 세상을 바꿀 수 없다면 내가 바뀌어야 견딜 수 있는 법, 이즈음 문학의 상상력이란 이처럼 출구 없는 세상을 살아가기 위해 구축해낸 주관적 공간 창출의 방법론이라 할 만하다. 그 상상력이 현실 이탈과 현실 발견의 사이에서 긴장력을 유지하고 있다는 것은 일단 긍정적이다. 현실 안과 현실 바깥에 모두 등을 대고 있는 끈적끈적한 양면테이프 같은 상상력을 그러므로 손쉽게 자기위안과 현실도피의 수단이라고 비판할 수는 없다. 그러나 아직 할말이 조금은 더 남아 있다.

3. 경계를 넘는 상상력
__그리운 타자의 목소리

마지막에 남은 동물은 달팽이이다. 이 달팽이는 국적도 있다. 러시아산 왼돌이달팽이. 민속춤을 추는 줄 알고 한국으로 와 창녀가 되고 만 러시아 아가씨 쏘냐의 옷에 묻어 한국으로 건너왔다.(김재영, 「아홉 개의 푸른 쏘냐」, 『코끼리』, 실천문학사, 2005) 이 달팽이 역시 쏘냐와 '그'와 윤경 들이 살아가는 서울과는 다른 세상을 보여주고 있는 것은 분명하지만, 이 달팽이는 서사에서 위안이라기보다는 '비판적 대조'의 역할을 담당하고 있다는 점에서 앞의 너구리나 물고기, 여우와는 다르다. 뿐만 아니라 이 달팽이는 작중 인물들이 환각처럼 보았던 상상의 산물이 아니라 실재하는 달팽이이고, 심지어 소설의 서술까지 담당하고 있다. 쏘냐의 옷에 묻어온 달팽이 한 마리에서 자연과 생명과 사랑의 의미를 심문하는 작가의 상상력은 절망적 현실을 위안하기보다는 현실의 삶을 아프게 성찰하고 그 비판의 지평을 넓히는 데서 진가를 발휘한다. 잠시 이 달팽이들의 날카롭고 아름다운 사랑 이야기에 귀를 기울여보자.

양배추 잎 속에서 우리는 천천히 다가가 서로의 몸을 조심스레 맞대었습니다. 촉촉하고도 부드러운 당신의 알몸은 내 전신을 부드럽게 휘감았고 가늘고 부드러운 더듬이로 비비고 톡톡 건드리며 장난쳤습니다. 그러는 동안 점차 영혼이 하나로 합쳐지는 지극한 기쁨에 이르렀습니다. 당신은 몸속에 있던 가는 관을 조심스레 꺼내더니 내 목덜미에다 날카롭게 찔렀습니다. 짜릿한 전율과 함께 온몸이 두둥실 떠올랐습니다. 나도 석회질로 된 하얀 관을 뻗어 당신의 목덜미 오른쪽에 찔러넣었습니다. 이윽고 하나가 된 우리는 아주 오랫동안 서로를 쓰다듬으며 소중한 아기씨를 주고받았습니다.

_ 김재영, 「아홉 개의 푸른 쏘냐」(『코끼리』, 실천문학사, 2005), 65~66쪽

소설은 아마도 운동권 학생으로 청년 시절을 보냈을 '그'의 시선과 달팽이의 시선이 교차되면서 진행된다. 병든 아버지 때문에 한국에 와서 나이트클럽의 무희가 되었다가 마침내 창녀가 되었고 자신을 괴롭히던 브로커에게 상해를 입히고 도망친 쏘냐를 사이에 두고 부패와 타락과 슬픔의 자본주의를 바라보는 두 개의 시선이 교차하고 있는 것이다. '그'의 시선은 참담한 절망과 무력한 허무의 시선이다. 역사는 아직 실험 중이라고 애써 말하지만 그는 혁명의 도시 모스크바가 어느새 자본주의의 면역력 약한 실험장이 되어버린 현실을 목격하고 쓸쓸히 귀국했다. 여전히 거리

의 함성과 정의감에 불탔던 청년 시절을 잊지 못하는 그에게 현실은 변화 불가능한 부패와 폭력의 천국이다. 피 묻은 드레스를 입고 거리에 쓰러진 쏘냐를 돌보고 경찰의 눈을 피해 그녀를 도피시키는 것은 "닥치는 대로 선행을 쌓는" 것이 "전략이고 전술"이라는 옛 애인 윤경의 발언과 동일선상에 있는 가냘픈 인도주의라 할 것이다. 그리고 또 다른 시선, 달팽이의 시선이 있다. 그 달팽이는 러시아의 들판에서 자라는 양배추의 싱그러움과 푸른 자작나무 숲을 기억하는 달팽이이며, 사랑이란 서로의 영혼이 합쳐지는 지극한 기쁨으로 이루어져야 한다고 믿는 자웅동체의 몸을 가진 달팽이이다. '그'의 무력한 허무의 시선과 달팽이의 슬프고 몽환적이며 낯선 시선은 묘한 부조화를 이루며 서사를 긴장시킨다.

그리고 이 달팽이는 모스크바와 서울의 현실에 절망한 '그'의 시선 바깥을 일깨운다. 그의 절망이 섣부른 절망일 수 있으며, 할 수 있는 것이 아무것도 없다는 그의 무력함이 아직 보지 못한 것이 있음을 달팽이의 세계는 보여주고 있는 것이다. 이를테면, 비웃음거리가 되어버린 사회주의의 이상을 떠올리며 쏘냐를 바라보는 '그'에게 현실은 실패한 이상이 주는 비감 때문에 더욱 절망적이다. 그러나 달팽이가 보여주는 세계는 또 다른 곳이다. 한국으로 떠나기 전에 쏘냐와 어머니 안나가 함께했던 조촐한 만찬과 정겨운 대화는 거기에 있었던 달팽이만이 말해줄 수 있는 것이다. 그들을 키운 숲과 햇살과 안개의 울창과 눈부심과 신비들도. 자기 집의 지붕을 고치다가 개인주의자로 비난받은 후 술주정뱅이가 된 쏘냐의 아버지처럼 그들은 체제의 희생자이기도 했지만, 가난 때문에 몸을 팔아야 했으니 그들은 자본의 희생자이기도 했지만, 그것은 그것대로 그들의 삶이다. 그러니 실패한 사회주의의 이상, 좌절된 혁명과 부패한 권력이라는 이름으로 그들의 운명을 함부로 짐작할 수 없다. '그'는 제대로 절망하기 위해서라도 그의 곁에서 신음하는 이국 처녀의 삶을, 어느새 우리 곁에서 익숙하지만 낯설게 또 다른 노동자의 이름을 차지한 약소국 국민들의 삶을 더 깊이 읽어낼 필요가 있다. 쏘냐의 불행은 자본에 팔린 몸 때문만이 아니라, 훼손된 푸른 자작나무 숲의 기억, 누구에게도 입을 열지 않는 그녀의 상처 입은 영혼 때문에 더욱 깊이 슬프다. 거래되는 성을 이해할 수 없는 자웅동체의 달팽이가 애타게 부르는 연인의 이름은 우리가 까맣게 몰랐던 또 다른 세계를 통해 이 세계의 야만을 다른 방식으로 환기한다. 절망하는 일보다 더 중요한 일은 절망의 깊이를 아는 일, 그 절망의 세목을 짐작하는 일이다. '그'의 절망은 사실 너무 성급하고 관념적이었다.

그러니까 김재영의 「아홉 개의 푸른 쏘냐」에서 달팽이가 보여주는 세계는 절망스러운 세계의 바깥이 아니라 절망하는 자의 바깥에 여전히 있는 세계이다. 이 지점에서 야광 반바지에 선글라스까지 낀 달리는 아버지와 이태리타월을 든 너구리와 노란 물탱크를 타고 옥탑방 앞에 나타난 여우의 세계를 되짚어볼 수 있겠다. 절망적 현실과 그것을 위안하는 상상력의 이등변삼각형, 그 사이의 비어 있는 면에 대해서 아직 할 말이 남아 있다. 비유이긴 했지만 사실, 이 도형은 너무 매끈하고 빈틈없이 완결적이지 않은가. 절망할 수밖에 없는 현실은 상상력을 불러왔고, 그 상상력은 다시 현실의 조건에 발목이 잡힌다. 현실로부터 발원했기에 현실에서 훨훨 날아갈 수는 없는 이 상상력이 우리 문학의 미래를 읽는 코드가 될 수는 있을 것이다. 그러나 뒤집어 말하자면 이것은 꼬리에 꼬리를 무는 상상력의 원환이며 상상력의 자기증식이다. 그러니까 궁금한 것은 상상력을 발원시킨 현실의 조건들, 도무지 변화할 수 없는 절망의 현실이란 것이 그렇게 단정적인 이유가 무엇이냐는 것이다. 그들은 현실 바깥을 불러오기 위해 아버지를 상상하고 너구리를 상상하고 여우를 상상했지만, 그 와중에서 그들조차도 절망밖에 남지 않은 현실의 일원이라는 사실이 은근슬쩍 잊혀진 것은 아닌가. 절망밖에 남지 않은 세계는 곧 자신들이 만든 것이기도 하다는 사실, 그리고 그들은 앞으로도 계속 그곳에서 살아가야 한다는 사실들과 그들이 불러온 상상의 세계가 좀 더 첨예하게 맞부딪치는 곳에서 상상력의 또 다른 돌파구는 열리지 않을까. 그렇다면 자신을 세계로부터 떼어놓았기 때문에 이들은 이 세계에 대해서 그토록 단정적일 수 있었다는 결론이 가능할까. 문제는 느닷없이 나타난 너구리와 아비와 여우가 현실을 위안함으로써 현실을 무마한다는 데 있는 것이 아니다. 그리고 그것이 단지 위안이거나 무마가 아니라는 점은 앞에서 충분히 점검했다. 세계의 바깥에서 왔다는 그 너구리와 아비와 여우가 한 번도 자신의 목소리로 이 절망적이고 엉망진창인 세계에 대해 말하지 않았다는 점이 오히려 문제가 아닐까. 경계 바깥에 있는 자들만이 가질 수 있는 목소리란 절망과 비관 속의 세상에 있는 자들이 보지 못한 것들과 관련되어 있을 때 더욱 그 타자성의 진가를 드러낸다. 그것이 느닷없는 희망이거나 혹은 더한 절망이라 할지라도 말이다. 주인공들이 있는 세상 바깥에서 온 이 너구리와 아비와 여우는 주인공들의 타자이기는 하되, 주인공들의 주관 속으로 개입해 들어가지 않는 착하고 고분고분한 타자들이다. 그러니까 이 절망과 상상력의 서사는 철저하게 1인칭이다. 취업경쟁이 너구리 오락의 스테이지로 상징화되고, 아비가 도망해야 했던 노동과 생활과 사랑이 달리는 이미지로 축약된 것, 분화구(여우의 발견)—발파 기술자인 아버지—64빌딩의 붕괴(여우의 등장)—청운연립의 발파로 이어지는 『여우야』의 설정이 다소 도식적으로 느껴지는 것은 이런 사정에서 연유하는 것일지도 모른다.

　김재영의 달팽이가 여기에 하나의 참조점을 제공할 수 있을 것이다. '그'의 절망에서 여전히 세계를 이해하는 경직성이 감지되고 그것은 달팽이에 의해 쉽사리 상쇄되지 않아서 자주 삐걱거리고 있지만, 선량한 믿음과 의욕 말고 별다른 대안이 있을 것 같지도 않지만, 쏘냐는 여전히 거리를 떠돌고 달팽이는 주인 없는 방에서 말라죽을지도 모르지만, 그래도 여기에는 절망하는 자들을 바라보는 또 다른 시선이 존재한다. 그 시선이 실업과 임시와 무허가와 비정규의 삶으로 가득 찬 세계를 전 지구적 자본주의의 지평 속에서 바라보는 계기를 만들고, 생명과 사랑과 자연의 이름으로 소외되고 물화된 성과 사랑을 반성하게 만든다. 무엇보다 절망하고 좌절하는 시선의 정체와 근거를 다시 물으며 아직 알 수 없으므로 미리 단정할 수도 없는 세계의 다른 영역들을 탐구할 수 있게 한다. 그러니 말없이 등을 밀고, 마냥 달리고, 물끄러미 바라보는 너구리와 아비와 여우들이 좀 더 수다스럽게 자신들의 존재를 과시하면서 애초에 그들을 불러왔던 현실과 좀 더 다정하게 대화해주기를 바라는 것이 지나친 요구가 아니었으면 좋겠다. 절망이 절망을 반성하고 상상력이 상상력을 성찰하는 지점에서 이 동물들이 지금까지와는 전혀 다른 세계를 보여줄 수도 있지 않을까.

4. 여우가 말하기를······

민망하게도, 그다지 현실감 있어 보이지 않는다던 지당하신 말씀을 되풀이한 것일지도 모른다는 생각이 든다. 염치없게도, 이 글의 소설읽기가 이 지당하신 말씀들의 속내를 풀어내서 그것을 좀 말랑말랑하게 만들었으면 하는 기대를 갖게도 된다. 과격하게 말하자면, 우리 시대의 노동소설은 '없다'. 노동소설 대신 곳곳에 산재한 노동, 곳곳에 산재한 비노동의 일상들이 있다. 노동소설이 사라진 노동의 현장은 투사와 프락치와 회의주의자와 비정한 사용자들 대신 명랑 우울한 조울증의 알바들이 점령했다. 사장도 경찰도 없는 편의점과 주유소에는 시급 2천~3천 원의 알바들뿐이다.

적응하지도 거부하지도 못하는 이 견고한 세계에서의 임시직 일상을 꾸려가기 위해, 그 속에서 숨막혀 죽지 않기 위해 그들이 채택한 방법론적 무기가 바로 현실의 바깥을 상상하는 상상력이다. 아닌게아니라 가진 것 없는 사람들에게 상상력만큼 유용한 무기가 없다. 그리고 그 상상력들이 자못 단단하게 현실과 짝을 이루고 있음도 확인하였다. 걱정스러운 것은 절망적인 현실과 현실 바깥의 상상이라는 이 대립쌍이 서로 끈끈하게 이어져 있음에도 불구하고 동어반복으로 패턴화될 수 있다는 점이다. 발랄한 상상력들은 일찍이 우리 소설에서 보지 못했던 새로운 다양성을 만들어낸 것처럼 보이지만, 의외로 그 소설 속의 목소리는 단정적이고 단성적이다. 너구리와 기린, 펠리컨과 달리는 아버지, 수족관의 물고기와 여우, 그리고 러시아의 달팽이와 이국의 노동자들이 더욱 의미 있는 타자로 서사 속에 육박해 들어올 때, 그 타자들과의 대화로 우리 소설의 상상력은 좀 더 위력적인 것이 될 것이다. 아울러 비루하고 암담한 현실의 지평은 어떤 식으로든 확대될 수 있을 것이다. 다시 한 번 지당하신 말씀을 하자면, 현실은 언제나 주관보다 풍부하고 복잡하다. 상상력은 내가 아는 것을 확인할 때가 아니라 내가 아직 알지 못한 것에 부딪쳐 침투할 때 더 효과적인 의미를 얻는다. 비정규와 무허가의 삶 속에서 출구를 찾기 위해 동원되었던 상상력의 우울과 고독을 기억하면서, 예측할 수 없기에 더욱 매력적인 이 상상력이 더욱 용감하게 미지의 현실들을 발견해주기를 기대해보자.

『여우야』의 소년 주인공 상진이 왜 63빌딩을 굳이 64빌딩이라 우겨 말했겠는가. 63빌딩에도 옥상은 있고 그 옥상의 옥탑방에는 또 누군가 존재하고 있을 것이니 63빌딩은 64층이다. 아마도 여우는 그 번쩍이는 빌딩의 꼭대기에 옥상이 있고 옥탑방이 존재하고 있음을 알려주기 위해 나타난 것인지도 모른다. 여우는 한마디 말도 없이 사라졌지만 어쩌면 이렇게 말하고 있었던 것이 아닐까. 까마득한 높이의 무시무시한 공포에 주눅 들 때마다 기억하렴. 이 옥탑방과 노란 물탱크를. 중요한 것은 '노동소설'이 있고 없음이 아니란다. 여기 옥탑방에서, 누군가, 언제 폭발할지 모르는 이 세상을 살고 있다는 것이지. 잊지 마. 도시가 아름답지만도 추악하지만도 않은 것은 이 빌딩들 어디엔가 노란 물탱크가 숨어 있기 때문이야.

(『실천문학』 2006년 가을호)

새로운 리얼리티를 향한 서사의 모험

_김영하의 『검은 꽃』, 김연수의 『밤은 노래한다』

1. 리얼리티와 서사의 객관성

최근 〈웰컴 투 동막골〉이 역대 최다 관객 동원 기록에 육박하는 호응을 얻고 있다는 소식을 접하면서 현실의 예술적 반영에 대해 다시 생각하게 된다. 공교롭게도 한국 영화의 최대 흥행기록을 세운 영화들은 〈친구〉 한 편을 제외하고는 모두 직간접적으로 분단의 현실과 관련을 맺고 있다. 〈쉬리〉, 〈공동경비구역 JSA〉, 〈태극기 휘날리며〉, 〈실미도〉가 그렇고 여기에 〈웰컴 투 동막골〉이 또 하나의 근거를 더했다. 물론 이 영화들이 분단을 다루는 방식은 다 다르다. 때로는 전쟁을 극한의 존재적 위기상황으로 이해했고, 또는 전쟁이 가장 효과적인 시각적 스펙터클을 제공한다는 점을 활용하기도 했다. 반공 이데올로기는 여전히 작품 속에 내재해 있기도 했고 또는 그것을 넘어서는 휴머니즘적 전유의 가능성이 드러나기도 했다. 그러나 이 다양한 시각의 한 편에 그럼에도 불구하고 '분단'이라는 역사적 현실이 여전히 다

수 대중 사이에서 움직일 수 없는 상처로 자리잡고 있고, 그것이 어떤 방식으로든 공감대를 유발하는 발원지로 작용한다는 사실이 엄연히 존재하고 있다. 분단을 다루는 다양한 각편들의 이데올로기와 상품 생산의 메커니즘에 대해서는 정밀한 연구가 필요하겠지만, 그럼에도 불구하고 그 모두를 포괄하는 분단이라는 상황의 움직일 수 없는 지배력을 인정해야 한다는 것도 분명하다. 다양한 방식의 현실 인식은 하나로 통합되지 않지만, 그것을 가능하게 하는 조건으로서의 현실이 가지고 있는 위력은 부정될 수 없는 것. 주체가 리얼리티를 어떻게 인식할 수 있는가의 문제는 여기서 발생하는 것 같다.

현실은 여전히 위력적이고 끊임없이 새로운 해석과 개입을 가능하게 만든다는 점에서 문학·예술뿐 아니라 우리의 모든 활동의 토대로 작용하고 있긴 하지만, 바로 그 현실의 무궁무진함이 현실의 객관적 인식에 대한 오해를 불러일으키기도 한다. 그러나 객관성이라는 것은 흔히 오해되듯이 현실에 대한 단 하나의 인식만이 가능하다는 주장이 아니라, 사실은 위력적 현실에 대한 주체의 다양한 반응 양식을 염두에 둔 것이다. 모든 주관을 수용할 수는 없지만 또한 현실에 대한 다양한 해석 가능성을 인정해야 한다는 것, 이러한 이중적 어려움은 주체와 리얼리티 사이의 간극에서 비롯되는 것이기도 하다. 이 간극으로 인해 '객관성' 혹은 '객관적'이라는 말은 1990년대 이후 한국문학에서 지속적으로 공격 받고 경계되었던 용어들 중의 하나이다. 그러나 '분단'이라는 엄연한 현실이 객관적으로 존재하는 것이 사실이듯이, 어쩌면 이 객관성에 대한 의혹은 객관성 자체에 대한 의문이라기보다는 그것을 인식할 수 있는 인간 주체의 능력과 그 편차에 대한 의문일지도 모른다. 『새의 선물』(은희경, 문학동네, 1995)의 꼬마 진희가 해질녘 언덕길, 염소를 옆에 둔 남자의 실루엣에 걸었던 자신의 사랑이 모두 환상임을 맹랑하게 선포한 이후부터 인식의 객관성에 대한 믿음은 가엾은 허구로 조롱되거나 때로는 쓸쓸히 회고될 뿐이었다. 기억의 불확실성, 서로 다른 시점에서 상이하게 펼쳐지는 오해의 서사, 생각과는 다르게 흘러가는 세상사 속에서 고독하게 자신의 환상을 가다듬는 인물들의 이야기 앞에서 우리는 당위적 진실로서의 객관성을 섣불리 주장할 수 없게 되어버렸다. 물질적 존재성을 쉽게 확언할 수 없는 인터넷과 사이버 세계, 맨눈으로 본 것보다도 더 방불한 현실성을 각인시키는 각종 미디어의 효과 안에서 인간의 객관적 인식이란 것이 어떤 방식으로 검증되고 확인되어야 하는지가 점점 더 난감해지는 것도 사실이다. 그러니 문학·예술의 재현 체계는 점점 더 시뮬라시옹의 미궁, 겹겹의 마트로시카 인형 같은 굴레 안에서 빠져나오지 못하게 된다. 사이버적 가상세계, 일상과 구분하기 힘든 환상의 영역이 점점 더 문학 속에서 큰 비중을 차지하게 된 요즈음의 문학 현상도 이와 무관하지 않다.

그래서인지 2000년대의 한국 사회를 살아가는 대다수의 사람들이 실감하는 '리얼리티가 무엇인가'에 대한 문학적 대답은 그리 분명하지도 않을뿐더러 충실히 탐구되고 있지도 못한 듯하다. 오히려 두드러지는 것은 그 리얼리티의 내용이 아니라 리얼리티의 인식 가능성 자체에 대한 질문이다. 어떻게 보면 관념적이고 추상적이라고도 할 수 있는 이 질문을 포함하는 소설은 특정 시대나 공간에 대한 서사가 아니라 서사라는 행위 자체에 대한 질문, 현실과 역사 자체에 대한 질문이 되기가 쉽다. 한편으로는 현실이나 역사의 구체적 실상에 대한 거리감을 유지할 수밖에 없고, 또 한편으로는 그 역사를 바라보는 화자의 시선이 확실히 문제가 되는 이러한 서사의 영역은 '리얼리티'와 그것의 객관적 인식에 대한 문제를 근본적으로 제기하는 것이기도 하다. 우리 시대의 리얼리즘을 새롭게 사고하기 위해서는 기존의 체계를 고수하거나 확인하려는 태도 대신, 지금 우리 문학의 현장에서 새롭게 제기되는 리얼리티의 실체를 파악하는 것이 우선되어야 할 것이다. 그렇다면 공통적인 경험으로서의 역사나 현실은 부재하며, 주체는 세계를 온전히 인식할 수 없으므로 진실은 영원히 알 수 없는 것이라고 주장하는 서사들로부터 거꾸로 시작해보는 것은 어떨까. 어쩌면 리얼리티와 주체의 관계에 대한 심혈을 건 사투가 그 안에서 벌어지고 있을지도 모른다.

2. 재현의 가능성과 해체의 서사

역사의식의 부재, 공동체적 현실감각의 상실 속에서 파편화된 개인의 내면만이 문학의 주인이 되어 있다는 비판이 아직 가라앉지 않은 시점에서 역사적으로 문제적인 시공간을 배경으로 그들의 서사를 펼치고 있는 젊은 작가들의 장편에 주목해보자. 이 글에서 다루어질 김영하의 『검은 꽃』(문학동네, 2003), 김연수의 『밤은 노래한다』(『파라 21』 2004년 봄호~겨울호)[1]는 그 대표적인 예를 제공한다. 이들은 민족이나 국가나 혹은 계급의 문제에 대해 이전의 것과는 전혀 다른 시선을 함축하고 있음에도 불구하고 여전히 민족이나 국가, 계급이 서사의 전면에 드러날 수밖에 없는 시간이나 공간을 선택하고 있다. 『검은 꽃』은 범박하게 말해 중세와 근대가 교차하는 지점, 그리고 민족국가 건설의 과제가 제국주의적 침탈과 맞물려 있는 개화기를 그 서사의 가장 기본적인 출발 조건으로 삼고 있다. 김연수의 『밤은 노래한다』는 1932년 만주사변이 발발한 지 얼마 되지 않은 만주의 용정을 배경으로 하고 있으며, 한국도 중국도 일본도 아닌 매우 중층적인 공간에서 벌어지는 이야기를 골간으로 한다. 이들 작품이 배경으로 삼고 있는 시공간은 하나같이 한국사의 과정에서 매우 문제적인 시간·공간이며 그 속에서 우리 삶의 심부를 가로지르는 여러 결절점들이 꿈틀거리고 있다.

그러나 그렇기 때문에 이들 작가가 한국 사회의 어떤 본질적 핵심, 공동체적 운명과 진로를 고민하고 있다고 말한다면 그건 지나친 비약이다. 오히려 서사는 그 반대의 방향, 혹은 의외의 방향에 주목하고 있다고 하는 편이 더 정확하다. 김영하의 『검은 꽃』이 근대와 민족국가 건설이라는 명제를 앞에 두고 대문자 역사를 해체하는 서사를 펼치고 있다는 점은 여러 평자들이 지적한 바 있다. 국권의 상실과 이민자의 처지라는 극도의 결핍의 상황에 대해 김영하는 결핍된 것을 욕망하거나 복구하는 대신 오히려

---

1) 김연수의 『밤은 노래한다』는 계간지 『파라 21』 2004년 봄호부터 연재되어 그해 겨울호로 연재가 완결된 작품이다. 이 글을 쓰고 있는 현재, 단행본으로 출간되지 않았을뿐더러 작가는 여러 지면에서 이 작품을 대폭 수정 출간할 계획임을 밝히고 있다. 그러므로 이 글에서 해석되는 『밤은 노래한다』는 디테일한 부분에서 이후 출간될 작품과 일치하지 않을 수도 있다. 그래서 이 글에서는 되도록 큰 틀의 진행이나 문제의식의 차원에서 이 작품을 다루고자 한다. 이후에 출간될 작품이 이 글의 논지에서 크게 벗어나는 내용을 가지게 된다면 그것은 당연히 조급한 필자의 책임이다.

그 욕망의 대상을 차근차근 해체한다. 국가라는 안정된 공동체라는 것이 실상은 허구이며 남은 것은 개별자들의 역사, 역사라고 할 수도 없는 허무한 운명의 여정일 뿐이다. 개화기 인천항에서 출발하여 멕시코의 에네켄 농장으로 향하는 '일포드호'는 과거의 모든 권위가 일제히 무너지고 새로운 것은 아직 오지 않은, 혼돈과 교란의 지옥도라 할 만하다. 그리고 양반의 신분과 문자의 권위와 신의 가호가 모두 무의미한 것으로 무너진 곳에서 새로운 역사는 다시 건설되지도 복원되지도 않는다. 농장에서 돈을 벌어 고국으로 돌아와 땅을 사겠다는 농민들의 멕시칸 드림은 실현불가능한 것이었으며, 새로운 세상에서 사랑과 삶을 스스로 영위하는 새로운 주체가 되겠다는 욕망을 지켜내기에 그들이 맞서야 할 세계는 너무나 거대하고 알 수 없는 것이었다. 그러니 이국에서 새로운 나라를 세워 잃어버린 나라를 보상하겠다는 꿈 같은 것이야 다시 말할 필요가 없을 정도로 터무니없다. 그들은 모두 이국의 땅에서 때로 전쟁에, 때로 자본에, 때로 신의 위력에 무너져 결국 흔적도 없이 사라졌다. 가혹한 식민통치와 나라 잃은 울분 따위의 익숙한 관습이 여기에서 반복될 리가 없으며, 남은 것은 국가든 민족이든 공동체든 모두 결핍을 보상하기 위한 상상적 충족물에 불과하다는 허무주의의 눈길뿐이다. 김연수의 『밤은 노래한다』 역시 마찬가지이다. 거친 만주 벌판에서 말발굽 소리 드높았던 독립군 따위의 전설 같은 이야기는 어디에도 없다. 오히려 작가는 그러한 단일한 우국충정의 시선을 허물어뜨리고 저마다의 진실을 위해 스스로의 길을 내달릴 뿐인, 그러나 어떤 소통도 연대도 분명치 않은 개별자들의 고독한 왕국으로 만주국이라는 공간을 표상하고 있다. 그래서 『밤은 노래한다』의 만주국에서 오히려 두드러지는 것은 국가나 민족주의나 공산주의와 같은 이념과 공동체적 연대와 투쟁의 과정이 아니라, 결코 이념이나 공동체의 이름으로 묶어둘 수 없는 개인적 신념의 진정성이다. 스스로의 신념에 의해 죽고 사는 것을 반복할 뿐인 고독한 개인들의 마음만이 이 이념과 공동체의 이름 뒤에서 외롭고 형형하게 빛난다.

그러니 이 서사들은 모두 무엇을 이루기 위해 진행되는 서사가 아니라 모든 것을 잃고 버리기 위한 서사, 완결의 서사가 아니라 풀어헤쳐진 서사이다. 이들이 한국 사회의 문제적 시공간을 배경으로 삼아 이루어내는 서사는 그 문제적 시공간의 탐구가 아니라 해체를 위해 바쳐진다. 이들이 익숙한 시공간을 택한 까닭은 그 익숙한 시공간의 관습 속에서 그 관습의 허망함과 무의미함을, 혹은 그 관습의 구태의연한 자동성을 비판하기 위한 것인지도 모른다. 그러나 이들이 의식적으로 지향하는 풀어헤쳐진 서사, 결코 완결되지 않는 서사는 또한 또 다른 탐구의 가능성을 내포하고 있기도 하다. 왜냐하면 이 해체의 서사 이면에는 기존의 서사에서 익숙하게 제시되었던 민족과 국가와 사랑의 서사를 완결된 것으로 보지 않으려는 태도, 그 이면의 다른 무엇을 다시 검토하려는 태도가 잠재해 있기 때문이다. 그래서 이들은 국가 대신에 개인을, 근대의 질서 대신에 혼돈과 교란을, 사랑의 완결 대신에 영원한 상실을 채택한다. 이것은 기존의 서사가 확인하지 못했던 리얼리티들, 어쩌면 인식의 바깥이며 기억의 바깥에 있는 새로운 타자들일지도 모른다. 이 소설들이 한국 내의 공간이 아니라 만주와 멕시코라는 이국의 공간을 채택하고 있는 것도 우연은 아닌 것 같다. 결핍은 충족의 욕망을 부르고 그 충족의 욕망이 온전히 채워질 수 없는 것일 때 주체들은 그 충족을 상상한다. 상상을 더욱 완벽하고 현실감 있는 것으로 만들기 위해 동원된 이미지는 오랜 반복 끝에 하나의 자동적 자기완결성을 갖춘다. 어쩌면 그것을 우리는 재현이나 반영이라고 불렀을지도 모른다. 그러므로 그 상상의 충족체들 바깥에 있는 것들을 다시 상상하기 위해서 우리는 이 안온한 자기완결적 충족물들을 우선 깨뜨려야 한다. 그렇다면 역사를 재현하기를, 현실을 반영하기를 거부하는 이 서사들에서 아직 재현의 모험, 객관성을 향한 모험은 끝나지 않았을 수도 있다. 이 서사들이 객관적 실재의 내용을 탐구하거나 재현의 정확성 자체를 목표로 삼는 서사가 아니라 오히려 객관적 실재의 존재를, 재현의 가능성 자체를 탐구하는 서사라는 판단이 가능한 것은 이 때문이다. 그렇다면 이 서사들의 진행방식을, 그리고 그것을 바라보는 화자의 시선을 좀 더 충실히 검토해볼 필요가 있겠다. 그 검토의 끝에서 한국 사회의 매우 문제적인 시공간에서 관습적인 방향과는 전혀 다른 타자성의 서사를 감행한 이 작가들의 문제의식이, 그 관습에도 불구하고 여전히 위력적인 이 시공간의 현실성과 어떻게 만나는지 확인해볼 수 있을지도 모르겠다.

3. 예정된 허무주의, 분리된 주체들
__김영하의 『검은 꽃』

김영하의 『검은 꽃』은 기존의 역사소설을 위반하는 새로운 역사소설을 지향하고 있다. 서사는 영웅적 주인공으로 집중되지도 않고 어떤 완결적 이념형을 지향하지도 않으며 당연히 수난과 극복을 통한 주체 회복의 드라마도 의도하지 않는다. 기존의 역사 소설을 해체하기 위해 파편적이고 인상적인 장면들의 중첩, 잦은 분절과 시공간적 비약을 작품의 기본 골간으로 삼는다. 이는 1장, 2장, 3장의 구성이 분량상으로도 내용상으로도 균질하지 않으며 그 내부의 절들이 자주 교체되고 있다는 점을 통해서도 알 수 있는 일이다. 그러나 이 의도적 해체의 기획은 일종의 산포(散布)의 서사처럼 보이지만 또한 정교한 통합의 과정을 전제하고 있다.

인천항을 출발하여 멕시코에 닿기까지 일포드호의 선상에서 벌어지는 사건들, 부랑아, 신부, 도둑, 제대군인, 박수무당, 내시, 양반과 뱃사람들이 뒤엉키면서 벌어지는 기괴한 혼종과 충돌은 이를테면 1905년의 조선을 떠나면서, 그 조선의 땅을 지배하고 있던 권위와 관습을, 그리고 역사적 운명을 망각하거나 해체하기 위해 준비된 서사라고 할 수 있다. 반상의 구별, 예의와 격식이 모두 무너진 곳, 한국도 아니고 멕시코도 아닌 곳에서 원초적 인간들이 무정형의 자아로 뒤섞여 있는 혼돈은 결국 기존의 것을 해체하는 과정에서 오는 무질서라 할 수 있다. 그리고 멕시코의 에네켄 농장에서 이 해체된 것들은 새롭게 구축되고 재구성된다. 여기에서 인물들은 새로운 신을 만나고 새로운 사랑을 시작하며 노동과 지배의 문법을 새로 배워나간다. 그리고 계약기간이 끝날 무렵인 4년 후 멕시코의 혁명과 전쟁의 물결에 휩쓸리면서 이들이 재구성해낸 질서는 다시 해체된다. 여전히 버리지 않았던 국가 건설의 욕망은 전쟁 속에서 소멸되어가며, 사랑과 가족의 서사 역시 덧없이 해체된다. 『검은 꽃』의 서사는 '해체—재구성—해체'의 수순을 밟아 진행되고 있는 것이다.

그런데 여기서 한 가지 주목할 만한 사실은 이 재구성의 과정이 분리된 공간 속에서 분리된 주제로 다루어진다는 사실이다. 박수무당과 바오로 신부와 후에 예수교로 개종한 최선길의 부에나비스타 농장이 신과 믿음에 관한 서사를 담당한다면, 연수와 이정의 사랑, 그 사랑의 허망한 말로는 야스체 농장을 배경으로 펼쳐진다. 그리고 이민들의 조직과 통합, 상실한 국가회복의 욕망이 구축되는 곳은 조장윤과 제대군인들을 중심으로 한 첸체 농장이다. 부에나비스타 농장에서 파계 신부 바오로는 무병을 앓고 야비한 도둑 최선길은 예수의 현신을 경험한다. 야스체 농장에서 연수는 기약 없는 사랑에 대한 욕망으로 봉건적 육체의 속박을 끊고 새로운 모험에 나서지만, 짧은 사랑 끝에 엄마가 되고 다른 사내들에게 자신의 육체를 의탁하면서 사랑의 신화를 스스로 부정한다. 첸체 농장에서 조장윤과 제대군인들은 부당한 노동조건에 맞서 싸우면서 고용주와 협상하고 원하는 것을 이루는 과정을 습득한다. 이들은 각각의 분리된 공간에서 각각 신앙의 주체, 사랑의 주체, 노동의 주체라는 배역을 맡은 분리된 주체이다. 이정이 세 공간을 넘나들면서 이 세 주제를 힘겹게 이어붙이고는 있지만, 그 연결고리는 매우 허약하다. 세 공간이 대표하는 세 가지 주제는 서사 속에서 함께 사고되거나 통합되지 않는다. 멕시코의 에네켄 농장은 새로운 질서 창출의 중층적 공간인 것처럼 보이지만 사실은 각기 분리된 곳에서 다른 문제를 화두로 저마다의 구축을 기획하고 있을 뿐이다.

이 분리된 서사를 다시 이어붙이는 것은 멕시코의 내전이다. 저마다의 분리된 주체들은 각각의 이유로 멕시코 내전에 참가하면서 다시 만나게 되는 것이다. 그러나 엄밀하게 말하자면 이들을 만나게 한 것은 멕시코 내전이 아니라 그 와중에서 서서히 지배력을 발휘해가는 돈이다. 이연수가 농장을 나와 만난 박정훈은 혁명군 장군 오브레곤의 이발사가 되면서 전쟁에 참여하게 되고 오브레곤이 발행한 화폐 때문에 연수를 그의 옆에 오래도록 둘 수 있게 된다. 오브레곤의 화폐로 연수의 아들을 농장에서 찾아올 수 있었던 것이다. 조장윤을 비롯한 제대군인들이 세운 숭무학교의 한인들은 과테말라 원주민들의 용병 제의에 응함으로써 또 다른 전쟁에 참여한다. 그들을 부른 것은 지급이 약속된 3백만 달러의 화폐이다. 아직 지급되지 않은, 다만 약속된 3백만 달러가 그들을 불러 그들만의 새로운 나라를 기획하게 한다. 그리고 이 화폐들이 지니는 유무형의 위력은 미개척의 식민지를 확보하기 위한 제국주의 전쟁으로부터 나오며, 원주민들의 값싼 노동력과 아직 소유 개념이 분명치 않은 식민지의 자원들로부터 나온다. 기존의 질서가 무너지고 있는 무정부적 상황에서, 각각의 위치에서 사랑과 신과 노동을 탐구하던 주체는 돈의 위력이 세계사적 질서를 재편하는 과정에서 통합된다. 물론 분리된 배역들은 돈의 위력에 의해 물리적으로는 통합되었으나 그 사이의 관계들이 충분히 탐구되지는 않았다. 그렇다면 혹시, 운명의 밧줄에 결박된 이 고립된 주체들을 통해 국가와 민족과 역사의 무망함을 설파하는 소문자의 역사는 소문자를 이루는 인물들의 것이 아니라 그들을 분리시켜놓은 채 역사와 국가의 무망함을 미리 단정한 작가의 것은 아닌가. 제국주의적 세계질서 속에서 점점 그 위력을 확보해가는 화폐의 지배력을 애써 외면하거나 슬쩍 지워버린 곳에서 이 소문자 역사들의 허망한 결말은 예비되고 있는 것은 아닌가. 그렇다면 지금껏 믿어왔던 역사에 대한 담론이 부정되기 위해서는 아직 더 설득력 있는 질문과 대답의 과정이 필요할 듯하다. 예컨대 사랑과 신과 노동의 주체로만 남은 분리된 주체들, 돈과 전쟁과 사랑과 신과 노동과, 그리고 국가를 잃어버린 국민이라는 주체들이 뒤엉켜 이루어지는 복합적 주체의 내면에 대해서, 그리고 그들 간의 관계에 대해서. 그렇지 않다면 소문자의 역사를 담당할 새로운 주체들은 이 혼돈과 해체의 새로운 서사 속에서도 아직 타자일 뿐이다.

4. 끝없는 회의, 진실의 경계
    _김연수의 『밤은 노래한다』

이 지점에서 김연수의 서사전략을 생각해볼 수 있겠다. 김영하 소설의 서술자가 분리된 공간 속의 분리된 주체로서의 배역을 인물들에게 배정하고 외부의 세계와 그들을 차단시키는 기획자의 위치에 선다면, 김연수 소설의 서술자는 이중적이다. 서사는 만주의 용정에서, 작중 화자인 '나' 김해연의 사소한 사랑 이야기로부터 시작한다. 연인 이정희와의 사랑이 점점 깊어져 그 사랑이 인생의 전부가 되었다고 느꼈을 때 이정희는 돌연 자살한다. "당신만을 사랑해요. 미안해요. 지금 당장 피하세요"라는 쪽지를 남기고. 연인의 죽음 후 김해연이 맞닥뜨리는 사건들은 더욱 충격적이다. 이정희는 만주의 지하조직을 담당했던 공산주의자였고 그녀의 죽음이 남자 때문이라는 소문마저 무성한 것이다. 사랑을 알고 나서 그 자리에서 그만 죽어도 좋겠다고 생각했던 '나'는 정작 연인이 누구인지도 몰랐으며 그러니 그들이 정말 사랑했는지조차도 오리무중이다. 서사는 '이정희가 누구인가. 그리고 이정희는 왜 죽었는가. 정말 자살했는가'라는 의문이 하나씩 풀려가는 방식으로 진행된다. 그리고 결론부터 말하자면 그 진실은 아무도 알 수가 없다. 그녀가 공산주의 조직 내에서 희생양이 되자 자살한 것인지, 아니면 조직의 부당한 요구에 항의하기 위해 죽음을 택했는지, 그녀가 사랑한 것이 '나' 김해연이었는지 아니면 다른 공산주의자 박타이였는지 또는 나에게 쪽지를 전한 최도식이었는지 그것은 아무도 모른다. 그녀는 죽어버렸고 그녀의 죽음을 증언하는 자들의 말은 모두 다르기 때문이다. 의문의 죽음으로부터 시작해서 그 사건의 진상이 미궁에 빠져버리는 결말로 마무리되는 서사는 인식불가능한 세계에 대한 상대주의적 인식을 전형적으로 드러내는 것처럼 보인다. 이러한 서사 방식은 자유롭고 합리적인 능동적 주체에서 비롯되는 진리 찾기의 모험담에 대한 회의와 통하는 것이기도 하다. 소설의 서두를 죽은 자의 입을 통해 여는 방식 역시도 이미 죽어버린 주체를 전제하고 있는 이 서사의 흐름과 맥을 같이하고 있으며, 이는 이정의 죽음으로부터 시작하는 『검은 꽃』의 출발 방식과도 유사하다.

그런데 『밤은 노래한다』의 화자 '나'는 이러한 결말이 전하는 주제의식을 내부로부터 교란하고 있다. 그는 이정희가 죽었을 때 갑자기 눈앞에 펼쳐진 미지의 진실에 대한 충격으로, 사랑의 상실을 감당하지 못해서 이정희가 목을 맨 버드나무에 스스로의 목을 매달았다. 그러나 그는 죽지 않고 살아났으며, 그 이후에 말을 잃을 정도의 상실감에 빠져 있었다. 그가 상실의 침묵으로부터 벗어나게 된 것은, 스스로 말문을 열게 된 것은, 죽었다 살아난 곳에서 다시 시작되는 서사, 여옥과 사진관 송 노인과 그리고 주변의 인물들을 통해서이다. 진실을 알 수 없어 죽었던 곳에서 다시 살아났고, 그 자살기도 이후에 새로운 진실이 펼쳐진다는 것 역시 흥미롭다. 그는 여옥과 사랑하게 되면서 정희를 잃은 상실감에서 벗어났지만 정희로부터 온 충격이 이 새로운 서사에서 완전히 지워지지는 않는다. 만주의 용정에서 만났던 헌병대 장교 나카지마의 사진을 송 노인의 사진관에서 다시 발견하게 되는 것이다. 그래서 이정희의 죽음과 관련한 서사는 이 새로운 서사에 다시 중첩된다. 여옥으로 하여금 혁명의 도리를 깨치게 했던 안세훈을 매개로, 그리고 구국군 조선인 유격대에서 만난 박도만을 통해 이정희의 과거가 다시 알려진다. 이정희의 사건에서 벗어나 새로운 삶을 살아가게 될수록 그는 이정희에 대해 몰랐던 사실을 알게 되는 것이다. 그러니 이정희는 누구인가, 이정희는 왜 죽었는가, 그녀는 정말로 자신을 사랑했던가라는 의문은 서사가 진행될수록 점점 더 강화되고 그가 꿈에도 생각지 못했던 사실들은 우연한 기회에 하나씩 드러나게 된다.

자신을 둘러싼 세계를 온전히 알 수 없다는 사실, 그러므로 진실이란 없는 것일지도 모른다는 사실을 알기 위해서는 계속해서 새로운 정보를 알아야만 한다. 이정희를 둘러싼 진실이 점점 더 파악할 수 없는 미궁에 빠지는 결말을 얻기 위해서는 언제나 새로운 진실을 알아야만 한다는 역설 속에 '나'라는 화자는 존재하고 있는 것이다. 그러므로 『밤은 노래한다』는 경성고등공업 출신으로 만철 영선과에 근무하는 식민지 청년 김해연이 그가 안주하고 있던 작은 세계 바깥에 너무도 광대해서 도저히 그 전모를 알 수 없는 세계가 존재하고 있음을 알아가는 과정에 관한 이야기이다. 그는 연애를 통해 이정희를 알았지만 이정희는 그와의 연애

이외의 세계, 공산주의자로서의 자신의 신념과 활동을 간직한 여인이다. 그가 알고 있는 세계는 만철과 일본과 그리고 식민지 조선에 관한 것뿐이었고, 그는 스스로 식민지인이라는 사실에 대해 관심과 흥미를 잃은 무감한 일상인이었지만, 그는 그가 알고 있는 일상의 세계에 안주하여 살아갈 수가 없다. 그가 알지 못하는 세계는 그가 원하지 않더라도 언제든 그의 일상으로 육박하며, 그래서 그는 죽음을 통해서만 넘어설 수 있는 세계의 경계와 언제나 마주치게 되는 것이다. 그러므로 『밤은 노래한다』의 결말, 진실은 알 수 없는 것으로 남겨질 뿐이라는 전언은 그렇기 때문에 진실은 그것을 바라보는 주체의 한계 밖에서 언제나 존재한다는 사실과 통한다. 자신이 알고 있는 세계가 얼마나 허망한 것인지, 그것은 완벽한 세계가 아니라 완벽하게 가짜인 세계라고 그가 말할 수 있는 진정한 이유는 여기에 있다. 이 소설의 서두에 "인간적 사유가 대상적 진리를 포착할 수 있는지 여부의 문제는 결코 이론적인 문제가 아니라 실천적인 문제"라는, 객관성 인식과 실천에 대한 마르크스의 유명한 발언이 수록되어 있는 것은 우연이 아니다.

죽기 전, 그러니까 내가 아직 만철 영선과에서 근무하던 시절, 나는 이 세계가 모두 내 눈 속으로 수렴되는 공간이라고 믿었다. 내가 인식할 수 있는 곳까지가 바로 세계였다. 세상의 모든 공간이 기준점 위에 서 있는 나를 중심으로 객관화됐다. 그렇기에 그 세계 안에서 내가 느끼던 감정들은, 예컨대 사랑이라든가 행복이라든가 기쁨 같은 것이 모두 온전히 내 것이었다. 세계에 뭔가를 덧붙이거나 지울 수 있는 주체는 나이지, 이 세계가 나를 지울 수는 없다고 믿었

다. (중략)

그러나 이제는 그게 다 환영이었다는 것을 안다. 만주국이라는 나라가 하나의 환영에 불과하듯 그 나라 안에서 살아가는 나 역시 하나의 환영에 불과했다. 육체적으로 죽고 난 뒤에야 나는 그 사실을 깨닫게 됐다. 깨달음이란 환영 속에서 걸어 나오는 일을 뜻한다. 그건 환영 속에 들어앉아 머리로 알아내거나 이성으로 탐구해서 얻을 수 있는 게 아니다. 그냥 걸어 나오기만 하면 된다. 그러면 저절로 그게 왜 환영이었는지 깨닫게 된다. 그게 환영임을 안 이상, 자신을 속이지 않고 다시 돌아갈 방법은 없게 된다. (『파라 21』 2004년 봄호, 157~158쪽)

『밤은 노래한다』에 있어서 '세계는 알 수 없다'는 결론은 '알 수 없지만 존재하는 세계'를 탐구해야 한다는 지향과 통한다. 그것은 이미 죽은 자의 시선과 알 수 없는 진실이라는 결론을 서사의 앞뒤에 배치하고, 그 내부에서 절망하고 다시 눈뜨고 좌절하며, 끝없이 이어지는 새로운 사실의 발견에 망연해하는 1인칭 화자를 겹으로 설정함으로써 이루어지는 효과이다. 최근 발간된 『나는 유령작가입니다』(창비, 2005)에서 현실을 반영하는 서사가 과연 가능한가를, 소설이 얼마나 진실에 가까이 갈 수 있는가를 끊임없이 묻고 또 묻는 화자들도 여기에서 멀리 떨어져 있지 않다. 협소한 주관으로 세계의 진실을 알 수 없지만 그럼에도 불구하고 쓸 수밖에 없는, 아직은 '맹목의 작가'이므로 그는 '유령작가'인 것이다. 그가 아는 세계는 그 바깥에 여전히 광대하게 존재하고 있는 알 수 없는 진실과 마주했을 때 어느 순간 '가짜 세계'가 되고 말 것이므로 그가 '진짜 작가'일 수는 없는 것이다.

5. 서사의 확장과 새로운 리얼리티

　김영하와 김연수가 각각 개화기 이민자들과 만주국의 조선인
들을 그들 작품의 주요 대상으로 설정한 것은 우연이 아니다. 국
권 상실과 동시에 자신들의 정체성을 보장해주던 영토로부터도
떠나온 자들의 정체성에 관한 질문이란, 국가와 민족이라는 거대
서사와 개인적 진실의 문제가 정면으로 충돌하는 곳에서 이루어
진다. 그들의 정체성을 안전하게 보장해주던 국가와 익숙한 영토
가 없는 곳에서 그들은 익숙한 것들이 한꺼번에 낯설어지는 상황
을 경험한다. 지금껏 알고 있던 세계가 한갓 만들어진 가짜세계
일 뿐이었다는 사실, 그 바깥에 아직도 알 수 없는 세계가 오랫
동안 존재하고 있었다는 사실을 새롭게 발견하면서, 그들은 개인
적 진실과 정체성에 대한 서사를 새로 쓴다. 여기에는 국민도 아
니고 양반이나 상민도 아닌, 그저 뿌리 없는 이민자에 불과한 자
들의 혼돈과 분투가 있다. 그리고 딱히 국가를 위한 것도 민족을
위한 것도 계급을 위한 것도 아니면서 모두를 위한 것이기도 한
공산주의자들의 개인적 신념이 있다. 모호하고 복합적인 이 주체
들은 익숙한 담론의 고정된 틀을 벗어난 곳에서 이들 작가가 새
롭게 발견한 리얼리티라 할 만하다.
　국가의 상실과 멕시코를 덮친 혁명의 물결, 혁명을 불러왔던
제국주의적 세계질서 앞에서 이정이 그 모든 것들의 존재를 부정
한다는 것은 객관성에 대한 부인을 의미하는가. 만주국을 배경으
로 펼쳐진 공산주의자들과 민족주의자들의 얽히고설킨 인연과
운명의 변전이 국권회복이나 계급혁명의 길로 통하지 않았으며
진실은 끝내 알 수 없는 것으로 남겨진다고 해서 김해연을 주관

적 진실만을 옹호하는 주체라 말할 수 있는가. 물론 여기에서 이정과 김해연 들은 이미 알려진 객관성의 내용을 부인하는 것으로 그들의 존재의미를 확보한다. 그래서 멕시코 이민자들이 처한 현실과 만주국의 시대적·공간적 특수성은 구체적 시공간으로서의 의미를 획득하지 못한 것처럼 보이기도 한다. 그러나 『검은 꽃』이 역사와 현실을 통합적으로 인식하지 '않는' 과정은 고립된 공간으로 분리된 인물들이 그 전체를 둘러싼 현실의 맥락과 차단됨으로써 완성되었다. 여기에서 멕시코와 한국을 덮쳤던 세계사적 근대는 소설 속에서 부인되지만 또한 부재 원인으로서 서사에 침투한다. 『밤은 노래한다』는 반대의 경우라고 할 수 있다. 이 작품 역시 도무지 알 수 없는 운명 속에 처한 개인들의 곤혹을 말하고 있지만 또한 그들은 모두 저마다의 진실을 서사의 갈피갈피에 심어두었다. 민족주의자든 공산주의자든 중국인이든 일본인이든 한국인이든 저마다의 신념에 따라 국가와 민족과 계급을 사유했지만 그것은 올바른 연대나 통합보다는 끊임없는 분열과 운명의 변전을 낳았을 뿐이다. 그렇지만, 그렇기 때문에, 세계는 다시 탐구의 대상이 된다. 한 개인의 운명이 순식간에 뒤집어질 수도 있는 곳, 내가 바라본 일면으로는 결코 짐작할 수 없는 일들이 여전히 생산되는 곳으로서의 세계란 아직도 알아야 할 진실이 무한히 내장되어 있는 곳으로서의 세계이며, 아직 1932년의 만주국이라는 시공간의 구체적 실체는 미지의 것으로 남겨져 있다. 다만 이전에 내가 알고 있던 의미가 허구로 밝혀졌기 때문에 '나'는 1932년의 만주를 환영에 불과한 것이라고 일단 가정할 수밖에 없는 것이다.

내가 살아가고 있는 이곳의 현실이란 아직 온전히 해독되지 못했지만 여전히 '있다'. 작가들이 리얼리티를 인식하는 방식은 기존의 익숙한 공통감각으로부터 벗어나 있으나 작품은 그 벗어남을 통해 오히려 리얼리티를 역설적으로 증명한다. 이 새로운 리얼리티를 향한 모험 속에서 새로운 리얼리즘의 가능성이 열릴 것이다. 그 가능성은 리얼리티의 객관성을 '확정'하는 것이 아니라, '확장'하는 것을 통해 이루어진다. 여기에서 리얼리즘이란 달라진 현실 속의 새로운 리얼리티를 발견하고 탐구하는 일에서 찾아야 할 것이다. 그것은 작가의 몫이기도 하지만 비평의 몫이기도 하다. 작품 속에서 분명하게 현현하는 현실의 조건이 아니라 부재 원인으로 혹은 강박관념으로 왜곡되고 굴절된 형태로 내재한 현실의 조건에 대해서, 현실을 재현해내는 은폐된 양식과 메커니즘을 통해서 그 문학을 해석하는 작업이 다시 강조될 필요가 있다. 그 지난한 작업들의 축적 아래에서 리얼리티와 주체의 관계에 대한 좀 더 깊이 있는 연구가 지속될 수 있을 것이다.

(『실천문학』 2005년 겨울호)

텍스트라는 환상, 문학이라는 제도
_2007년 등단 장편을 통해 본 우리 문학의 경향

꿈꿔왔던 것에 가까이 가본 적이 있어요?

그건 사실 끔찍하리만치 실망스러운 일이에요.

_정한아, 『달의 바다』(문학동네, 2007)

가질 수 없는 것은 노력한다고 가질 수 있는 게 아냐.

가질 수 없는 것을 계속 바라다보면 병에 걸려.

위장병이든, 심장마비든, 기억상실이든.

_서진, 『웰컴 투 더 언더그라운드』(한겨레출판, 2007)

1. 신인공모, 문학제도의 아우트라인

모든 문학상과 문학공모는 하나의 제도이다. 당연한 말이라고? 그러나 우리는 종종 이 당연한 사실에 대해 무감각하다. 그리고 자주 이 무감각을 외면하거나 망각한다. 작품 자체의 새로움과 가치에 논의를 집중하면서, 혹은 후보가 된 다른 작품과의 우월을 가늠하면서 그 작품이 상을 받거나 우리 문단에 새롭게 등재된다는 것이 어떤 의미를 지니는가를, 그리고 '그렇기 때문에', 혹은 '그럼에도 불구하고' 바로 그 작품이어야 하는 이유를 묻지 않을 때, 이 무감각은 제도 안에 파묻혀 사라진다.

새로 문단에 등재된 신인들의 작품이 좀 더 면밀하게 읽혀져야 한다는 이 글의 문제의식은 이 무감각에서부터 시작된다. 신인들의 작품에 대한 의미부여와 가치평가는 최초의 해석이자 평가인 심사평에서 그치는 경우가 많다. 그러나 그것으로 좋을까. 이미 형성된 문단이라는 제도에 새로운 작품을 등재시키는 행위는 그것 자체로 제도에 대한 인식이자 개입이다. 신인공모에서 문학제도의 내용과 범주를 가장 명료하게 읽을 수 있는 까닭은 여기에 있다. 새로움으로 명명되었기 때문에 더욱 낯선 이 작품들은 우리 문학제도의 경계를 첨예하게 드러내면서 또한 공고히 하며 아주 드물게 확장시킨다. 그렇다면 신인공모는 그 작품 자체일 뿐 아니라 우리 문학제도의 아웃트라인이기도 하다. 신인공모 당선작들을 문학제도의 한 발화체로 읽는 시도는 그래서 가능하고 또한 그렇기 때문에 의미 있다.

여기 세 편의 신인공모 당선작들이 있다. 작년 한겨레문학상 수상작인 서진의 『웰컴 투 더 언더그라운드』(한겨레출판, 2007), 문학동네 작가상 수상작 정한아의 『달의 바다』(문학동네, 2007), 문학동네 소설상 수상작 김진규의 『달을 먹다』(문학동네, 2007)가 그것이다. 물론 이 작품들이 작년 신인공모의 대표작들이라고 단정할 수는 없다. 한국문단은 신춘문예를 비롯하여 각종 문예지들의 신인공모들까지 한 해 수십 편의 신인작품들을 문학제도의 장에 올려놓는다. 그러니 이 글에서 집중적으로 다루고자 하는 작품들은 수많은 신인작품들 중 일부에 불과하다. 하지만 이들은 대표적인 장편공모 수상작들로서 작품이 지닌 세계의 전모를 말하기 위해 필요한 정보와 근거를 상대적으로 풍부하게 갖추고 있다. 불완전하기는 하지만 이 작품들을 통해 우리 문단이 구축하고 있는 제도의 속내를 점검하는 일이 그리 무의미하지만은 않을 것이다.

기존의 문학에 도전하는 패기, 세계를 보는 새로운 시각과 미학. 신인작품들을 논할 때 흔히 동원되는 수사이다. 모든 수사는 단지 수식을 위한 의장으로만 존재하지 않는다. 거기에는 대상에 부여하고자 하는 의미, 또는 실현되지 않았지만 기대할 수밖에 없는 어떤 가치에 대한 욕망이 함께 포함되어 있다. 그렇다면 이 글에서 다루고자 하는 작품들의 경우는 어떨까. 이 작품들은 어떤 도전과 어떤 새로움을 갖추고 있을까. 미리 말하지만 이 작품들이 지닌 가치가 전혀 새롭거나 낯선 어떤 것은 아니다. 『달의 바다』가 보여주는 세계에 대한 천진하고 엉뚱한 상상과 주관적 승화의 태도. 『웰컴 투 더 언더그라운드』에서 두드러지는 영화적 기법의 활용과 현실과 환상이 뒤섞여진 모호한 혼돈의 세계. 『달을 먹다』의 과거의 역사를 기반으로 한 유려하고도 섬세한 풍속 묘사의 세계는 우리 문학에서 익숙하면서 한편으로 낯설다.

먼저 익숙함에 대하여. 『달의 바다』는 이미 우리 독서계를 장악하고 있다고 해도 과언이 아닌 일본소설에서 보아왔던 세계와 겹치는 부분이 많다. 이제 막 세계로 진입하려는 (청)소년/소녀들의 고민과 이것을 엉뚱한 상상과 비약적인 조숙으로 풀어내는 방식. 그리하여 자아와 세계에 대한 심각한 마주침을 산뜻하고 깔끔하게 우회하는 것으로 마무리되는 경쾌함이 그렇다. 『웰컴 투 더 언더그라운드』는 rewind, fast forward, fade in 같은 영상문법들이 노골적으로 드러내는 바와 같이 여러 대중영화들이 보여주는 것과 유사한 세계를 보여준다. 지하세계에 대한 상상이나 환상과 마법이 현실과 격의 없이 교차되는 방식에서도 우리는 문장이 아니라 영상의 편집과 교차의 세계를 본다. 『달을 먹다』가 자랑하는 조선조 후기의 여러 풍속에 대한 세심한 묘사와 실감 있는 재현은 우리가 최근 몇 년간 자주 만나온 풍속 역사물들에 빚진 바 크다. 풍속은 국문학계와 사학계에서도 아주 중요한 연구방법이자 재현물로 다루어졌거니와, 일상의 풍속들로 역사를 재구성하고 그것을 새로운 읽을거리로 받아들이는 이즈음의 독서경향이 『달을 먹다』에 거부감 없이 스며들어 있다.

그렇다면 새로움에 대하여. 이 숱한 익숙함은 어째서 새로운 것일까. 이 익숙함들을 문학으로 명명하면서 새로움은 의미화된다. 일본소설이나 기타 대중소설로 편 갈라져 본격문학이라는 경계를 가능하게 했던 영역들이 당당히 새로운 문학이라는 이름으로 우리 문학제도에 등재된 것. 영상기법과 화면구성이, 거기에서 비롯된 인물과 사건의 특성들이 문학과 경쟁하는 '다른' 매체가 아니라 문학을 위기에서 벗어나게 할 구원투수로 호명되는 것. 풍속 역사물에 호응하는 흥미와 호기심을 문학의 이름 안으로 불러들이는 것. 문학 아니라 말했던 것들을 역시 문학이라고 말하면서 이 익숙한 것들은 새로운 문학이 된다. 이것은 영역의 확장인가 모방인가.

혹자는 소설이란 원래 주변의 모든 잡다한 것들을 끌어들이면서 그 영역을 확장하고 새로운 변환을 이루면서 발전해가는 잡식성의 장르라고 말할지도 모른다. 그러나 그것으로 충분치 않다. 또한 소설의 영역 확장이냐 모방이냐보다 더 중요한 문제가 남아 있을지도 모른다. 장르의 경계와 문학의 경계를 말하느라 우리는 정작 그 작품들이 말하는 것이 무엇인지. 그리고 그 작품들을 새로움으로 명명하며 문학제도의 범주 안으로 끌어들인다는 것이 어떤 의미인지에 대해 미처 말할 틈을 얻지 못하게 되는 것일 수도 있다. 그러면 대체, 이 글은 무엇을 말하려고 하는 것일까.

2. 일상이 사라진 곳에서 빛나는 환상의 문법들

먼저 소설의 중요한 특징을 이루고 있는 이질적인 시공간의 도입으로부터 이야기를 시작해보자. 취업실패와, 성 정체성의 혼란과, 이미 진행된 반복된 실패의 저편에 펼쳐지는 아름다운 달의 바다(『달의 바다』). 아메리칸 드림이 좌절된 곳에서 지쳐 시들어가는 일상의 고통 그리고 그 아래 악몽처럼 가로놓인 지하공간(『웰컴 투 더 언더그라운드』). 꽃차와 국화주, 그리고 치명적인 사랑으로 구축된, 역사이면서 역사가 아닌 가상의 시공간(『달을 먹다』). 소설들은 모두 이 이질적인 시공간들로 인해 더욱 빛나거나 혹은 더욱 아득하다. 그리고 이 이질적인 시공간들을 통해 우리는 소설에서 현실과 비현실이 관계 맺는 접점을, 그것이 독자에게 되돌려주는 상상적 효과를 확인하게 된다.

태어나면서부터 할머니의 희망이었던, 권위적이고 일방적인 가부장제와 삭막하고 계산적인 가정경제의 질서 바깥에 대한 꿈이기도 했던 고모가 보내오는 달에 관한 편지.(『달의 바다』) 할머니의 기대처럼 씩씩하고 경쾌하게 다른 세계를 개척했던 고모는 남자들을 만나면서 잇달아 실패한다. 아버지를 알 수 없는 아이를 낳고도, 다른 남자를 만나 미국으로 떠나고도 행복하지 못했던 고모는 편지를 통해 자신이 우주비행사가 되었음을, 그리고 달을 다녀오는 일을 하고 있음을 알린다. 고모의 편지와 조카 은미의 서술이 교차되는 소설에서 달은 꿈꿔왔던 모든 것들의 풍경이다. 현실에서 "꿈꿔왔던 것에 가까이 가"는 일은 "끔찍하리만치 실망스러운 일"이지만 달은 그렇지 않다. 그것은 "꿈꿔왔던 것에서 조금도 모자라지 않"은 일, "생각보다 더 깊고, 포근하고 부드러"운 비행과도 같다. "현실이 기대하는 것과 다르다는 것을 일찍 인정하지 않으면 사는 것은 상처의 연속"이라는 것을 우리는 잘 안다. 그리고 달은 그 상처를 위안하고 달래준다. 우주 공간에서 보는 지구는 알사탕처럼 조그맣고 아득하다. 그러므로 그 안에서 일어나는 인간사의 모든 상처와 실수와 오류들은 티끌처럼 졸렬하다. 고모가 애초에 달을 꿈꾸었던 것은 그의 불행한 결혼생활과 꿈꿔왔던 대로 이루어지지 않는 모든 일상사들이 주는 고통 때문이다. 바싹 말라버려 아무것도 상상할 수 없게 된 고모가 얻은 구원 같은 곳이 바로 달이다. 그리고 그 달로 인해 고모는 일상과 우주비행사라는 상상을 맞바꿀 수 있다. 덕분에 고모는 우주센터가 아니라 우주센터 테마파크 간이식당에서 일하는 자신의 삶을, 병들어 죽어가는 하루하루의 일상을 긍정할 수 있게 된다. 그리고 조카 은미는 신문기자가 되고 싶었던 자신의 꿈, 그러나 몇 번이고 실패를 거듭할 수밖에 없었던 그 꿈에 얽매이지 않는다. 은미의 친구 민은 오랫동안 꿈꿔왔던 수술을 감행하면서 자신이 갖고 싶었던 성 정체성을 얻는다. 신문기자가 되는 대신 할아버지의 갈빗집에서 고기를 자르는 은미가, 오랫동안 바라고 바랐던 여자가 된 민이가 다른 방향으로 가고 있는 것처럼 보이지만 둘은 그리 다르지 않다. 꿈을 잃은 고모와 꿈을 간직한 고모가 한 몸이듯, 꿈을 접은 은미와 꿈을 향해 나아가는 민이의 행로도 그들이 꿈에 일치된 삶을 살 수 없다는 점에서는 동일하다. 그리고 그 불행하게 망실된 꿈의 그늘을 달빛이 고요히 비출 것이다. 멀리 우주에서 바라본다면 알사탕처럼 조그마한 지구, 그래서 일상의 꿈과 좌절이 티끌처럼 하찮게 보이는 저 달이라는 시점. 그것은 "만약에 우리가 원치 않는 인생을 살아갈 수밖에 없는 거라면", 거짓말처럼 감쪽같은 "작은 위안"이다. 이 위안이 아름다울수록 현실의 고통은 더 절실해져야 할 터인데, 이 소설에서 달이라는 위안은 너무나 강력하게 아름답고 고요해서 현실의 고통마저 그 앞에서 잠잠해진다.

뉴욕의 지하철, 철골과 콘크리트가 그대로 드러난, 일상의 함정처럼 앙상하고 위험한 그곳. 거기에서는 어떤 일들이 벌어지고 있을까. 정말로 약물중독자인 전직 의사가 알약으로 지하세계를 조종하고 빨간 모자를 쓴 마법사는 아무도 알지 못하는 지하공간을 발견하여 그곳에 거주할 사람들을 모아들일까. 타임스퀘어와 엠파이어 빌딩, 5번가와 센트럴파크, 혹은 무역센터, 지상은 자본주의의 수도다운 휘황한 분주함이 지배하고 있다. 그리고 지하. 화려한 지상에서 도저히 상상조차 할 수 없었던 시커먼 어둠과 황폐가 거대한 절망과 음모처럼 웅크리고 있다. 사람들은 그 지상과 지하를 오르내리며 자본주의의 천국과 지옥을 수시로 경험한다. 이 화려한 유행과 성공과 속도가 위험하고 암담한 절망 위에 구축되어 있는 한 아무도 행복하지 않고 아무도 안전하지 않다. 덜컹거리는 뉴욕의 지하철에서 깨어난 김하진이라는 한국 남자.(『웰컴 투 더 언더그라운드』) 신용카드에 새겨진 이름과 두 장의 사진으로 자신의 존재를 짐작할 뿐인 이자는 IT붐에 기대어 미국에 왔다. 획기적인 검색 시스템을 개발하면 그도 뉴욕에서 성공신화를 이룰 수 있을 줄 알았다. 그러나 거품이 꺼지고 회사는 망하고 그는 오래된 뉴욕의 집들을 수리하는 목수가 되었고 변호사 시험을 준비하겠다던 아내는 안마시술소의 안마사가 되어 있다. 게다가 아내에게는 커다란 손과 훌륭한 차를 가진 애인도 있다. 아내의 출근지를, 애인을 알게 된 얼마 후 오래된 뉴욕의 주택 지하실에서 그는 사라진다. 분노에 가득 차 찍어낸 기둥이 무너지는 순간 거기로 연결된 뉴욕의 지하공간으로 탈출한 것이다. 그리고 깨어난 그는 기억을 잃었다. 지상으로 올라가 가족을 찾고자 했으나 번번이 그는 지상의 빛 앞에서 쓰러지고, 깨어난 곳은 다시 지하철, 예리한 칼로 그어진 팔다리에서는 피가 흐른다. 아무것도 기억할 수 없고 지상으로는 나아갈 수 없는 그의 악몽 속에 약물로 자신을 조종하는 전직 의사와 헝겊인형을 딸이라고 부르며 죽은 쥐로 스프를 끓이는 여자가, 빨간 모자를 쓴 난장이와 지하철을 떠돌며 물건을 팔거나 남의 것을 훔치는 흑인 소년 빌리가 등장한다. 기억을 잃은 김하진에게 악몽처럼 현현되는 이 지하세계의 정체가 무엇인지, 그것이 과연 꿈인지 현실인지 환각인지는 중요하지 않다. 아메리칸 드림이 박살난 그 지옥 같은 기억이 지하세계의 등장으로 절단된 채 중지되어버렸다는 사실이 더 중요하기 때문이다. 그리하여 지하세계의 환상은 현실의 고통과 절망을, 장밋빛으로 포장된 자본주의의 실체와 그늘을 망각 속으로 밀어넣는 강력한 시각효과가 된다.

『달의 바다』가 '이대갈비'와 '달'의 세계로 나누어지고 『웰컴 투 더 언더그라운드』가 지상의 일상과 지하의 악몽으로 나누어져 있다면, 조선조 정조 무렵, 가문과 신분과 성별로 얽히고 맺힌 인연과 오해로 더욱 치명적이 되어버리는 사랑을 그려내는 『달을 먹다』는 어떨까. 이 세계는 치명적인 사랑과 일상의 세계로 나누어져 있다고 말할 수 있겠지만 그리 단순하지는 않다. 희우와 난이의 사랑은 그들을 중계하는 묘연과 태겸의 시선으로 이어지고 여문과 향이의 사랑은 설희의 시선으로 그려지기에 이 일상을 초월하는 사랑의 세계는 일상과 다시 연결되어 있다. 하기야 『달의 바다』와 『웰컴 투 더 언더그라운드』 역시 그리 단순하게 양분된 세계로 이루어진 것은 아니다. 『달의 바다』의 은미는 고모의 달을 보고 '이대갈비'로 돌아오고 『웰컴 투 더 언더그라운드』의 지하세계는 지상에서 일어난 모든 일들, 기대와 야망, 그리고 좌절과 파국이 만들어낸 세계이기도 하기 때문이다. 그렇다면 단순화를 걱정하면서도 이렇게 말할 수 있겠다. 『달을 먹다』는 "나는 너로 인해 죽"고, "나로 인해 결국" 네가 죽는 치명적 사랑과 답교(踏橋)와 침향(沈香), 반빙(頒氷)과 포쇄(曝灑)의 풍속으로 이루어져 있다고. 여기에서 사랑의 세계는 그야말로 치명적인, 목숨을 걸고 일상을 버려야 하는 절대절명의 세계이다. 사랑으로 인해 여문은 사람을 죽이고 정신을 놓았다. 향이는 여문의 사랑을 알지 못하지만 여문을 기다리다 스스로 목숨을 끊었다. 난이는 사랑 때문에 죽음과 같은 잠적을 견디며 화차(花茶)를 팔고 후인은 어린 딸 향이를 두고 집을 나갔다. 답교와 침향, 반빙과 포쇄, 화차와 국화주의 풍속은, 그리고 우아하고 기품 있는 내간체의 문장은 소설의 육체를 풍요하게 채우고 있지만 이

유려하고 생생한 풍속들은 치명적인 사랑의 독성 앞에서 더욱 잔잔해진다. 수백 년 전의 과거를 배경으로 삼고 있는 이 소설들에서 상식적 역사 안쪽에 새겨진 디테일들은 그 자체로 일상의 구체성을 재현해내는 훌륭한 읽을거리이면서 동시에 일상의 살림살이가 지닌 역동성을 잠재운다. 그렇기 때문에 사랑은 서사의 관계성에 개의치 않고 홀로 외롭게 뚜렷하다. 도저히 지상의 세계에서 가능할 것 같지 않은 이 사랑의 신화는 일상의 살림살이를 낡았지만 잘 보존된 풍속화처럼 평면적으로 만든다. 하여 모두 정신을 놓거나 자살하거나 혹은 잠적하고 멀리 떠난다. 지상에 발붙일 수 없는 사랑의 주인공들이기 때문이다. 과거의 역사를 빌려와, 그에 걸맞은 풍속과 문체의 의장을 갖추었기에 낭만적 사랑의 환상을 의심할 최소한의 현실적 거점마저도 생략된다. 『달의 바다』가 '달'이라는 환상 혹은 거짓말을, 『웰컴 투 더 언더그라운드』가 '지하세계'라는 환각과 악몽을 현실과 대비시킨다면 『달을 먹다』는 사랑이라는 환상으로 모든 현실을 대체한다. 나머지의 현실은 사랑의 잔여물이거나 후일담이다. 여문이 향이의 아비를 죽이고 향이마저 자살에 이르게 한 후 자신의 사랑을 여전히 부여안고 향이의 집에 스스로를 폐쇄시킨 것처럼, 희우와의 어긋날 수밖에 없는 마음을 안고 난이가 다시 여문에게 와 숨듯이, 사랑은 꽃으로 뒤덮여 이웃과 격리된 별채에 머문다.

『달의 바다』에서 달이라는 환상이 지상의 현실을 위안하고 『웰컴 투 더 언더그라운드』가 지하세계의 환각으로 지상의 날들을 망각하며, 『달을 먹다』에서 치명적 사랑의 환상에 의해 일상이 거세된다고 말하는 것이 부당하게 여겨질지도 모른다. 적어도 이 작품들이 이 환상들의 출처와 연관에 대해 무관심하지는 않기 때문이다. 『달의 바다』에서 소설은 '달'의 위안이 고모의 거짓말로 창조되고 채색된 아름다움이라는 것을 미리 밝힌다. 그래서 우리는 이 아름다운 위안이 거짓말이라는 사실을 알고 있다. 『웰컴 투 더 언더그라운드』에서 지하세계는 지상의 현실을 망각의 늪으로 밀어넣지만 그렇다고 해서 지하세계가 현실과 전혀 다른 장소로 등장하여 지상의 현실을 완전히 삭제하는 것은 아니다. 김하진은 지상의 고통을 망각함으로써 그 고통을 살아갈 기회를 잃었지만 그런 그의 거처는 상처와 두려움으로 망가진 악몽의 세계이다. 지하이든 지상이든 출구 없이 막막한 파탄의 끝이라는 점에서 동일하다면 소설은 그것 자체로 악몽 같은 현실을 표상한다고 말할 수 있다. 『달을 먹다』의 치명적인 사랑의 운명은 일상의 불통과 불화의 확대판이라고 해도 좋을 것이다. 희우와 난이의, 여문과 향이의 안타까운 사랑은 애써 견디고 있을 따름인 일상의 다른 불통들에서 연원하는 것일지도 모른다.

이 최소한의 자의식적 장치들이 이 소설들을 신인공모라는 이름으로 우리 문단에 등재시킨 알리바이가 되는 것도 사실이다. 그러나 여전히, 현실을 위안하고 망각하고 거세하는 환상의 문법들은 서사의 앞길을 막는다. 거짓말인 줄 이미 알고 있으면서도 환상의 위안에 기대는 한 현실은 언제나 어쩔 수 없는 것으로 갈무리되어 환상의 저편에 은거할 것이다. 지상과 지하를 오가며 악몽 같은 세월을 살던 김하진의 행로가 마법사의 관 속에서 마무리되는 것, 그리하여 그는 또 다른 환상의 힘을 빌려 아내와 처음 뉴욕에 발 디뎠던 과거로 돌아가려 하는 이 순환을 주목하라. 그는 현실의 실패와 좌절의 고통을, 지하세계의 환각과 악몽을 뛰어넘어 과거로 회귀한다. '가장 행복했던 시절'이라는 이름으로. 일상이 탈각된 치명적인 사랑은 고통으로 침묵해야 하는 일상으로 다시 되돌아오고 그 일상은 다시 내가 죽고 네가 죽을 수밖에 없는 사랑의 환상을 불러온다.

3. 텍스트가 놓인 자리

명랑만화적 단순함과 조숙한 긍정, 악몽과 환각의 현란한 편집, 강렬하고 치명적인 사랑의 신화에 의해 현실의 고통은 서둘러 위안받고 망각되고 또는 낭만적으로 포장된다. 이 소설들은 한편으로는 모두 고통과 좌절의 현실에 놓여 있음을 인지하고 한편으로 그 고통과 좌절의 현실을 다른 환상과 환각으로 대체함으로써 망각한다. 이 인지와 망각 사이에 놓인 공백은 또한 우리 문학이 부담해야 할 공백이기도 하다. 이 글에서 함께 다루지는 못했지만 올해 또 다른 등단 장편인 이홍의 『걸프렌즈』(오늘의 작가상, 민음사, 2007), 서유미의 『판타스틱 개미지옥』(문학수첩 작가상, 문학수첩, 2007)을 더하면 경향은 더욱 분명해진다. 『걸프렌즈』는 관계의 소통과 본질의 문제를 탐구하는 대신 한 남자를 세 여자가 공유하는 편법을 택한다. 일대일의 연애관계를 파탄내는 윤리의식을 문제 삼는 것은 물론 아니다. 세 명의 여자친구들의 연대감을 말하기 이전에 먼저 점검되어야 할 문제, 남자친구와의 관계에 대한 질문이 시종일관 회피되고 있는 것이 문제이다. 그래서 걸프렌즈들을 있게 한 원인이라 할 수 있는 남자친구는 계속 서사에서 겉돌고 있다. 『판타스틱 개미지옥』은 현대 자본주의와 소비풍조의 결정판이라 할 수 있는 백화점의 풍속을 속도감 있게 그려낸다. 소비에 끌려들어가 소비의 노예가 되는 현대사회의 물신주의와 그 소비로 구획된 계층구조는 백화점을 배경으로 선명하다. 그러나 속도감 있는 문체와 미스터리의 구조는 또한 이 실감 있는 풍속도의 이면을 탐구하는 길을 가로막는다. 시계와 창문이 없는 백화점에서처럼 우리는 이 흥미로운 풍속의 근거를 이해할 여유도 풍속의 안팎을 둘러볼 안목도 얻지 못한다.

　이제 시작일 뿐인 이 한 편 한 편의 소설은 그저 우리 문학의 에피소드에 불과할지도 모른다. 그러나 떨어져 있을 때는 한 편의 텍스트일 뿐인 소설들은 서로의 빛과 그늘로 서로를 조명하며 하나의 성좌를 이룬다. 그렇게 만들어진 별자리들을 통해 우리 문학제도의 경계가 드러난다. 환상의 이름으로 현실을 위안하거나 망각하거나 거세함으로써 소설의 주인공들은 현실에 더 오래 더 깊숙이 발을 들여놓을 기회를 얻지 못한다. 현실과 마주하는 결정적 순간은 언제나 유보되거나 회피된다. 그 유보와 회피의 자리를 채우는 것은 몽상이거나 환각이거나 혹은 풍속이거나 낭만이다. 이 작품들을 등단작으로 승인함으로써 우리 문학은 문학의 현실적 입각점들을 고민하는 일의 중요성을 점점 잊어가고 있다고 말할 수 있을까. 그리하여 우리 문학제도는 일상적 삶의 구조와 거기에 대한 주체적 대응을 외면한다. 누군가의 책임이거나 누군가의 공적이라고 단정할 수는 없는 문제이다. 그러나 이 승인과 개입이 그려내고 있는 우리 문학의 현주소를 확인하는 일은 필요하다.

　일본소설이나 영상기법이나 혹은 풍속 역사물의 영향을, 그것이 영역의 확대인지 모방인지를 말하는 것은 그래서 부차적인 문제이다. 소설이 제기하는 문제들이 더 충실하고도 절실하게 탐구되지 못하고 있다는 사실에, 그래서 우리 소설이 현실과 관계 맺는 밀도가 점점 더 성글어지고 있다는 점에 먼저 주목해야 한다. 영역의 확대이든 모방이든 그것이 소설이 제기하고 포착한 문제들을 더욱 효과적으로 밀고 나갈 수 있게 한다면 문제될 이유가 없다. 우리 소설들이 처해 있는 위기가 이 여러 서사물들의 영향력으로 봉합되고 있기 때문에 익숙함을 새로움으로 명명하는 일은 위험하다. 이 명명이 공정한 경쟁과 심사의 결과라고 믿는 것은 그야말로 환상이다. 당장 대안을 만들 수 없다 하더라도 우리의 명명행위가 무엇을 의미하고 어떤 효과를 확산시키는지를 의식하는 일은 중요하다. 어쩌면 우리는 우리가 하는 일을 알지 못하고 있는 것일지도 모른다.

(『문학들』 2008년 봄호)

불균질의 서사문법, 난독의 내막

__은희경의 『아름다움이 나를 멸시한다』, 권여선의 『분홍 리본의 시절』,
오수연의 『황금 지붕』

1. 익숙함을 거스르는 다양한 변주

연민이나 동정을 기대할 수 없는 세상이라는 것을 우리는 이미 알고 있다. 낭만적 선의나 진지한 용기, 냉소나 위악은 이런 세상에서 살아가기 위해 고안된 모종의 방법론일지도 모른다. 무릇 방법론이란 나름의 규칙과 질서를 갖기 마련이다. 원인이 있고 결과가 있으며 그것을 탐구하며 깨닫는 과정, 그것이 소설이라는 몸을 가질 때, 우리는 이를 두고 이야기라 부른다. 동어반복이지만 가차 없는 세상이 소설의 원인을 제공한다면 거기에 대응하는 우리의 자세, 그것은 때로 진지하고 때로 선량하고 때로 사악하고 때로 무심하다. 그리고 그 온갖 고투 후에 남는 것은 불가항력의 허무가 아닌가. 고투가 치열할수록 허무는 비할 수 없는 고독이고 슬픔이며 그만큼의 여운이 되기도 할 것이다. 그 강력한 여운의 어쩔 수 없는 감염력에도 불구하고 가차 없는 세상이라는 근원으로부터 이야기를 시작할 때, 이야기의 결말이 택할 수 있는 길은 그리 많지 않다. 누군가 이야기는 힘이 세다고 했으나, 이제, 이야기는 점점 더 운신의 폭이 좁아진다.

이 좁아진 이야기의 영역을 어떻게 넓힐 것인가. 다채로운 서사적 실험, 익숙한 결말을 배반하는 과감한 비약, 환상과 백일몽과 알레고리가 현실과의 구분선을 흐려놓으면서 더욱 서사의 몸체 안으로 육박해 들어가는 경향은 이런 고민의 산물일 터이다. 점점 더 복잡해지는 서사를 따라가면서, 작가가 말하는 바와 그것이 전하는 효과를 가늠하는 일은 쉽지 않다. 난독의 고통을 호소하기 전에, 우리의 이야기가 처한 곤경을 실감하는 일, 그리고 그 곤경 속에서 전제를 의심하고, 방법을 고민하며 그 곤경의 근원을 탐구하는 일이 필요할 것이다. 어느 쪽이든, 최전선에서 이야기의 균열선을 아슬아슬하게 걷고 있는 현재의 우리 소설들이 가장 정확하고도 믿을 만한 증거가 되어줄 것이다.

최근에 발간된 은희경, 권여선, 오수연의 소설은 모두 익숙하지만 어딘가 낯선 소설문법을 통해 현재의 우리 소설이 통과하고 있는 어떤 지점을 예민하게 주시하고 있다. 익숙하지만 아직 충분히 탐구되지 않아서 여전히 다른 시각이 필요한 지점, 혹은 소설이 감당하기 어려운 영역을 소설의 언어로 풀어내기 위해서 필요한 방법론적 모색, 이를테면 알려진 해석을 거슬러, 다른 해석을 생산하기 위해 서사의 결을 끊임없이 다시 훑어야만 하는 우리 소설의 곤경이며 또한 가능성이기도 한 지점이다. 그러니까 해체이면서 또한 재조립이기도 할 이 소설들은 때로 동어반복처럼 보이기도 한다. 그러나 의도적인 동어반복의 고집스러움은 난독의 고통을 뚫고 만나야 할, 우리 삶의 다시 읽기이다. 남은 것은 해체일 뿐이라고 누군가가 말한다면 사실 필요한 것은 해체가 아니라 재해석이며 집요한 재발견일 것이라고 이 소설들은 말하고 있는 듯하다. 그러니 필요한 일은 이 두꺼운 겹들 사이에 숨은 문학의 진실에 다가가는 일이다. 혹은 이 불균질한 서사의 효과를 묻는 일이다. 아닌게아니라 그 두꺼움만큼 거기로 가는 길이 한층 힘들어진 것은 사실이다. 우리가 감당해야 할 세계가 진정 이 겹들 사이에 있을 것인지는 아직 모르겠다. 그리 순탄하지만은 않은 작업 속에서 고투 중인 작가들은 안내자이기보다는 같은 처지의 이웃인 듯하다.

2. 유보 : 고독의 아우라, 허무의 문턱
__은희경의 『아름다움이 나를 멸시한다』(창비, 2007)

1990년대 문학의 한 페이지를 장식한 작가이니 최근의 작품집에서 변화의 여부, 혹은 변화의 진폭과 그 의미가 자주 거론되는 것은 당연한 일이다. 작가에게 이것은 어쩔 수 없이 감당해야 할 부담이고 의식할 수밖에 없는 과제이기도 할 것이다. 은희경의 재등장을 말하는 사람도 있고 여전히 1990년대에 구축한 힘이 은희경 문학의 단단한 버팀목이라고 보는 사람도 있다. 아마도 양자가 모두 틀리지 않을 것이다. 어떤 변화이든 그 속에 지속의 측면을 가지고 있고 또 지속된다고 해서 모든 것이 고스란히 보존되지도 않을 것이니까. 문제는 그 둘의 관계이고 효과이다. 은희경의 문학은 어떤 변화를 이루어냈고 또 그것이 어떤 의미를 지니고 있는가.
먼저 눈에 띄는 변화는 소설 형식상의 실험이다. 「지도 중독」

은 블로그의 글이 소설에 자주 삽입되고, 「아름다움이 나를 멸시한다」는 인터넷이나 기타 자료에서 수집된 정보가 소설을 끌고 나가는 중요한 축을 담당한다. 「날씨와 생활」도 짧은 단락으로 이루어진 블로그형 글쓰기를 연상시키는 측면이 있으며 「고독의 발견」에는 환상과 실재의 겹침, 그리고 그 경계 흐려놓기가 소설의 의미를 생산하는 데 중요한 역할을 한다. 「의심을 찬양함」은 뜬금없는 논쟁이 길게 이어짐으로써 소설에 사뭇 관념적인 색깔을 덧입힌다. 이전의 은희경이 선명한 개성의 인물과 그의 내면과 외부를 넘나드는 상황 구축으로 소설을 완성했던, 전통적인 서사문법과 이야기의 위력을 신뢰했던 작가라는 점을 상기할 때 이는 상당히 이색적인 변화처럼 보인다.

그에 비하면 소설의 주요 정서라든가, 세계 해석의 태도 변화 등은 그다지 놀랄 만한 것은 아니다. 은희경의 이전 소설세계와 가장 유사한 것처럼 보이는 「날씨와 생활」을 보면 이를 좀 더 분명히 알 수 있을 것이다. 소녀 B는 몽상을 통해 자신이 처해 있는 현실을 부정하고 부인했다. 이 부정의 근거는 숱한 동화책들이다. 가세가 기울어 이사할 수밖에 없는 집안 형편에도 소녀는 별로 낙망하지 않았다. 고귀한 신분의 소유자들에게 시련이 강할수록 그 극적인 운명의 반전은 더욱 화려한 법이니까. 전학 간 학교에 찾아온 월부책 수금원으로부터 소녀의 몽상은 깨어진다. 집안의 불운을 상상하고 자신의 처지를 비관하며 그 수금원을 낯선 곳에서 들이닥친 불행의 씨앗처럼, 공포의 대리자처럼 치부했으나, 결국 아무 일도 일어나지 않았다. 이를테면 개인의 낭만적 상상이 현실의 관계 속에서 부서져가는 과정을 소녀 B의 몽상이 어이없이 깨지는 순간으로 선명하게 드러내고 있는 것이다. 이런 방식이 그리 낯설지는 않다. 이전 소설의 주인공들이 세계에 맞서 자신의 위악과 냉소를 자랑했던 견고한 주체이기만 했던 것은 아니다. 언제나 은희경은 그 자신만만한 냉소가 현실의 위력 앞에 무너지는 순간을 드러내면서 그 냉소의 효과를 극대화했고, 그러므로 그의 냉소와 위악은 실상 그 현실에 맞설 힘을 갖지 못한 개인이 취할 수 있는 회심의 포즈였다는 사실을 은희경의 독자라면 아마 알 것이다. 「유리 가가린의 푸른 별」이나 「지도 중독」에서의 고독과 허무, 그리고 회한은 이러한 태도의 극점을 가리키고 있는 작품이라고 보아도 좋을 것이다.

그렇다면 문제는 현저한 변화를 보이고 있는 글쓰기의 방법과 변주되기는 했으나 그리 멀리 떨어져 나오지 않은 작품의 메시지가 어떻게 겹쳐지는가, 그리고 그것의 효과는 무엇인가가 될 것이다. 표제작이기도 한 「아름다움이 나를 멸시한다」가 좋은 예가 되어줄 것이다. 「아름다움이 나를 멸시한다」를 이끄는 이야기의 핵은 무엇인가. 다이어트인가? 물론 아니다. 문제의 핵심은 아버지 부재, 혹은 환영받지 못한 출생의 슬픔이다. 숱한 정보가 나열된 다이어트의 과정은 이 핵심에 다다르기 위한 하나의 과정일 뿐이다. 한번도 날씬했던 적이 없었던 '나'가 온갖 정보를 수집하여 6주 동안의 피나는 다이어트를 했던 까닭은 어릴 때 보고 보지 못했던 아버지가 죽어간다는 소식을 들었기 때문이었다. 아버지가 원치 않은 아들이었다는 생각 때문에, 뚱뚱하고 소심한 자신의 모습을 아버지가 탐탁지 않아했다고 생각했기 때문에 그는 아버지에게 마지막으로 다른 아들이 되고 싶었던 것이다. 그러나 계획했던 대로 감량을 했지만 아버지는 이미 세상을 떠났다. 아마도 아버지가 아들에게 다정하지 못했던 까닭은 아들이 뚱뚱했기 때문이 아니라 그 아들을 합법적인 가족의 테두리 내에서 만날 수 없었기 때문일 것이다. '짐작과는 다른 일들'을 말하는 또 하나의 방식이다. 혹은 의지와는 무관하게 벌어지는 사건들에 대한 무기력함과 허무를 말하는 또 하나의 방식이다. 그런데 이 방식이 좀 지루하다. 탄수화물 억제를 통한 체중감량법은 그 자체로 훌륭한 정보이지만 출생의 비밀과 아버지의 죽음과 그로 인한 슬픔을 말하기 위한 전제로는 너무 장황하게 느껴진다. 그렇다면 이 방식은 실패인가? 그렇지는 않다. 이 정보들은 정보 그 자체로서가 아니라, 겹쳐 나열됨으로써 주인공의 슬픔과 고독을 더욱 강조하는 효과를 발휘한다. 필요 이상으로 나열되는 정보는 묵묵한 수행을 참고 견디는 긴 시간과 등치되고 마침내 그것이 의도한 결과로 연결되지 못할 때, 상실의 비애, 운명적인 고독을 더욱 효과적으로 감각하게 하는 것이다. 「의심을 찬양함」에서 진실과 확신에 대한 긴 논쟁이 지니는 효과, 「날씨와 생활」에서 자주 언급되는 동화들의 기나긴 목록이 지니는 효과도 동일하다.

그런데 한편으로 이는 다른 효과를 발생시키기도 한다. 그것은 작가가 전달하고자 하는 메시지를 지연시키는 효과, 혹은 그것과 대면하는 순간을 지연시키는 효과이다. 그렇다면 이렇게 말할 수 있을까. 은희경이 특유의 고심 끝에 내놓은 서사의 문법들은 불가항력의 세계를 더욱 강조하면서 한편으로는 그것과 너무 늦게 대면하도록 만든다고 말이다. 그리하여 잘못 태어난 자의 운명적 고독, 혹은 상상과는 다른 세계와의 맞대면은 최후의 순간까지 유보된다. 그 유보의 끝에 얻은 결론이 아마도 "다양화는 경쟁을 감소시키고 많은 종들이 공존하도록 만드는 자연의 생존 방법"이며, "같은 집단의 구성원들이 서로를 동료로 보지 않고 먹을 수 있는 상황이 다양화의 완성단계", 곧 "진화의 정점"(「지도 중독」)이라는 사실일 터이다. 모두 같은 길을 가지 않고 다양한 세계를 인정하고 발견하는 것, 그것이 진화의 정점이지만 그 진화를 위해서는 아무와도 친구가 될 수 없는 차디찬 고독의 세계와 마주해야 한다. 그리고 그 고독의 참담하고 시린 고통을 말하기 위해 은희경은 몹시 긴 서사적 우회로를 거쳐야 했다. 그런데 그것으로 끝일까. 유보의 서사장치 덕분에 우리는 이 고독의 세계에 이제 겨우 도착했다. 이 고독의 세계는 한량없이 쓸쓸하고 엄숙하며 그 여운 또한 길지만, 또한 그 때문에 범접할 수 없는 경계선을 만든다. 인정받기 위해 죽을힘을 다해야 하는 '아버지의 존재', 스스로 고독해짐으로써 침범하지 않는 '생존경쟁의 질서' 같은 현실원리의 위력이 바로 그 경계선 안에 있다. 그렇다면 고독마저 의심해야 할지도 모른다. 전제 자체와 맞대면할 수 있을 때 비로소 의심이란 찬양할 만한 것이 된다. 이제 막 고독과 맞대면한 은희경 소설의 새로운 출발지점이기도 할 것이다. 이 출발의 박차를 위해 어쩌면 다른 서사적 무기를 준비해야 할지도 모르겠다.

3. 파열 : 위험하고 전투적인 자기탐구
__ 권여선의 『분홍 리본의 시절』(창비, 2007)

권여선 소설의 이상한 전개, 그 돌연하고 당황스러운 파국은, 위험하고 전투적이며 원색적인 파열은 우리가 예상했던 이야기를 배신하는 뜬금없는 브레이크처럼 보인다. 과연 맛집순례와 요리와 흔한 불륜과 값싼 자기연민으로 나름대로 고요하게 흘러가던 일상은 느닷없는 욕설 앞에 우뚝 멈춰 선다.(「분홍 리본의 시절」) 그런가 하면 꼭 짚어 이유를 말할 수 없지만 내심 그것은 틀림없이 배신이라고 분노하고 그와의 심정적 결투를 감행했으나 주인공은 며칠의 휴가를 마치고 일상으로 복귀한다.(「반죽의 형상」) 못 하는 것 없고 누구에게나 필요한 사람이어서 기묘한 활기를 불어넣었던 남자는 어느 날 느닷없이 사라지고 그로부터 아무 설명 없이 세월은 뚝딱 흐른다.(「솔숲 사이로」) 이 불친절하고 불규칙한 이야기들 때문에 불쾌해하거나 낯설어하기에는 아직 이르다. 혹시 이는 동정 없는 세상의 근원을 다시 묻는 새로운 질문법이 아닐까. 그것은 운신의 폭이 별로 남아 있지 않은 우리 시대의 이야기들 사이를 가로지르는 날카로운 파열음은 아닐까. 그렇다면 이 불친절하고 아귀가 맞지 않는 이야기 사이를 좀 더 들여다볼 일이다. 거기에는 어떤 질문이 깃들어 있는가.

먼저, 이런 질문이 가능하겠다. 그것은 과연 세상 탓인가. 연민이나 위안 따위 허용하지 않는 세상, 내가 꿈꾸고 바랐던 삶의 뒤통수를 치는, 생각보다 훨씬 가혹하고 황량하며 지루한 세상이라 말하며, 우리는 과연 무죄인가. 권여선 식으로 말하자면 내 삶의 뒤통수를 치는 것은 세상이 아니라 언제나 바로 '나'였다. "내가 내 뒤통수를 내려찍는 이런 상쾌함이 없다면 나란 존재는 과연 무엇이겠는가."(「분홍 리본의 시절」) 이 무시무시한 자각은 그러나 상쾌하다. 전제된 원인과 예정된 결말을 뒤집는 새로운 이야기의 시작을 알리는 신호음이기 때문이다. 그리고 이 새로운 서사문법을 추동하는 힘의 팔 할은 여느 소설에서 쉽게 만나기 힘든 낯선 인물들에 있다. 아니 그것은 사실 스스로의 뒤통수를 내려찍는 순간을 지각하는 작가의 예민하고 가차 없는 시선에서부터 발원한다. 흐릿한 윤곽에 미간 사이로 진물이 질질 흐르는, 침울한 표정으로 참혹한 상상을 즐기는 「가을이 오면」의 '로라', "머릿속에 살짝 떠올리는 것만으로도 깊고 은밀한 접촉을 당한 듯 불쾌해지는 질감의 소유자" 우정미(「문상」). 이 불쾌한 여자들은 도무지 타협이나 절제를 모른다. 누가 보아도 과분한 잘생긴 애인 앞에서 로라는 악을 쓰고 욕설을 내뱉고, 남자가 일말의 연민이라도 남겨두었을까 염려하기라도 하듯이, 남자가 학을 떼고 돌아설 때까지 어거지를 부린다. 우정미는 그녀에 대한 혐오를 뚫고 그가 입을 맞추는 바로 그 순간에도 "기술 좋던데 누구에게 배웠어요"라고 집요하게 묻는다.

도대체 이 괴물(김영찬, 작품해설)들은 누구란 말인가. 소설은 차분하게 이렇게 말한다. 그것은 바로 '나'이다. 지긋지긋하고 혐오스러운, 요령부득의 이 끔찍한 존재들이 바로 '나'이다. '우리'이다. 어째서 이들은 이렇게 될 수밖에 없었는가. '어째서'란 없다. '원래' 그렇다. 아닌 것 같아 보이지만, 짐짓 상처받은 척하고 고통스러운 척하고 때로 우아하고 뻔뻔하지만, 그러나 우리는 모두 괴물이다. 그리고 '어쩌다' 우리가 괴물이 되었는가를 묻는 대신, '어떻게' 우리가 괴물인지를 소설은 알려준다. '로라'는 무책임하고 뻔뻔한, 우아와 무욕을 연기하는 엄마의 허위를 비웃으며 엄마에게 욕설을 퍼붓지만, 그것으로 그녀가 정당화되지는 않는다. 무책임한 엄마 때문에 비뚤어졌다고 말하고 싶겠지만, 그래서 이 모양 이 꼴이라고 말하고 싶겠지만, 그러나 그녀는 엄마와 다르지 않다. 느닷없이 다가온 잘생긴 남자 앞에서 자못 감동하고, 의심 없이 설레였던, 그래서 엄마에게 그 연인을 과시하고 싶어했던 자신이 엄마와 얼마나 다른가. 엄마의 우아와 가장 역시 그 순진한 감동과 설렘으로부터 발원한 것이 아니겠는가. 그리하여 로라의 위악은 엄마의 우아와 연루되어 있다. 엄마의 가식과 뻔뻔함을 마음껏 비웃을 수 있기 때문에 그녀가 모른 척 지나쳤던 감동과 설렘은 정당화되었다. "내가 내 뒤통수를 내려쩍는" 상쾌한 자각의 순간은 이렇게 온다. 알레르기의 진물과 팬티 자국 선명한 비만한 엉덩이를 가지고 있지 않다 하더라도, 우리는 그들과 같다. 일상의 가장된 행복과 선의와 친밀과 온갖 우아한 사교들이 얼마나 멍청하게 무의식적으로 허위에 가득 차 있는지를 돌아보지 않았기 때문이다. 한 발 더 나아가, 그러므로 그것은 세상 탓이 아니다. 이 황량하고 어이없으며 무의미한 세상을 만든 것은 우리이다. 그리고 그 세상 속에서 우리는 괴물이다. 그것이야말로 포장 없는 우리의 맨 얼굴이다.

그래서 권여선의 소설은 인물들의 관계에 초점을 맞춘다. 내가 너에게 연루되고 네가 다시 나에게 연루되어 있는 이 끊이지 않는 관계의 연속들. 이 관계 속에서 우리는 점점 서로를, 자신을 정당화하고 가장하며 모른 척한다. 한때 조직의 지도선이었으나 지금은 제도권에 안착한 남편에 대한 경멸이 남편의 후배와의 불륜을 정당화해주는 것은 아니다.(「위험한 산책」) 다른 어떤 것에 의해 보증받는 관계란 이미 정당하지 않다. 한때 정의로웠을 남편의 독선과 강박을 경멸하면서도 남편의 그 강한 생활력과 악력에 안도감을 느끼는 부부관계, 세상에 대한 혐오를 남편에 대한 원한으로 바꾸어 그를 질투하는 것으로 공모하는 불륜관계, 이 서로가 서로를 보증해주는 지루하고도 치욕적인 연루를 파열하는 것은 그런데 이 관계 바깥에서 온다. 관계 안에서 관계를 파열하는 것은 쉽지 않다는 것, 혹은 그 파열의 순간에만 폐쇄적 관계성의 한계는 발견된다는 것을 알리는 은밀한 징후이기도 하다. 물론 권여선의 소설은 파열의 순간에 언뜻 내비친 폐쇄적 관계성의 한계보다는 파열의 욕망에 더 집중한다. 아마도 이 지속적인 연루가 파열되어야 한다고 느끼는 순간은 「분홍 리본의 시절」에서 '나'가 자신을 부도덕하다고 느낀 그 순간과 동일한 순간일 것이다. 알고 있으면서도 단호하게 끊지 못하며 다른 것에 핑계를 대는 이 지속이야말로 가장 부도덕한 것인데, 한밤의 산책에서 강한 근육질의 팔이 자신을 덮쳤을 때, 그녀의 표정이 "일순 봄꽃처럼 화사하게 피어"난 이유는 그 부도덕한 관계의 연루를 끊는 파열의 순간을 감지했기 때문이다.

이제 권여선 소설의 당혹스러운 서사, 느닷없는 파열과 파국에 대해 다시 말해볼 수 있겠다. 앞에서 그것이 동정 없는 세상의 근원을 묻는 새로운 질문법이 아니겠느냐고 했다. 그 대답의 절반은 소설의 가차 없는 자기탐구, 불쾌하기 짝이 없는 인물들의 행태를 통해 이미 얻었다. 비루한 일상만을 남겨놓은 세상을 혐오했지만 실상 그 비루한 일상을 점유하고 있는 '나'들이야말로 이 세상을 만들어가는 부도덕한 인자들이다. 알 수 없는 상실감과 무력감으로 의미 없는 일상을 주유하는 우리들의 관계란 그 관계 속에 있을 때는 불만족스러워도 어쩔 수 없는 생활의 방편인 것처럼 보이지만, 한발만 떨어져 바라보면 그것은 이상하고 기괴하기 그지없다. 「약콩이 끓는 동안」에서 부조리극의 무대 같아 보이는 노교수의 집, 노교수의 히스테리와 그 아들들의 변태적 욕망처럼. 또는 「문상」에서 문학교실 학생들과의 대화 같지 않은 대화로 지속되는 술자리처럼. 이 이상하고 기괴한 관계를

서로 묵인해주며 서로가 서로를 용서하고 공생하는 동안, 이상한
줄 알고 있으면서도 그것이 지속되는 것에 안도하는 동안, 우리
는 모두 부도덕하다. 느닷없는 파열의 서사는 이 부도덕한 연루
가 쉽게 깨질 수 없는 것임을, 그럼에도 불구하고 그 파열의 순
간을 간절히 욕망할 수밖에 없음을 알리는 하나의 충격적 표지라
할 만하다. 그래서 「약콩이 끓는 동안」은 파국으로부터 시작한
다. 사고를 당한 노교수의 정년보장을 위해 노교수의 집을 드나
들던 서영이 사고를 당해 꼼짝도 하지 못하고 잔디밭에 밤새도록
누워있는 장면으로부터 소설이 시작되는 것이다. 노교수나 그 아
들들의 어이없는 속물성과 사소함은 서영이 그들과 연루되어 그
들 집을 드나드는 동안 계속된다. 그래서 소설은 그 연루의 고리
를 끊기 위해 서영의 사고라는 결정적 방법(서영의 사고라는 결정
적으로 그 연루의 고리를 끊는 방법)을 택한다. 타인을 비판하거나,
자신에 대한 과잉반성으로 내면 속에 침잠하는 것이 아니라 결과
적으로 그 허위와 위선의 관계를 파열시키는 것을 목적으로 하고
있다는 점에서 권여선의 소설은 급진적이다. 누구도 우월하거나
열등하지 않으므로, 서로가 서로에게 기대어 상대를 정당화해주
고 있기 때문에, 그 관계는 지루하게 계속된다. 그 지루한 지속
을 어떻게 끊을 것인가. 그것을 목표로 하고 있다는 것이다. 「반
죽의 형상」에서 관계를 끊고자 하지만 결코 끊을 수 없었던 지루
한 반복의 궤적, 「약콩이 끓는 동안」의 돌연한 파열, 이 두 정점
이 권여선 소설의 핵심 주제인 셈이다. 물론 서영이 사고를 당해
서사에서 퇴장당한 이후에도 '그 집안'의 기괴한 서사는 계속된
다. 서영을 대체한, 터무니없이 성실하고 충직한 남학생에 의해
이야기는 이어지기 때문이다. 그리고 사고를 당해 사라진 서영의

시선은 계속 소설에 남아 있다. 그 지속이 「반죽의 형상」에서 지루한 반복으로 다시 나타난다고 보아도 좋을 것이다. 지루하지만 평화로운 일상의 존재들을 뒤흔든다는 점에서 권여선의 소설은 위험하다. 결정적 파열의 순간을 욕망한다는 점에서 권여선의 소설은 전복적이며, 그러나 그 파열 이후에도 일상은 다시 지속되리라는 것을 알고 있기에 더욱 집요하다. 그러니 우리에게 권여선의 소설은 파열이 아문 후에도 남아 있는 흉터처럼 씁쓸하고 통쾌하다. 아마도 우리는 우리의 부도덕을 잊지 않기 위해서 자주 이 흉터를 천천히 쓸어내려야 할 것이다.

4. 혼돈 : 솔직하고 겸허한 파편성
__ 오수연의 『황금 지붕』(실천문학, 2007)

이 글을 쓰고 있는 지금, 탈레반 무장세력에게 납치당한 한국 선교봉사단에 관심과 우려가 집중되고 있다. 일단 그들이 무사히 귀환하기를 바라지만 상황은 그렇게 만만해 보이지 않는다. 생명 존중이라든가 평화의 중요성을 강조하는 일이 지금 이 순간에 얼마나 무용한 일반론인지 이제 우리는 안다. 인질들의 목숨이 경각에 달려 있다 하더라도 지금 진행되고 있는 것은 국가 간의 이익과 명분을 위한 협상이며, 시시각각 속보로 전해지는 뉴스는 급박하고 절실하기 그지없어 보이는데 그 뉴스를 보고 듣는 우리의 일상은 거짓말처럼 고요하다. 인류가 주장해왔던 온갖 진보와 정의에 따른다면 도무지 일어날 수도 없고 일어나서도 안 되는 일들이 일어나고 있는 여기는 과연 어디인가. 팔레스타인과 이라크와 아프가니스탄에서 일어나고 있는 일들은 참상이라고 하기에도 운명이라고 하기에도 너무 정치적이다. 그리하여 우리는 정치와 일상이, 신과 인간이, 전쟁과 평화가, 공포와 연민이 뒤범벅이 된 세계를 거기에서 본다. 보는 것만으로는 견딜 수 없어서 행동하려 한다면 우리는 무엇을 할 것인가. 그 행동이 문학이기도 하다면 그 문학은 과연 어떤 것이어야 하는가.

오수연 소설의 고민은 여기에 있는 것처럼 보인다. 세계가 눈앞으로 다가앉은 글로벌 시대에 그들의 일이 남의 일이 아니라는 사실을, 파병을 통해, 인질들을 통해 알고 있지만 여전히 구체적 실감을 얻기 힘든 사건을 보는 소설의 눈은 어떤 것이어야 할까. 이에 대한 소설적 고민이 『아부 알리, 죽지 마』(향연, 2004)와 전혀 다른 『황금 지붕』을 낳았다. 사실 『황금 지붕』에 등장하는 에피소드들은 『아부 알리, 죽지 마』에 충실히 사실적으로 기록되어 있다. 그런데 『아부 알리, 죽지 마』에서 충분히 전해졌던 슬픔과 분노는 『황금 지붕』에서 분열되고 혼란스러우며 애매한 목소리로 바뀌어 있다. 소설은 사건과 사건의 사이를 벌려놓고 흔들어 놓으면서 그 사이에 분열과 회의와 고민의 흔들리는 자의식을 놓는다.

오수연이 민족문학작가회의(현 한국작가회의)의 파견작가로 이라크에 파견되었다는 사실은 잘 알려져 있다. 그런데 그 파견의 길은 너무 멀고 험한 길이었다. 물리적 거리를 말하는 것이 아니다. 강대국 중심의 세계질서하에서 살 곳도, 종교도, 인권도 빼앗긴 약소국 국민들 곁에 이국의 작가가 서 있을 자리를 찾을 수 없는, 그 거리를 말하는 것이다. 그리하여 오수연은 평화와 인권 같은 교과서적 가치를 토해놓기에 앞서 우선 그 거리에 대해 말한다. 「문」을 보자. 「문」은 작품집 『황금 지붕』을 여는 '문'이며 또한 작가가 이라크, 혹은 팔레스타인으로 다가가기 위해 열어야 하는 '문'이기도 하다. 그런데 이 '문'이 너무 많다. "문 너머에는 또 문이 있다." "그 문을 통과하고 나면 또 문이 있다. 그 너머에 또 있다. 또, 또 있다."(「문」) 여기에서 문의 의미는 이중적이다. 일차적으로는 이스라엘이 팔레스타인 민중들을 격리하기 위해 만들어놓은 검색대의 문이다. 한 지역을 넘어서기 위해 문을 지나야 하고 다른 지역에 들어서기 위해 또 문을 지나야 한다. 그리고 돌아오기 위해 또 수많은 문을 지나야 한다. 그 문 앞에서 그들은 점령국의 군인들이 허용할 때까지 한없는 시간을 기다려 줄을 서고, 그리고 그곳을 통과하기 위해 또 한없는 시간을 기다려 검색을 받아야 한다. 문은 검색대에만 있는 것이 아니다. 구호단체의 일원으로 그 지역에 가기 위해 통과해야 하는 자국의 공항, 정작 일이 난다는 지역에는 가지도 못하고 인근 국가들을 우회하고 우회하여 수없이 받아야 하는 입국도장, 그리고 그 지역에 도달하여 그곳 사람들과 만나기 위해 열어야 하는 마음, 그것이 모두 문이다. 소설은 검색대의 바리케이드에서 시작하여 한국의 공항으로, 다시 분쟁지역의 단체회원들에게로 옮겨간다. 서사는 이 수많은 문들을 겹쳐놓는 것으로 진행된다. 정작 전쟁이, 분쟁이 일어난 지역에 도달하기도 전에 독자는 이미 지쳐버린 기분이다. 그러나 이 수많은 겹쳐진 문을 통과하는 일이야말로 그들에게 가는 길이라고 작가는 말하고 있는 듯하다. 한번도 순탄하게 열린 적이 없는 그 '길'. 난민들을 돕기 위해 무작정 차를 빌려 그들을 찾아가는 길만 봐도 그렇다.(「길」) 현지인과는 말이 통하지 않고 구호단체들은 저마다의 명분과 목적에 따라 제각각이었으며 '구호'든, '평화'든, '봉사'든 그것을 실행하기 위한 절차도 방법도 복잡하기 그지없다. "평화는 좋고 전쟁은 싫으며 전쟁 피해자를 돕고 싶다는 뜻이야 같지만, 구체적으로 일을 하려니 손발이 안 맞아서 자기들끼리 도무지 평화롭지가 못했다. 그리고 공히 경험이 없으며 능력 또한 없고, 마음만 급했다. 그럴수록 밤마다 하는 비상회의는 굉장히 추상적인 이유로 감정싸움으로 비화"된다.(「길」)

게다가 이런 경우는 또 어떤가. 구호단체 내에서도 그들의 역할과 영향력과 비중은 피부색에 따라, 출신국가에 따라 달라지며 동쪽의 작은 나라에서 온 '나'는 자주 과민해진다.(「황금 지붕」) "인근 회원들이 다 모이는 전체회의에서 한 남자가 내 앞에 의자를 놓고 앉은 적이 있다. 나는 가만히 앉아 있었건만 둥그렇게 둘러앉은 줄 바깥으로 밀려나고 말았다." "그에게 나는 보이지 않았다. 차라리 내가 얼굴색이 조금 더 짙어 이곳의 고통받는 민중이었다면, 그는 내 앞에 앉지 않고 서서 내게 선량하게 알은체를 했을 것이다. 나는 애매했다."(「황금 지붕」) 그러니 누군가를 돕는 일이란 얼마나 가당찮고 지난한 일인가. 돕는 자와 도움을 받는 자 사이의 경계, 도우려는 자들 사이에서도 날카롭게 곤두서 있는 위계의 신경줄, 독재가 나쁜지 제국주의가 나쁜지 저울질하는 일도 버겁고, 그런데 난민들의 삶은 너무나 참담하며, 그들을 도우려 하지만 무엇을 어떻게 도와야 할지도 알 수 없다.

서사가 균열을 일으키며 난감하게 뻗어나갈 이유가 충분히 있는 셈이다. 그리고 그런 난감함을 통과하여 서사가 계속 진행될 이유도 물론 있다. 오수연 소설이 빛을 발하는 부분은 바로 그 지점, 난감하고 혼란스러운 서사의 끝, 그 문과 문, 길과 길 끝에 있는 난민들의 삶과 만나는 지점이다. 점령군의 습격을 막기 위해 천막을 쳐놓고 마을을 지키는 사람들, 한밤중에 들이닥치는 탱크를 막기 위해 온 가족이 모여 잠들지 못하는 집에서 작가는 그들의 삶을 본다. "엔지니어, 배관공, 상인이었고 배를 타고 외국에 나가기도 했던 남자들은, 도로 자기 아버지들처럼 농부와 목동이 되었다. 그리고 그들의 자식들은 그것밖에 될 게 없다." "그들은 항구에서, 도시에서, 저수지가 있는 들판에서 쫓겨났다." "그들은 계속 쫓겨나고 있는 중이다. 시간은 거꾸로 흘렀다."(「문」) 생각해보라. 첨단의 무기들이 첨단의 보도장비들을 통해 전 세계에 중계되고 있는 세상에서 아무것도 할 수 없어 쫓기기만 하는 자들, 미래란 존재하지 않고 시간은 거꾸로 흘러 과거와 미래가 딱 붙어버린 세계 속에 살고 있는 자들의 참담함을. 온갖 회의와 혼란과 과민과 환멸을 견디며 진행되는 서사는 마침내 세상의 끝에서 시간과 공간을 모두 잃어버린 채 존재하는 그들을 만난다. 이들의 존재야말로 복잡하고 심란한 서사가 길을 잃기는 했지만 길을 버리지는 않는 근거가 된다. 그리고 이 지난한 서사의 우회로를 통해 그들을 마음 아프게 읽은 후, 그들이 세상에 없는 존재로 취급받고 있으므로 당연히 그들을 바라보는 나도 없다는 인식에 이른다. 그들을 서쪽의 사람들이라 불러 내가 있는 곳이 동쪽이 되었으니 그 관계의 좌표 아래서 우리는 존재한다. 그러니 그들이 없는 존재라면 나 역시 없다. "점령군의 서류에서는 난민촌 전체가 군사작전구역으로서 철거와 소개 대상이다. 여기는 지상에 없는 장소다. 그렇다면 내가 돌아갈 고향은 어디에 있나. 내 고향은 여기의 동쪽이어야 하지만, 여기가 세상 어느 지점이 아닌데 거기인들 어느 방향과 거리에 위치할 수 있겠나."(「황금 지붕」) 그들에게 가는 길은 너무도 멀고 험하였으나 이 힘겨운 연대의 실감은 난독의 고통을 보상한다.

오수연 소설의 파편성은 근본적으로 그들이 세상에 없는 존재이므로 나 역시 없는 존재라는 지독한 상실감에서 기인한다. 그리고 이 상실감은 역설적으로 구호와 당위를 넘어, 불가항력의 무력감과 자괴감을 넘어서 그들을 만나 기꺼이 그들에게 연루될 수 있게 하는 힘이 된다. 사건과 사건이 연결되는 방식, 문장과 문장 사이, 인물과 인물 사이, 심지어 한 인물의 내면마저도 산산이 흩어져 파편적인 소설, 그러나 이렇게 솔직하고 겸허한 파편성을 만나기도 쉽지 않다. 그래서일까. 이 파편적 세계의 조각이 이상한 슬픔과 고통을 동반하고, 또, 의외로 따뜻하다.

(『문학수첩』 2007년 가을호)

역사적 진실의 문학적 형상화

__4 · 3과 현기영의 소설세계

1. 역사의 기억과 살아남은 자의 고통

문학이 역사를 기억하고 복원한다는 것은 어떤 의미를 지니는가. 현기영의 소설을 다시 읽으면서 문득 이런 원론적인 의문에 사로잡히게 된다. 일차적으로는 현기영이 4 · 3의 작가, 제주의 역사를 꾸준히 문학적으로 형상화해온 작가라는 데서 이런 의문은 기인한다. 실제로 1975년의 등단작 「아버지」(『동아일보』 신춘문예 당선작)로부터 첫 소설집 『순이삼촌』(창작과비평사, 1979), 장편 『변방에 우짖는 새』(창작과비평사, 1983), 그리고 『마지막 테우리』(창작과비평사, 1994)에 이르기까지 현기영의 소설은 직 · 간접적으로 4 · 3과 관련되어 있으며 혹은 제주의 역사를 그 창작의 기반으로 삼고 있다. 무엇이 한 작가로 하여금 짧지 않은 작가적 이력 모두를 제주라는 한 지역의 역사로 채우게 했는가, 그것으로 그는 무엇을 하고자 했는가라는 질문이 당연히 제기될 수밖에 없다.

한편으로 2000년 '제주 4·3사건 진상규명 및 희생자 명예회복에 관한 특별법'이 공포되고, 2003년 대통령이 국가권력의 과오에 대해 공식적으로 사과한 지금 여전히 4·3을 문학적으로 기억하고 복원하는 일이 어떤 의미를 지니겠는가 하는 질문이 뒤따른다. 당사자들의 입장에서야 아직도 미흡하고 불완전할 것임에 틀림없지만 적어도 공식화된 경로를 통해 진상이 규명되고 있고, 그러므로 과거에 그랬듯이 오해나 누명이 억울한 죽음에 덧씌워지는 일은 더 이상 일어나지 않을 것이기 때문이다. 역사의 기억이나 복원을 진상규명의 차원으로 생각한다면, 4·3 문학에 관한 한 그 문학적 성취와 가능성을 논하는 일은 지금까지와는 다른 방식으로 진행되어야 할지도 모른다.

우선은 작가가 4·3사건을 본격적으로 다룬 최초의 작품인 「순이삼촌」이 1979년에 발표되었다는 점을 감안하면서 그 작품의 당대성과 현재성을 함께 살펴볼 필요가 있겠다. 「순이삼촌」은 작중 화자가 할아버지의 제삿날에 귀향하면서 친척 어른들을 통해 1948년 음력 12월의 소개와 학살에 관한 기억을 떠올리는 방식으로 제주의 4·3과 그 이후의 수난을 기록한다. 할아버지의 제삿날은 음력 섣달 열여드레, 마을에서는 화자의 큰집뿐 아니라 수많은 집들이 제사를 지내고 있는데 모두 1948년의 그 사건으로 한날한시에 죽은 사람들의 제사이다. 희생자들, 희생자의 가족들에게 그날의 사건은 느닷없는 죽음과 죽임의 아비규환으로 기억된다. 군인들은 마을 사람들을 학교 운동장으로 불러 모은 후 트럭에 싣고 가서 일제사격으로 총살하였으니, 영문도 모르고 죽어간 사람들의 억울함과 공포는 살아남은 사람들에게도 여전히 고통의 기억으로 남아 있다. 「순이삼촌」은 일단 그때 그 사건의 전모와, 그 사건의 어처구니없는 폭력성을 충실하게 전달하는 것만으로도 우리 문학사에서 중요한 의미를 차지한다. 토벌군과 공비들의 번갈아 드는 협력요구와 부역자 색출의 등살 속에서 어느 쪽으로부터도 보호받지 못하고 결국은 무고하게 죽임을 당한 희생자들의 원한은 살아남은 자들의 기억 속에서 더욱 생생하게 복원되는 것이다.

그런데 「순이삼촌」에서 눈여겨볼 것은 이 단편이 제삿날 모여 그날의 기억을 복원하는 인물들 한편에 '순이삼촌'의 죽음을 두고 있다는 사실이다. '순이삼촌'은 도피자 남편을 둔 탓에 토벌대에게 말 못 할 고통을 겪었고 학살의 그날에는 시체 더미 아래에서 기절한 덕분에 겨우 살아남은 인물이다. 남편은 행불자가 되고 사건의 와중에 오누이를 잃었으며 마침내 자신마저도 죽을 고비에 처했다가 숱하게 죽어 널브러진 시체 더미를 헤치고 살아남았으니 그의 남은 삶이 온전했을 리가 만무하다. 환청과 신경쇠약에 시달리다 결국 '순이삼촌'은 그날 수많은 시체들로 가득했던 자신의 옴팡밭에서 자살한다. 화자의 말대로 그의 죽음은 "한 달 전의 죽음이 아니라 이미 30년 전의 해묵은 죽음"이었다 할 수 있을 것이다. 말하자면 「순이삼촌」은 1948년의 그 끔찍한 사건을 문학 속에 복원하면서 아울러 그 사건이 입힌 내상들을, 세월이 흘러도 사라지지 않고 더 굳은 옹이로 남은 상처들을 그려내고 있는 것이다. 죽음을 죽음으로 받아들일 수 없었으므로 삶도 삶 같지 않은 나날들을 「순이삼촌」은 아프고도 결곡하게 장면화해낸다. 이를테면 「순이삼촌」의 말미에 환각처럼 그려진 다음의 장면이 그렇다.

더운 여름날 당신은 그 고구마밭에 아기구덕을 지고 가 김을 매었다. 옴팡진 밭이라 바람이 넘나들지 않았다. 고구마 잎줄기는 후줄근하게 늘어진 채 꼼짝도 하지 않았다. 바람 한 점 없는 대낮, 사위는 언제나 조용했다. 두 오누이가 묻힌 봉분의 뗏장이 더위 먹어 독한 풀냄새를 내뿜었다. 돌담 그늘에는 구덕에 아기가 자고 있었다. 당신은 아기구덕에 까마귀가 날아들까 봐 힐끗힐끗 눈을 주면서 김을 매었다. 이랑을 타고 아기구덕에서 아득히 멀어졌다가 다시 이랑을 타고 돌아오곤 했다. 호미 끝에 때때로 흰 잔뼈가 튕겨나오고 녹슨 납탄환이 부딪쳤다. 조용한 대낮일수록 콩 볶는 듯한 총소리의 환청(幻聽)은 자주 일어났다. 눈에 띄는 대로 주워냈건만 잔뼈와 납탄환은 삼십 년 동안 끊임없이 출토되었다. 그것들을 밭담 밖의 자갈더미 속에다 묻었다.

＿「순이삼촌」(『순이삼촌』, 창비, 2006), 86쪽

생각해보라. 덥고 조용한 한낮의 정적 속에서 환청처럼 총소리가 들려오고 자신이 시체들을 헤치고 허위허위 기어 나왔던 그 밭에서 김을 매며 뼈와 탄환을 주워내야 하는 일상을. 그렇게 이어진 30년의 나날들 속에서 '순이삼촌'은 내내 시달리면서 마음의 지옥을 겪어내야 했던 것이다. 역사를 기억하는 까닭은 묻혀진 진실을 이끌어내기 위해서일 터이다. 그리고 그 진실은 사건의 진상에 머무르지 않고 그 역사를 살아낸 사람들의 삶과 죽음, 고통과 두려움과 절망의 일상에까지 가닿는다. 법률로도 문서로도 당해낼 수 없는 이 고통의 기록이야말로 『순이삼촌』이 이루어낸 진정한 문학적 성과라 할 것이며, 또한 작가가 30년 가까운 세월을 제주 4·3 사건에 천착하고 있는 진정한 이유가 될 것이다.

2. 4·3의 현재화, 확장된 역사적 지평

『마지막 테우리』에 수록된 「쇠와 살」은 30여 개의 짧은 장면들, 10여 개의 서술들을 하나의 작품으로 모아놓음으로써 현기영의 작품 중에는 가장 파격적인 형식실험을 보여준 작품으로 평가된다. 아울러 이러한 장면의 나열만으로 소설을 완성하는 기법은 몽타주적인 것으로 해석되어 리얼리즘적 내용과 모더니즘적 기법의 결합으로 일컬어지기도 한다. 개별적 사실들의 집약적 표현과 구조로서의 단편소설이라는 익숙한 정의에 따르자면 다소 낯설게도 느껴질 수 있는 방식인데, 그러나 「쇠와 살」의 그 낯설음은 오히려 더 충격적이면서도 총체적인 형상으로 4·3의 진면목을 경험하게 해준다. 각각의 단락들로 나누어진 일화나 서술은 다른 장면과 서사적 연관을 지니지 않는 것처럼 보이지만 그것이 한데 모여 있음으로써 4·3의 다양한 의미들은 훨씬 더 복합적이고 다면적인 공감으로 되살아나는 것이다.

그런데 여기에서 주목할 점은 「쇠와 살」의 이러한 효과가 단지 '개별적 장면 모아놓기'의 방식으로 이루어지지 않는다는 점이다. 몽타주적인 기법을 활용하고 있기는 하지만 이 작품은 '몽타주'의 기법적 효과, 즉 서로 상이하거나 상반된 장면들을 접합시킴으로써 이미지의 증폭을 이끌어내는 것과는 다소 거리를 두고 있다. 「쇠와 살」은 장면들의 접합이나 나열이라기보다는 오히려 서술적 연속과 논리로 구성된다. 예를 들어 서두에 나오는 두 개의 단락, '불복산(不伏山)'과 '백살일비(百殺一匪)'를 보자. '불복산'은 한라산을 남북에 적대적인 정권이 수립되던 1948년의 현실에 불복한 '불복산'이라고 정의하면서 4·3을 해방 후 친미주의자들이 득세하고 진정한 통일과 해방을 이룰 수 없게 된 현실에 저항하는 항쟁으로 의미화한다. 그리고 '백살일비'는 양민 백을 죽이면 게릴라 한 명이 끼어 있다는 의미인데, 즉 소수의 게릴라를 죽이기 위해 무고한 양민들을 무참하게 학살한 사건을 간명하게 정리하는 말이다. 서두의 두 단락은 말하자면 앞으로 이어질 여러 단락의 장면과 서술들의 성격을 규정해주는 일종의 전제이며 배경 설명에 해당하는 셈이다. 이 전제를 바탕으로 여러 단락의 장면들과 서술이 진행된다. 소설에서 작가의 주(註)에 해당하는 서술은 한편으로는 중산간 부락에서의 학살—해변부락으로의 소개—선무공작—한국전쟁에 이르는 시간적 순서와 사건의 추이를 간략하게 요약하고 또 한편으로는 개인의 양심이 아무런 의미도 가지지 못하는 학살의 구조와 미군의 개입 문제를 군데군데 삽입함으로써 전체 소설의 틀을 잡는다. 나열된 여러 일화들은 이 틀거리 속에서 나름의 연관성과 통일성을 확보하게 되는 것이다. 그리고 소설은 결론적으로 숭고한 자연적 죽음 대신 처참한 살육에 의해 강제된 죽음의 억울함을, 개인적 불행이 아니라 누구도 벗어날 수 없었던 야만의 역사였던 4·3의 진상을 드러낸다.

이렇게 본다면 「쇠와 살」은 4·3의 역사적 맥락과 의미에 대한 치밀하고도 깊이 있는 천착이 빚어낸 성과이며 이로써 4·3은 훨씬 더 확장된 역사적 지평을 얻게 되었다고 할 만하다. 이는 연속적 서사를 지니고 있는 「순이삼촌」이 오히려 4·3의 배후보다는 사건의 재현에 더 초점을 맞추고 있으며 일상의 장면화를 통해 그 효과를 발휘하고 있는 것과도 비교될 만한 일이다. 사실 「순이삼촌」은 역사 속에 묻혀진 4·3을 정면으로 문학화하고 그 사건의 진상을 드러내고 있다는 점에서 문학사적 의미를 가지는 작품이지만, 실상 그 사건의 배후, 역사적 연원에 대해서 그리 충분한 정보를 담고 있지는 않다. "5·10선거 때 부락 출신 몇몇이 공산주의 골수분자의 선동에 부화뇌동하여 선거를 보이콧한 사건이 화근이 된" 것이라는 정도가 사건의 원인으로 제시되어 있을 뿐이며, 소설은 살육의 무자비함과 희생자들의 참담함, 사건이 개인의 생애에 끼친 내상에 초점을 맞추고 있는 것이다. 4·3 3부작이라 할 만한 「도령마루의 까마귀」나 「해룡 이야기」 역시 그렇다. 「도령마루의 까마귀」는 사건 와중에 가족과 헤어지고 마침내 남편의 주검을 목격해야 했던 귀리집의 체험을 생생하게 되살리고 있고, 「해룡 이야기」는 제주의 역사를 외면하고 있었던 화자가 피하려 했으나 피할 수 없었던 역사를 인정하게 되는 과정을 그리고 있다. 작품집 『순이삼촌』에 실린 작품들이 4·3을 정면으로 바라보기 시작한 지점을 보여주는 것이라면, 『마지막 테우리』는 이처럼 문학작품의 정면에 드러난 4·3의 역사적 연원과 의미, 그리고 그것의 현재성을 다양한 방식으로 고민한 결과물이라 할 수 있다.

「쇠와 살」의 서두에서 "4·3 이전에 3·1이 있었다"라는 언급, "3만 군중이 운집하여, 외세 없는 진정한 독립을 고창한 3·1대집회"를 4·3의 시발점으로 놓고 있는 부분은 『순이삼촌』에서 한발 더 나아간 지점에 『마지막 테우리』가 있음을 분명히 한다. 장편 『변방에 우짖는 새』를 개작한 희곡 「변방에 우짖는 새」는 이재수를 장두로 하여 일어난 민란의 원인을 중앙정부의 학정과 외세의 횡포 때문이라고 해석하고 있는데, 이는 4·3을 해석하는 시선과 그리 다르지 않다. 이로써 『마지막 테우리』는 4·3

을 제주도 역사의 연속성 속에 자리매김한다. 「거룩한 생애」에서 주인공 간난의 생애를 4·3을 중심으로 하여 이전인 일제시기까지 거슬러 올라가 기록하고 있는 것 역시 4·3을 역사적 연속성 속에서 사유하고자 하는 노력의 일환이라 할 것이다. 해방이 되었으나 섬은 일본군에서 미군으로 그 지배자가 바뀌었을 뿐이며, 여전히 섬주민들은 수탈과 억압 속에서 숨죽이며 살아야 했고 그들의 목숨은 늘 벼랑 끝에 내놓은 듯 위태로웠다. 4·3의 진정한 원인은 백성들이 한 번도 삶의 주인이 될 수 없었던 우리의 가난한 역사 속에 있으며, 나라를 분열시켰던 이념대립은 결국 순박한 민중들의 목숨을 수없이 빼앗고도 반성 없이 나라를 지배했던 레드 콤플렉스로 남았다.

그러므로 간난의 생애는 모진 시련을 겪으면서 살아온 한 개인의 생애에 그치는 것이 아니다. 물론 4·3 역시도 변방의 섬에서 일어난 과거의 사건으로 기록되어서는 안 된다. 『마지막 테우리』가 말하고 있는 것은 그 역사가 끊임없이 지속되어온 우리의 역사이며 그 역사에서 누구도 자유롭지 않다는 사실이다. 이것이 「쇠와 살」이 "4·3 이전에 3·1이 있었다"로 시작하고 있는 이유이며, "귀순하여 생업에 안돈해 있던 생존자들은 한국전쟁이 발발하자 또 한 번의 수난을 당"했다는 사실을 굳이 언급하고 있는 이유이기도 할 것이다. "그들의 기계적 사고에는 인간이 부재하였고 소름끼치게 단순명료했"던 까닭에 죽은 자들도 살아남은 자들도 모두 4·3의 악몽에서 자유롭지 않다. '순이삼촌'이 사실은 이미 30년 전에 죽은 사람이며 그 이후의 삶은 그저 죽음의 유예에 불과했던 것처럼.

「목마른 신들」의 화자인 심방이 수십 년이 지난 후에도 그날의 사건에 희생된 피해자들을 해원하는 원혼굿을 벌이게 되는 것도 그 때문이다. 억울하게 죽은 원혼들은 그 한을 풀 길이 없어 수십 년이 지난 후에도 섬의 곳곳을 떠돌고 있다. 그런데 「목마른 신들」의 중심을 차지하는 원혼굿의 경우 그 사연이 좀 유별나다. 굿의 대상이 된 자는 희생자들과는 아무런 관련이 없는 한 고등학생이기 때문이다. 그 학생은 4·3 당시 태어나지도 않았던 것은 물론이며 일가친척들 중에도 4·3에 관련된 이들은 없다. 원혼굿의 과정에서 그 고등학생이 이상증세를 보인 것은 4·3 때 희생되었던 소년의 혼이 붙었기 때문임이 밝혀지는데, 이웃의 할머니가 그 학생을 보며 그 나이에 죽은 아들을 그리워했던 까닭이다. 그리하여 이 원혼굿은 단지 망자의 한을 달래는 굿일 뿐 아니라 살아남은 자들 역시 그 한으로부터 자유로울 수 없음을, 죽었거나 살았거나 학살의 편에 가담했거나 희생된 쪽이거나 할 것 없이 모두 4·3에 연루된 이웃일 수밖에 없음을 밝히는 굿이기도 하다.

아마도 망인은 그 당시 많은 학생들이 그랬듯이 항쟁 쪽에 가담했을 것이고, 나는 저승차사들을 태운 서청 차를 몰아야 했고, 환자 아이 또한 제 조부의 업보를 통해 4·3을 앓고 있었던 것이다. 내가 팔자를 그르쳐 심방이 된 것도 열일곱 살 때부터 보기 시작한 그 숱한 죽음들 때문이 아니었던가.

_「목마른 신들」(『마지막 테우리』, 창비, 2006), 88쪽

화자가 심방의 자식이 되기 싫어 어머니의 곁을 떠났으나 결국 숱한 죽음을 보고 어머니와 함께 묻은 무구를 꺼내 심방이 될 수

밖에 없었듯이, 4·3과 아무 관련이 없는 어린 학생이 고통에 가득 찬 생애 곁을 지나는 것만으로도 그 원혼과 한 몸이 될 수밖에 없었듯이, 주위에 널린 것이 고통과 억울함의 세월이니 아무도 혼자 자유롭게 평안할 수 없는 것이다. 그 감염된 고통으로 인해 역사는 우리 모두가 감당하고 기억하고 복원해야 할 공통의 과제가 된다.

3. 문학적 진실과 기억의 윤리

다시 처음의 질문으로 되돌아가보자. 진상규명을 위한 특별법이 공포되고 대통령의 사과가 있은 지금도 여전히 4·3의 역사를 기억하고 복원하는 것은 어떤 의미를 지니는가. 말하자면 4·3문학의 현재성을 묻는 질문일 터이다. 법률과 문서로는 말할 수 없는 삶의 진실과 그 절실한 고통의 감각을 복원해야 한다면, 역사적 진실의 문학적 형상화는 언제나 유효하다. 그리고 공식적 진상규명이 그 문학적 진실의 절실성을 과거화하고 화석화할 가능성이 남아 있는 한, 문학은 언제나 역사적 과거를 현재 속에서 다시 떠올릴 수 있어야 한다. 주변에 떠도는 고통의 기억들, 그리고 그 고통에 감염된 공동체적 삶이야말로 문학이 현재성의 이름으로 끊임없이 역사 속에 개입해야 할 이유가 된다.

그리고 「마지막 테우리」는 여기에 또 하나의 현재성을 더한다. 「마지막 테우리」의 주인공인 순만노인 역시 4·3에 관한 아픈 기억을 가지고 있다. 토벌대에 붙잡혀 입산자들의 은신처를 말하라는 강요에 못 이겨 본의 아니게 밀고자가 되고 말았던 것이다.

사람이 있을 리 없다고 생각했던 동굴에는 늙은 부처와 손자가 있었고 그가 보는 앞에서 그들은 무참하게 죽었다. 노인이 마지막 테우리로서, 세상과 격리된 초원에 남은 것은 그들의 죽음에 대한 속죄이기도 할 것이고 또한 그날의 사건 이후 인간도 행복도 믿을 수 없게 된 그에게 인간과 더불어 사는 일이 점점 의미를 잃었기 때문이기도 할 것이다. 그래서 그는 그 죽음들의 현장이었던 초원에 머물며 그 슬픔을 더 오래 기억하고자 한다. 한 생애의 자연스러운 결말, 숭고하고 아름다워야 할 죽음이 아니라 죽임에 의한 끔찍한 죽음, 시체조차 갈무리하지 못하는 처참한 죽음들을 목격한 이후 노인에게 삶은 삶이 아니었으니 그의 벗은 오직 말 못 하는 소들과 일렁이는 초원의 목초들뿐이다. 처참한 죽음들을 목격하고 초원으로 되돌아와 자연 속에서 서서히 늙어가고 서서히 죽어가는 노인의 삶은 다시, 한번도 인간답지 못했던 그날의 죽음들이 지닌 슬픔을 처연하고 고통스럽게 환기한다. 인간답게 살기 위해서, 인간답게 죽기 위해서라도 그날의 죽음들을 여전히 기억해야 한다는 사실은 자연에 대한 아름답고도 풍요로운 묘사들 속에서 여전히 번쩍이며 살아 있는 것이다. 그러나 세상은 점점 그 참혹한 역사를 잊어간다. 미처 수습되지 못한 주검과 원혼들의 상처로 가득했던 초원은 골프장을 짓는 포클레인에 의해 살벌하게 파헤쳐지고 인간의 이기심은 독한 농약과 기계들로 점점 그날의 초원을 파괴해나갈 것이다. 노인의 눈에 비친 초원의 현재가 더 아프게 다가오는 것도 이 때문이다.

그 사이 바람의 방향이 바뀌어 포크레인 소리가 아주 또렷하게 들려왔다. 들들들, 피를 말리는 소리, 그 소리에 노인은 찬바람 맞아 생명에 위협을 느낀 늦가을의 여치처럼 가슴이 오싹 오그라드는 느낌이었다. 골프장 만든다고 또 목장을 까발기는 것이다. 생흙, 생피를 벌겋게 드러낸 채 뒤집어지는 야초지, 거기에 덮여질 것은 독한 농약에 절은 골프 잔디, 지렁이도 두더지도 도마뱀도 씨말려버릴 죽음의 카페트였다. 노인은 신음처럼 괴롭게 한숨을 토했다. 초원을 야금야금 잠식해 들어오는 포크레인 소리를 들으며 노인은 자신의 몸속에서 차츰 좀먹어 오는 죽음의 진행이 느껴졌다.

_「마지막 테우리」(『마지막 테우리』), 18쪽

그리하여 소설은 다시 우리에게 묻는다. 과거의 참혹했던 죽음들과 그로 인한 고통의 삶들을 잊어도 좋을 만큼 우리의 삶은 인간다운가. 영문 모르고 죽어갔던 원혼들이 우리에게 가르쳤던 인간다운 죽음과 인간다운 삶에 대한 간절한 희원을 우리가 다시 떠올리지 않아도 좋을 만큼 우리는 인간의 삶/죽음을 존중하고 있는가. 「마지막 테우리」가 지닌 현재성은 바로 여기에 있으며 이것이야말로 우리가 비극적 역사를 과거의 것으로 기억의 저편에 묻을 수 없는 이유이다. 관광자원의 보고라고 할 만한 천혜의 자연들을 그저 휴양을 위한 아름다움으로 스쳐 지나갈 수 없는 것도 이 때문일 것이다. 「마지막 테우리」는 4·3이라는 역사적 사건을 인간과 인간의 관계, 인간과 자연의 공존, 기억과 망각의 윤리성이라는 좀 더 심층적인 삶의 문제들로 확장시킨다. 「마지막 테우리」 이후에 우리 문학이 감당해야 할 역사적 진실과 그 현재성에 대한 고민은 여기에서부터 시작해야 할 것이다.

(현기영, 『마지막 테우리』, 창비, 2006)

기억의 경계를 넘는 일

__전성태의 『국경을 넘는 일』

1. 상실한 공동체의 비감을 넘어서

등단한 지 10년이 넘은 작가가 내놓은 두번째 작품집을 만나고 보니 그가 어지간히 과작의 작가라는 생각을 새삼 하게 된다. 작가들의 작품 생산주기가 더 빨라지고 있고 등단 몇 년 만에 단숨에 문단의 주목을 받는 신진작가들이 많아지는 요즘의 세태를 감안하면 전성태는 다소 굼뜬 작가라고도 할 수 있겠다. 그러나 1년에 한두 편씩 꾸준히 발표한 단편들을 읽다 보면 그의 이러한 굼뜸이 유난히 작품의 언어와 구성에 공을 들이는 탓이라는 것을 금방 알게 된다.

전성태는 첫 작품집 『매향』(실천문학사, 1999)에서부터 평단의 관심을 꾸준히 받아온 작가인데 많은 비평가들은 농촌공동체의 복원과 전통적 언어의 구현을 그의 첫번째 특장으로 꼽아왔다. 사라져가는 공동체의 복원과 해학을 곁들인 방언의 오래 묵은 질감을 구현해내는 솜씨는 요즘의 우리 문학에서 좀처럼 만나보기 힘든 미덕인 것도 사실이다. 그러나 또한 그의 다음 작품집을 오래 기다려온 독자들의 입장에서는 그가 첫번째 작품집에서 얼마만큼 걸어 나와 또 다른 세계를 만들어내고 있는가에 관심이 갈 수밖에 없다. 이번 작품집은 사라져가는 공동체에 보내는 비극성을 넘어 좀 더 다양한 세계를 보여주면서도 현재성과 당대성에 더욱 천착하고 있다는 점에서 독자들의 기대에 부응하고 있다.

물론 시간의 편차를 두고 발표된 작품들에서 작품세계의 변화, 혹은 진전을 일목요연하게 찾아내는 일은 일종의 무리한 일반화가 될 수밖에 없다. 예컨대 「소를 줍다」 같은 소설은 여전히 농촌공동체, 혹은 농촌에서 자연과 합일된 삶의 질서를 찾아가는 이웃들의 이야기를 담고 있어서 『매향』의 세계에서 크게 벗어나 있지 않다. 곡식을 심고 가꾸고 거두는 하나하나의 과정, 소와 돼지를 돌보고 정을 들이는 사람살이의 살뜰함이 풍겨내는 안정감과 따뜻함은, 사라져가는 전통적 정서를 환기함으로써 그것을 상실한 현대인의 비감을 자아낸다. 첫 작품집에서 전성태가 보여주었던 세계를 크게 공동체적 세계의 따뜻한 안정감과 그것을 잃은 자들의 비감, 그리고 세계의 폭력으로 인해 쫓겨난 자들이 지니는 비극성으로 나눌 수 있다면, 「소를 줍다」와 「환희」는 이 두 세계가 이번 작품집에서도 여전히 건재하고 있음을 알려준다. 「환희」에서는 걸핏하면 자살을 시도하는 술주정뱅이 아버지, 학살의 소문으로 흉흉한 광주로 떠난 어머니, 그리고 그 사이에서 죽음의 공포에 휩싸인 곱사등이 아이를 통해 삶의 도저한 비극성을 드러낸다. 살기가 힘들어 술주정뱅이가 된 아버지나 그런 아버지를 떠나 광주로 간 어머니는 모두 삶의 환희로부터 멀리 떨어져 있는 소외된 인물들이다. '환희'의 말뜻을 도저히 짐작할 수 없는 아이가 맛볼 수 있는 환희란 '삶'의 환희가 아니라 '죽음'의 환희이다. 죽음의 공포로부터 벗어나기 위해 미리 죽음을 선택함으로써 얻을 수 있는 아득한 환각의 세계가 그것이다.

「환희」는 이미 세상에서 버려진 자들이 마주한 죽음 때문에 참담한 비극성을 띠는데, 이 비극성은 흉흉하게 소설의 배경을 지배하고 있는 광주의 소문으로 인해 한층 강화된다. 여기에서 작가가 보여준 비극성의 세계가 어디에서 연원하고 있는지를 짐작해볼 수 있다. 첫 작품집 후기에서 작가는 "상주 노릇 하느라 영안실 앞에서 서성거리다가 이십 대 한 시절을 다 보내버렸다는 피해의식"(『매향』, 317쪽)을 지닌 적이 있다고 고백한 적이 있는데 그의 비극성은 이러한 '상주의식'에서 비롯되는 것임이 분명하다. 그의 작품 곳곳에 죽음과 파멸의 황폐가 드러나는 것도 이때문일 것이다. 여기에서 '상주의식'이란 1990년대 초반의 그 황폐하고 참담했던 분신정국에서 연원한 것일 터인데, 젊은 작가가 동년배의 젊은이들을 죽음으로 몰아넣는 세계에 대해 느끼는 감각이란 비극 그 자체였음을 짐작할 수 있다. 그렇다면 이 작가가 다음으로 해나가야 할 작업은 이 '피해의식'을 극복하거나, 혹은 극복하기 위하여 개인의 기억 속에 각인된 참담한 시대를 다시 해부하는 일이 될 터이다. 이번 작품집을 통해 그가 당대를 향해, 이전의 비극성과 절망을 안은 채로 한발 다가서고 있음을 발견하게 되는 일은 그래서 더욱 반갑다. 이번 작품집의 진면목은 작가가 피해의식마저도 하나의 역사임을 인지하면서, 그래서 더욱 복잡하고 난감할 수밖에 없는 개인성에 대해 진중한 통찰을 시도하고 있다는 점에 있다.

2. 새로운 개인성의 발견

이번 작품집에서 당대성이 가장 두드러진 작품을 찾는다면 단연 「연이 생각」과 「국경을 넘는 일」을 꼽을 수 있을 것이다. 두 작품은 1990년대 초반 분신정국의 일상을 점검하거나 분단시대를 살아가는 개인의 의미를 다시 물음으로써 우리 사회의 집단 무의식과 개인성의 존재방식을 확인하고 있다.

작가는 「연이 생각」에서 예의 그 '상주의식'을 언급한다. 상주에게는 일상이 없다. 아니 상주는 일상을 생각할 여유가 없다. 가까운 자를 잃은 슬픔과 비통으로 곡을 하고 손님을 맞으며 그 제의의 일부에 포함됨으로써 일상에서 벗어난다. 죽은 자의 뒷갈망을 위해 존재하는 상주들의 역할 때문에, 그 상실의 고통을 이유로 상주들은 일상에서의 일탈을 용서받는다. 작가가 상주의식을 "죽음의 이름으로 얻어지는 휴가증"이라고 말한 이유도 여기에 있다. 그러나 언제까지 이 죽음의 그늘에 파묻혀 일상을 벗어난 곳에서만 존재할 수는 없는 노릇이다. 숱한 죽음 이후에도 삶은 계속되고 살아남은 자들은 어떻게든 그 죽음 이후의 삶을 다시 일상 속에서 꾸려나가야 한다. 「연이 생각」이 열사들의 연이은 분신과는 아무런 상관도 없는 듯한, 1993년 여름에 일어난 한 평범한 친구의 죽음에 천착하는 이유도 이 때문일 것이다. 연이는 1993년 무렵 스스로 목숨을 버렸다. 그는 재혼한 아버지가 싫어 동생을 데리고 홀로 외가를 찾아왔던 당돌한 아이이자 대학에 들어간 이후로도 아르바이트로 어렵게 공부를 계속해야 했던 고학생이었고, 휴학과 복학을 거듭하며 대학을 오가야 했으며, 피라미드 영업과 프락치로 몰렸던 정보장교와의 연애로 곤란한 소문에 휩싸이기도 했던 힘겨운 청춘으로 기억된다. 이런 연이가 학교 연못에 투신하여 스스로 삶을 버린 이유는 아마도 길이 보이지 않는 삶의 암담함 때문이었을 테고 쉽게 매듭지어지지 않는 청춘의 고민 때문이었을 것이다. 그의 죽음은 또한 그 시대를 살아가는 여느 젊은이의 삶과 크게 다르지 않은 것이기도 하다. 그런데도 굳이 「연이 생각」의 화자가 연이의 죽음이 "소위 그 전염병처럼 번지던 죽음의 행렬의 마지막으로 기억되길 원했으며, 나아가 열사의 시대라고 해도 지나치지 않을 저 1980년대적인 죽음들에 대한 어떤 마지막 상징쯤으로 자리잡기를" 바란 이유는 무엇인가.

작품 속에서 그 이유를 찾기란 쉽지 않다. 그러나 분명한 것은 작가가 '연이'를 통해 숱한 정치적, 사회적 죽음들 사이에서 개인성의 문제를 사고하려고 하고 있다는 사실이다. 연이의 삶은 정치적 민주화나 폭력적 정권 비판과 같은 사회적 이슈와는 비껴난 곳에 존재했다. 어린 동생을 돌보아야 했으며 학비를 벌어야 했고 가족과의 불화를 견뎌야 했고 난감한 연애를 꾸리기도 해야 했던 삶이다. 그러나 또한 연이는 친구들과 함께 있고자 했고 "혁명이니 민주화니 하는 거"에 "별로 관심 없지"만 "거기에 가 있어야 할 것 같아서" 시간에 쫓기면서도 집회에 모습을 드러내기도 했다. 열사들로 이루어진 시대성 속에서 바라본다면 연이의 삶은 주변인의 삶이다. 그러나 또한 연이도 그 시대를 살았고 그 시대성 속에서 고통받고 회의하면서 그의 삶을 견뎌냈다. 그렇다면 그 열사들의 시대, 죽음과 저항과 분노의 시대 어디쯤 연이의 자리도 있어야 하는 것이 아닐까. 우리의 일상이 분신과 투쟁으로만 이루어진 것이 아닐진대, 학비와 연애와 방황의 그 어디를 통해서도 우리는 시대를 알고 사유할 수 있어야 하는 것이 아닐까. 연이의 삶을 빌려 작가가 제기하고 있는 개인성에 대한 질문은 대략 이런 것들이다. 그리고 작가는 연이의 죽음을 통해 같으면서도 다른 또 하나의 질문을 던진다. 어쩌면 우리는 저 투쟁의 시대, 열사들의 죽음에 우리의 삶을 투사함으로써 우리 시대를 비통해만 하면서 짐짓 우리가 마주쳐야 할 현재로부터 도피한 것은 아닌가. 열사들의 죽음에 연이의 죽음이 겹쳐진다. 그리고 연이의 죽음은 너무도 평범하다. 이 평범한 죽음을 마지막으로 시대에 대한 과장된 자기연민을 버리고 여전히 우리 앞에 놓여진 현재를 살아가는 일을 감당해야 하지 않는가. '내'가 연이의 죽음에 무언가 의미를 부여하기 위해 안간힘을 썼다면 그것은 연이를 위해서가 아니라 '나' 자신의 삶을 위해서일 것이다. 평범한 죽음을 통해, 평범한 일상으로 이어진 시대 속으로 더 깊숙이 진입하기 위하여.

그러므로 '내'가 아직 "연이를 어떤 식으로 기억해야 할지 모르겠다"고 고백한다고 해서 그 질문의 의미마저 사라져버리는 것은 아니다. 한 시대의 보편성 속으로 쉽사리 수렴되지 않는 개인성에 대해서, 혹은 이미 개인의 사정 속에 깊숙이 각인된 시대성에 대해서 작가가 던진 질문은 아직 유효하다. 그러므로 온전히 개별적이지도 온전히 통합적이지도 않은 이 개인성은 작가가 삶을 사유하는 하나의 방법이 된다. 예컨대 「국경을 넘는 일」에서 파키스탄과 태국의 국경을 넘으며 알 수 없는 불안과 공포를 경험하는 박의 경우에서처럼 개인적 체험은 국가적 담론이나 이데올로기와 쉽사리 구분되지 않는다. 바다를 건너거나 철조망을 넘어야 만날 수 있는 국경만을 체험하며 살아온 분단국가의 국민

에게 걸어서 국경을 넘는 일은 단지 여행 중의 일상으로 치부될
수 있는 일이 아니다. 그래서 국경에 걸친 조그만 다리를 넘던
박은 아이가 장난으로 분 호각소리를 듣고 알 수 없는 공포를 경
험한다. 분단은 이데올로기나 국가보안법에만 있는 것이 아니라
여행 중에도 벗어버릴 수 없는 부담으로 마음속에 존재한다. 단
지 국경을 넘는 일에서만 그런 것이 아니다. 분단국가의 국민인
박은 동독 출신의 얀을 만날 때는 분단국가의 한 대표로 그와 마
주해야 했고, 일본 여자 나오꼬를 만날 때조차도 알 수 없는 서
걱거림으로 그와의 이질감을 느껴야 했다. 그래서 낯선 여행지에
서 안구건조증에 시달리며 자신의 불안하고 착잡한 내면을 내내
들여다보아야 하는 박의 행로란 순진한 개인성만으로 존재할 수
없는 일상을 내내 확인해야 하는 작가의 행로와 이어진다.

연이의 죽음을 열사들의 죽음과 동일시할 수 없듯이 박의 강박
관념이 분단시대의 이데올로기를 대표하는 것도 아니다. 그렇다
고 해서 연이나 박이 그들이 속해 있는 시대에서 떨어져 나와 존
재할 수 있는 것도 아니다. 작가는 피해의식과 강박관념, 집단
무의식으로 점철된 개인의 삶을, 불편하고 이질적인 것의 통합체
로 이해하면서 그것을 통해 당대를 탐구한다. 이것은 개인과 사
회를 이분화하고 그래서 개인성을 강조하기 위해 시대성을 탈각
하거나 개인성을 시대적 보편성 속에 희석시키려는 태도와는 완
전히 다르다. 작가는 둘 중 하나를 선택하려 하는 것이 아니라
어느 것도 아니면서 모두 다인, 복잡하고 난감한 개인들의 삶 자
체를 소설의 대상으로 삼는다. 순정하게 고립된 개인도, 구체적
시대성의 반영만도 아닌 인물들의 정체성은 때로 혼란스럽고 거
북하기도 하다. 「연이 생각」과 「국경을 넘는 일」이 연이의 죽음

이나 박의 연애에 어떠한 결론도 내리지 못하고 망연하게 마무리
되는 이유가 여기에 있다. 그러나 작가는 이 망연한 방황을 손쉽
게 정리하지 않는다. 오히려 이 이질적이고 불균등한 개인들의
삶을 혼란스러운 그대로 열어둔다. 혼란과 방황이야말로 또 다른
진실에 접근하는 통로가 될 수 있을 것이기 때문이다.

3. 기억의 심층

「사형(私刑)」과 「퇴역 레슬러」는 개인적 삶의 심층에 놓인 사
회성에 대한 탐구를, 그리고 결코 개인으로 고립될 수 없는 인간
들의 관계를 극한까지 밀어붙임으로써 사회적 삶과 개인적 삶의
경계를, 온전히 자기 것일 수 없는 개인들의 불행한 정체성을 드
러내놓는다. 「사형(私刑)」과 「퇴역 레슬러」는 퇴역 장군과 퇴역
레슬러의 삶에 장군의 시대, 무모한 용기와 도전의 시대를 마주
놓는다. 「사형(私刑)」에서 한때 야전을 호령했던 장군의 말로는
참담하다. 그는 한국전쟁과 월남전에 참여하여 전력을 쌓았고 그
전과만으로도 야전을 호령할 만한 권위를 가질 수 있었다. 숱한
영웅적 에피소드로 꾸며진 그의 군 생활은 화려했으나 그 "권위
가 군복에서 나왔다는 듯 옷을 벗자마자 그는 초라한 낭인으로
전락했다". 퇴락한 빌라의 한켠에서 술과 악몽으로 나날을 보낼
뿐인 그를 더 모멸하는 것은 이웃의 사내들이다. 그들은 폐유수
집상이거나 저수지의 식당주인인 자신들과 장군을 동등하게 취
급함으로써 장군의 자부심을 모욕한다. 이웃의 사내들과 술을 마
시고 개를 잡으며, 취하면 관등성명을 대라고 소리를 치고 기합

을 주면서 장군은 점점 더 황폐해져간다. 그러나 은퇴 이전의 장군의 삶도 그리 명예로웠던 것은 아니다. 술이 취하면 하나뿐인 딸을 두고 부하들에게 "네가 따먹어버려"라고 소리치는 장군에게, 진짜로 딸을 능욕한 부하를 사적인 체벌로 응징했던 장군에게 권위를 부여했던 것은 군복이고 군대라는 조직이었을 뿐이다. 그러므로 군복을 벗은 장군의 삶이 황폐와 파멸의 악몽으로 지속되는 것은 당연한 일이다. 군대라는 조직과 군사정권의 폭압은 장군의 삶을 잠식했고 결국은 그를 파국으로 이끌었다. 군대라는 조직을 벗어나서도 장군에게 개인적 삶이란 없다. 무모한 용기와 폭력적 가학은 군대라는 조직 속에서는 전력이나 지도력으로 포장되지만 그것에 길들여진 장군의 삶은 점점 더 황폐하고 비루한 악몽의 연속이 된다. 그는 군대를 벗어난 일상의 삶 속에서 자신이 지켜야 할 현실을 갖지 못한 것이다. 끔찍한 시대의 기억은 개인의 삶에 어느새 깊숙이 삼투되어 현재의 치욕으로 남는다. 그러므로 그의 쓸쓸한 말로에는 결코 개인적 삶의 회한으로 다스려질 수 없는 무거운 시대의 이데올로기가 잠겨 있다.

그러므로 시대의 이름으로 상징화되고 보편화된 이데올로기를 뚫고 개인성의 의미를 추적하는 일은 중요하다. 그리고 그 개인성 속에 개입한 시대의 의미를 다층적으로 분석하는 일은 더욱 중요하다. 「국경을 넘는 일」의 박이 분단시대의 산물이면서 또한 쓸쓸한 연애의 주인공이듯이 「퇴역 레슬러」의 퇴역 레슬러 역시 조국근대화와 성공신화의 산물이면서 또한 그 역사에 억압당한 불행한 개인이다. 박치기로 세계를 제패했던, 이제는 늙고 병들어 고향의 섬으로 돌아온 퇴역 레슬러의 뇌는 링에서의 혈투가 가져다준 후유증으로 굳어 있다. 그는 자주 말의 흐름을 놓치고 방금 전에 일어난 일을 기억하지 못한다. 신뢰할 수 없는 뇌는 신뢰할 수 없는 감각과 기억을 만들어낸다. 기억을 통해 그가 자신의 역사를 간직함으로써 자신의 정체성을 확인할 수 있다면, 기억을 잃어가는 그는 자신이 누구인지 모른다. 그는 다만 기념관을 채운 숱한 승리의 사진에 의해, 또는 승리를 기념하며 장군이 하사한 고향의 연육교에 의해 존재할 수 있을 따름이다. 기억을 잃어가는 레슬러의 삶이 한 축에 놓여 있다면 성공신화로 가난과 소외를 포장했던 장군의 시대이자 조국근대화의 시대가 한 축에 놓여 있다. 레슬러가 자신의 기억을 복원해내지 못한다면 그는 그저 프로레슬링이 전국을 열광시켰던 군사정권 시대의 한 부산물일 뿐이다. 그의 성공을 자신의 성공으로 여기고 레슬러의 기념관에 걸린 사진들을 섬의 영광으로 대치하고자 하는 섬사람들에 의해 가난하고 구차한 섬의 현실이나 좌우대립의 살육으로 얼룩졌던 섬의 역사 역시 지워진다. 언제나 역사는 성공한 삶만 기억하고 중심의 이데올로기는 주변성의 고통과 성찰을 방해한다. 이제 개인들의 기억마저도 그 성공신화의 이데올로기 안에서 왜곡된다. 레슬러는 아침창을 통해 새어드는 양파냄새를 통해 지난날, 섬을 떠나기 전의 어린 시절에 맡았던 양파냄새를 기억한다. "아침을 짓는 매캐한 냇내"와 "양파냄새", "소의 워낭소리"와 "솥뚜껑 부딪히는 소리"(40쪽), 온갖 감각을 동원한 기억은 평화롭고 포근하며 따뜻했던 고향 이미지를 재구해낸다. 그는 육지에서 목숨을 걸고 싸워 이긴 승리자이고 이제 고향의 품으로 돌아와 말년을 보내는 그럴듯한 성공신화의 대표자가 된다. 그러나 그 기억은 가짜다. 고향에서 양파를 재배하기 시작한 것은 그가 섬을 떠난 이후이며 그러므로 양파냄새가 불러온 고향의 이미

지 역시 가짜다. 조국근대화와 성공신화의 이데올로기가 만들어
낸 기억의 왜곡과 은폐를 뚫고 찾아낸 레슬러의 역사는 참담하
다. 그는 좌우 대립의 살육전 와중에서 고향 사람들을 밀고하고
밀항선을 탔다. 그가 기억해야 할 역사는 양파냄새 퍼지는 안온
한 고향마을이 아니라 늘 배를 움켜쥐고 살아야 했던 가난이며
마을 처녀와 짚가리 안에서 닷새간이나 미친 듯이 정사에 몰두했
던 처절한 욕망과 갈구의 나날들이다. 그리고 챔피언 벨트를 매
고 포효하는 사진의 이면에 숨겨진, 상대에 눌려 숨이 막히던 고
통의 순간과 박치기 이후의 까무러칠 듯한 고독과 공포이다.

누군가가 오래전 섬의 역사를 기억하고 그것을 기록해내듯이,
레슬러도 굳어가는 뇌를 뚫고 자신의 과거를 기억해낸다. 그러나
그 기억을 되찾는 일은 결코 쉽지 않다. 기억을 복원하고 자신의
정체성을 찾는 일은 숱한 영광의 신화 속에 가려진 참담하고 씁
쓸한 삶을 확인하는 일이다. 그러므로 열사들의 죽음 속에서 연
이의 죽음의 의미를 찾는 일은 성공신화의 이면에서 가난과 결핍
의 고통을 찾는 일과 이어진다. 그래서 작가는 찬란한 허구 대신
캄캄한 삶을 밟고 선 데서 진정한 이야기의 힘을 찾을 수 있다고
말한다.

4. 삶을 밟고 선 이야기의 힘

「존재의 숲」에 등장하는 개그맨을 작가라고 보아도 별 무리는
없을 것이다. 개그맨도 작가도 허구의 이야기를 통해 사람들을
웃고 울리는 자들이고 보면 개그맨을 작가로 본다고 해서 문제가

될 것은 없어 보인다. 그러니 풍자든 해학이든 감동이든 이야기의 힘이란 캄캄한 삶을 밟고 선 곳에서 나오는 것이라는 말은 곧 작가의 소설론이라 할 수 있다. 그런데 이 소설론이 작품 속에서 구체화되는 모습이 흥미롭다. 「존재의 숲」은 과거 전성태 소설이 가진 특유의 색채를 모두 모아놓은 듯한 소설인데 한 개그맨이 이야기를 줍기 위해 찾아간 북쪽 골짜기는 작가가 자주 그려내곤 했던 걸쭉한 해학과 인정이 스민 공동체의 모습을 하고 있다. 그리고 소설 속에 등장하는 여꼴댁은 역시나 박복하고 고단하게 삶을 살다가 사라져가는 존재로서의 비감을 가지고 있다. 어려서 화전민촌에 시집와 일찍 남편을 잃고 아들마저도 어디론가 떠난 여꼴댁이 살아낸 여우골에서의 생애란 회한이고 고통이고 적막 그 자체였을 것이며, 죽은 어미를 찾아 신분을 밝히지도 못하고 여우골로 찾아든 아들은 세상 끝으로 가는 심정을 지녔을 것이었다. 이 여꼴댁과 그 아들의 삶은 사람들을 울고 웃게 하는 개그맨이 되고 싶었던 '내'가 이야기를 얻기 위해 찾아든 골짝에서, 순전히 들은 말들을 통해 재구성된 것이다. '나'에게 이 이야기를 들려준 사람들은 골짝의 노인들인데 그들의 언어는 삶에서 녹아든 풍성한 은유와 비유로 가득차 있다. 지명 하나에도 그 지역의 생태와 내력이 고스란히 담겨 있는 그들의 언어는 '나'를 더욱 무력하게 할 뿐이다. 그런데 이 여꼴댁의 이야기는 동네 노인들의 이야깃자락에 실려 오는 것으로 끝나지 않는다.

그 이야기는 그저 들은 이야기에 그치지 않고 나의 눈앞에 하나의 환각으로 다시 나타난다. 나는 낮 동안 사람들이 보이지 않는 괴괴한 산골에서 풍 맞은 다리로 마을을 걷는 노인을 만나고 양철집 앞 개울에서 요강을 씻는 할머니를 만난다. 그러나 그들은 실재하는 사람들이 아니다. 풍 맞은 노인은 여꼴댁이 말년에 수발을 들었던 노인네이고 양철집 할머니는 바로 여꼴댁이었던 것이다. 마을 노인들의 이야기를 통해 재구성한 여꼴댁의 생애가 "말에 매여서 헤어나지 못"하는 이야기라면, '내'가 본 여꼴댁의 환각은 이미 삶의 장면 속에 자리잡아 실재처럼 존재하는 이야기이다. 여꼴댁의 삶을 회한과 연민의 눈으로 더듬고 산골 노인네들의 이야기를 그들의 육체화된 언어로 체험했던 나는 어느새 말의 한계를 벗고 그것 자체로 살아 움직이는 이야기를 만난 것이다. 이 여꼴댁의 환각이야말로 잘 풀리지 않는 개그맨 신세를 한탄하러 찾아가 만난 점쟁이가 알려주었던 '캄캄한 삶을 딛고 선 이야기'가 될 것이다.

아마도 「존재의 숲」은 작가 전성태가 갈망하는 소설을 이야기의 형태로 풀어낸 것일 터인데, 이는 그가 지난 작품들에서 즐겨 다루어오던 익숙한 소재와 어법을 딛고 환각의 형식으로 구체화되고 있다. 소설 자체가 하나의 환각일지도 모르지만 그 환각은 사람을 살게 하고 견디게 하고 또 만나게 한다. 그 환각을 통해서만 삶은 다시 회고되고 체험되고 사유된다. 환각이 부질없는 환상으로 사라져버리지 않게 하기 위해 이야기는 언제나 '캄캄한 삶을 딛고 서' 있어야 하는 것이다.

「한국의 그림」은 이 아름다운 환각의 한 장면 속에 있다. '한국의 그림'이란 '걸개그림'이라는 한국의 특수한 미술장르를 의미한다. 이 '걸개그림'의 개척자 김대호의 이야기가 소설의 뼈대를 이루고 있는데 그가 '걸개그림'을 만들어내고 화가가 된 과정이 좀 특이하다. 가난과 폭력으로 점철된 소년 시절, 학교에 정착하지 못하고 집을 나온 이력이야 별다를 것이 없다. 다만 특이한 것은 그가 어려서부터 칼로 무언가를 조각하기를 좋아했다는 것이다. 신문배달원과 식당종업원을 전전하던 그는 거기서도 칼을 놓지 않은 덕분에 목수를 만나 집 짓는 일을 배우고 억울하게 피살된 대학생의 얼굴을 판자에 새길 수 있었다. 그리고 그 대학생의 얼굴이 판화가 되어 대학가로 퍼져나가고 그 판화는 더 크게 그려져 건물의 벽에 걸리면서 '걸개그림'이 되었다. 목수의 경험이 있었기에 그는 질기고 큰 텐트천을 구할 수 있었고 집을 짓듯 먹줄을 퉁길 수 있었다. 이동차에 걸린 걸개그림이 육교에 걸릴까 봐 경첩을 단 것도 그가 목수였기 때문에 가능한 일이었다. 대학생을 추모하는 시민, 학생들의 가슴에 그의 판화는 리본처럼 매달렸고 걸개그림을 그리고 영정틀을 제작하느라 그는 집회장소를 떠날 수 없었다. 그 걸개그림은 분노와 저항과 슬픔과 고통을 하나로 모아 엄숙한 추모를 이끌어냈지만, 그는 여전히 뭐가 뭔지 모르는 목수일 뿐이다. 청년화가들이 손을 내밀자 "그는 부끄러움으로 얼굴이 벌게졌"고 영정을 실은 트럭이 무사히 육교 아래로 지나가자 그는 "군중들 뒤로 처져서 이마의 땀을 훔쳐냈다."

사람들의 마음에 불꽃을 지핀 그의 판화와 걸개그림은 학습된 것도 아니고 이론으로 설명되고 확증되는 것도 아니다. 그저 집을 짓듯이 시대의 고통과 분노가 깃들 그림을 그렸고, 아득한 소외와 절망을 분필도막과 나무기둥에 새기듯이 대학생의 억울한 죽음을 판자에 새겼다. 그는 그 대학생의 죽음과 시대에 대한 분노가 세상을 뒤집을 듯 들썩이는 현장 속에 함께 있었지만 여전히 순진한 목수이고 엉겁결에 얻은 화가의 이름을 황송해하는 청년일 뿐이다. 시대성에 개인성이 하나의 대표음으로 새겨지는 것이 아니라 소외와 고통과 절망을 안은 채로 순진한 꿈의 한 자락이 펼쳐져 또 하나의 시대가 되는 것이다. 전성태가 탐구한 개인성과 시대성의 만남이 궁극으로 닿고자 했던 경지가 이 장면이 아닌가 한다.

　나로서는 김대호가 버스 안에서 죽은 대학생의 얼굴을 만나며 겪었던 열기와 충격, 그 획기적 우연이 좀 더 구체적으로 그려지지 못한 것이 아쉽고 이제 명사가 된 김대호의 현재는 어떤 모습일까가 못내 궁금하기도 하다. 그러나 이러한 아쉬움과는 별도로 이상스런 꿈 하나가 내내 머릿속을 떠나지 않는다. 자신이 좋아하고 삶을 버티는 힘이 되었던 일들이 더 넓은 세상으로 나가 모두의 힘으로 화하는 꿈, 개인의 절망과 환희가 또 하나의 힘으로 세상을 버팅기는 그런 환각 같은 삶을 내 곁에서 얻어볼 수 있는 날이 올까 하는 기대. 캄캄한 삶을 밟다 보면 누군가에게 언젠가 그날이 올까. 난데없는 이 기대로 문득, 눈시울이 젖는다.

(전성태, 『국경을 넘는 일』, 창비, 2005)

비약과 소멸의 꿈, 혹은 변신 이야기

__김윤영의 『타잔』

1. 실종자들

그들이 사라졌다. 어느 날 갑자기, 감쪽같이 사라져버렸다. 사실 그들은 이렇게 느닷없이 사라져버릴 종류의 사람들이 아니었다. 평범하고 무력하고 선량한, 그리고 성실하고 소심한, 자신의 삶에 주어진 만큼의 무게를 고스란히 견디는 사람들이었기 때문이다. 삶에서 무언가 대단한 것을 바라는 사람들이 아니었으니 갑자기 삶을 버릴 이유도 없는 사람들이 아니던가. '그'는 "한결같은 사람"(「얼굴 없는 사나이」)이었고, 그 여자는 남 탓을 하기보다는 언제나 "자신이 문제"(「세라」)라고 생각하며 살았다. 그래서 잠시 여행을 떠났다가 "다시 이 방으로 돌아올 것이고 달라질 것은 없다는 것을 잘 알고"(「세라」) 있었던 것이다.

그런데도 그들은 사라졌다. 그렇다면 이런 생각을 하는 것도 가능하다. 가지 않은 길을 겁내고 감히 딴 삶을 염원하지 않은 사람들. 역설적으로 그렇기 때문에 그들은 사라진 것이 아닌지.

다른 것을 감히 탐내지 않았다는 것은 '여기' 아닌 다른 곳이 상상할 수 없을 정도로 너무 멀었다는 것. 어떤 식으로도 다른 삶이 가능하지 않을 것 같은 일상이 너무도 견고해서, 그들은 죽은 듯이 오랫동안 견디고 있었던 것이 아닐까 하고. 언제나 같은 길을 걷고, 같은 사람을 만나고, 같은 일상을 반복한다고 해서, 그들이 다른 삶을 꿈꾸지 말란 법은 없다. 그러나 그 일상의 삶을 떠나기에는 꽃 같은 아내가 눈에 밟히고, 건사해야 할 가족이 너무 무겁고, 사채업자의 채근이 너무 집요하고 무서웠던 것이다. 벗어날 수 없는 일상과 버릴 수 없는 욕망. 그 사이의 깊은 절망이 그들을 사라지게 했을 것이다. 사라진 그들의 삶에 서린 그늘과 우울, 그럼에도 그들의 욕망을 추동했던 열망. 그 틈바구니에서 오래 '한결같았던' 그들은 훌쩍 어디론가 사라져버린 것이다. 그러므로 김윤영의 소설은 '다른 삶'을 향하는 욕망에 대한 이야기이다.

2. 모두 같은 얼굴들

그런데 그 사라진 자들, 어쩐지 낯설지가 않다. 소의 배를 가르고 고깃덩이를 나누는 일로 청춘을 보낸 이, 약삭빠르지 못해 무능하게 자리를 지키다가 퇴직을 당하고, 수백 장의 이력서를 보내도 자신이 몸담을 직장이 없는 이들, 자아실현이니 성공적 삶이니 하는 것이 여성지에나 나오는 소리라는 것을 알아버린 그렇고 그런 직장여성들, 한때 정의롭고 합리적이었던 남자를 사랑했으나 그가 세상 속에서 시들어가는 것을 보며 함께 시들어가는 여자들. 대단한 부모를 만나지도 못했고 빼어난 미모를 가지지 못하였다면 그저 하루하루를 연명하는 것 말고는 다른 도리가 없다는 것을 이미 알아버린 이들. 운이라는 것도 가진 밑천이 있고 비빌 언덕이 있어야 찾아온다는 것을 너무 잘 알고 있는 이들. 그래서 가지 않은 길 같은 것은 아예 세상 속에 존재하지 않는다는 것을 알고 있는 이들. 그들의 얼굴. 신문지상의 기획취재나 르포들에서 괄호 열고, 성별, 나이, 괄호 닫고로 표현되는 우리 삶의 여러 국면들 중 하나이기 때문이다.

대한민국 어디에서 마주쳐도 별다른 인상 없이 흘려버릴 것 같은 이들의 비슷비슷한 얼굴은 이들의 실종의 알리바이이기도 하다. 이 얼굴이 저 얼굴 같고 이 삶이 저 삶 같은 유사성이 경악할 만한 절망이 되는 이유는 '남다른 인간'이 되고자 하는 개인주의적 열망 때문만이 아니다. 저 얼굴이 되고 싶다거나, 저 삶을 내 것으로 만들고 싶다는 욕망 자체가 불가능한 현실 구조의 견고함이 그 절망의 정확한 이유일 것이다. 당신의 얼굴이 내 얼굴과 그리 다르지 않다면, 당신의 삶이 내 삶과 다르지 않다면 지금의 내가 아닌 다른 무언가가 되고 싶다는 꿈은 얼마나 순진한 몽상에 불과할 것인가. 어디를 가도 지금의 삶과 그리 다를 것 없는 삶을 살 수밖에 없는 운명이라면 일탈과 변신의 욕망이란 것 자체가 불가능할 터, 그렇다면 우리의 삶은 얼마나 덧없이 지속되어야 하는 것일까.

「얼굴 없는 사나이」의 참혹한 상상이 충격적인 발견이 되는 이유는 이 때문이다. 언제나 한결같았고 가지 않은 길 따위는 탐내지 않으며 악의라곤 없는 선배가 실종되고 국도변에서 웬 중년남자의 사체가 발견되었다. 그 남자의 사체는 참혹하다. 턱 위가 뭉개져버려서 얼굴 자체가 없는 사내인 것이다. 선배의 시계, 선배의 옷, 선배의 지갑을 지니고 있었으니 그는 선배인 것일까. 살점이 너덜너덜하게 뭉개져버린 그 사내의 얼굴이 참혹한 것이 아니라 시계와 옷과 지갑이 아니라면 증명할 수 없는, 한국사회에서 살아가는 40대 남자의 존재가 참혹한 것이다. 그러니 늙지도 젊지도 않은 나이에 직장을 잃은 선배와 지하철에서 구걸을 하는 노숙자의 얼굴은 같은 얼굴이다. 하나의 얼굴을 갈아버리고 다른 얼굴을 거기에 끼워넣으면 그들은 같은 사람이 되는 것이다. 아파트 평수에 목을 매는 생활력 강한 아내와 다람쥐 같은 막내아들을 버리고 다른 삶을 얻기 위해 (아마도) 선배는 그 노숙자를 죽이고 얼굴을 뭉개버려야 했겠지만 그렇게 얻은 얼굴은 지갑과 옷과 시계만 갖다 놓는다면 다를 것이 없는 또 다른 그의 얼굴인 것이다. 평생 처음 저질러본 일탈이, 그렇게 얻은 '강 같은 평화'가 결국은 달라질 것 없는 삶의 또 다른 국면을 지속시킬 뿐이라는 역설, 그래서 출구라곤 없는 현실의 지속성을 확인해야 한다는 것이야말로 이 소설이 진땀 흐르는 공포가 되는 진정한 이유일 것이다.

이 닮은 인간들을 캄보디아에서, 태국에서, 한국에서, 토론토에서, 시드니에서 자꾸 만난다. 도무지 풀리지 않는 한국에서의 삶 대신 타프롬 사원의 폐허와 같은 원시를 동경했던 마장동 김씨, 외면하고 싶었던 그를 태생부터 자유주의자였던 '내'가 자꾸 만나게 되는 것은 그의 얼굴이 바로 나의 다른 얼굴이기 때문이다.(「타잔」) 마지막으로 타프롬에서 그를 만났을 때 반미치광이가 되어 있는 그의 '다른 세상을 향한 미소'는 '잃어버린 내 인생의 방향'과 다르지 않았다. 먹고살 만해지자 너도나도 해외여행

붐에 동참하는 속물 자본주의가 더 못사는 나라의 처녀들을 중개하는 원정결혼의 소굴로 이어지는 것 또한 당연한 일이다. 그러니 관광지에서 원정결혼시장으로 변한 캄보디아에서 김 씨의 후배를 만난다고 해서 그것을 무슨 공교로운 우연이라 할 것인가. 모두 같은 얼굴들이라면 어디서 만나더라도 그 얼굴이 그 얼굴인 것을. 누구와 만나더라도 그 만남은 결코 우연하지 않다. 김 씨든 박 씨든 남자든 여자든 이름이 다르고 얼굴이 달라도 그들은 모두 벗어날 수 없는 이 황량한 체제의 틈바구니에서 살아가는 모두 같은 얼굴들인 것이다. "고래를 보호하자!"라는 티셔츠를 입고 세계를 일주하던 시드니의 폴이 수임료를 따지는 중산층 변호사가 되어 있고(「집 없는 고양이는 어디로 갔을까」), 한때 명민한 이론가였던 정의로운 남편이 토론토에서 식탐밖에 남지 않은 불평분자가 되어 있는(「그가 사랑한 나이아가라」), 지구의 어느 곳에서도 예외란 없다. 소설이 캄보디아에서 태국으로, 토론토에서 시드니로 그 영역을 확장할수록 세계는 더 좁아진다. 어디로 떠나간다고 한들, 그들이 다른 삶을 살 수 있는 여지는 없는 것이다. 그러니 또한 자주 등장하는 이국의 풍경과 관습이 색다른 배경 구하기의 일환인 것은 아니다. 한국에서 절망한 남편은 토론토에서도 여전히 그가 정주할 곳을 구하지 못한다. 가난한 한국의 고아는 미국으로 입양되고 시드니에 정착하여서도 여전히 분열 속을 헤맬 수밖에 없다. 정의롭고 의미 있는 삶을 구하였으되 어디에서도 삶은 부당하고 폭력적이었으니, 이제 더 이상 순정한 약속은 남아 있지 않은 것이다. 아마도 이국의 낯선 공간으로 옮겨 다니는 소설의 행로는 다른 삶을 찾기 위한 열망의 다른 모습일 것이고, 그럼에도 불구하고 정해진 틀 속에서 멀리 벗어날 수 없는 그들의 삶은 그만큼 더 절실하다. 할리우드 영화에서라면, 견고하게 세워진 무대 세트를 넘어서면 이 세계와 저 세계를 가로지르는 거대한 대양이 있고, 두려움을 이기고 그 대양을 넘어서면 새로운 삶을 비추는 햇살이 내리쬘지도 모르지만 현실은 영화가 아니다. 그래서 그들은 어느 날 흔적 없이 사라져버릴 수밖에 없었던 것이다.

3. 서로 다른 시선들

모두 같은 얼굴들이라면 그들은 왜 함께 있지 못하는가. 가족과 사채이자와, 돈이 없으면 이룰 수 없는 이상과, 꼭 짜인 교환가치의 체계 속에서 그들은 각각 다른 곳을 바라본다. 사실은 이 다른 시선이야말로 그들이 자기만의 세계로 사라질 수밖에 없는 진정한 이유가 될 것이다. 그들은 모두 다른 세상을 꿈꾸었으나, 결국 각자의 다른 세상으로 사라졌다.

'얼굴 없는 사나이'로 지하철 악사가 되어버린 선배를 '나'는 좋아했다.(「얼굴 없는 사나이」) 악의라곤 없는 선량함과 가지 않은 길 같은 것은 감히 꿈꾸지 않는 그의 한결같음을 좋아한다고 나는 말한다. 그러나 선배의 실직과 선배의 실종을 뒤쫓는 나의 시선은 선배의 마음을 따라가는 것이 아니다. 진심으로 걱정하고 이해하는 것처럼 보였던 '나'는 그러나 그런 선배가 자신의 일상에 섞여드는 것을 허용하지 않는다. 실종된 선배를 지하철에서 보았지만 그는 선배를 외면한다. 혼자된 형수에게 짐짓 냉정한 논평을 가하지만 그는 그 형수와 편리한 정사를 나누는 관계가 된다. 선배의 선량함은 선배가 나의 삶에 개입하지 않는 한도 내에서 존중해줄 만한 것이며, 선배에 대한 동정은 기꺼이 그의 불행을 나누는 데까지 나아가지 않는다. 이 냉정하고 이기적인 서술자로 인해 소설은 두 개의 겹을 가지게 된다. 첫번째 겹이 선량한 선배를 사라지게 한 현실의 견고한 구조라면, 두번째 겹은 그럼에도 불구하고 각기 다른 세상을 살고 있는 타인들의 냉정함이다. 그 사나이들의 얼굴을 뭉개버린 현실은 비정하지만 그것은 쉽게 변화하지 않을 것이다. 그 선배의 길과 그리 다르지 않은 길을 갈 것이 뻔하지만 그렇다고 해서 그 후배가 그 선배와 같은 세상을 보는 것이 아니다. 짐작만큼 순진하게 세상은 체계화되지 않으며, 저마다 다른 시선이 엉켜 있는 이 세계는 복잡하다.

그러니 소설은 언제나 짐작과는 다르게 진행된다. 두 번이나 연거푸 직장을 잃고, 밀입북을 기획했으나 그것도 여의치 않아 그 남자는 '산책하는 남자'가 되었다.(「산책하는 남자」) 수십 군데 이력서를 넣었으나 갈 곳이 없었던 때, 남자가 밀입북을 기획했던 까닭은 실직과 임시직과 박봉을 쳇바퀴 돌 듯 살 수밖에 없는 시스템 바깥을 찾기 위해서였다. 아무도 고용해주지 않는다면 자신이 스스로를 고용하고 노동시간도 자신이 정한다는 것, 남자는 시스템의 질서를 고의적으로 무시하고 자신만의 진지를 구축했고 그것은 남자에게 '다른 세상'의 발견을 의미하는 것이었다. 남자는 자신의 근무지인 차 안으로 9시에 출근해 6시에 퇴근하고 점심시간에는 근처 빌딩 로비에서 티타임을 가지고 매일 규칙적으로 일대를 산책한다. 그런 남자를 남들은 '실업자'라고 부른다.

남자가 생각하는 자신의 존재 위치가 남들에게 인식되는 존재 위치와 일치하지 않으므로 남자는 분열된다. 그 분열의 징후는 곳곳에서 드러난다. 그는 스스로를 합리적이고 이성적인 사람이라고 믿으면서 아내를 무시하고, 자신을 알아본 빌딩 수위를 살해한다. 이 남자의 분열은 노동하는 자로서의 주체성을 도무지 허용하지 않는 현실과, 그렇기 때문에 그 주체성을 얻기 위해서는 현실 부적응자가 될 수밖에 없는 우리들 삶의 분열된 위치를 지시한다. 게다가 혼자 출근한 남자가 하는 일이란 주식정보와 경제동향을 스크랩하고 경매 입찰에 참여하여 입찰 받은 물건을 되파는 일이다. 경제논리로 만들어진 고용구조를 벗어나고자 하였으나 남자가 일탈을 통해 스스로에게 부여한 일자리는 결국 그 경제논리 속으로 자신을 진입시키는 일이다. 남자는 이 시스템을 벗어나고자 하였으나 결국은 그 시스템 속으로 '주관적으로' 되돌아왔다. 스스로 자신의 삶을 디자인한다고 의기양양했던 남자는 사실은 자기망상에 빠진 실업자였던 것이다. 시스템에서 벗어나기를 욕망하는 남자와, 도저히 벗어날 수 없는 시스템은 이중적으로 소설 속에 구축된다. 시스템의 바깥이란 없는 것이다.

유산의 아픔을 딛고 새로운 아이를 입양할 기쁨에 들떠 있던 수지 역시 마찬가지이다.(「집 없는 고양이는 어디로 갔을까」) 수지는 아직 오지 않은 아이의 백일을 위해 백설기를 만들고 아이가 있을 방을 꾸미며 새로운 삶을 기획하지만 아이는 오지 않을 것이다. 입양을 위해 방문한 흑인 여자의 목을 부러뜨리려 할 만큼의 분노에 가득 찬 또 하나의 수지가 그 안에 들어 있었던 것이다. 가난한 나라의 고아였던 김영옥이 "한국에서 온 예쁜 입양아"가 됨으로써 그의 삶은 달라질 수 있는 것처럼 보였지만, 자애로운 양부모와 자유롭고 편견 없는 남편과 더불어 새로운 삶을 얻고자 했지만, 그것은 끝내 이루어지지 않는다. 버려진 아이라는 자의식이, 둥글고 납작한 아이를 낳을지 모른다는 강박이 그녀를 불임의 몸으로 만들었고, 불임의 몸으로 견디기에는 그녀의 상처가 너무 컸다. 자애로운 양부모는 수지의 내면과 대화하지 않았고, 자유로운 영혼을 가졌다 믿었던 폴은 서구 백인 남성의 패턴에서 벗어나지 못했던 것이다. 그러니 착하게 운명에 순응하는 것만으로는 다른 세상은 쉽게 찾아오지 않는다. "늘 조용하고 예의 바르고 아이답지 않은 아이"였던 수지의 삶은 실상 불안과 고통의 기억을 자신의 내면에 억누르며 살아온 삶이었다. 평등이나 정의, 박애와 관용 같은 교과서적인 가치들은 겉으로는 그럴 듯하게 세상을 포장하고 있는 듯했으나 수지의 내면은 언제나 그것에 위배되는 삶으로 인해 지옥이었다. 그것이 그녀를 분열로 이끌었을 것이다. 백설기와 베이비샤워와 새로 올 아기 '준'은 그녀만의 망상이었으며, 실상 그녀는 입양기관에서 온 흑인 여자 앞에서 발작을 일으키고 집 없는 고양이를 '준'이라 부르고 있던 것이다. 그녀가 믿는 가치와 그녀가 살아가야 하는 세상의 가치는 달랐다.

남편을 사랑한다고 거듭 말하고, 남편의 돌연사를 진심으로 슬퍼하며 남편과의 과거를 조용히 회상했던 그 여자가 사실은 자신의 새로운 삶을 찾기 위해 남편을 죽였음이 알려지는 결말은 섬뜩하다.(「그가 사랑한 나이아가라」) 명민한 이론가였던 남편이 꿈꾸었던 삶이 사실은 실체 없는 허상이었고, 그는 다른 삶을 살아갈 준비가 되어 있지 않았음이, 그래서 아내를 사랑하고 존중하는 것 같았으나 사실은 아내의 취향을 생각하지 않고 아내의 욕망에 무심했던 독선적인 남편일 뿐이었던 그의 존재가 이 섬뜩함과 함께 드러난다. 과용하면 죽을 수도 있다던 그 여자의 비듬약에서 남편이 즐겨 먹던 버터소스에서 나던 마늘향이 난다. 여자는 남편이 죽자 소스통과 비듬약을 함께 버린다. 톡 쏘는 마늘향의 아릿함은 다른 세상을 향하는 행로의 아득함과 통한다. 모두다른 세상을 꿈꾸지만 나의 다른 세상과 당신의 다른 세상은 쉽게 만나지지 않는다. 좀처럼 동정과 연민을 드러내지 않는 서술자들, 짐작과는 다른 결말로 돌연 행로를 바꾸는 서사, 이 비관주의가 우울과 한숨 대신 택한 것은 포커페이스의 냉정함이다.

4. '다른 세상'의 고독

버렸으나 버릴 수 없는 것들, 얻었다고 생각했으나 결코 내 것이 되지 않는 것들 사이에서 그들은 다른 세상을 꿈꾸었다. 굴욕을 참으며 변화 없는 일상을 오래 견디더라도 결코 달라지지 않을 삶을 훌쩍 뛰어넘어 다른 세상으로 건너가는 일. 그것만이 그들이 기대할 수 있는 탈출구였다. 그렇다면 어떤, 다른 세상이 이들에게 남아 있는 것일까. '산책하는 남자'와 '수지'는 제 마음속의 다른 세상으로 사라졌으나 그 사라짐은 분열의 징후로 남았고, '얼굴 없는 사나이'가 사라진 곳이 사실은 고립과 격리의 삶이기도 할 것이다. 남편을 죽이고 이제 미망인이 된 토론토의 그 여자, 지금까지와는 다른 세상을 살게 될 것이다. 사람 사귀기를 좋아하고 조용히 설득하기에 재능이 있으며 새로운 것을 배우기를 좋아하는 그 여자가 바랐던 삶을. 그러나 그것은 남편을 죽이고서야 얻을 수 있는 세상이었다. 그것은 또한 한때 그 남자가 사랑했던 정의와 진실, 비판의식과 이상주의를 모두 버린 곳에서

라야 가능한 것이기도 하다. 그 정의와 진실이 사실은 남들 앞에 서야만 만족하는 영웅심리와 동전의 양면이기도 하다는 것을 이제 여자는 안다. 그 반쪽의 정의감과 왜곡된 이상주의가 아닌 어떤 삶이 다른 세상에 있는 것인지 여자는 모른다. 다만 그 여자는 지난날의 자신과 절연하고 있을 뿐이다.

그 절연의 방법은 냉혹하고 섬뜩하다. 그 여자들, 원하는 삶을 찾기 위해 이곳저곳을 떠돌았으나 결코 자신이 살아가는 방법을 바꾸지는 않았던 남자들과 기나긴 연애와 결혼생활을 견뎌왔고, 남을 원망하는 대신에 자신에게 주어진 삶이 그것뿐이라는 사실을 담담하게 인정했던 여자들, 가난과 사채이자와 무능한 가족과 사기와 협잡을 적당히 포장한 사회생활을 묵묵히 견뎌왔던 까닭은 거기로부터 벗어나는 일이 결코 가능하지 않다는 것을 너무 잘 알고 있었기 때문이다. 벗어나기 위해서는 어떤 연민도 미련도 가지지 않고 자신이 존재하던 세계 자체를 완전히 없애버려야만 하는 것이니, 그것이 과연 가능할 것인가. 그 오랜 견딤 끝에 그들은 단호하고도 냉정하게, 아무 일도 없었다는 듯이 자신과 연결된 끈을 '싹뚝' 잘라낸다. 오랜 견딤과 그럼에도 불구하고 변하지 않는 삶에 대한 절망이 그 여자들을 그토록 냉정하고도 단호하게 만들었던 것이다. 토론토의 그 여자가 남편을 죽인 것처럼. 「세라」의 그 여자가 여행지에서 다시는 돌아가지 않은 것처럼.

하루아침에 평화로운 해안을 폐허로 만든 쓰나미. 수많은 관광객들이 실종되고 사망하고 다쳤으니 여자 하나쯤 사라진다고 해도 이상할 것은 없다. 쓰나미의 파도와 함께 흔적 없이 사라질 수 있게 된 「세라」의 그 여자, 이제 홀로 살아남아 지금까지와는 다른 삶을 살아갈 것이다. 여행지에서 만난 세라, "자유에 지치지 않겠"다던 세라의 삶을 그녀는 대신 살아갈 것이다. 죽은 세라의 여권을 가지고 이제 그녀는 세라가 된다. 이 세상이 아닌 다른 세상으로 훌쩍 비약하거나 흔적도 없이 소멸해 다른 세상을 찾고 싶었던 변신의 꿈, 세라는 그녀가 꿈꾸었던 다른 세상의 이름이기도 하다. 그래서 그 여자는 덮쳐오는 해일 앞에서 세라의 손을 놓아버린다. 자신을 알고 있는 모든 것들을, '원웨이 티켓'을 탯줄처럼 복대 속에 품고 있었던 세라의 연약한 미련까지 끊어내야만 그 여자는 비로소 온전히 다른 세상과 만날 수 있을 것이기 때문이다. 소설은 여행을 떠나기 전과 떠난 후, 한국의 일상과 여행지에서 새롭게 움트는 열망 사이를 교차하면서 진행되고, 마침내 쓰나미가 그 사이를 휘익, 지워버린다. 변절한 운동가였던 애인과 부양해야 할 가족과 사채이자와, 얼핏 보아버린 다른 세상에의 꿈 사이에 초조하게 서 있던 그 여자의 존재도 쓰나미와 함께 지워진다. '자유에 지치지 않고' 다른 세상을 항해하겠다고 다짐하는 그 여자, 지구 곳곳을 떠돌겠지만 그곳은 또한 아직은 혼자만의 세상이기도 하다. 여자는 이제 출발했을 뿐이지만 그 다른 세상은 한없이 적요하고 고독하다. 어쩌면 그곳은 마장동 김 씨가 벌거벗은 타잔이 되어 안착한, 타프롬 사원이라는 고립된 성채와 같은 곳일지도 모른다.

5. 심연

더는 버틸 수 없었던 여기, 이곳의 세상, 그리고 그들이 훌쩍 뛰어넘어 사라진 다른 세상 사이에 깊고 아득한 심연이 있음을 우리는 안다. 어쩌면 그들은 이 심연 속으로 사라진 것일지도 모른다. 그 심연은 절망과 망각을 부르는 심연이며, 그럼에도 불구하고 살아갈 수밖에 없는 자들의 심연이다. 다른 세상이란 결국 지금 여기의 세상을 마주 보고 있을 수밖에 없는 것이기에 생기는 심연, 다른 세상을 간절히 원할수록 지금 여기의 불구성은 더욱 커져버리고, 이 세상의 불구성을 확인하면 할수록 다른 세상이란 더욱 모호하고 애매한 상징이 되어버리기 때문에 생기는 심연. 이 심연은 결국 다른 세상으로 향하는 길이 지금 여기에서만 찾아질 수 있기 때문에 생기는 심연이다.

김윤영의 소설에서 자주 등장하는 살인이나 분열은 이 심연을 건너기 위해 작가가 나름으로 고심한 방법론일 터이다. 가장 가까운 존재들을 없애버리지 않고는 벗어날 수 없는 삶, 스스로의 분열로 자신만의 세계를 창출하지 않고는 건너갈 수 없는 다른 세상. 그러나 죽이지 않고는 버릴 수 없는 존재라면 그것은 역설적으로 결코 쉽게 없애버려서는 안 되는 존재일 수 있다. 예컨대 토론토에서 그 여자가 은밀히 죽여버린 남편, 그 남편은 그렇게 사라짐으로써 그 존재를 심연 속에 묻어버렸다. 과거에 정의롭고 명민했던 남편이 토론토에까지 와서 왜 그렇게 몰락해버릴 수밖에 없었는가. 그 남자를 그렇게 만든 것은 이 세상의 무엇이었나. 시드니의 폴이 그렇듯이 그들의 변화가 결코 개인적인 기질의 문제가 아닐진대, 우리가 곁에서 지켜보며 함께 이루고자 했던 다른 세상이 그렇게 사라져버린 것은 무엇 때문이었는가. '산책하는 남자'는 분열을 통해 자기만의 세상으로 사라졌다. 남자를 받아들이지는 않으면서 내뱉지도 않는 견고한 체제 때문에 그 남자는 사라졌겠지만 그 남자가 사라진 곳은 알 수 없는 심연 속이기도 하다. 남자를 심연 속에 묻음으로 인해 그 남자의 세상은 더 이상 탐구되지 않는다. 그래서 '산책하는' 그 남자는 후기 자본주의 시대의 우울하고 암담한 현실에 개입하지 않되 그것을 꿰뚫어보는 산책자의 시선을 온전히 얻을 수 없었다. 환멸 속에서 번성하는 자본주의와 그 속에서 아무것도 가능하지 않은 삶을, 그 욕망과 열정과 공허와 불안을 모두 지켜보는 산책자는 더 오래 체제의 경계에서 고독해야 할 것이므로 어쩌면 그것보다 자기 망상의 정신분열은 좀 더 손쉬운 방법일 수 있다.

다행스럽게도 아직 그 심연 속에는 많은 것이 남아 있다. '얼굴 없는 사나이'가 된 선배를 걱정하고 이해하지만 그가 자신의 생활에 개입하는 것은 허용하지 않는 '나'는 저마다 다른 시선과 생활방법을 가진 우리들이 이루어내는 이 세상의 다면성을, 쉽게 해결되지 않는 고독과 소외를 그것 자체로 드러낸다. '타잔'이 된 마장동 김 씨를 애써 외면하고서 자신만의 스타일을 찾겠다던 「타잔」의 '나'는 그러나 마장동 김 씨의 불행을 통해 길을 잃은 자신의 삶을 발견했다. 결코 홀로 자유로울 수 없는 개인들에게 이 세상은 여전히 고통스럽지만 또한 순간순간이 성찰의 나날이 되기도 한다. 그래서 그들은 불행한 자들이 꿈꾸는 다른 세상을 진심으로 이해한다. 「검사와 여선생」의 조숙하고 버릇 없는 그 소녀, 도착적 변태들뿐인 이 세상의 생김생김에 쉽게 분개하지도 우울해하지도 않는다. 이 소녀의 명랑 쾌활은 그럼에도 불구하고 지속될 삶을, 어딘가 숨쉬고 있는 다른 세상을 포기하지 않게 만든다. 고문을 받다가 태아를 잃은 엄마의 상처, 입양되어 온 아이의 고독, 세상을 보지도 못하고 사라진 영혼의 안타까움이 함께 서로를 깊숙이 끌어안는 「속삭임, 속삭임」의 마지막 장면은 쉽게 치유되지 않더라도 외면할 수 없는 상처와 고통에 대한 뜨거운 애정의 소산일 터이다. 친밀하고 다정하지만 또한 더없이 냉정하고 이기적인 그들, 누구에게도 영향받지 않는 자유로운 삶을 표방하지만 어느새 타인을 통해 자신의 얼굴을 바라다보며 영향과 연민에 무관심하지 않은 자들, 요지경 속 같은 세상에서 짐짓 천진과 낙관을 잃지 않으면서 그 세상의 속을 향하는 시선을 놓치지 않는 영민함, 타인의 고통과 아픔을 꼬옥 껴안아 가슴속으로부터 뭉클함을 건져내는 따뜻함. 깊고 아득하고 망연한 심연 속에서 이 다채로운 '지금 여기'에 대한 시선이 때로 혼돈스럽고 때로 고통스럽지만 조용히 들끓고 있다. 지금 우리에게 필요한 것은 이 심연을 건널 무지개다리가 아닐지도 모른다. 오히려 필요한 것은 이 심연 속에서 살아가는 일이다. 컴컴하고 질펀한 심연 속에서, 조용히 발효된 반짝이는 문장 하나가 아마도 이 심연을 견디게 해줄 것이다.

(김윤영, 『타잔』, 실천문학사, 2006)

소설가 금산 씨, 문학제도 주유기(周遊記)

__박금산의 『바디페인팅』

1. 전태일과 문화예술위원회[1]

'바디페인팅' 제2호와 제3호에는 전태일의 이야기가 자주 나온다. 주인공 소설가 금산 씨는 청계천 만보(漫步) 중에 전태일 거리를 지나고, 인도의 작가 바비 할더에게 보내는 편지에서 전태일을 아주 오랫동안 이야기하며 심지어 전태일이 살았던 옛집의 주소를 찾아 구청 지적과에까지 몸소 왕림한다.

웬 전태일? 확실히 전태일을 말하기에 적절한 시대는 아니다. 뭐 그런 것에 적절하고 적절하지 않고가 있느냐고 말할 수도 있겠지만 그건 모르시는 말씀이다. 말하는 시점에 따라 전태일은 영웅이 되기도 하고 이웃이 되기도 하고 아픈 현실이 되기도 하고 그렇다. 그러니까 문제는 타이밍이다. 그렇다면 전태일은, 왜

---

1) 써놓고 보니 김영하의 「전태일과 쇼걸」을 패러디한 것처럼 보인다. 의도한 것은 아니지만 맥락이 통하는 점도 있다. 그건 그렇고, 이 글에서 더 이상의 각주는 없을 것이다. 각주는 이미, 소설에서 질리도록 봤다.

이렇게 부적절한 타이밍에 빈번히 등장하는 것일까. 이 두서없어 보일 만큼 뜬금없는 등장의 맥락은, 그러니까 한때, 전태일을 오해했던 시절로부터 발원하는 것이 아닐까. 대학 시절, 소설가 금산 씨는 전태일의 평전을 읽다가 반항했던 적이 있다. 무학의 노동자가 쓴 글이라고는 믿기지 않는 너무나 매끈하고 고급스런 명문을 대하면서, 필시 이 글은 기록자에 의해 조작되었음이 분명하다고 생각한 것이다. 그리고 이것은 일종의 신화화의 욕망에 의한 기록이며, 신화화는 곧 비인간화이므로 그는 전태일의 생애를 기록한 문장에 반항했다. 그리고 시간이 흘러 알게 되었다. 이 훌륭한 문장은 "무언가 하나를 끝까지 밀고 나간 삶에 그 전부가 닿아 있다는 사실"(박금산, 『바디페인팅』, 실천문학사, 2007, 181쪽, 이하 쪽수만 표기). 어떤 삶을 조작하거나 신화화하는 것도 비인간화이지만, 문장을 뚫고 들어가 그 삶을 읽지 않는 것 역시 비인간화이다.

그러고 보면 타이밍의 부적절함이란 어쩌나 일관성이 있는지 무슨 철학처럼 보일 지경이다. 모두가 전태일의 삶에 감동할 준비가 되어 있었던 십 수년 전, 대학 초년생 시절에는 그것이 신화화되었다고 반항하고, 아무도 전태일을 언급하지 않거나, 혹은 신화화와 과거 회귀의 감상을 비난하기 위해 언급하는 이 시절에는 느닷없이 전태일의 삶의 세부를, "글이 삶에서부터 나온다"(181쪽)는 평범하고도 고전적인 진리를 새삼 되새기고 있으니 말이다. 그러나 이 일관성 있게 부적절한 타이밍 때문에 우리는 소중한 발견을 얻었다. 언제든 전태일의 삶의 세부가 읽혀진 적이 없었다는 사실, 그래서 수다한 전태일 담론 속에 전태일은 없었을지도 모른다는 사실을 발견하는 것이다. 그러므로 지금,

전태일의 삶의 세부를 읽겠다고 해도 그것이 그리 타이밍에 어긋나는 일은 아니다. 왜냐하면 아직도 그 일은 충분히 시도되지 않았기 때문이다.

전태일은 하나의 예에 불과하다. 누구든 어디든 언제든, 우리들 삶의 세부는 여전히 미답의 영역이고 그래서 다시 읽혀져야 할 미지의 텍스트이다. 소설가 금산 씨가 선택한 세부는 우리 시대의 소설가, 그들의 일상이고 생계이며 작품 생산의 체계, 혹은 제도이다. 그리고 여기에 각주까지 달아가며 전태일과 문화예술위원회를 병렬한 이유가 있다. 요약하자면 이렇다. '무언가 하나를 끝까지 밀고 나간 삶에 그 전부가 닿아 있는' 글쓰기, 그 삶의 진지함과 핍진함이, 그리고 그로 인한 희열과 감동이 문학을 있게 한다고 믿었던 한 시절, 혹은 한 관념이 전태일을 통해 표상된다면, 지금의 작가가 직면하고 있는 것은 삶이 아니라 '문화예술위원회'라는 국가기관, 제도이다. 표현이 조금 어색하다. '문화예술위원회'는 제도일 뿐 아니라 삶이기도 하다. 여기에 우리의 소설가 금산 씨의 우울이 있다. 그리고 그 우울을 인정하지 못해서, 혹은 어쩔 수가 없어서 그는 자주 우아해진다.

2. 우울, 아니면 우아

전태일이 체력이 닿는 만큼만 일하고, 일주일에 하루는 쉬고, 일하는 만큼은 배고프지 않은 삶을 위해서 그의 몸을 던졌다면, 그의 적이 이 소박한 소망을 지킬 수 없게 하는 부당한 현실이었다면, 이제 '문화예술위원회'가 글쓰기의 앞에 가로놓여 있는 현실에서 우리의 소설가 금산 씨는 제도와 한판 싸움을 벌일 것인가. 그렇게 기대했다면 우리의 소설가 금산 씨의 소심함을(세심함이라 해도 좋다) 너무 과소평가했거나, 혹은 제도의 주도면밀함을 너무 과소평가한 것이다. 부당한 현실은 따지고 들면 그 부당함이 너무 분명하고 그 부당함을 통해 이득을 얻는 자가 분명히 존재했으니, 우리의 진지한 작가들은, 혹은 실천가들은 당연함을 들어 부당함을 비판하고 부당함으로 이득을 얻는 자들에게 자신의 몫을 돌려달라고 외칠 수 있었을 것이다. 그러나 '문화예술위원회'라는 제도는 대체 뭔가. 따지고 들면 그것은 부당한가. 전세계가 물질적 이익을 가치의 기준으로 삼는 시대에, 정신의 가치와 다수의 행복과 그 행복의 의미망을 고민하는 작가들에게 최소한의 물질적 기반을 주자는 것, 열심히 소설을 쓴다면 먹고살 수 있게 하자는 것, 부당하지 않다. 너무 정의로워서 미칠 지경이다. 게다가 전 국민이 최저 수준의 생활을 유지할 수 있게 하는 것은 복지국가의 기본 정신이다. 부당함을 증명할 수도 없는데 부당함으로 이득을 얻는 자를 찾을 수 없는 것은 당연한 이치. 백 번 고민하여 그것을 부당하다 하더라도 맙소사 그 부당함으로 이득을 얻는 자 누구인가. 바로 그 제도와 대결하려는 작가 그들 자신이다. 제도의 혜택으로 해외연수를 다녀올 수 있고 열심히 쓴 소설로 생계비를 마련할 수 있는 그들 말이다. 혹시 작가의 행복과 가치를 그런 식의 물질적 기준으로 판단할 수 없다고 말하는 자 있을지도 모른다. 그런데 도대체 누가 우리 영혼의 대차대조를, 감가상각을 가늠할 수 있단 말인가.

우리의 소설가 금산 씨가 우울증에서 벗어나지 못했던 이유다. 애인을 사랑하는 것과 결혼을 하는 것은 별개이지만 사랑을 부정하지 않으려면 결혼을 해야만 하는 상황 앞에서 그가 심한 우울증을 앓았던 것처럼, 좋은 소설을 쓰는 것과 그것으로 생계를 유지하는 일이 별개일 수 있지만 소설을 쓰려면 그 생계를 해결해야 하는 상황 앞에서 그는 우울하다. (이렇게 말하고 보니 그의 생계가 무척 절박한 것처럼 보인다. 생계가 절박했다기보다는 제도가 있었기 때문에 생계가 절박해졌다고 말하는 편이 정확하다.) 그리고 그 우울 앞에 제도가 있다. 그러므로 그 제도란 그저 형식이나 행정이 아니라 생활 그 자체이다. '바디페인팅'이 제1호에서 제4호까지 시종일관 '문화예술위원회'를 물고 늘어지지만 '문화예술위원회'의 사이사이에서, 혹은 그것과 나란히 그의 일상이 사소하지만 치명적인 무게를 쉴 새 없이 자랑하는 것도 그 때문이다. 그리하여 이 소설은 통틀어 '문화예술위원회 지원금 운용기'나 '실행기'이지만 또한, '교통사고 수습 처리기'이며 '영어학원 환불 체험기'이고 '누나 카드빚 상환 갈등기'이거나 '멜가트 답사 좌절기'이다. 〔'팔불출 아내 자랑기'이거나 '고슴도치 자식 귀애기(貴愛記)'라고 주장한데도 별로 반대할 생각은 없다.〕

우리의 소설가 금산 씨가 처음부터 이렇게 제도에 민감했던 것은 아니다. 그 시작은 단순했으나 끝은 걷잡을 수 없이 창대해져버렸다. 그저 아내가 직장을 그만두고 늦깎이 대학생이 되면서 바닥이 보이는 통장 잔고가 우울을 불러왔을 뿐이다. 그리고 그때 작가의 눈에 '문화예술위원회'가 들어왔다. 돈이 급한 때였으니 지원금의 액수 말고 다른 생각을 깊이 해볼 여유는 없었을 것이다. 작가를 지원하여 해외연수 기회를 주고 한국문학의 세계화를 도모한다는 사업 취지 역시 흠잡을 데가 없다. 열심히 사업내용을 구상하고 거기에 합당한 노력을 기울이면 된다고 생각했던 것. 아뿔싸 좋은 작품을 쓰기 위해 해외연수가 필요한 것이 아니라 해외연수 기회를 준다는 말을 듣고 보니 해외에 나갔다 와야겠다는 생각이 들었다는 점을 미처 깨닫지 못했다. 게다가 애초에 지원금을 타려 했던 이유가 생활비 때문이었는데 해외연수를 그 비용으로 다녀오면 생활비 계산은 플러스 마이너스 제로라는 것도 미리 생각하지 못했다. 뒤늦게 작가의 양심과 해외연수와 소설 창작과 생활비를 고민해보니, 아, 정말 제도란 만만한 것이 아니다. 그것을 그는 김복연 씨로부터 배웠다. 그가 낸 교통사고 피해자였던 김복연 씨. 경찰과 보험회사를 상대하는 김복연 씨의 늠름한 태도는 우리의 소설가 금산 씨에게 제도 안에서 사는 법을 알게 해주었다. 제도는 '문화예술위원회'에도 있지만 도로변에도 있고 보험회사에도 있고 심지어 영어학원에도 있다. 이 어찌 생활의 발견이라 하지 않을 수 있겠는가.

그가 김복연 씨로부터 배운 방법은 말 그대로 제도 안에서 사는 법이다. 요약하자면 제도 안에서 살기 위해서는 제도를 향해 질문하지 말아야 한다. 보상은 보험회사가 내는데 왜 고소장은 가해자 측을 상대하는 것인지, 피치 못할 사정에도 불구하고 영어학원에 이미 낸 수강료는 왜 환불되지 않는지. 그렇게 안 되는 환불이 왜 또 일련의 서류만 있으면 간단하게 해결될 수 있는지. 그리고 그 복잡한 제도를 우리는 왜 일일이 학습하지 않으면 안 되는지. 그걸 묻는 동안 그는 제도 안에서 살지 못한다. 김복연 씨가 가르쳐준 것이 바로 그것이다. 묻지 말고 학습하라. 학습을 통해 능숙해질지니. 그러니 제도 안에서 사는 방법을 아는 일은 또한 제도 앞에서 개인은 무력할 뿐이라는 사실을 인정하는 것과도 같다. 제도에는 서류와 형식과 규정만 있지 개인은 없다. 그래서 거기에 개인의 사정을 말하는 일은 무력하다. 혹은 그 사정 역시 형식과 서류를 얻지 않고는 무력하다. 그런데 그렇게 사는 동안 이미 영혼은 제도에 잠식되어가기 때문에 무력하며 그래서 제도와 개인적 사정 간의 온갖 오해와 불통 때문에 무력하다. 금산 씨의 친구가 말했던 것처럼 그의 우울은 이러한 제도에 대한 울화를 안고 있는 우울이다. 그것은 반항조차 할 수 없기 때문에 더 우울하다. 혹여 '문화예술위원회'가 작가의 창작의 질을 끌어올리지 못하니까, 기회가 균등하다고 말할 수 없으니까, 예술에 물질적 지원을 해준다는 것 자체가 어불성설이므로, 영혼의 자유를 위해서 지원금을 거부한다면? 그 지원금은 아무 곡절도 묻지 않고 다른 사람에게 돌아갈 것이므로, 제도는 안전하다.

그가 자주 우아해지는 것은, 혹은 우아한 척하는 것은 이 무력함을 잊기 위한 오버액션이다. '어쩌다 보니 지원금을 받게 되었지만(물론 그러기 위해 상당한 노력을 했다) 뒤늦게 그 지원금이 정당하게 지급된 것인지, 이 지원금을 어떻게 하면 정당하게 사용할 수 있을지 고민 중이야'라고 말하는 방식. '또는 제도란 게 원래 그런 거지 뭐, 이렇게 된 거 인도나 한번 갔다 와야겠어. 충전도 하고 작품구상도 하고 말이야'라고 말하는 방식. 모두 우아하다. 그 우아 밑에 제도를 만나 어쩔 줄 몰라 전전긍긍하는 백조의 물갈퀴가 있다. 우아가 우울을 잊기 위한 제스처임을 알기 때문에 우리의 소설가 금산 씨는 비장하지도 비관에 빠지지도 냉소적이 되지도 않는다. 오히려 그는 엉뚱하며 필요 이상으로 경쾌하고 어색할 만큼 단순하다. 무력을 극복하는 방식, 우울을 잊는 방식으로 그가 우아해졌음을 알고 있기 때문이다. 제도의 주도면밀함을 알고 있는 자가 비장해진다면 그는 돈 키호테가 될 것이고, 비관에 빠진다면 너무 이기적이며, 냉소적이 된다면 무책임하다. 그러나 오버액션은 오버액션일 뿐이고 제스처는 제스처일 뿐이다. 그것을 알기 때문에 이 작가, 의외로 진지하다. 그는 소심한 대신 끈질겼던 것이다.

3. 제도의 기록자, 소설가

우연히 발견한 인도가 대상지가 되었으므로, 이제 인도를 목표로 달려야 한다. 그것이 게임의 법칙이다. 스스로 제도에 발을 들여놓았으니 제도와 함께 달리는 일만 남은 것이다. 해외연수를 가겠다고 신청하여 '문화예술위원회'로부터 돈을 받아놓고 제도의 불합리와 부자유를 투덜거리는 것은 공정하지 않다. 물론 그 사이의 숱한 우울과 우아의 퍼덕거림에 대해서는 필설로 다 형언할 수가 없겠지만. 주위의 시기와 오해에 자주 심하게 우울했고 짐짓 제도의 메커니즘을 꿰뚫어보고 있는 듯 사악하게 제도를 이용하고 있는 척 우아도 떨었지만, 그래도 결국 가긴 가야 하는 것이다. 그는 이미 여행경비로 신청한 지원금의 일부를 아들의 어린이집 전세금으로 지출했고 영어학원도 등록해버렸다. 불쑥 울화가 치밀어, 안 가면 될 것 아니냐고 돌려주면 될 것 아니냐고 반항도 해보았으나, 그는 고작 영어학원 등록비를 환불 받기 위해 온갖 수단을 궁리하고 카운터 직원과 실랑이를 벌였을 뿐이다. ('바람아 먼지야 풀아 나는 얼마큼 적으냐'라고 한탄했던 김수영도 우울했을까.)

갖은 핑계를 대지만, 자기 잘못이 아니었다고 변명도 해보지만 부인할 수 없는 것은 그가 인도에 가기 위해 지원금을 신청한 것이 아니라 지원금을 신청하기 위해 인도를 선택했다는 사실이다. 결국 가긴 갔지만 갈까 말까 오래 고민했다는 알리바이를 지루할 만큼 길게 늘어놓는 것도 이 때문이다. '문화예술위원회' 지원금 신청에서 시작된 소설은 마침내 인도 여행으로 마무리되지만 그가 과연 무엇을 쓸 수 있었겠는가. 처음부터 뒤틀려버린 제도와의 대결, 깊숙이 발을 들여놓고 나서 깨달은 것은 반항할 수도 거기에 온전히 귀속될 수도 없다는 사실이다. 반항 아니면 귀속(가지 않느냐 가느냐), 선택의 길은 정말 두 가지뿐일까. 그가 선택한 길은 제3의 길이다. 그것은 제도에 몸을 싣고 제도를 기록하는 일이다. 그러므로 바비 할더는, 인도는 하나의 예일 뿐이다. 그는 낯선 나라의 작가를 접하고 (책을 통해서) 인도의 땅을 직접 밟지만 그것은 새로운 소재의 발굴이라기보다는 일상의 세목을 다시 읽는 길로 통한다. 가정부 출신의 인도 작가 바비 할더를 통해 그가 읽은 것은 무엇일까. 12살에 시집가서 남편에게 구타당하고 학대당하며, 마침내 거기를 탈출하여 작가가 된 가난한 나라의 불행한 여자의 성공담일까. 혹은 존중받아야 마땅할 개인의 인권이 무자비하게 유린당하고 학대당하는 이 세계의 불행한 현실일까. 그렇게 말한다면 너무 뻔하다. "내가 사랑하는 건 비극에 대한 세밀한 기록이지 거대한 긍정문이 아니에요."(205쪽) 우리의 소설가 금산 씨는 거대한 긍정문 대신 그렇게 말할 수 없으면 아무것도 아닌 것이 되어버리는 일상의 세부를 읽는다. 그 세부에는 허구화된 픽션의 세계와 그 과정에서 남겨진 일상의 부스러기들 사이의 격차, 혹은 해외연수를 하고 답사를 하더라도 결코 하나가 될 수 없는 먼 나라와 지금 여기 사이의 격차가 있다. 그래서 그는 바비 할더의 자서전에 역시 가정부였던 누나의 삶을, 전태일 평전에 전태일이 살았던 쌍문동 208번지를 겹쳐놓는다.

누나도 가정부였고 매형에게 옆구리를 맞았지만 누나는 바비 할더처럼 작가가 될 수 없었다. 생활비가 모자라 카드빚을 내었던 누나는 매형의 구타를 반박하고 서민들의 생계를 자산증식의 수단으로 삼는 카드회사에 항의하는 대신 동생(우리의 소설가 금산 씨다)에게 돈을 빌려서 빚을 해결한다. 그리고 동생에게 돈을 받기 위해 듣도 보도 못한 '학술진흥재단'과 '문화예술위원회'의 제도적 체계를 학습한다. (동종업계에서만 통용되는 '학진' 즉 '학술진흥재단'의 줄임말까지 익혔으니 대단한 학습능력이다.) 그리고 소설가 동생은 바비 할더를 소설가로 만들어주었던 인도의 지식인 타투시처럼 누나를 그 삶으로부터 빼내올 수 없었다. 누나의 타투시는 '학술진흥재단'과 '문화예술위원회'였던 것이다. 그가 한 일이라고는 이런저런 핑계를 대면서 누나에게 돈을 주는 시점을 미룸으로써 제도에 대한 자신의 자의식을 과시하거나 혹은 자학하는 것이었다. 이것은 또 다른 방식의 우아이기도 하다. 다시 반복하자면 이 우아의 아래에서 퍼덕거리고 있는 물갈퀴는 우울이다. 픽션이라는 제도의 관습을 너무 잘 알고 있는, 거기에 몰입하기에는 너무 산만한 작가의 우울. 그래서 그는 바비 할더에게 쉽게 감동할 수도, 인도에 가서 수많은 바비 할더들의 삶을 확인하겠노라고 결의를 다질 수도 없는 것이다. 그렇다면 인도의 멜가트에 대한 그의 생각 역시 우아의 한 방식이었을까.

4. 바디페인팅, 부끄러운 용기

멜가트의 mel이 마르크스, 엥겔스, 레닌의 줄임말이라고 허풍을 떨거나(mel은 만난다는 뜻이다. '바디페인팅 제4호' 각주 53번에 나와 있다. 각주를 안 쓰려니 자꾸 괄호가 많아진다), '문화예술위원회'에서 자기더러 외국에 나가라고 해서(정확하게는 나가게 해달라고 요청한 것이지만) 인도의 멜가트에서 불행을 통해 행복을 생각하는 문학의 소임을 생각해보려 한다거나 하는 것은 분명 가장된 우아이다. 그러나 그렇다고 해서 멜가트가 불가촉천민들의 제한구역이라고 생각하고 그곳에서 한국에서는 이미 불분명해진 계급의 다른 형태를 보게 될 것이라고 기대했던 것조차 우아의 한 방식인 것은 아니다. 그의 우아가 비루한 내면을 이미 알고 있어서 그것을 숨기거나 모른 체하기 위해 의식적으로 꾸며낸 태도였다면, 적어도 인도에 대해서만은 그만큼의 세밀한 내면을 갖지 못했기 때문이다. 그럴 수밖에 없지 않겠는가. 인도는 지원금을 받기 위해 우연히 선택한 곳에 불과하기 때문에. 그래서 그는 거기에 무엇이 있는지도 모르면서 거기에 대해 소설을 써야 하는 조금은 어이없는 상황에 처하게 되는 것이다. 그러니 소설은 인도에 대해서가 아니라 알 수 없는 인도에 대해 소설을 써야 하는 작가에 대한 이야기가 된다.

'바디페인팅 제4호'가 다른 연작들에 비해 꽤 지루하게 느껴지는 것은 아마도 이 때문일 것이다. 인도 여행의 일정이 소설의 대부분을 차지하고 있는데 정작 그 대부분에 대해 알지 못하니 풍물은 모호해지고 감상은 흩어진다. 쭈욱 이 소설에서 산만함이 중요한 무기이긴 했지만, 여기서의 산만함은 그 이유가 다른 것이다. 작가가 절감하고 있는 제도와 그것 바깥에 있는 세계 사이의 격차는 소설에서 산만함으로 고스란히 드러난다. 20일 이상의 해외연수라는 규정이 다른 세계를 확인하고 탐구하기에 얼마나 부족한 시간인지, 그래서 제도적 지원이라는 명분이 얼마나 허구적인 것인지를 비판할 수도 있을 것이다. 그러나 우리의 소설가 금산 씨는 그 길을 택하지 않고 인도의 알 수 없음을 알 수 없음 자체로 남겨두었고 그러기 위해 소설적 긴장감을 풀어헤친다. 인도에는 인도가 없었고 멜가트에는 멜가트가 없었다. 확인한 것은 기대가 여지없이 배반당하는 낯선 세계에 대한 당혹감이고 그리하여 그는 우아도 우울도 통하지 않는 세계를 만났다. 봉사단체의 어린 학생들은 너무나 가난한 멜가트의 사람들을 보면서 아무것도 도울 수가 없어서 울음을 터뜨리고 아무것도 할 수 없다는 것을 알고 있었다고 짐짓 어른스러운 척하지만 그 역시 당혹스럽기는 마찬가지이다. 인도에는 인도 나름의 질서와 제도가 있겠지만 그는 그곳의 제도를 학습하지 못한 이방인이었기 때문이다. 가난하지만 존재의 슬픔으로 풍요로운 자들이라고 말하기에 그들의 가난은 너무 참혹하고, 그 가난을 동정하고 연민하기에는 그의 인류애가 너무 추상적이다.

그래서 그는 그냥 한국으로 돌아온다. 커리에 적응하지 못해 줄어든 몸무게와 마지막 날 인도의 이발소에서 받은 마사지로 매끈해진 피부가 눈에 띄는 성과라면 성과이다. 그리고 다시 그 낯선 체험과 일상과의 격차는 계속된다. 그는 해외연수 결과보고서를 쓰고 아내의 등록금과 아들의 어린이집 적자액을 부담하기 위해 또 다른 지원금 신청서를 쓴다. 제도에 기대어 제도를 성찰하고 제도를 탐구하는, 자존심도 허세도 자괴감도 제도를 통해 확보하는 우울을 만끽하는 것이다. 그러나 이 제도 속의 우울은 이전의 우울과 다르다. 그는 이미 인도에 갔다 와버린 것이다. 이전의 것이 제도의 체험을, 제도의 경과를 기록하기 위한 것이라면 지금의 것은 낯선 인도를 공백으로 뛰어넘은 이후의 것이기 때문이다. 그 공백은 지루한 인도 여행의 체험으로 소설에 남겨져 있다. 여전히 알 수 없는 곳 인도는 그대로 의문부호 속에 남아 있다. 인도에 대한 더욱 구체적인 체험과 탐구가 부족하다는 이야기가 아니다. 어차피 짧은 기행 속에 그것은 가능한 일이 아니었다. 다시 말하지만 인도는 하나의 예에 불과하다. 동정도 연민도 향수도, 우울도 우아도 가능하지 않은 낯선 세계를 통해 작가는 무엇을 말하고 무엇을 탐구할 것인가에 대한 공백을 이야기하는 것이다. 여하튼 우리의 소설가 금산 씨는 인도를 통해 그의 제도 탐구를 일단락 지었고 또한 인도를 통해 다른 제도, 혹은 다른 소설을 만날 기회를 얻은 것 같다. "딜레마인 줄 알지만 그 딜레마의 근원에 대해 따지지 않고 행하는 건 무언가에 대한 추앙일 뿐이다."(153쪽) '바디페인팅 제2호'에 나오는 말이다. 이것은 찬사도 비난도 아니다. 그리고 이것은 소설가만의 이야기가 아니다. 가령 이런 구절로부터 우리는 모두 자유롭지 않다. '바디페인팅 제2호'의 마지막 구절, 허탈한 환불 후 여전히 인도에 갈 것인가 말 것인가를 맨발로 학원 자습실에서 고민하다가 쫓겨나듯 도망치는 장면에 이어지는 구절이다.

그곳은 처음부터 끝까지, 내 발로 들어갔다가 내 발로 도망쳐 나온 곳이었다. 하지만 눈에 보이지 않았다고 하여, 여전히 지금도 눈에 보이지 않는다고 하여 적은 내 마음속에만 있는 것이라 과연 말

할 수 있을 것인가. (190~191쪽)

문학은 곧 삶이라는 경구는 종종 문학적으로 형상화된 것만이 삶이라는 식으로 오해되곤 한다. 허구의 형식 속에 들어와 그 질서를 구현하는 삶만이 문학적으로 의미 있다는 식의 해석은 그 원래 의미와는 정반대로 오히려 문학과 삶을 격리시킨다. 우리의 소설가 금산 씨는 이 격리에 의문을 품고 문학이라는 제도와, 그 것을 받아들임으로써 이미 제도 속에 편입되는 일상을, 그 흐릿한 경계와 혼융에 대해 탐구한다. 그리하여 이 탐구는 스스로의 몸을 화폭으로 삼는 바디페인팅이 된다. 관객 앞에서 발가벗어야 바디페인팅은 전시될 수 있는데, 그렇게 완성된 바디페인팅은 또한 이미 한 벌의 옷이다. 일상적 몸과 예술적 작품의 경계 사이에 서 있는 이 부끄러운 용기, 그것이 작가 박금산의 문학을 밀고 나가는 가능성이 되어줄 것이다. 하여 우리는 우리의 소설가 금산 씨가 동대문에서 광화문까지 맨발로 걸었던 그 만보(漫步)의 행로를, 전태일의 세부를 위해 쌍문동 208번지를 찾아 헤매던 그 뜬금없는 여정을 오래 기억하고자 한다. 어쩌면 이 소설가 만보는 "무언가 하나를 끝까지 밀고 나간 삶에 그 전부가 닿아 있다는"(181쪽) 글쓰기의 다른 영역을 향한 고독한 행군일지도 모른다.

(박금산, 『바디페인팅』, 실천문학사, 2007)

3부 타인을 읽는 슬픔

우리 안의 타자들, 타자 안의 우리들

__외국인 노동자라는 타자를 대하는 최근 소설의 방법론

이민을 가는 것은 인간들이 아니라 기계 관리인부, 청소부, 땅 파는 인부, 시멘트 섞는 인부, 세탁부, 공원 따위이다. 이것이 임시 이주의 의미일 뿐이다. 인간(남자·아버지·시민·애국자)으로 재생되려면 어떤 이민이든 고향에 돌아가야 한다. 그에게는 아무런 장래가 없어서 그가 떠나왔던 고향으로.

　　　__존 버거·장 모르, 『제7의 인간』(차미례 옮김, 눈빛, 2004)

1. 우리 안의 타자들

타자라는 관점에서 외국인 노동자에 관해 말한다면, 그들은 몹시도 독해하기 힘든 타자들이다. 외국인 이주노동자들이 3D업종의 저임금과 열악한 노동환경 속에서 한국산업의 일부분을 담당해온 지도 벌써 20년 남짓의 세월이 흘렀다. 그간 산업연수원 제도나 고용허가제 등으로 이들에 대한 정책이 바뀌어왔고 이들의

생활환경은 각종의 매체들을 통해 이전보다 훨씬 많이 알려져 있지만, 단견인지는 몰라도 그들은 여전히 낯선 존재들이다. 그들은 노동자이고 하층민이고 소외된 자들이면서 또한 외국인이다. 우리가 그들의 열악한 노동조건과 살인적인 주거환경, 최소한의 사회안전망으로부터도 배제된 불안한 삶을 이해하고 거기에 분노한다고 하더라도, 그것으로 그들의 타자화된 주체성을 온전히 복원할 수 없다. 네팔이거나 인도이거나 파키스탄이거나 혹은 방글라데시의 그곳에서의 추억과 생활과 정서에 대해 충분히 말할 수 없는 무엇이 남아 있기 때문이다. 노동자로서의 여성을 말하더라도 아직도 그 여성에 대해 말해야 할 것이 무수히 남겨져 있는 것처럼, 사랑의 대상, 혹은 주체로서 동성애자를 말하더라도 아직 더 말해야 할 무언가가 남겨져 있는 것처럼, 외국인 노동자들에 대해서도 그렇다. 그렇게 본다면 주류질서에서 배제된 모든 타자들의 서사란, 온전히 스스로의 주체성을 얻기 위해서는 지금까지와는 전혀 다른 시선들을, 숱한 위반과 모험을 동반해서 가까스로 독해해야만 한다는 점에서 같다. 다른 것이 있다면 외국인 노동자라는 비교적 최근에 발견된 타자에 대해서 충분한 사유의 경험이 축적되지 않았다는 것, 그보다 더 먼저는 국가나 인종이라는 기준이 생각보다 훨씬 깊숙이 우리의 의식 속에 내면화되어 있다는 것일 터이다.

그러므로 이 타자에 대해서, 그들을 바라보는 주체의 관점을 다시 되돌아볼 수밖에 없다. 우리의 주체성이란 대상을 타자화시킴으로써 애써 안정적인 것으로 자리잡는 까닭이다. 그들을 낯선 것으로 인식하면서 우리는 우리의 존재를 익숙하고 편안하고 안정적인 곳에 올려놓는다. 그러나 또한 그 타자들이 주체의 거울이라는 것은 익히 알려진 바다. 어떤 대상을 타자화시킴으로써 비로소 안정적일 수 있는 주체란 그만큼 불안한 것이다. 그러니 우리는 때로 노동인력으로, 때로 인권의 사각지대에 있는 소외된 자들로, 그리고 때로는 저개발 국가 출신의 외국인으로 그들을 인식해온 과정이 결국 우리가 자연스레 누렸던 안정화된 삶, 그 무신경한 자기동일성의 또 다른 면이라는 것을 알게 된다. 그러므로 문학 속에 서사화된 외국인 노동자들을 살펴보는 것은 또한 새로운 타자로 등장한 그들과 우리들의 주체성에 대한 시선을 고민하는 일이기도 하다. 한층 더 넓어지고 복잡해진 타자성의 지평 아래에서 우리는 우리들의 불안한 존재위치를 다시 확인하게 되는 것이다.

이주노동자들의 이야기를 소설 속에 다룬 것으로 비교적 초기 작품인, 김소진의 「달개비꽃」은 우리 현실 속에 등장한 낯선 타자를 보는 시선의 양면성을 선명하게 드러낸다. 미군 캠프의 흑인병사에게 강간당한 기태의 과거와 노예처럼 팔려온 흑인 노동자 아지드의 처지가 겹치면서 아지드는 더 이상 기태가 마음대로 부려도 되는 인격 없는 노동인력이 아니다. 권력을 지닌 외국인에 의해 능욕당한 과거를 현재의 아지드에 겹쳐놓음으로써 그들은 서로를 평등하게 바라볼 수 있는 동질성을 찾아낸다. 그러나 또한 기태에게 초점화된 서사는 이러한 동질성으로 온전히 수합될 수 없는 아지드의 타자성을 함께 드러낸다. 아지드의 벗은 몸매를 보면서 기태는 "아프리카의 들판을 숨차게 쏘다닌" 아지드를 상상하는 것이다. 물론 아지드의 검은 몸매에서 떠올린 아프리카의 들판은 기태에 의해 이미지화된 것이다. 그리고 아지드의 벗은 몸에 대한 기태의 성적 반응은 교접의 욕망이라기보다는 정복의 욕망에 가까울 것이다. 대체로 외국인 노동자들에 대한 작가들의 시선은 이 이중성 사이에 있다. 그들의 소외에 대한 동질성 찾기, 혹은 이질성 극복하기. 그럼에도 불구하고 불거져 나오는 타자화된 이미지에 대한 불편한 응시. 10년 전에 발표된 작품이지만 김소진의 「달개비꽃」이 보여주는 새로운 타자에 대한 이중적 시선은 지금의 우리 소설에서도 여전히 중요한 경계로 작용한다. 그러니 최근 소설에 나타난 외국인 이주노동자에 대한 서사화를 짚어보기 위해 작가가 이 동질성을 어떤 경로를 통해 찾아내고 자신의 시선에 내재된 자기중심적 이미지를 어떻게 극복해나가는가를 중심에 놓아볼 수 있을 것이다.

2. 명랑한 연대, 혹은 비정한 연대

김소진은 과거의 치욕을 기억함으로써 아지드와의 동질성을 발견했다. 그러나 이 발견은 과거의 기억을 매개로 하고 있다는 점에서, 그리고 코리아의 역사와 아프리카의 역사로 일반화되기 쉽다는 점에서 현재의 타자성을 온전히 해석하지 못할 우려를 가진다. 김소진보다 이후에 외국인 노동자들을 그려냈기에 그만큼 오래 그 타자를 접할 수 있었던 작가들의 경우, 이 동질성 발견의 계기들은 훨씬 더 내밀하고 섬세하다. 공선옥의 「명랑한 밤길」(『창작과비평』 2005년 가을호)은 미처 알지 못했던 자신의 타자성을 발견하면서 자신이 타자화했던 대상을 다시 인식하는 과정을 보여주고 있다. 이 작품의 화자 '나'가 외국인 노동자들을 바라보는 시선은 전반부와 후반부에서 확연히 다르게 나타난다.

소설의 전반부, 봄길에 취해 있었던 젊은 처녀 '나'는 공장지대에서 일하는 외국인 노동자들을 향해 "커피고 뭐고 만정이 떨어졌"으며 "그들을 조금이라도 바라보고 있으면 저절로 신물이 다 날 정도"라고 말한다. 그는 막연하지만 청신하고 아름다운, 새로운 세상을 기다리고 있었던 것이다. 그리고 그의 앞에 나타난 새로운 세상은 어느 날 병원 문을 밀고 들어온 잘생긴 남자였다. 그는 하얀 지프차로 나를 데리러 와서 자신의 집에서 음악을 틀어주고 음식을 만들어준다. 그가 틀어주는 음악은 어딘가에서 들었던 음악이지만 내가 기억하는 음악과는 다르다. 나는 그 음악들을 '테이스터스 초이스'나 '스피드 011'의 광고음악으로 기억할 따름이지만 그는 그 음악들의 제목과 작곡자를, 혹은 그 노래를 부른 가수들을 정확한 원음으로 빠르게 발음한다. 그러니 그의 세계는 좁은 집에서 치매에 걸린 어머니를 부양해야 하는 나의 세계와는 다른 세계이다.

나는 나의 스물한 살 봄밤을 그와 함께 먼 나라, 그가 없으면 닿을 수 없는 나라를 여행하는 것만 같았다. 나 혼자서는 도저히 갈 수 없는 낯설고 아득한 나라를. 그가 있어야만 닿을 수 있는 나라를 여행하는 것은 그래서 슬펐다. 아름답고 슬프고 쓰라린 여행을 끝내고 집에 돌아왔을 때, 나는 이번에는 낯익고 낯익어서 슬픈 풍경과 맞닥뜨려야만 했다. 엄마는 나를 기다리며 먼지 푸석푸석한 마당에서 밤중 내 맴을 돌았다.

_공선옥, 「명랑한 밤길」(『창작과비평』 2005년 가을호), 175쪽

그가 없으면 닿을 수 없는 낯설고 아득한 나라에서 나는 타자

화된다. 만만하게 흥얼거릴 수 있는 스피드 011이 '베빈다의 파두'가 되면서 아득히 멀어지는 나라. 그에게 나는 그저 순박한 시골처녀였을 따름이며 그래서 그는 결코 나와 함께 새로운 세상을 열어갈 생각이 없었다. 시골 소읍의 간호보조원, 아직 어려서 순진하고 청순한 처녀, 집 앞 텃밭에서 유기농 채소를 키우는 나의 이미지는 그에 의해서 타자화된 이미지이다. 그 이미지가 노트북도 사줄 수 없고 성욕을 채워줄 수도 없다는 것을 빨리 깨달은 그는 나의 새로운 세계가 되기를 멈춘다. 그에게서 모욕당하고 그에게 주기 위해 들고 갔던 채소 봉지를 들고 되돌아오는 밤길, 나는 비로소 자기가 소읍을 떠날 수 없는 보잘 것 없는 처녀, 노트북을 차에 싣고 도시에서 온 남자에 의해 대상화될 수밖에 없었던 존재라는 것을 알아버리는 것이다. 그러니 그 남자와의 짧은 연애는 세상의 주인인 줄 알았던 자신이 한갓 버려질 타자에 불과하다는 것을 깨닫는 각성의 순간이다. 그리고 그 각성의 순간과 함께 '만정이 떨어졌던' 외국인 노동자들, 싸부딘과 깐쭈의 대화가 들려온다. 이제 그들은 '보기만 해도 신물이 넘어오는' 존재가 아니라 내가 만만하게 따라 부를 수 있는 한국 발라드를 좋아하고 내가 떨어뜨린 채소봉지를 고맙게 가져갈 수 있는 나의 이웃들이 된다. 꿈속에서 아름다운 네팔 달을 보는. 그리고 그 아름다운 네팔 달은 나의 밤길도 명랑하게 밝혀주는 것이다.

공선옥의 소설에서 자신의 타자성을 깨닫는 과정, 그리고 외국인 노동자들에게 덧씌워진 부랑과 상스러움의 이미지를 벗겨내고 그들과의 동질성을 발견하는 과정은 동시에 이루어진다. 이 과정은 스스로에 대해 상상했던 이미지를 벗고 자신이 서 있는 현실을 발견하는 과정과 동일하다. 당연한 말이지만 자신이 대상화시켰던 존재를 다시 바라보는 일은 결국 스스로가 대상화된 존재였음에 불과하다는 각성, 혹은 성찰과 함께 이루어진다. 타자는 주체의 변경에 의해서만 다르게 보일 수 있다는 점에서 주체의 거울인 것이다. 그리고 여기서 계급적 타자, 성적 타자, 인종적 타자는 타자로서의 자신들의 정체성을 매개로 서로 소통하고 연대할 수 있는 근거를 확보하게 된다.

공선옥의 작품이 주변화된 자신의 정체성을 확인하면서 타자로서의 외국인 노동자들을 새롭게 바라본 경우라면 손홍규의 경우는 좀 더 적극적이다. 손홍규의 「이무기 사냥꾼」(『문학동네』 2005년 여름호)에서 용태는 밀입국자이며 외국인 노동자인 알리를 타자화시키고 있었는데, 동시에 알리 역시 용태를 타자화하고 있음으로 인해 이 두 인물은 관계의 상대성 속에 놓이게 된다. 사실 용태는 처음부터 알리를 절대적인 타자로 바라보지 않았으며 그와 자신과의 느슨한 동질성을 알고 있었던 경우에 속한다. 마을의 뒷산으로 쫓겨 들어와 마을 사람들로부터 온갖 수모와 곤욕을 겪으며 죽은 듯이 살았던 아버지를 보며 자랐던 용태가 알리에 대해 어떤 우월성이나 차별성을 확고히 가질 근거 같은 것은 처음부터 없었다. 마을 사람들이 몰려와 아버지에게 몰매를 놓던 때, 아버지는 죽은 척하기로 그 수모를 견뎠다. 아버지가 숨도 제대로 쉬지 않고 죽은 척하고 있으면 그때서야 마을 사람들은 아버지를 때리는 일을 멈추고 돌아갔다. 아버지는 그들이 돌아간 후에도 아주 오랫동안 그렇게 죽은 듯이 누워 있었다. 애초에 용태가 알리를 기억하고 알리와 함께 살아가게 된 것도 알리가 시체처럼 꼼짝 않고 죽은 척을 하는 모습을 보았기 때문이다. 그 죽은 척하는 알리에게 아버지의 모습이 겹쳐 보였기에 용태는 외국인 노동자 알리를 그다지 불편하지 않게 동업자로 선택할 수 있었다. 게다가 그 역시 갈 데까지 간, 막장인생이었던 것이다.

죽는 거, 부끄럽지 않아요. 언젠가, 모두, 죽어요. 나, 카펫 만드는 공장, 사슬로 묶였어요. 잠도 못 자고, 도망도 못 가고, 열여섯 시간, 네, 잠도 못 자고,⋯⋯죽으니까 풀려났어요. 죽으니까 공장 안 가도 됐어요. 죽으면, 고통에서, 풀려나요. 그래서 살아남아요. 죽고, 살고, 다 하나예요.

　_손홍규, 「이무기 사냥꾼」(『문학동네』 2005년 여름호), 339쪽

살아남기 위해서는 죽은 척할 수밖에 없다는 것, 사는 것이 죽는 것보다 별로 나을 것도 없다는 것을 알고 있다는 점에서, 살아 있어도 산 것이 아닌 삶의 바닥을 보아버렸다는 점에서 용태와 알리는 같다. 그러나, 그럼에도 불구하고 알리는 용태의 타자이다. 용태는 감쪽같이 죽은 척을 하는 알리를 이용하여 밀린 임금을 받아내고 자동차에 뛰어들어 사고를 위장하며 돈을 모으지만 그 돈을 알리와 나눌 생각이 없다. 알리는 그저 죽은 척을 잘하는 능력으로 도구화될 뿐이다. 용태는 알리를 이용하고 도구화시킴으로써 자신에게 내재된 암묵적 우월성을 드러낸다. 어디에서도 제대로 일을 잡을 수 없는 밀입국자 알리를 기꺼이 동업자로 받아들인다는 점에서 용태는 보통의 사람들과 다르지만 결국 그러한 알리를 자신의 돈벌이에 이용한다는 점에서는 보통의 사람들과 다르지 않다. 이것은 또한 외국인 노동자를 향한 시선, 그들의 부당한 노동착취와 비참한 삶에 분노하고 동정하지만 그렇다고 해서 그들과 완전한 연대를 이루는 것은 아닌 이중적 시

선과 관계가 있다. 의식적이든 무의식적이든 외국인 노동자라는 타자에 대한 시선은 이미 은밀하게 위계화되어 있다.

그리고 「이무기 사냥꾼」에서 가장 흥미로운 지점은 결말에 이르러 이러한 은밀하게 위계화된 타자성이 별안간 전복되는 부분이다. 진짜 사고를 당한 알리를 병원에 입원시켜두고 용태는 전세보증금을 빼서 도망갈 생각이었지만 알리가 이미 선수를 쳤던 것이다. 이 지점에서 용태와 알리 사이를 구획하던 위계는 순식간에 허물어진다. 그리고 알리의 타자성 역시 다시 한 번 벗겨지는 것이다. 알리는 코리안 드림을 찾아 밀입국한 외국인이고 인간 이하의 대접을 받으며 죽은 척으로 나날을 견뎠고 힘들 때면 찬 방에 누워 고향의 호랑이와 가족들을 떠올렸던 슬픈 존재이다. 그러나 다른 한편으론 눈앞의 이익을 보면 용태와의 동질감이나 의리를 애써 외면하며 돈을 가로채서 달아날 수도 있는 존재인 것이다. 죽는 것보다 크게 나은 것도 없는 척박한 현실 속에서 어떻게든 살아가기 위해 안간힘을 쓰는 용태와 다를 것이 없다. 죽은 척으로 가까워졌던 용태와 알리는 같은 방식의 사기와 배신을 기획함으로 인해 더욱 다를 것이 없는 존재가 된다. 그리고 알리의 배신을 알고 난 후 용태는 방을 빼러 온 주인 아줌마를 앞에 두고 스스로 죽은 척을 한다. 알리의 죽은 척을 이용하던 용태는 이제 알리처럼 죽은 척을 하며 삶을 견뎌나갈 것이다. 이보다 더 비정한 연대가 어디 있으랴.

공선옥의 소설이 이미 타자화된 자신의 정체성을 깨달음으로써 여지껏 자신이 타자화시켰던 대상을 새롭게 발견하는 것으로 마무리된다고 본다면 그것은 또 하나의 시작이라 할 만하다. 그리고 손홍규의 소설은 그다음을 이어나간다. 타자화, 주변화된 삶의 공유, 그러나 그 공유가 결코 공고한 연대로 이어질 수 없는 안팎의 장애들. 여전히 타인을 이용하고 부리는 사람으로 자신의 위치를 설정하고 있는 우리 마음속의 위계들, 그리고 비천한 타자들의 연대만으로 헤쳐나갈 수 없는 현실의 비정한 조건들이 그것이다. 그래서 손홍규의 소설에서는 이무기 사냥으로 자꾸만 휘발하려 하는 용태의 의식이 알리라는 낯선 타자의 발견에 의해 가까스로 현실 가까이 붙잡혀 있다. 공선옥의 소설에서 싸부딘과 깐쭈의 대화는 잠시 '나'에게 네팔의 달빛을 알려주고 밤길 속으로 명랑하게 사라진다. 그 네팔의 달빛이 또 하나의 상상적 타자화가 아닌가 하는 의심을 남겨둔 채로. 애써 타자들을 통해 자신의 현실적 위치를 인식하고 그 타자들과의 동질성을 향해 나아가는 이들 소설의 뒤로 또 다른 타자성의 그림자가 어른거리는 것이다.

3. 낯선 언어로 여는 새로운 세계

그리고 여기, 타자인식의 또 다른 방법론이 있다. 외국인 노동자라는 타자를 대하는 과정에는 필연적으로 내국인/외국인의 경계가 끼어들 수밖에 없다. 그것도 고용의 주체와 고용의 대상이라는 계급적 조건까지 함께 제시되는 경우이므로 문제는 더욱 복잡해진다. 같은 외국인이라 하더라도 서구 백인들의 경우와는 문제가 완전히 달라진다는 것은 상식이다. 물리적이든 정신적이든 온전히 국경을 넘어본 경험이 없는 사람들의 경우 자기 안에 침착된 내국인의식, 민족동일성의 표지라는 것은 도무지 요령부득의 장애가 되기 쉽다. 그렇다면 이러한 내국인의 위치를 명확히 상대화시키는 것, 이것도 하나의 방법이 된다. 말하자면 이른바 코스모폴리탄적 상대주의 속에 주체를 냉정하게 던져두는 것이다. 고종석이 택하는 방법이 이 방법이다. 고종석의 「고요한 밤, 거룩한 밤」(『파라21』 2004년 봄호)은 외국인 노동자를 등장시키고 있긴 하지만 사실 언어에 관한 이야기이다. 프랑스인 의사가 화자로 등장하는 이 소설은 시종일관 언어 제국주의와 의사소통의 문제를 이야기한다. "폭력적이든 아니든, 그 접촉과 간섭의 경로를 통해 사람들은 점차 영어에, 그리고 영어를 닮아가는 모국어에 익숙해진다. 이 언어의 강력한 제국주의에 우리 몸은 점점 동화된다"라는 화자의 전언은 또한 작가의 목소리이기도 할 것이다. 원정출산에 대해서, 기러기 아빠에 대해서, 또 영어발음을 위한 혀수술에 대해서 화자와 그의 한국인 아내와 또 한국인 친척들 사이에 오가는 이야기들은 영어라는 제국주의에 함몰된 한국인의 정신세계를 비판적으로 조망한다. 그러나 또한 아이로니컬하게도 이 다른 국적의 소유자들이 함께 대화하기 위해 사용하는 언어는 영어이다.

물론 양쪽 언어를 거의 완벽하게 부리는 외젠이나 프랑스어를 제법 하는 한나가 통역을 해줄 수도 있을 것이다. 그러나 우리는 그런 우회로를 버리고 비록 몸에, 그러니까 혀에 딱 맞지는 않지만 그래도 이젠 국제 표준어가 된 언어, 영어를 사용하기로 했다. 처음 만났을 때부터 말이다.

_고종석, 「고요한 밤, 거룩한 밤」(『파라21』 2004년 봄호), 224쪽

이들이 대화에 사용하는 영어는 몸에 맞지 않아 서투르고 불편한 언어, "어쩔 수 없이 집중력을 최대한 발휘해야" 하는 언어다. 그러므로 영어를 능숙하게 구사함으로써 미국이 상징하는 제국주의적 권력에 편입되기를 욕망하는, 그 제국주의적 언어와는 다른 언어이다. 의사소통을 위해 최대한 집중력을 발휘하면서 불편함을 감수해야 하는 영어는 그 제국주의적 위력을 발휘하기에는 지나치게 어색한 언어인 것이다. 그리고 이 불편한 영어로 의사소통되는 혼혈가족은 그 불편한 거리감에 의해 '한국'이라는 구체적 국적과 그것과 관련된 상황으로부터 훌쩍 거리를 둘 수 있다. 프랑스인 의사나 그의 혼혈 자녀들이 한국과 결코 무관한 사람들은 아닐 테지만 또한 그들은 애써 거기에 동일화되려 하기보다는 불편한 언어를 그 사이에 끼워 넣음으로써 오히려 거기로부터 멀어진다.

여기에 등장하는 외국인 노동자가 내국인의 시선에서 벗어날 수 있는 것은 당연하다. 생선회를 배달하러 온 네팔 여인을 병원에 데려다 치료하면서 이들은 이 돌연히 등장한 환자에 대해 그저 인도주의적 관심을 발휘할 뿐이다. 그리고 이들과의 대화 역시 영어로 이루어진다. 한국어가 아닌 영어로, 모두에게 불편한 언어를 그 사이에 밀어넣음으로써 이들은 고요한 평등을 이루게된다.

"카트만두 출신이세요?"
나는 내가 아는 네팔의 유일한 도시 이름을 대며 남자에게 물었다.
"아니에요. 파탄에서 왔어요. 카트만두 바로 아래에 있는 도시지요. 네팔에 가보셨나요?"

"아직 그럴 기회가 없었어요."

"파탄은 외국인들에게 꽤 알려진 관광지예요. 거기 옛 왕궁터와 큰 사원들이 있거든요. 저는 한국에 오기 전에 얼마간 관광 안내원으로 일했어요."

그의 훌륭한 영어는 그 경험에서 길러진 것일 터였다.

"저도 외국에서 잠시 살아봤는데, 제일 힘들 때가 갑자기 몸이 아플 때인 것 같아요. 늘 몸조심하세요."

민우가 남자에게 말했다. 선의로 가득 찬 이 말이 내겐 가시처럼 걸렸다. 민우가 말하는 제 외국 생활이란 런던에서 보낸 안식년일 텐데, 그것을 이 네팔 가족의 한국생활과 나란히 견줄 수는 없을 것이다.

_「고요한 밤, 거룩한 밤」, 236쪽

쓰러진 네팔 여인을 데리러 온 가족들을 태우고 그들의 집으로 가는 차 안에서 이들이 나누는 담백하고 선의에 가득 찬 대화는, 물론 모두에게 서투른 영어로 이루어진다. 이 영어는 "네팔인과 한국인과 프랑스인을 공평하게 담아내는 그릇"으로서의 영어이다. 물론 그 영어의 이면에는 여전히 이 외국인과 민우나 '나'의 외국이 다를 수밖에 없는 현실이 가시처럼 불편하게 걸려 있다. 그러나 적어도 여기에서 외국인에 대한 모멸이나 거부감이나 혹은 과장된 동정과 자책은 없다. 삶과 의식의 깊숙한 이면까지 파고드는 영어의 제국주의를 불편한 의사소통의 도구로서 전환시킨 효과는 크다. 불편하기 때문에 더욱 최선을 다해 귀를 기울여야 하고 말해지지 않은, 덜 말해진 진심까지 헤아리기 위해 더욱 천천히 발음해야 하는 영어는 그 과정에서 대화의 상대들을 평등한 마음의 탁자 위에 데려다 놓는다.

강영숙의 「갈색 눈물방울」(『문학과 사회』 2004년 겨울호)에 또다시 영어가 등장하는 것도 이와 무관하지 않을 것이다. 앞의 소설들이 많든 적든, 외국인 노동자에 대해 타자의 시선을 가지고 있었던 것과는 달리 이 소설 속에서 외국인들은 그저 미지의 인물들이라는 점에서 특이하다. 엄마가 남긴 유일한 유산인 낡은 빌라에서 여자는 이웃에 사는 외국인 노동자들을 그저 바라본다. 작은 체구의 동남아 여자와 두 명의 남자가 그 집에 살고 있다는 것, 그들의 집 쪽에서 언제나 솔향기나 차 맛 같은 이국의 냄새가 감돌았다는 것, '내'가 그 집에 대해서, 그 집의 사람들에 대해서 "아는 건 그것이 전부"였고, 나는 그 이상의 것을 알려고 하지도 않으며 그저 이웃에 사는 사람들로 그들을 인정할 뿐이다. 그러므로 그들의 세계와 '나'의 세계는 분리되어 있다. 무엇을 하는지도 모르는 그들은 이웃에서 살아가고, 나는 오 년이나 만난 애인과 헤어진 실연의 고통에 괴로워하면서 함께 존재하고 있을 따름이다. 이웃의 남자가 살인혐의로 붙잡혀 가고 그래서 남은 둘이 쓰레기통을 뒤진다 한들 나는 그들을 그저 바라볼 뿐이다. 나는 나의 고통을 견디기에도 너무 힘겹다.

그러나 또한 그들이 알 수 없는 노래를 부르고 알 수 없는 춤을 추는 것을 그저 바라보기만 하는 동안에 실연으로 인한 방황은 멈춰지기도 한다. 그것이 결정적으로 멈춘 것은 하나의 이국적 풍경처럼 존재했던 그들의 고통을 발견하면서부터이다. 경찰들이 다녀간 이웃집에 혼자 누워 있는 동남아 여자에게 내가 다가갔을 때 그녀는 비명조차 지를 수 없을 정도의 고통으로 앓고 있었다. 그녀를 그토록 고통스럽게 한 것은 "검은 엉덩이 사이에

서 독이 오를 대로 올라 꽈리처럼 부푼 휜 치질 덩어리"였다. 그
녀를 병원에 보내고 다시 돌아온 그녀를 맞으면서 나는 그녀와
고통으로 소통한다. "치통보다 참기 어려운 건 실연의 아픔, 실
연의 아픔보다 참기 어려운 건 치질의 통증"이었던 것이다.

그리고 여기에 '영어'가 등장한다. 엄마를 잃고 연달아 애인을
잃은 고통을 견디기 위해 나는 영어학원에 등록한다. 수업에 빠
지지 않고 학원을 오갔으나 나는 둘러앉은 사람들을 향해 전혀
영어로 말할 수 없다. 익숙한 모국어 대신 새로운 언어를 배우는
일, 그것은 고통으로 인해 달라진 삶 속에서 다른 사람으로 태어
나야 한다는 사실을 암시할 터이다. 내가 영어로 좀처럼 입을 열
지 못하는 것은 내가 감당해야 할 고통을 아직 이기지 못했기 때
문이고 그래서 새로운 언어로 새로운 삶을 열 수 없다. 그리고
아무리 애를 써도 열리지 않던 입은 이웃 여자의 고통을 발견하
고 그 고통과 자신의 고통을 포개어놓는 행위로 인해 다시 열린
다. 종류는 다르지만 가족과 애인을 잃은 지독한 소외와 낯선 이
국에서 범죄자로, 혹은 부랑자로 취급받아야 했던 이들의 소외는
그들이 겪었던 고통으로 인해 이어진다. 그리고 나의 고통은 다
른 고통을 통해 낯선 존재와 소통함으로써 비로소 치유된다. 그
러니 내가 발음하는 것은 영어이지만 그 영어를 빌려 나오는 음
성은 동남아 여자의 것임에 틀림없다. 여기에서 낯선 언어란 서
로 격리된 채 갇혀 있었던 그들의 관계가 서로를 향해 열리면서
새롭게 발화되는 새로운 세계의 언어이다.

내가 여기 어떻게 와 있는지 잘 모르겠어. 낯선 사람이 준 사탕을
먹다가 잠이 들었는데 깨어보니까 낯선 곳이었어. 밤마다 뒤를 돌

아보는 꿈을 꾸었지. 뒤에는 밀림 천지였고 코끼리 소리와 북소리가 들렸어. 난 거기 서서 생각했어. 북소리가 들리지 않는 곳으로 가보자. 그냥 가보자. 그리고 난 이리로 왔어. 그런데도 난 아직 밀림을 돌아보며 거기 서 있는 것 같아. 난 영원히 거기에 서 있을지도 몰라. 난 스리랑카에서 태어났어.

　　_강영숙, 「갈색 눈물방울」(『문학과 사회』 2004년 겨울호), 153쪽

　나는 영어학원에서 영어로 동남아 여인에 대한 이야기를 들려준다. 말문을 열려고 하면 하얗게 질리기부터 했던 그 영어로. 그리고 나의 입에서 나오는 음성은 바로 그 동남아 여인의 음성이다. 고종석의 소설을 빌려와 말하자면 이 영어는 나의 마음과 그녀의 마음을 "공평하게 담아내는 그릇"이다. 내가 스리랑카어를 모르고 그녀도 영어를 모르니 나와 그녀가 이 사연들을 물리적 언어로 소통했을 리는 없다. 다만 이들은 고통의 언어를 통해, 그 고통을 알아본 사람들의 선의를 통해 마음으로 서로를 읽었을 뿐이다. 그리고 그 소통의 경험이 치유를 불러오고 내 입에서 새로운 언어가 흘러나오게 한다. 그것은 한국의 소외된 자인 나의 언어이면서 스리랑카로부터 떠나온 그녀의 언어이기도 하다. 그들은 모두 함께 소외된 고통의 세계시민으로 만난 것이다.
　서사에서 의식적, 무의식적으로 국적을 없앤 이 소설들은 그러므로 내국인과 외국인, 부리는 자와 부림 당하는 자의 관계에 놓여진 권력을, 타자화를 성큼 지워낸다. 그러나 얻는 것이 있으면 잃는 것도 있다. 이 국적을 지운 곳의 거리감각은 또한 외국인 노동자들의 삶이 지니는 구체적 고통을 상당히 순화시킨다. 고종석의 소설에서 그 네팔인들의 고통은 짐작된 고통일 뿐이고, 강

영숙의 소설에서 동남아 여인의 고통은 치질로 인한 감각적 고통으로 치환된다. 거기다가 또 하나의 의혹을 남겨놓는다. 혹시나 이 세계시민의 평등한 거리감각 역시 현실의 치사하고 집요한 타자화를 충분히 추적할 수 없게 만드는 또 하나의 상상적 이미지는 아닌가. 강영숙 소설의 결말에서 드러난 작은 기적, 빌라의 할머니를 휠체어에서 일어나게 하고 나의 말문을 틔웠던 판타지는 동남아 여인의 이국적 이미지로 인해 가능한 것이 아닌가. 그것은 잠복해 있던 또 다른 타자성의 발현은 아닌가.

4. 연대를 통해 적대를 만나는 길

하나의 소설이 어떤 문제 설정의 모든 부분을 다 해결할 수는 없는 노릇이다. 외국인 노동자라는 타자를 대하는 최근의 소설들에서도 그것은 마찬가지이다. 다른 권력들에 이미 타자화된 존재로서의 자신을 발견하면서 외국인 노동자들에게 부여된 타자성을 다시 읽는 서사에서나, 또는 제3국적 거리감각으로 내국인과 외국인을, 또는 주체와 타자를 모두 상대화시키는 서사에서나 그 이면에는 그것으로 온전히 회복할 수 없는 타자의 정체성이 미지의 영역으로 남겨져 있다. 우리는 다만 그 소설들을 통해 타자성에 대한 우리의 성찰을 계속해나갈 수 있을 따름이다. 외국인 노동자에 대한 문제에서 그것은 더욱 강하게 부각된다. 민족적 주체성, 국가라는 경계에 대한 완고한 관습은, 그리고 급속성장을 거듭해온 천민자본주의의 사회 환경은 겹겹이 숨겨진 타자성을 우리 안에서 자꾸만 발견하게 만든다. 그러니 이 타자성에 대한 성찰은 계속해서 진행될 수밖에 없다. 끊임없이 발견되는 이 타자성의 영토를 우리는 다소 강박적으로 여겨질 만큼의 자기회의를 통해서 읽어내야 하는 것이다.

소설은 한 대상에 대한 이야기이며 또한 그것을 전달하는 화자의 이야기이기도 하다. 그러니 외국인 노동자를 대상으로 둔 소설에서 어쩔 수 없는 타자성과 그에 대한 의혹은 늘 잉여의 부분을 남겨놓을 수밖에 없는 것이다. 설혹 그 타자들을 바라보는 주체의 시선을 완전히 지우고 그 타자들만으로 서사를 꾸려나가는 경우라 하더라도 마찬가지이다. 김재영의 「코끼리」(『창작과비평』 2004년 가을호)가 그런 경우이다. 이 소설의 화자는 네팔인 아버지와 조선족 어머니를 둔 어린 소년이다. 아버지는 비자가 없고 주민등록이 없으므로 이 소년에게는 당연히 호적이 없다. 그는 태어나 이만큼 자라났지만 대한민국에서는 태어난 적이 없는 아이인 것이다. 이 소년이 바라보는 세계는 너무나 우울하고 참담하다. 어머니는 아버지와 자신을 버려두고 도망갔으며 단칸방은 언제나 습기와 곰팡이로 축축하다. 이웃들은 모두 방글라데시나 인도나 네팔에서 온 외국인들인데, 그들은 모두 끼니를 때우기도 힘든 가난과 내국인들의 모멸 속에서 힘들고 고통스러운 삶을 견뎌나간다. 쿤은 공장에서 손가락 두 개를 잘렸고, 파키스탄 청년 알리는 아들의 심장병을 고치기 위해 모아둔 비재아저씨의 돈을 훔쳐 달아났다. 러시아 무희는 네온불빛 아래에서 배꼽을 드러내놓고 울고 있으며, 포악을 떨며 고국으로 돌아갈 돈을 마련한 노랭이 아저씨는 귀국을 하루 남겨두고 돈을 강탈당한다. 노랭이의 돈을 훔쳐 달아난 것은 비재아저씨였다. 원래 신들의 왕을 태우는 구름이었다가 창조주의 실수로 우주를 떠받치는 기둥이 된 코끼리처럼 그들은 낯선 이국의 땅에서 현실의 무게를 떠받치며 살아가고 있는 것이다. "구름보다 높은 히말라야에서 태어나 이곳 후미진 공장지대에서 살아가고 있으니" 말이다. 그래서 소년에게 자신은, 그리고 이웃들은 시커먼 '외'(소용돌이)에 빠진 코끼리처럼 여겨진다.

　타자들 자신의 눈으로 그들의 삶을 묘사함으로써 이 소설은 화자에 의해 왜곡된 삶의 형상에서 조금은 자유로운 것처럼 보인다. 그래서 정밀하게 외국인 노동자들의 삶 자체를 뒤따르고 있는 이 소설은 다른 어떤 소설들보다도 그들의 삶을 서사의 정면에 놓는다. 더듬거리는 한국어로 '한국사람 나빠요', '우리 아파요'를 외치는 외국인 노동자들의 이미지에서 벗어나 자신들의 언어로 자신들의 삶을 기술하고 있는 것이다. 그러나 그렇다고 해서 이 소설의 이면에 외국인 노동자들을 타자로 바라보고 있는 시선이 있다는 사실 자체를 부정할 수는 없을 것이다. "노란 유채꽃 언덕 너머 보이는 눈부신 설산", "연보랏빛 말링고꽃", "은사로 화려하게 코끼리가 수놓인 뻐체우라" 들이 과연 이 타자성의 이미지로부터 자유로운가를 묻게 되는 까닭도 이 때문이다. 단순한 비교가 될지 모르겠지만 캄보디아를 배경으로 캄보디아인들을 주인공으로 삼은 유재현의 『시하눅빌 스토리』(창비, 2004)에 등장하는 동남아인들이 이 이미지들과 무관하거나 전혀 다르다는 사실도 한 예가 될 것이다. 그들은 전쟁으로 얼룩진 땅과 눈부시게 아름다운 바다를 함께 가진 사람들이며, 외국으로 이주할 기회를 얻기 위해 온갖 노력을 기울이고, 얼마의 돈을 얻기 위해 누군가를 죽이는 일도 때로는 서슴지 않는다. 그에 반해 「코끼리」의, 외국인 노동자들의 시선으로 그들만의 세계를 구축한 서사에는 이들을 이국의 이미지로 상상하는 서술자의 시선이 여전히 살아 있다. 이 타자화의 시선에 대한 반성이 끊임없이 소설 속의 상상적 이미지에 침투하지 않는 한 이 세계는 매우 현실적인 것처럼 보이지만 때로 자족적이 될 수밖에 없다. 외국인 노동자로 살아가는 한 그들은 노동하는 기계일 뿐이며 그들이 인간이 되기 위해서는 희망이 없어 떠나온 고향으로 돌아가야만 한다는, 이들의 존재가 지닌 슬픈 이중성을 지적하는 존 버거의 목소리가 이 자족적 서사 뒤편에서 다시 울려 나온다. 여전히 외국인 노동자라는 타자가 존재하고 있는 이 현실의 구조는 충분히 탐색되지 않고 있는 것이다.

이명랑의 『나의 이복형제들』(실천문학사, 2004)로 긴 여정을 마무리짓자. 집 나온 부랑소녀 영원, 장애인 처녀 춘미, 인도인 잡역부 깜뎅이, 중국인 다방종업원 머저리들로 이루어진 소외된 자의 연대를 이명랑은 그의 전작 『삼오식당』에서만큼이나 뭉클하게 그려내었다. 이 주변인들에게 향하는 따뜻한 시선과 연민, 소통의 울림은 물론 크다. 그러나 또 하나 중요한 것은 이 소설이 이들을 주변으로 소외시키는 존재들, 이 이복형제들의 연대의 반대편에 서 있는 적대에 대해 발언하고 있다는 사실이다. 이 소외된 자들의 반대편에 서 있는, 예컨대 '협동합시다' 아저씨 같은 경우 비정한 사장이거나 몰지각한 민족주의자 마초와는 달리 구체적이고 다면적인 개성을 지니고 있다. 아저씨는 깜뎅이를 부당한 임금으로 부려먹고 때로 중간에서 깜뎅이의 몫을 가로채기도 하지만 또한 영원에 대해서는 인도주의적 선의를 발휘한다. 집 나온 소녀에게 먹을거리와 잠자리를 제공하고, 후일을 도모해주는 자선까지도 베풀 용의를 내비치는 것이다. 시장의 이복형제들을 타자화시킨 사람들은 바로 이 '협동합시다' 아저씨 같은 자들이다. 그러므로 이 복잡한 주체 앞에서 타자들의 연대가 올바른 적대를 형성하는 일은 어렵다. 춘미 언니를 성적인 도구로 취급했던 '협동합시다' 아저씨는 어느 날 살해당했다. 그러나 그를 누가 죽였는지, 그가 왜 죽었는지에 대한 진실은 소설 속에서 끝내 밝혀지지 않는다. 사건은 미제로 남겨졌고 깜뎅이와 머저리와 영원 들은 어디론가 사라져버렸다. 혹시 이러한 결말은 소외된 이복형제들의 반대편에 놓일 적대를 적절한 논리 속에 재구성할 수 없었던 결과는 아닐까. '협동합시다' 아저씨를 이복형제들의 연대 반대편에 놓을 수는 있겠지만 그 반대편에 서 있는 아저씨의 존재, 그리고 연대하는 자들과 적대하는 자들 사이의 관계구조가 합리적으로 설명될 수 없었기 때문에 소설은 오리무중의 짐작만을 남겨둔 채 서둘러 닫힌 것이라 볼 수 없을까.

힘겹게 연대는 형성되었을지 모르지만 아직 이들을 소외시킨 자들과의 적대는 제대로 서사화되지 못했다. 그것은 그 적대가 너무나 다양한 근거에 의해 구축되어 있기 때문일 것이다. 외국인들의 참담한 처지를 알고 있으면서도 그들과 함께 살아갈 수밖에 없다는 것, 그들의 부당하고도 힘겨운 노동에 의해 우리의 생활을 떠받치는 경제가 유지되어가고 있다는 사실을 인정할 수밖에 없다는 것, 여전히 우리 안의 편협성이 또 다른 제국주의와 민족주의를 양산해내고 있다는 사실, 이 자책과 반성들은 자주 주체의 내면으로 되돌아온다. 그러니 이 수많은 내면의 벽을 넘고 넘어 적대를 읽는 일은 어렵다. 그것이 외국인 노동자들을 형상화하는 최근 우리 소설들이 넘어야 할 벽이다. 최소한의 접합점을 찾아 그 적대의 고리들을 찾아나가고 구체화하는 일, 타자성의 영역을 넓히면서 자기점검을 추동해온 우리 소설들이 다시 구축해가야 할 새로운 서사의 길이기도 할 것이다.

(『문학들』 2005년 겨울호)

월경(越境)의 발목[1]

1. 서사의 국경?

천명관의 소설 「유쾌한 하녀 마리사」(『문학동네』 2006년 여름호)는 국적을 알 수 없는 소설이다. 한국어로 쓰여 있기는 하지만, 배경은 프랑스 어디쯤으로 짐작되고 등장인물들 역시 모두 외국인이다. 상황의 반전을 통해 일종의 가벼운 충격효과를 노리는 전개방식도 그간의 한국소설과는 사뭇 다르다. 로알드 달의 소설을 연상케 하는 이 소설은 말하자면 작정하고 번역소설처럼 보이게 쓴 한국소설이다. 영어로 번역한다면 이 소설의 국적은 더욱 알 수 없게 될 것이다. 아마도 작가는 내심 지금까지의 한국소설과는 다른 형태의 소설을 써보고자 한 것 같은데 그 시도가 대중적으로 큰 인기를 끌고 있는 외국소설들의 영향력하에 있

---

[1] 이 글은 「월경의 발목」(『문학수첩』 2007년 여름호)을 재구성한 글이다. 애초에 탈북을 주제로 삼은 서사를 다룬 글이었는데 그 영역을 좀 더 확대하면서 한국문학에서의 국경의 문제를 탐구해보고자 했다.

다는 것은 분명하다. 천명관의 소설이 가장 노골적인 형태에 해당할 테지만 예컨대 박형서의 최근 소설 같은 경우도 한국적 상황이나 현실, 혹은 그간의 문학전통의 영향력 등과 같은 조건 위에 놓인 소설은 아니다. 소설의 배경이나 현실적 맥락이 지워진 모호한 공간 위에 있다는 점, 인물의 심리나 고민, 주제의식 같은 전통적 독법을 거부하며 '이야기' 자체를 만들어내는 일에 골몰하는 소설쓰기의 방식을 통해 적어도 지금까지의 한국소설과는 다른 소설을 작가가 지향하고 있다는 점을 어렵지 않게 짐작할 수 있다. 조금 맥락이 다르지만 박민규의 「깊」(『문학동네』 2006년 겨울호)이나 윤이형의 최근 소설과 같은 SF적 문법의 소설들 역시 소설에서 국적을 지워버리고 있으며 국적의 연상 없이도 이 소설들은 나름의 주제의식을 독특한 방법으로 형상화해낸다. SF소설이 근본적으로 이곳과는 다른 어떤 곳을 상상하고 구체화하는 의식에 의해 성립된다고 본다면 이러한 결과는 당연한 것처럼 보인다.

다양한 해석이 가능하다. 전 지구적 자본주의화, 국경을 아랑곳하지 않는 세계화의 물결 속에서 더 이상 한국적 현실의 고유함 같은 것이 이전처럼 선명하게 존재하지 않는다는 해석이 일단 가능하다. 분단이나 제국주의, 또는 IMF로 대표되는 한국적 자본주의하에서 한국인들이 처한 물질적, 문화적, 심리적 조건들이란 더 이상 국경 내에서 탐구되어야 할 한정적 특수성을 지니지 않는다는 말이겠다. 물론 한국적인 특수한 상황이라는 것이 더 이상 예외적으로 존재하지 않는 이런 식의 조건이야말로 역시나 한국적 현실의 한 측면이라는 해석도 가능하다.[2] 더 중요한 것은 이미 이 작가들에게 한국적 상황이나 한국적 문학전통, 혹은 한국어의 고유성, 한국의 독자와 같은 한반도 내에 한정된 국경에 대한 심리적 부담이나 영향력이 현저하게 옅어져 있다는 점일 것이다. 이들에게는 이미 국경을 넘는 일에서 겪을 수 있는 고민과 타자와의 만남, 심리적 거리감이나 조건의 차이 등이 존재하지 않는다. 언제 넘었는지도 모르게 이들 소설은 한국의 국경을 훌쩍 뛰어넘어버린 것이다.

물론 이러한 '국경 넘기'는 전적이라고 말할 수는 없어도 얼마간은 자본의 세계화에 의해 가능한 것이기도 하다. 로알드 달의 소설이 전 세계적으로 흥행하지 않았다면, 그래서 한국의 독자에게도 적지 않은 영향력을 발휘하지 않았다면 천명관의 소설은 쉽게 등장하기 힘들었을 것이다. 그렇게 본다면 어떠한 마음의 주저도 없이, 혹은 그 주저의 과정을 이미 넘어버린 이 작가들의 자유는 사실은 거침없이 국경을 넘는 자본의 자유에 의해 가능한, 수동적이고 타율적인 자유라고 말할 수 있다. 흔한 말이지만 자본에는 국경이 없다. 그러나 그 국경 없는 자본 앞에 노출된 우리의 삶에는 여전히 국경이 존재한다. 앞에서 어떤 마음의 경계가 주는 부담도 겪지 않는 작품들의 자유가 사실은 수동적이고 타율적인 자유라고 말했거니와 그로 인해 이 자유는 국경을 가질 수밖에 없는 자유가 된다. 그리고 자본이 삭제해버린 차이는 여전히 우리의 현실적 조건 속에, 마음속에 남아 있는 것이어서 이미 넘은 국경과 아직 넘지 못한 국경의 간극을 우리는 경험할 수밖에 없다. 문학은 이 차이와 간극에 대해서 더 많은 것을 말할

---

2) 그러므로 최근의 소설들에서 한국적 현실의 특수성이 존재하지 않는다는 말이 그들의 소설이 현실과의 관련에서 떠나간 자리에 서 있음을 의미하는 것은 아니다.

수 있어야 할 것이다. 최근의 우리 문학에서 자주 등장하는 국경을 문제 삼는 소설들은 그래서 의미심장하다. 한편으로는 이미 넘어버린 지리적 국경과 아직 넘지 못한 마음의 국경들, 혹은 넘었으나 넘은 것이 아닌 국경을 이 작품들이 탐구하고 있을 것이기 때문이다. 이미 선도적으로 국경을 훌쩍 넘어버린 소설들이 거쳐 갔을, 혹은 무의식적으로 통과하고 지나갔을 국경의 경계와 그 사이의 차이들을 이 소설들을 통해서 만날 수 있다. 그 만남에서 가장 두드러지는 것은 국경의 이쪽과 저쪽에서 서로 다른 입장과 조건으로 문득, 마주칠 수밖에 없는 낯선 타자, 난감한 타자이다.

2. 타자와 만나는 방법

당연한 말이지만, 그들이 서로에게 타자일 수밖에 없는 까닭은 서로 다르기 때문이다. 무엇이 다른가. 언어가 다르고, 살아온 환경이 다르고, 무엇보다도 그들이 만난 지점에서 서로의 위치가 다르다. 이를테면 전성태의 「남방식물」(『현대문학』 2006년 11월호)에서 병섭이 몽골에서 만난 현지인들은 모두 타자일 수밖에 없다. 말이 통하지 않는다거나 살아온 환경이 다르다거나 하는 것도 중요한 이유가 되겠지만 결정적인 이유는 병섭을 통해 한국에 입국하고자 하는 몽골인들과 병섭의 처지에 있다. 입국 경로를 주선하거나 추천서를 써줄 수 있는 위치에 있는 한 병섭은 현지의 몽골인들과 평등하게 만날 수가 없다. 병섭이 한국인으로서의 우월감을 가지고 불법취업자들을 백안시하기 때문은 아니다.

오히려 병섭은 그런 방식으로 현지인들과 관계 맺을 수밖에 없는 자신의 위치가 불편하고 그렇기 때문에 되도록 그런 일들에 개입하지 않으려 한다. 이해하지도 돕지도 반대하지도 않으면서 스스로를 외부로 격리시키는 병섭의 이런 태도는 자신 역시 한국에서 설 자리를 잃은 밀려온 자라는 자각에서 나온다. 정착이나 안주에의 의욕에 별다른 의미를 두지 않기 때문에 그는 한사코 어떤 경로로든 한국에 입국하여 취업하려는 자들이 불편한 것이다.

이 불편함으로 인한 거리 두기는 일종의 소극적 회피라고도 할 수 있다. 몽골의 북한식당 '목란'에서 북한으로 돌아갈 날이 얼마 남지 않은 명화의 편지를 그가 끝내 읽지 않는 것도 그 때문이다. 아마도 이 소설에서 가장 인상적인 부분은 결말에서 명화의 편지 내용이 밝혀지는 부분일 것인데 이는 소극적 회피를 통해 굳어진 병섭의 의식을 반성하게 하는 타자의 개입이라 할 만하다. 명화의 편지 내용은 자신의 입국을 부탁하는 것이 아니라 식당에서 일하는 몽골처녀의 입국을 부탁하는 것이었다. 자신에게 말을 걸어오는 자들이 모두 한국에의 입국을 목표로 하고 있을 것이라는 선입견, 그리고 그것이 탐탁지 않으므로 되도록 개입하지 않으려는 병섭의 의식은 명화에 의해 깨어진다. 어워의 언덕 길을 절뚝거리며 오르고 있는 여자가 명화일 것이라고 생각했던 병섭의 짐작은 하나의 착각일 뿐이었다. 한국의 성황당이나 다름없는 몽골의 어워에 읽지 않고 올려놓은 명화의 편지는 그래서 병섭의 소망이 된다. 처지의 차이에서 오는 불편한 타자와의 만남을 이어갈 수 있게 해달라는 소망, 혹은 정착과 안주의 의욕이 지니는 불가피한 불법이나 불편함과 어떻게든 대면하며 살아가야 한다는 새로운 자각 같은 것 말이다. 그리하여 자신의 착각을 깨닫는 순간은 자신의 처지를 깨닫는 순간이기도 하다. 입국을 주선하는 위치에 있으므로 무언가 그들의 부탁을 들어주는 우월한 위치에 있다고 생각했던 착각, 사실은 자신이야말로 그들이 한사코 끼어들고 개입하며 개척하려는 삶으로부터 밀려나온 타자라는 자각. 반성의 시점은 해결을 의미하지 않는다. 오히려 지금부터 시작될 탐구로 이어진다. 이 타자들과 어떻게 만날 것인가라는 탐구. 넘어야 할 단계가 많다. 우선은 자신의 삶이 처한 위치를 쓸쓸함 없이 돌아보는 일, 아내와, 이웃과 자신의 삶을 결정하는 여러 관계들과 마주하는 일, 원하지 않았지만 어느새 갖게 되어버린 위계를 어떻게 뚫을 것인지 고민하는 일, 그것은 타자와 만나기 위해서 그 사이에 개입되어 있는 수많은 차이들과 우선 대면해야 한다는 사실을 일깨운다.

김연수의 「모두에게 복된 새해」(『현대문학』 2007년 1월호)가 타자와 만나는 방법은 좀 다르다. 더 정확하게 말하자면 아내와 인도인 불법 노동자 싱이 만나는 방법이 그렇다. 아내와 싱은 한국어교습시간에 만난 '말하자면 친구' 사이인 대화친구이다. 아내와 싱이 만나는 방법은 담백하다. 아내의 부족한 영어와 싱의 부족한 한국어로 서로 대화하며 틀린 영어와 한국어를 고쳐주는 사이. 각자에게 부족한 언어를 통해 만남으로써 이들 사이에 존재할 수밖에 없는 위계, 가르치는 사이와 배우는 사이, 불법으로 취업한 자와 그 나라의 국민이라는 차이는 극복되거나 혹은 무화된다. 아내의 영어와 싱의 한국어가 아무 조건 없이 마주치는 순간 그들은 모두에게 불가능한 소통을 사이에 두고 만나 최선을 다해 서로를 이해하는 '말하자면 친구'의 사이가 되는 것이다. 아내와 싱이 친구가 되는 과정에서 여러 우울과 슬픔이 겹쳐진다.

제 소리를 찾지 못한 피아노, 아내와 '나'의 힘겨운 소통, 이혼한 전처와의 사이에 난 딸을 그리워하는 피아노 주인 노인의 그리움, 말이 될 수 없는 많은 감정과 여운들로 인해 아내와 싱의 관계가 주는 불편함은 극복할 수 없을 정도로 대단한 것이 아니게 된다. 불법노동자가 아니라도, 한국어 선생이 아니라도, 우리는 모두 친구가 되기에는 너무 많은 장벽과 고독과 소외를 겪고 있는 것이다. 친구가 되기 위해서는 이 장벽들을 겁내기보다는 상대의 마음속에 나의 것과 같은 결핍이 있다는 것을 인정하고 그 결핍들로 인해 우리가 평등하다는 사실에 용기를 낼 수 있어야 한다. 너무 교훈적이기는 하지만 또 너무 쓸쓸해서 일방적이지는 않다.

그러나 이 '타자와 친구 되기'의 매뉴얼이 그리 쉽게 따라 할 수 있는 지침인가 하는 의문은 남는다. 아내와 싱은 서로의 존재 속에 이미 조건 지어진 위계를 삭제함으로써 담백하게 친구가 될 수 있었지만 역으로 말하자면 이 위계가 삭제됨으로써만 이들은 친구가 될 수 있다. 말하자면 펀자브 출신의 싱이 한국까지 들어온 경로, 외국인 노동자로서 살아내야 했던 생활의 고단함은 쉽게 극복될 수 없기 때문에 서사에서 지워진다. "어느 날 한국어가 연기처럼 자욱하게 떠다니는 광장의 한가운데 혼자 서 있다가 숨이 막혀서 죽을 뻔"했다는 싱의 경험은 단지 언어의 문제로만 정리될 수 없는 타자로서의 경험일 터이다. 언어나 소통불능의 소외나 외로움 같은, 국적을 지정할 수 없는 장벽들을 탐구하는 일도 매우 중요하지만 타자들이 처한 물질적 조건을 삭제하는 곳에서 그 장벽들이 홀로 존재할 수는 없는 법이다. 보편적 조건으로 치환되는 타자와의 관계가 마주칠 수밖에 없는 현실의 굴곡들을 소설이 좀 더 다루어야 하는 이유도 여기에 있다.

3. 탈북의 상상력과 시선의 경계

언어나, 소외와 불통이라는 보편적 조건을 말하는 일이 현실을 가로막는 여러 조건들을 직접 논하는 것보다 더 심오해 보이기도 한다. 너무 구체적이고 직접적이어서 오히려 불편한 현안들, 이를테면 외국인 노동자들이라든가 탈북자들에 대한 이야기는 현재에 매몰되어 문학적 상상력을 제한하는 관습의 반복처럼 느껴질 수 있다. 그러나 관습이란 오랫동안 우리가 일상에 적응해온 결과물이라는 점에서 그저 무시하고 지나칠 수 있는 것이 아니다. 관습을 통해 관습을 넘지 않는다면 우리의 상상력은 언제나 삶과 유리된 곳에서 관념으로 떠돌 수밖에 없는 것이다. 그런 의미에서 한국문학에서 오래 다루어져온 분단이라는 관습, 이데올로기는 더욱 깊이 있게, 다양한 방식으로 탐구되어야 할 문제에 속한다. 국경에 관해서라면 분단과 통일에 관한 서사가 한국인의 국경에 대한 문제의식을 가늠하는 바로미터가 될 수도 있을 것이라고 생각한다. 정치, 사회적 현안의 측면에서 분단은 언제나 한국인의 행동방식을 규정하고 있기도 하거니와 그것은 이미지로 축적된 하나의 이데올로기로 한국인의 의식 속에 남아 있다.

6·15를 거쳐서 이전보다 분단의 경계를 넘나들기가 비교적 쉬워진 지금, 삼팔선 경계 이북의 타자들과 만나는 관점은 또 다른 양상을 낳고 있다. 분단의 비감이나 반공 이데올로기라는 익숙한 관습 이외에도 탈북과 세계적 탈국경화 현상이 분단의 문제

와 맞물려 제시되고 있기 때문이다. 자신의 마음속에 오랫동안 잠재해 있었던 분단의 무의식은 이제 새로운 관점으로 새로이 등장한 타자들을 바라보고 있다. 분단과 통일, 혹은 탈북에 대한 서사가 한국인의 국경에 대한 문제의식을 가늠하는 바로미터가 되는 또 다른 이유이다. 물론 이미 반공 이데올로기 교육으로부터 어느 정도 자유로운 세대들에게 분단에 대한 실감은 그리 크지 않다. 그러므로 이들에게는 실제로 분단보다는 세계적 자본주의화에 의한 자본의 경계나 이동이 훨씬 더 자연스러운 실감으로 다가올지도 모른다. 그리고 이는 또 다른 분열의 징후이기도 하다. 이미 그러해왔지만, 분단의 경계나 분단선 이북을 바라보는 시선은 훨씬 더 다양한 파장으로 형상화되고 있는 것이다. 그러므로 세대적으로 차이를 빚을 수밖에 없는 탈북에 대한 시선은 그것 자체로 한국 사회의 다양한 의식의 국경과 그 균열을 점검하는 한 기준점이 될 것이다. 그 균열의 지점을, 그리고 그 사이를 가로지르는 시선의 차이들을, 거기에서 빚어지는 새로운 성찰의 거점들을 살펴보는 일은 그래서 필요하다.

시선 1

전성태의 「강을 건너는 사람들」(『문학수첩』 2005년 겨울호)은 지독히 암울하고 막막하며 갑갑한 소설이다. 강을 건너기 위해 길잡이를 기다리는 사람들은 약속이나 한 듯이 탈북이라는 말을 입에 올리지 않으며 강 너머에 다른 삶이 있으리라는 기대 같은 것도 절대로 언급하지 않는다. 그들은 오직 굶어 죽기 전에 강을 건너는 것이 목표이며 그 밖의 것들은 아예 그들의 관심사가 아니다. 폐쇄된 공간, 내내 계속되는 어둠, 한자리에 모인 사람들에게도 쉽게 속내를 털어 놓지 않는 두려움으로 소설은 꽉 차 있다. 그러나 짐작할 수는 있다. 그들은 더 잘 살기 위해서, 새로운 희망을 찾아 나선 것이 아니라 더 이상 견딜 수가 없어서 내몰린 사람이라는 것을. 그들이 닷새 낮밤을 기다리는 것은 강을 건네 줄 길잡이 여인이지만 그 여인이 무슨 새로운 출구를 갖고 있는 것도 아니다. 그 여인이 내내 죽은 아이를 등에 업고 있었음이 밝혀지는 소설의 결미는 모두 암담한 현실 속에 갇혀 있음을 새삼 확인하게 하는 참담함이다.

이 참담함과 막막함은 소설 속 인물들이 처해 있는 극단의 상황에 기인한 것이지만 또한 작가의 철저한 관찰자적 시선에서 비롯된 것이기도 하다. 작품은 그들이 처해 있는 지독한 어둠과 비참함을 숨막히게 강조하면서 그들이 입 밖으로 내뱉은 것 이상을 소설에 옮겨놓지 않는다. 그러므로 우리는 그들이 처해 있는 상황 이상의 것을 알지 못하며 그들이 그 현실 속에서 무엇을 짐작하고 무엇을 꿈꾸고 또 무엇을 기대하는지도 알지 못한다. 뿐만 아니라 무엇이 그들을 그토록 참담한 상황에까지 내몰았는지를, 그리고 이들의 행로를 위해 무엇을 해야 할지도 알 수 없다. 그리고 이것은 분단과 탈북과 통일을 바라보는 작가의 시선이기도 하다. 무엇을 할 것인지, 어디로 갈 것인지 도무지 알 수 없거나 혹은 너무 많이 알고 있어서 차마 말할 수 없음, 그저 이 참담한 상황 자체를 지독한 침묵 속에 오래 바라볼 수밖에 없는 곤혹의 표현이라고 볼 수 있을 것이다. 하여 이 참담하고도 막막한 상황을 오래 지켜보면서 자신이 선 자리를 다시 돌아볼 수밖에 없음, 여기에서 탈북을 묻는 '나'의 자리가 생긴다. 이 침묵의 자리에서 성찰이 시작될 것임은 분명하다.

「목란식당」(『창작과비평』 2006년 겨울호)은 이 침묵과 곤혹의 원인에 대해서 「강을 건너는 사람들」보다는 훨씬 많은 정보를 제공한다. '나'라는 일인칭의 시선이 등장하기 때문에 그렇고, 남북 관계 및 거기에 대한 다양한 시선들이 충돌하는 지점이 비교적 분명하게 드러나기 때문에 그렇다. 몽골이라는 배경은 이 시선의 충돌을 한층 폭넓게 드러내는 데 중요한 역할을 한다. 우선은 '나'의 시선에 초점이 맞추어져야 하겠다. 방북 과정에서 본 북한의 처녀를 그린 것이 합의사항에서 어긋난다는 이유로, 북의 화가들이 처벌을 받은 사실을 두고두고 괴로워하는 삼촌, 몽골의 목란식당에서 자본의 위력을 과시하며 우월감을 즐기는 남쪽 관광객들, 판에 박힌 소리로 조국의 이름을 운운하는 북쪽 접대원들 모두에 대해서 '나'는 짐짓 객관적인 거리를 유지하려 한다. 이 객관적인 거리는 어디에도 개입하지 않겠다든가, 혹은 자신과 그들과는 무관하다는 냉연함의 표현은 아니다. 오히려 분단의 오랜 세월과, 결국 마주칠 수밖에 없는 그들과 우리의 현재에 얼마나 많은 시선과 입장들이, 그리고 오래도록 침전된 무의식의 복잡한 감정들이 얽혀 있는가를 실감하는 거리라고 할 수 있을 것이다. 그리고 무엇보다도, 그 복잡한 얽힘에 쉽사리 끼어들 수 없는 자신의 자리에 대한 자각이 있다. 몽골의 자연, 그 초원과 사막의 한가운데에서도 기업경영의 비정한 경쟁체계와 세계정복의 의지를 불태우는 자본주의의 위력과 공포를 실감하면서, 이미 국가를 넘어서 세계를 지배하고 있는 기업들의 살벌한 상품화 전략들 사이에서 까닭 없이 고독해지는 자신의 자리 말이다. 기업들은 몽골의 자연마저도 생존 경쟁력을 키우고 리더십을 훈련하는 연수상품으로 만들어낸다. 그리고 이러한 기업연수 붐을 기회로 여행사의 수익기반을 만들어보려는 궁리를 하고 있는 자신 역시 이처럼 적막한 세계구조에 편입되어 있음을 자각하는 곳에서 소설은 더욱 긴장력을 갖는다. 그것은 또한 목란식당을 둘러싼 여러 시선들에 애써 거리를 두려 하지만 자신 역시 그러한 겹쳐진 시선의 와중에 자리하고 있다는 자각에서 발생하는 긴장이기도 하다. 소설은 이 겹쳐진 시선의 한가운데에서 분단을 어떻게 사유해야 할지를 묻는다. 이는 「강을 건너는 사람들」에서 깊이 숨겨져 있던 작가의 시선과 입장, 그 침묵 속의 곤혹이 함축하고 있는 긴장이라고 보아도 좋을 것이다.

시선 2

정도상은 전성태보다는 확실히 더 분명한 시선을 드러낸다. 연작인 「소소, 눈사람이 되다」(『창작과비평』 2006년 봄호)와 「함흥·2001·안개」(『문학수첩』 2006년 여름호)는 탈북자 '충심'에 대해서 3인칭의 시점을 유지하고 있지만 그 시선은 엄정한 제3자의 시선이라기보다는 주인공 충심의 입장에 기울어져 초점화된 것이다. 이 과정에서 작품이 주로 드러내는 정서는 연민이다. 방금 연민이라고 했다. 연민은 소설 속에 충심을 바라보는 또 하나의 눈이 있을 때 생겨날 수 있는 정서이다. 소설이 온전히 충심의 입장에서 서술된다면, 자기 연민이 아닌 다른 종류의 연민이 생성될 수 없기 때문이다. 그 연민하는 자의 시선은 충심에게 기울어진 서술자에 의해 가능한 것인데, 그것은 충심과 온전히 동일자도 아니고 타자도 아닌, 탈북에 관한 두 겹의 시선을 실감할 수밖에 없는 어쩔 수 없는 외부인의 시선이기도 하다.

무릇 모든 연민은 이해에서부터, 혹은 이해하려는 노력에서부터 온다. 어쩔 수 없는 외부자의 시선에 의해 조명되지만 소설에서 충심이 처한 입장은 최대한 존중된다. 식량이 없어 멀건 죽으로 끼니를 때워야 하지만, 연료가 없어서 철도는 시도 때도 없이 멈춰 서지만 충심은 그 가난을 불편해할지 몰라도 원망하지는 않는다. 배고픔을 통해 고난을 함께 겪는 이들을 새삼 돌아볼 수 있으며 하룻길이 사나흘이 되는 철도여행은 오히려 애틋한 데이트의 추억이 되기도 한다. 가난하다고 해서 미래가 없는 것도 아니고 가난하다고 해서 사랑이 없는 것도 아니므로, 그 가난은 그대로 의연한 생활의 근거가 되는 것이다. 가난이 모멸과 추문이 되는 까닭은 외부인들의 탐욕 때문이다. 충심은 가난에 못 이겨 스스로 국경을 넘은 것이 아니라 가난한 처녀들을 돈으로 유혹하는 인신매매자들에 의해 팔려간 것이며(「함흥·2001·안개」), 고생 끝에 모은 돈을 탐내는 이웃의 신고에 의해 쫓기는 처지가 된다.(「소소, 눈사람이 되다」)

선량하고 따뜻한 처녀 충심이 자신의 뜻과는 달리 팔려가고 쫓기는 몸이 되는 과정은 연민을 불러일으킨다. 살길을 찾아 무작정 떠도는 존재로 타자화되었던 탈북자들의 처지를 그들의 입장과 생활을 통해 조명하면서 소설은 탈북의 실체에 한층 더 가까이 다가선다. 그러나 이 연민의 시선은 또 다른 고민과 마주할 수밖에 없다. 연민이 이해의 산물이고 또한 더 깊은 이해로 가는 길이기도 하지만, 그 연민에는 어쩔 수 없이 시선의 주체와 대상 사이의 거리, 혹은 위계가 존재해 있는 것이다. 충심의 불행은 그녀의 의지와 무관한 자본의 탐욕과 세상의 타락 때문이지만, 그래서 그녀는 더욱 가엾고 안타깝지만, 그런 그녀를 연민으로 바라보는 일에는 어쩔 수 없는 '시혜자', '구출자'의 시선이 들어 있다. 소설은 선량하고 소박한 충심과 그를 둘러싼 사악한 세계, 인신매매단과 탐욕스런 조선족과, 위협적인 공안들, 치사한 브로커들로 나누어진다. 충심은 어느 날 자신의 의지와는 무관하게 발을 들여놓은 이 무섭고도 공포스러운 세계에서 점점 더 불행해진다. 그것이 탈북의 실체라면, 여기에 겹쳐지는 또 하나의 시선, 분단의 경계를 짐 지고 있는 우리의 시선은 무엇일 수 있는가.

우리는 구출자인가, 동맹자인가. 충심을 내쫓고 있는 자본의 물결이 우리가 겪고 있는 고통과 적막의 세계와 다르지 않다면 우리는 무엇으로 충심과 만날 것인가. 여기에 탈북자의 처지를 최대한 존중하면서 그들의 삶을 그것대로 인정하자는 입장이 만날 수밖에 없는 곤혹이 있다. 「소소, 눈사람이 되다」에 등장하(지 않)는 남쪽 사내의 존재가 그 곤혹을 대변한다. 그는 충심을 "좋아한다"라고 말하지만 연이어 "적적하고 외롭"다고 말한다. 그가 충심을 좋아하는 이유를 알 수 없기 때문이다. 혹은 말할 수 없기 때문이다. 그 사랑에는 충심을 한국으로 데려다주겠다는 거래가 전제되어 있다. 한국으로 가지 못한다면 끝없이 쫓기는 신세가 되어야 할 충심에게 다른 선택의 여지는 없어 보이므로, 그때 사내의 사랑은 반드시 대가를 요구하는 사랑이 되므로 그들은 이미 평등하지 않다. 쉽게 사랑으로 화할 수 없는 연민이 불편한 것은 그 때문이다. 그래서 사내는 충심의 회상을 통해서만 등장할 뿐이며 위기에 빠진 충심과 직접 대면하지 않는다. 사내를 기다리지 않고, 숙소로 돌아가지도 않고 홀로 눈길에 선 충심의 운명은 구출자도 동맹자도 될 수 없는 애매한 시선 아래 놓여 있다. 그러므로 충심과 사내의 관계는 남북관계의 은유처럼 보이기도 한다. 정치적으로는, 내쫓기고 내몰리기보다는 손을 잡는 것이 좋지 않겠냐고, 그러다 보면 좋은 길이 보이지도 않겠느냐고 말할 수 있지만 문학에서 그것은 봉합이 되기 쉽다. 그리하여 연민도 동정도 아닌 사랑에 대하여 문학은 여전히 길을 물을 수밖에 없는 것이다.

시선 3

우리 문학이 탈북을 바라보는 데에는 이중의 시선, 이중의 경계가 존재할 수밖에 없다. 탈북자들이 넘어야 하는 국경뿐 아니라 그것을 바라보는, 분단을 바라보는 마음의 경계를 의식할 수밖에 없기 때문이다. 그러나 강영숙의 『리나』(랜덤하우스코리아, 2006)는 이러한 전제를 일반화할 수 없게 한다. 『리나』에는 탈북의 경계는 있지만 그것을 넘기 위해 필수적으로 거치리라 짐작되는 분단의 경계가 없다. 즉 동족도 아니고 이방인도 아닌 애매한 시선 속에서 탈북자와의 거리를 가늠해야 하는 제3의 시선이 없다는 말이다. 그리하여 소설 『리나』를 관통하는 시선은 온전히 '리나'의 것이다. 여러 논자들이 언급했다시피 리나는 "어떤 단일한 범주에도 귀속되지 않는 재현하기 어려운 복수성을 지닌 존재"[3]이다. 그리고 소설에서 진행되는 사건과 사건, 인물과 인물 사이에서 어떤 개연성이나 관련성을 찾기도 힘들다. "『리나』를 채우는 무수한 에피소드들은 서로 무연(無緣)하다."[4] 정체성은 계속해서 중첩되며 사건들은 인과 없이 나열되므로 경험은 축적되지 않고 휘발된다. 그리고 이 복잡하고도 단순한, 기괴하고 혼

---

3) 심진경, 「새로운 거짓말과 진부한 거짓말」, 『실천문학』 2006년 겨울호, 150쪽.
4) 소영현, 「포스트 모던 서사시」, 『리나』 작품해설, 352쪽.

란스러운 리나는 스스로를 설명하지 않으며 그리하여 이 이질적인 자아와 사건들을 사유하지 않는다. 『리나』에는 이 이상한 리나의 것 이외의 시선이 없기 때문이다. 리나는 이 납득하기 어려운 애매한 정체성이나 인과도 결론도 없는 서사를 굳이 설명할 필요를 느끼지 않는다. 그러므로 리나는 그것 자체로 충만한, 결여 없는 총체성이다. 그리고 독자는 이 설명하지 않는, 납득할 수 없는 총체성을 폐허이거나, 축제이거나 한 하나의 이미지로 받아들여야 한다.

혹시나 리나의 계속되는 월경(越境)이, "저만치 앞 허공에 푸른 둑처럼 펼쳐져 있는 국경은 어느 순간 활짝 열릴" 거라고 믿었으나 "멀리 오긴 했는데 우리나라나 여기나 다를 게 별로 없"음을 깨달았기 때문이라고 말할 수도 있겠지만, 이러한 해석 자체가 무의미하다. 또는 '삐'나 '가수 할머니' 등과 가족 아닌 가족의 유대를 만들면서 정처 없는 탈주의 길을 건너간다고 말하는 일도 무망하다. 삐도 '봉제공장 언니'도, 그리고 함께 국경을 넘었던 가족들도 리나와 살다가 헤어지고 다시 만나지만 리나는 다른 인물들에게 영향받지 않는다. 리나는 복수적이고 이질적인 정체성을 지니지만 그 다면적 주체성은 아무에게도 영향받지 않고 어떤 사건에도 변질되지 않으므로 리나를 지배하는 것은 오히려 숨 막히는 동일성이다. 의미는 부여되는 순간 지워지며, 관계는 맺어지는 순간 흩어진다. 리나에게 경험은 축적되지 않고 그 과정에서 무언가를 깨닫거나 새롭게 알며 변화한다는 것 자체가 가당치 않다. 기원 없는 서사, 환원되지 않는 의미, 고정되지 않는 정체성으로 뭉쳐진 『리나』의 서사는 그야말로 반성과 성찰의 힘을 가진 근대적 주체와 그에 의한 서사를 완전히 부정하는, 작품해설이 명징하게 설명하듯이 '포스트모던 서사시'라고 할 만하다.

그러므로 리나에게 내면이 없다고 말하는 것은 좀 뜬금없어 보인다. 내면이란, 자신이 생각하는 세계와 실재하는 세계 사이의 거리에 의해 생성될 수 있으며 그것은 리나라는 인물과 그 인물을 바라보는 또 다른 시선이 함께 존재할 때만 가능한 것이니 리나에게 내면이 없는 것은 당연한 일이다. 리나는 이질적인 총체 그 자체일 뿐 안과 밖이 없으며, 오염되고 파괴된 세계는 리나와 대립한다기보다는 리나의 몸 그 자체이다. 이 글의 관심사인 탈북에 관해서 말하자면 국경을 넘는 그들과 그들과의 관계를 사유해야 하는 국경 안의 우리 사이의 거리가 『리나』에는 아예 존재하지 않는 것이다. 이는 통일이라든가 분단이라든가 하는 현실의 존재조건 자체가 완전히 다르게 받아들여지고 있는 하나의 양상을 보여준다. 『리나』는 이미 분단의 조건 자체가 어떤 의식의 경계 속에 존재하지 않는 세계 속에 있다. 탈북의 국경은 근대적 민족국가의 수많은 국경 중 하나일 뿐이며, 그것은 이미 동일하게 절망적이거나 동일하게 오염된 동일한 세계 사이에 그어진 하나의 빗금에 불과하다는 의식체계를 『리나』는 보여준다. 리나가 무국적인 이유, 리나의 월경(越境)이 자동적이 되는 이유이기도 하다.

4. 월경(越境)의 발목

『리나』에 내면이 없다는 사실이 그다지 새로운 발견은 못 된다. 2000년대 젊은 작가들의 문학을 '탈내면의 상상력'이라고 규정한 평자도 있거니와[5] 폭력적 자본주의가 일상의 삶을 지배하고 있는 지금의 현실에서, 위축된 개인들이 내면을 지닐 여력은 별로 없어 보인다. 더 이상 고유한 내면을 갖지 못한 이즈음의 소설들은 이러한 현실의 한 징후이기도 할 것이다. 이 탈내면이 세계를 이해하거나 세계에 관여할 수 있다는 자신감을 버림으로써 오히려 수많은 타자들을 새롭게 발견한다는 것은 부분적으로만 옳다. 내면 없는 주체는 섣부른 지배의 욕망을 갖지도 않지만 자신의 자리를 반성하지도 못한다. 대상과 자신과의 거리를 확보하지 못한 주체에게 진정한 타자와의 조우를 기대할 수 없다는 말이기도 하다. 탈북의 상상력에서 타자의 경계를 인식하는 것만큼이나 자신의 경계를 인식하는 것이 중요한 것은 이 때문이다. 내면 없는 『리나』의 서사가 수많은 이질적 타자들에게 열려 있는 것처럼 보이지만 사실상은 자족적으로 닫혀 있는 동일성의 세계이기도 하다는 것, 그리하여 리나는 끝없이 다음 국경을 향해 나아가지만 그 국경과 국경 사이, 혹은 국경 그 자체에 대한 성찰과 변화의 동요를 겪지 않는다.

그럼에도 불구하고 이 자동적 국경 넘기처럼 보이는 리나의 월경을 주목해야 한다면, 그 이유는 무엇 때문인가. 단지 『리나』가 수많은 경계를 넘어서지만 그 경계들이 모두 동일한 경계로 통합되어버리는, 그리하여 분단과 탈북의 이중적 경계 자체가 존재하지 않는 의식체계를 보여주고 있기 때문만은 아니다. 『리나』에서

---

5) 김영찬, 「2000년대, 한국문학을 위한 비판적 단상」, 『비평극장의 유령들』, 창비, 2006 참조.

끝없이 삭제됨에도 불구하고 다시 각인되는 현실적 표지들의 무수한 환기가 그 첫번째 이유가 될 것이다. 『리나』가 애초에 국경을 넘으면서 가고자 했던 P국은 한국을 지칭하고 있음을 어렵지 않게 눈치챌 수 있다. 리나가 의식적으로 무국적이고자 함에도 불구하고, P국이 이니셜로 표현되어 있음에도 불구하고, 그래도 그 P국은 한국이다. "내가 태어난 나라와 같은 말을 쓰지만 때깔이 전혀 다르고 풍요로운 곳이라고 알려진 P국"으로 가기 위해 사람들이 집단으로 국경을 넘을 수 있는 곳이란 누가 보더라도 한반도의 남과 북이다. 물론 이처럼 누가 보아도 의심의 여지가 없는 구체적 배경을 지시해두면서도 그곳에 주어진 정체성을 쉽게 서사에서 드러내지 않는 전략은 "국민국가 단위로 편제된 지정학적 클리셰에 안주하지 말 것을 경고"[6]하고 있는 것이기도 하다. 그러나 역으로 리나의 거듭되는 월경이 더 이상 구체적이고 물리적인 조건에 상응하지 않는 순간에도, 그래서 리나의 월경이 정주할 수 없는 이산의 끝없는 지속임을 알리는 순간에도 이 구체적 국경의 표지는 거듭 환기된다. 리나가 거쳐간 지역들이 저개발의 동아시아지역, 지구적 자본의 이동과 편재의 한 축도를 지칭하고 있음을 문득 깨닫게 되는 순간에도 사정은 동일하다. 그러므로 『리나』는 "현실성에 근거하고자 하는 욕망과 불확실성을 껴안고자 하는 욕망"[7]을 동시에 지니고 있는 소설이라 할 수 있다.

이 지점을 '월경의 발목'이라 부를 수는 없을까. 구체적 조건의

---

6) 이혜령, 「국경과 내면성」, 『문예중앙』 2006년 가을호, 235쪽.
7) 신형철, 「만유인력의 소설학」, 『작가와 비평』 6호, 2007, 195쪽.

삭제와 각인이 지니는 긴장, 이것은 더 이상 국경이 무의미해진 리나의 이동, 그래서 월경이 자동적인 것처럼 보이는 순간에도 유효하다. 리나는 한 지역에서 다른 지역으로 이동한 후, 곧장 또 다른 이동을 꿈꾼다. 그래서 리나의 이동은 자발적인 것처럼 보이며 그것은 리나의 생래적 기질처럼 보이기도 한다. 창녀촌 '시링'에서 봉제공장 언니를 다시 만난 리나는 언니와 함께 탈출 계획을 세운다. 삐와 성관계를 맺은 후 자신의 몸속에 차오른 달을 느낀 후이다. 리나의 배 속에서 둥둥 울려오는 북소리, 리나는 "그 북소리를 들을 때마다 낯선 나라의 도시 한가운데로, 뜨거운 사막으로, 심지어 다시 국경으로 나가 서 있고 싶은 충동에 입술을 달싹거린다." 그러나 리나가 정작 창녀촌을 떠나는 것은 도시정비계획에 의해 창녀촌이 강제로 철거당한 후이다. 언제나 떠날 준비가 되어 있는 것처럼 보였던 리나가 공단지대에서 떠난 것도 폭발로 도시가 유독가스에 휩싸이고 정부의 지원마저 끊어져 폐허가 된 이후이다. 리나의 끝없는 이주는 자동적인 것이 아니라 사실은 강제적이었던 것이다. 거듭되는 월경이 자동적으로 보이는 순간에도 떠나는 자의 발목을 잡는 현실은 언제나 존재한다. 혹은 어디에도 얽매이지 않는 자유처럼 보이는 월경의 나날이 사실은 지독한 현실에 의해 내쫓기고 떠밀린 강제추방의 결과이다. 어떤 구체성의 표지에도 연연해하지 않는 리나의 월경이 내내 슬프고 고통스러운 이유이다.

전성태와 정도상의 소설에도 당연히 발목은 있다. 이 발목에는 『리나』의 것보다 한층 더 강한 중력이 작용하고 있다. 냉정한 관찰로도 감정이입과 연민으로도 쉽게 드러나지 않는 국경의 정체는 이 강한 중력의 부담이 작용한 결과이다. 전성태의 「강을 건너는 사람들」에서 국경 바깥을 상상하는 일은 쉽지 않다. 며칠을 기다려 길잡이를 만나고 마침내 그들은 국경을 건넜지만 그곳이 국경의 안인지 바깥인지 알 수 없다. 안이나 바깥이나 다르지 않기 때문이다. 강을 건너고 그들이 목적을 달성하자, 곧, 길잡이 여인의 등에 업힌 아이가 이미 죽어 있었음이 발견된다. 국경 넘기는 죽은 아이를 등에 업고 가는 길 위에 있다. 국경 바깥이 안과 다르지 않으므로 어디에도 국경 바깥은 없으므로 리나처럼 끝없이 국경을 넘을 수도 있지만, 넘었지만 넘은 곳이 아닌 그곳에 오래도록 막막하게 머무를 수도 있다. 그 차이는 생각만큼 크지는 않다. 이들을 막막하게 바라볼 수밖에 없는 적막한 관찰자의 시선은 그들이 넘은 곳이 어디인가를, 그리고 어디로 가야 할 것인가를 사유하는 거점이 된다. 비교적 그들이 어디에서 와서 어디로 가는지를 세심하게 밝혀놓은 편에 속하는 정도상의 소설 역시도 충심의 앞에 놓인 막막한 눈길을 어쩌지는 못한다. 충심이 신의와 성실과 선량함의 덕목을 가졌다 하더라도, 그 개인의 성품과 의지로는 어쩔 수 없는 추방과 납치가 그녀를 둘러싸고 있다. 충심을 납치한 인신매매단, 그녀의 돈을 탐내어 그녀를 신고하는 조선족 이웃들이, 국경까지 안내하는 대가로 돈을 요구하는 브로커들이 아무리 사악하게 묘사된다 하더라도 그것 역시 그 개인들의 품성의 문제로 돌려질 수는 없을 것이다. 대립구도는 단순하고, 아마도 그것은 충심을 향한 작가의 애정과 연민 때문일 공산이 크지만 그래도 충심이 고난을 헤쳐가는 영웅적 주인공이 될 수는 없다. 그녀를 좋아하지만 그녀를 한국으로 데려다줄 수 없는 남쪽 사내의 착잡한 시선은 이 단순한 대립구도 안으로 다시 스며든다.

그리하여 6 · 15시대의 문학의 환경 변화를 가장 먼저 알리는 '탈북'에 관한 이야기는 역설적으로 통일이 아니라 이산과 해체의 이야기가 된다. 죽은 아이를 업고 건너는 국경 이야기에는 생존을 위해 극단의 상황에 내몰린 처참함이 있다. 그 처참함 앞에서 우선 할 말을 잃는 것, 혹은 그 처참함을 먼저 이야기하면서 자신의 시선을 반성하는 곳, 이 지점이 또 다른 발목이 된다. 아마도 이것은 '6 · 15공동선언 실천을 위한 민족작가대회'를 다녀온 소감을 말하는 자리에서 전성태가 '마식령 처녀'의 날얼굴을 유독 강조[8]하는 이유이기도 할 것이다. 정치적으로 통일은 절차와 제도에 관한 일이 되겠지만 문학적으로 통일은 여전히 쉽게 통합될 수 없는 해체와 이산의 고통을 말하는 자리에서 비로소 다시 사유될 수 있다. 그리고 이 국경의 바깥으로 내몰린 존재들을 손쉬운 휴머니즘이나 민족적 당위로 끌어안을 수 없는 난감함과 주저가 그 사유를 더욱 깊어지게 할 것이다. 그런 의미에서 정도상이 "앞으로의 나의 작품의 키워드는 유목, 난민, 이산이 될 것"[9]이라고 언급하는 대목도 의미심장하다. 통일의 담론으로 쉽게 봉합될 수 없는, 그 담론과 삶의 조건 사이에 놓인 기막힌 간극을 사유하는 곳, 월경이 또 다른 경계를 환기하는 곳에 전성태와 정도상의 소설 역시 서 있다.

절룩거리며 걷는 미향의 모습이 상상 속에서 떠올랐다. 가슴 깊은 곳에서 무언가가 울컥 치밀어올라왔다. 게다가 비용은 얼마나 많이

---

8) 전성태, 「마식령에서 온 처녀」, 『실천문학』 2004년 가을호 참조.
9) 고영직, 「상처와 희망의 연대(年代)와 80년대 문학」, 『소설 80년대』 해설, 생각의 나무, 2007, 310쪽.

드는지? 도합 사만 위안이었다. 겨우 국경을 넘는 길까지만 안내해
주는 대가 치고는 너무 많았지만 막다른 골목에 내몰려 탈출구라고
는 한국행밖에 없는 사람이라면, 그 돈을 마련해야만 했다.

_「소소, 눈사람이 되다」, 148쪽

전혀 다른 문법을 가진 정도상의 소설에서 절룩거리는 리나가,
프로듀서 김이나 선교사 장 같은 브로커들이 기묘하게 겹쳐진다.
일반화된 담론으로 날아가지 못하게 월경의 발목을 붙잡고 있는
현실의 중력이기도 하다. 전성태와 정도상의 소설에서, 분단을
넘어 통일시대를 꿈꾸는 담론이 지닌 결여를 사유하게 하는 것
은, 리나의 자동적 월경과 내면 없는 가공의 세계에 긴장을 부여
하는 것은 결국 현실의 적대이며 참담한 실감이다. 이 월경들이
발목을 가지고 있으니 우리는 이제 그 발목으로부터 정주와 이산
의 동일한 슬픔을, 온갖 트랜스에 관한 사유를 시작할 수 있을
것이다.

바로 그 발목에, 아킬레스건이 있다.

(포럼X · 경기문화재단 공동주최 심포지엄
"한국문학과 탈국가적 상상력", 2007)

고독한 경계, 혹은 황홀한 기투

__차학경의 『딕테』

　『딕테』(김경년 옮김, 어문각, 2004)의 작가 차학경은 1951년 태어나 1961년 미국으로 이주했고 1982년 『딕테』가 발간되던 해 돌연 요절했다. 연기자, 영화감독, 공간 설치 예술가, 공연과 출판 기획가로서 활발한 작품활동을 하였지만 그가 남긴 문학작품은 『딕테』가 유일하다. 기존의 장르적 관습을 전복하는 형식으로, 여성과 소수민족의 무의식에 관한 깊은 성찰을 전하고 있는 이 작품은 미국에서 여성학 관련, 탈식민주의 관련 텍스트로서 오랫동안 주목받아왔다. 미국에서의 주목에 비해 국내에서 크게 조명받지는 못했지만 재외 한국인 문학의 민족문학적 정체성, 국가의 경계를 넘는 문학의 존재양식에 대한 관심이 확대되고 있는 최근 경향 속에서 그 가치가 새삼 발견되고 있는 중이다. 국내 초역본은 1997년 발간되었으며 최근 '어문각'에서 다시 번역본이 출간되었다.

　연속된 서사를 갖지 않는 구성, 다양한 인물과 배경이 자유롭게 혼성되는 방식, 그림과 사진, 낙서와 영화필름이 텍스트의 부분 부분에 돌출적으로 차용된다든가 하는 등의, 일관된 독서를 방해하는 의도적으로 왜곡된 서사의 배치는 『딕테』를 퍽이나 접근하기 힘든 텍스트로 만든다. 배경과 역사적 맥락이 전제되고 인물과 사건에 집중되는 기존의 서사에 익숙한 독자들에게 『딕테』는 낯설고 당혹스런 독서경험을 선물한다. 게다가 '받아쓰기'라는 뜻을 가진 불어 단어 "dictée"를 표제로 선택한, 영어로 쓰여진 텍스트라는 점에서 단적으로 드러나듯이 『딕테』는 명백하게 다언어적 텍스트이다. 그리고 한국의 독자들에게 이 텍스트는 다시 한국어로 번역된 몸을 가지고 있으니 이중, 삼중의 언어적 장벽이 모호하게 텍스트를 감싸고 있는 형국이다. 물론 『딕테』는 제국의 언어와 모어의 갈등, 혹은 언어의 지배와 억압에 대한 문제의식을 강하게 드러내고 있는 텍스트이다. 그러나 그 이중언어, 혹은 다중언어의 문제의식은 단지 텍스트의 주제의식을 해독하는 과정에서 드러나는 것이 아니라, 그 전에 이미 텍스트의 몸이 온전한 해독이 불가능한 언어, 부유하고 방황하는 언어를 그 자체로 표상하고 있다고 보아야 할 것이다.

그리하여 『딕테』는 작품을 읽는 과정에서 때로는 작가 개인의 무의식 속으로 완강하게 닫히며, 때로는 어떤 최종적 의미로도 귀착되지 않음으로써 무한히 확산되고 개방된다. 온전히 해독되지 않는, 혹은 결코 해독될 수 없는 텍스트에 대해 글을 쓴다는 일은 무척 거북한 일이다. 이 무한히 개방적인 텍스트는 어떤 해석도 가능하게 함으로써 독자를 자유롭게 하지만 또한 어떤 해석에도 귀속되지 않는 완강한 잉여를 남김으로써 독자를 불편하게 한다. 작품이 말하는 바를, 그리고 작품이 서 있는 자리를 명징한 언어로 구체화하고자 하는 욕망을 가질 수밖에 없는 해석자에게 그래서 이 텍스트는 미지의 영역에 남겨진 외국어와 같다. 영어와 불어와, 한국어를 오가는 다중언어의 서사 한가운데에 놓여 있다는 점에서도 『딕테』는 외국어이지만, 대상은 있지만 온전히 해독될 수 없는 미지의 것으로 그것이 존재한다는 점에서도 『딕테』는 나에게 하나의 외국어와 같다. 아직 문법을 해득하지 못한 외국어를 어눌하게 번역하는 것과 같은 독법이 어떤 의미를 가지는가 하는 회의를 내내 버릴 수 없는 것도 이 때문이다.

그러나 또한 모든 번역은 본질적으로 이중언어의 사이에서 이루어지는 해석일 수밖에 없으며 언제나 동일성과 차이의 갈등 속에 존재한다. 그래서 모든 외국어 해독은 "황홀한 기투"와 같다는 사카이 나오키의 말에 용기를 얻어보기로 한다. 사카이 나오키가 말하는 "황홀한 기투"란 "외국어의 형상이 나로 하여금 뛰어들게 유혹하는 기투", "자기동일성(selfsame)에서 떠나며 벗어나는 것", "진정한 자기로 회귀하는 것이라기보다는 낯선 것으로 자기 자신을 변용시키는 기투[1]"를 말한다. 이 난감한 텍스트가 어디까지 나의 기투를 허용할 것인지, 그리고 어떻게 그 불편함을 황홀한 기투의 경험으로 전환시킬 수 있을지는 아직도 확신할 수 없다. 그러나 일단 뛰어들어볼 수밖에. 아마도 짐작하는 것보다 훨씬 더 완강할 나의 자기동일성이 돌연 드러나거나 더 깊숙이 은폐되는 장면을 만나게 될지도 모른다.

언어

적절하지 않을지도 모르지만 이를테면 이런 장면을 상상해보

---

1) 사카이 나오키(후지이 다케시 옮김), 『번역과 주체』, 이산, 2005, 91쪽.

는 것이 가능할 것이다. 10살 무렵의 어린 소녀가 있다. 어떤 이유인지 모르지만 그녀는 부모를 따라 먼 이국으로 이주한다. 그곳에서 새로운 언어를 배우고 교회를 다니면서 새로운 문화를 접하게 될 것이다. 그 소녀. 알 수 없는 웅얼거림 속에 고립되어 힘주어 연필을 잡고 외국어를 '쓴다'. 말을 전하기 위해 쓰는 것이 아닌, 그 말을 뒤따르기 위해서. 의사소통을 위해서 존재하는 것이 아니라 한 사회의 완강함, 또는 열려 있는 미지의 표상으로 존재하는 그 외국어. 그 소녀에게 말은 알 수 없는 세계의 벽과도 같고 문과도 같다. 때로 까마득하고 때로 외로우며 때로 분열된다. 문자로 '쓰여진' 그 언어 사이와 사이에는 엄청난 심연, 잉여와 결핍이 뒤엉켜 있다. 그 언어에 대해 『딕테』는 다음과 같이 서두를 연다.

문단 열고　그 날은 첫날이었다　마침표
그녀는 먼 곳으로부터 왔다　마침표　오늘 저녁 식사 때
쉼표　가족들은 물을 것이다　쉼표　따옴표 열고
첫날이 어땠지 물음표　따옴표　닫을 것　적어도 가능한 한
최소한의 말을 하기 위해　쉼표　대답은 이럴 것이다
따옴표 열고　한가지밖에 없어요　마침표
어떤 사람이 있어요　마침표　멀리서 온　마침표
따옴표 닫고[2]

---

2) 차학경(김경년 옮김), 『딕테』, 어문각, 2004, 11쪽. 이하 『딕테』에서의 인용은 쪽수만 표시한다.

발화자가 작가 자신인지 아닌지는 확정할 수 없다. 그러나 아까의 그 소녀를 다시 떠올릴 수 있을 것이다. 이국의 학교에 처음 간 날, 그곳에서의 막막함과 외로움, 그리고 언어 사이의 심연을 떠도는 숱한 생각의 갈피들 속에서 그 소녀는 길게 말할 수가 없다. 아마도 가족들에게 그 소녀는 자신에게 가장 익숙한 모국어를 발음했을 가능성이 크다. 그러나 그녀의 머릿속에는 어느새 학교에서 배운 외국어의 서툰 문장이 작문되고 있을지도 모른다. 또박또박 쉼표와 따옴표마저도 하나의 보조적 기호가 아니라 온전한 언어인 듯이, 받아쓰기에 충실할수록 문장은 낯설어진다. 불어로 작성되는 받아쓰기, 그러나 영어로 발표된 언어. 혹은 그 사이에서 떠돌고 있는 한국어들. 셋, 혹은 그 이상의 언어가 서로 충돌하고 있는 곳에서 매끈하게 자동화된 기호가 설 자리는 없다. "최소한의 말"을 할 수밖에 없는 이유가 될 것이다.

화술가, 운명을 말하는 사람이라는 뜻을 가진 여성명사 DISEUSE라는 표제가 그다음에 오는 것은 당연한 일이다. 말하는 사람이지만 그는 말에 익숙하지 않다. 그 말은 말해진 기호의 결핍을, 혹은 말하지 못한 의미의 잉여를 고통스럽게 의식하는 언어이다.

속에서 웅얼거린다. 웅얼웅얼한다. 속에는 말의 고통, 말하려는 고통이 있다. 그보다 더 큰 것이 있다. 더 거대한 것은 말하지 않으려는 고통이다. 말하지 않는다는 것. 말하려는 고통에 대해 아무것도 말하지 않는다. 속에서 들끓는다. 상처, 액체, 먼지, 터뜨려야 한다. 배설해야 한다. (13쪽)

그리스 신화의 아홉 뮤즈의 이름을 각각의 장으로 사용하고 있는 『딕테』의 서두는 이 언어에 대한 고통스러운 의식으로부터 시작한다. 아홉 뮤즈의 이름을 내거는 이후의 서사방식, 사포의 시를 인용한다거나 "오 뮤즈여, 나에게 이야기해주소서" 등의 구절의 삽입 등을 미루어볼 때, 이러한 서두는 신과의 접신, 신으로부터 언어를 부여받는 과정을 의미한다고 볼 수 있다. 언어의 부여 이후 아홉 뮤즈의 이름으로 된 작품의 각 장이 차례로 등장하게 되는 것이다. 그러나 또한 이 서두는 다중언어 속에서 언어의 고통을 이해하는 작가가 자신의 작품을 발화하기 위해 안간힘을 다해 입을 여는 과정이라고 해석할 수 있다. 쉽게 발화되지 않는 언어 속에서 싸우고 고통받는 언어의 무의식을, 그것이 발화되는 순간에 대해 작품은 상당히 긴 부분을 할애하고 있다. 그것은 발화하는 자의 고통스러운 자각이며 의식이지만, 또한 개인의 경험으로만 남아 있을 수 없는 언어의 명백한 사회성에 대한 인식과 정이기도 하다. 혼돈과 고통의 발화, 육체의 구석구석을 모두 채웠다가 터져 나오는 말의 물질성은 다시 받아쓰기를 매개로 설명된다.

말은 계속된다. 그 말은 "받아쓰기"의 말이다. 받아쓰기에서 중요한 것은 말의 의미가 아니라 말의 체계이며 문법이다. 이국의 기호로 말을 받아쓰는 동안 의미는 잠시 잊혀지지만 또한 완전히 사라지지는 않는다. 무염시태 성축일의 종교의식을 묘사한 후 곧바로 받아쓰기의 문구가 이어지는 방식. "불어로 번역하시오 : 1. 오늘은 동정녀 마리아의 무염시태 성축일이다. 그녀는 축복받은 동정녀에게 면류관을 씌우도록 선발되었다." 종교의식이 자동화된, 이데올로기로서의 신념과 믿음에 관한 묘사라면 곧바로 이어지는 받아쓰기의 기호는 전혀 자동화될 수 없는 낯선 언어로서의 서걱거림을 포함한다. 프랑스의 영토에 대한 설명, '라 마르세예즈'의 기원에 대한 설명들이 모두 받아쓰기의 예문으로 제시되는 방식도 마찬가지이다. 이 낯선 이방인은 일반적인 받아쓰기의 명령체계를 통해서 이국의 문화와 역사를 배우고 있는 셈이다. 불어 받아쓰기는 단지 받아쓰기가 아니라 그 과정에서 프랑스의 역사를 받아쓰는 행위와 겹쳐진다. 그리고 그 받아쓰기는 동일화되지 않는 이국의, 여성의, 다른 언어의 차이들을 배제한다. 차이를 주장하는 순간 받아쓰기는 불가능해지기 때문이다. 그러나 그 받아쓰기의 일방성 때문에 또한 그것이 주입하는 문화의 동일성은 결코 자연스러운 동화를 완성할 수 없다. 주체가 개입할 여지가 없는, 명령에 대한 정확한 응답만이 필요한 받아쓰기의 형식은 결코 동일화될 수 없는 이국의 문화에 종속되는 과정의 불완전함을 지시하기 때문이다. 낯선 기호의 개입에 의해 익숙한 이데올로기들이 지니는 일방성, 혹은 거북함이 더 분명하게 드러나게 되는 것이다. 그래서 '받아쓰기'를 매개로 펼쳐지는 『딕테』의 진행 과정은 알튀세르가 말한 바, '상상적 동일체' 만들기로서의 이데올로기의 기능과, 그 '이데올로기로부터의 거리 두기'로서의 문학의 기능을 동시에 보여주고 있다.

파편화되고 분열된 언어를 발화하는 과정에서 『딕테』가 언어의 제국주의와, 그 언어에 동일화되어야 할 대상으로 일방적으로 지정된 소수민족들의 위치를 선명하게 그려내고 있음은 주목할 만하다. 그래서 그의 언어는 분산되어 있지만 결코 무의미하게 흩어지지 않는다. 『딕테』에서 언어에 대한 관심이 미국 내에 여전히 소외된 타자로 존재하는 소수민족의 위치, 제국의 지배에 종속되어 있으면서도 결코 온전히 종속되지 않는 '차이'의 역사에 대한 관심으로 이어지는 것은 당연한 결과라 할 것이다.

역사

그래서 『딕테』에서 서술되는 역사란 기존에 알려진 역사의 표지 이면에 숨겨진, 소문자들의 역사이다. 그것은 남성의, 영웅의, 강대국의 역사 사이에서 잊혀지거나 사라진, 여성의, 피지배민족의, 평범한 어머니들의 역사. 그리고 그 사이에 길게 가로놓인 고통의 언어들에 대한 역사이다.

『딕테』의 첫 장은 "클리오 역사"라는 표제가 붙어 있다. 이 장의 첫머리를 장식하는 것은 유관순의 얼굴이다. 아홉 뮤즈 중에 'Clio'는 역사의 여신이라고 하니 작가는 유관순을 통해 역사를 이야기할 모양이다. 그러나 이 유관순은 초등학교 때 읽었던 위인전에 나오는 그 유관순은 아닌 듯하다. 어린 소녀의 몸으로 조국의 운명을 헤쳐나갔던 여성 영웅으로서의 유관순이 아니라는 말이다. 유관순은 "한 어머니와 한 아버지로부터 태어난" 평범한 소녀이며, 독립운동에 참가한 죄로 체포된 그녀에게 7년 형이 선고되었을 때 그녀는 "나라 자체가 감옥살이를 한다"고 대답했다. 조국을 구원한 여성 영웅이 아니라 박해받는 민족의 한 대표일 따름인 유관순에 의해 역사는 기술되는 것이다. "(유관순을 포함한 여성 영웅들의) 이름, 시대, 행위들은 관대함과 자기희생의 헌신으로 따로 정의(定義) 내릴 필요가 없다."

그리고 "칼리오페 서사시"의 장이 이어진다. 이 서사시의 주인공 역시 우리에게 알려진 익숙한 남성 영웅은 아니다. 오디세우스나 아킬레스 같은 영웅 대신 이 서사시를 채우는 것은 바로 평범한 여성으로서의 어머니, 지배받는 민족의 일원이다. 작가의 어머니가 정면에 서는 이 서사시는 이중언어, 혹은 삼중언어의 고통으로 채워져 있다. 언어에 대한 관심이 『딕테』의 전면을 차지하고 있음을 다시 확인할 수 있게 하는 대목이다. 만주에서 교사생활을 했던 어머니는 다중언어에 의해 규정당한 존재이다. 그녀는 한국인이었으나 일본의 지배하에서 한국어를 쓰지 못하고 일본어로 대화하고 학생들을 가르쳐야 했으며 또한 중국 땅에 있었으므로 중국어를 함께 사용해야 했다. "당신은 다른 사람들처럼 강제로 주어진 언어를 말하곤" 하는, "당신의 언어가 아닐지라도 당신은 그 언어로 말해야만" 하는 어머니에게 나라를 잃은 슬픔은 말을 빼앗긴 슬픔으로 절감되고 그 고통은 일생에 걸쳐 이어진다. 해방이 되었다고 해도 그녀의 삶이 새로운 환희를 맞는 것은 아니었으니 그녀는 또한 이민의 땅에서 이번에는 영어로 자신의 정체성에 대해 질문받아야 했다. 다시 그 낯선 외국어의 공포, 이번에는 외국어로 말하면서 머릿속에서 다시 모국어를 작문해야 하므로, 자신의 언어를 얻지 못해 부유하는 영혼의 고통은 여전히 어머니의 마음속에 자리잡고 있다.

그러므로 유관순과 어머니를 다시 발견하면서 쓰여지는 역사란 동일성의 역사가 아니라 타자들의 역사이며 목적지로 귀환하는 역사가 아니라 지속되는 부유와 방황의 역사, 이산의 역사라 할 만하다. 그리고 이것은 하나의 국민국가로 소속될 수 없는, 이중적 정체성을 가진 경계인의 눈에 의해서만 발견되는 역사이다. 그렇기 때문에 『딕테』는 '제국주의적 지배의 폭력성과 일방성'을 보지만 또한 거기에 맞서기 위해 세워진 '식민국가의 상상적 동일성'도 함께 본다.

유관순이 대표하는 피지배민족의 삶이란 단지 물리적인 폭력
이나 정치적 주권 상실의 이름으로 기술될 수 있는 것이 아니다.
여기서 다시 역사의 이면에 잠재하는, 혹은 진정으로 역사의 피
와 살을 채우는 고통의 체험이 가로놓인다. 그것을 작가는 '원수'
라는 말의 작용을 통해 설명한다.

"원수". 누구의 적. 적국. 전체 민족에 대항하는 또 다른 민족 전
체. 한 민족이 다른 민족의 제도화된 고통을 즐거워한다. 적은 추상
화된다. 그 관계는 추상화된다. 그 민족, 그 원수, 그 이름이 그 자
신의 정체성보다 더 거대해진다. 그 자신의 크기보다 더 커진다. 자
신의 속성보다도 더 커진다. 자신의 의미보다도 더 커진다. 이 국민
에게는. 그들의 원수인 국민들에게는, 그들의 통치자의 지배와 통
치자의 승리인 국민들에게는. (42쪽)

누군가를 적으로 부르는 순간, 그 적을 호명하는 자 역시 적들
의 반대편에서 그 적에 대응하는 상대로서의 자기 형상을 만들어
내게 된다. 한 민족에게 통째로 지배당한 민족의 정체성이란 '원
수', 혹은 '적'의 이름으로 존재할 뿐 그 밖의 것은 어느새 사라
진다. 그리고 지배에 의해서 지배자와 피지배자는 모두 자신의
의미를 찾는 길을 잃고 그 원수라는 '쌍형상화'[3]에 의해 다시 정

---

3) 역시 사카이 나오키의 용어이다. 원래 번역의 과정에서 적용된 용어로 외국어를
번역하는 순간 그 외국어에 대응하는 모국어의 형상을 전제하게 된다는 것이다. 외
국어에 대해 온전히 주체적이고 체계적인 대응의 자격을 갖춘 모국어를 상상함으로
써 번역의 과정은 완성된다. 번역을 통해 주체가 형성된다는 말이겠는데 이때, 형성
된 주체는 외국어에 대한 것과 마찬가지로 모국어에 대해서도 상상적이라는 것이
'쌍형상화'라는 용어의 요점이다.

의된다. 이 쌍형상화된 국가의 이미지는 단지 명시적으로 타국의 지배를 받았던 36년간에만 국한되는 것이 아니다. 해방 후에는 미국의 지배하에 있었고 전쟁으로 인한 분단을 겪었으니, 이 국가의 이미지는 여기에서 재구축된다. 4·19, 그리고 1970년대의 시위 속에서도 여전히 『딕테』는 국가라는 강압적 전체가 지배하는 사회의 비극을 읽고 있다. 전쟁과 분단, 그리고 미국의 제국주의적 지배는 어머니의 이민과정에, 4·19 때 죽어도 좋다고 뛰쳐나갔던 오빠의 피에, 1970년대 작가가 잠시 귀국해서 목격했던 거리의 항쟁에서 몸에서 몸으로 조여오던 군중들의 기억으로 각인되어 있다. 그리고 국가를 수호하기 위해 존재하던 군인들이 거리를 지키던 풍경, 그 군인들이 제 나라의 국민들과 대치하는 상황에서 여전히 비극은 계속된다.

일제 강점기의 유관순, 그리고 일제 말기의 어머니, 4·19의 오빠, 1970년대의 화석처럼 서 있었던 군인들, 이들이야말로 『딕테』가 묘사하는 역사의 주역들이다. 그 역사란 국가라는 이름 때문에 지워진 정체성, 그러나 그 국가로부터 떨어져 나온 수많은 분신들의 역사이기도 하다. "다른 나라의 언어, 제2의 언어"로 말하기에, 그것이 자신이 그 역사로부터 얼마나 "멀리 있나를 나타내기에" 이 역사는 연속적인 역사라기보다는 동일한 이미지로 이어진 단속적인 역사이다. 그리고 이 장면들의 몽타주를 통해서 작가는 단일한 국가와 국가로 설명될 수 없는, 그 사이에서 찢겨지고 쓰러지고 상처 입은 수많은 '역사들'에 대해 말할 수 있다. 그것은 멀리 있기에, 한순간에 각인된 기억들만으로 자신의 정체성을 조합할 수 있기에 가능한 것이기도 하다. 그것이 지속적으로 이어지는 역사의 인과관계를 밝히는 데는 미흡할지도 모르지만, 또한 멀리 떨어진 곳에서 이어 붙인 기억의 조각들은 그 단편적 기억 속에서 이어지는 역사의 반복성을 말할 수 있게 한다. 그렇기 때문에 이 모든 역사들이 비극이라고 말할 수 있게 되는 것이다. "민주주의를 채택한다는 목적으로 그 누구보다도 그 자신의 것, 그녀를 계속 분산시키는 기계를 멈추어라"[4]라고 절규할 수 있는 것도 이 단속적 기억들의 역사 속에서 고통의 연대기를 읽을 수 있었기 때문이다.

유관순에서부터 환기된 억압과 지배의 역사, 그것이 원수를 상상하는 자들의 고통으로 얼룩져 있음을 다시 기록하는 이유는 4·19와 1970년대의 이미지들을 단속적으로 기록하는 이유와 동일하다. "과거로부터, 역사를, 그 오랜 상처를, 지난 감정을 온통 또다시" 부활시키는 이유는 "똑같은 어리석음을 다시 사는 것을 고백하기 위해서이다". 그러므로 이 이방인의 눈을 통해 보이는 역사는 영원히 반복되는 수난과 고통의 역사이다. 아니 '역사들' 이다. 국가라는 동일시 속에 한데 묶여질 수밖에 없으나 그것으로 환원될 수 없는 어린 소녀들, 결코 지워지지 않는 피로 흔적이 남은 소년들, 그리고 국가의 이미지로 채색되었으나 여전히 그 사이에 숨겨진 군인의 이미지. 그리고 여기에서 역사들을 구성하는 "무명의 타인들"은 모호하고 다성적인 주체들이지만 또한 억압받고 왜곡된 타자라는 공통성 속에 함께 존재하는 주체들이다. 언어를 잃어버린 피식민인들, 전쟁과 영웅과 대문자 역사속에서 스러져간 숱한 이름 없는 시민들, 혹은 '국민들', 그리고

---

4) 101쪽. 번역본의 각주에 의하면 여기에서 그녀란 대문자 SHE로 쓰여진, 국가를 의미한다.

남성 중심적 사회관습 속에서 소외된 여성들. 이 타자들이 여성의 이름으로 다시 변주되는 것은 그러므로 단지 여성주체만을 강조하기 위한 것이 아니다. 그 여성들은 대문자 역사 속에 파묻힌 이름 없는 약자들의 또 다른 이름이며, 그들이 만들어내는 역사란 승리의 역사, 귀환의 역사가 아니라 끝없는 순환 속에 있지만 기다림과 견딤으로 새로운 구원을 찾는 이들의 수난의 역사이다. 『딕테』가 여성의 이름으로, 그리고 새로운 신화로 수렴되는 까닭이 여기에 있다.

여성, 혹은 신화

발화는 여전히 힘겹게 지속된다. 이 침묵과 은폐 속에 숨겨진 소수자의 언어를 탐색하는 사이 "받아쓰기"는 이중적 의미를 지니게 된다. 제국의 언어를 받아쓰는 행위를 통해 소수자의 불안과 침묵이 드러난다면 그 불안과 침묵을 다시 불러옴으로써, 그것을 받아쓰는 작가는 운명의 구술자가 되는 것이다.

> 죽은 낱말들. 죽은 언어. 사용하지 않음으로 해서. 시간의 기억 속에 묻혀버림. 고용되지 않았다. 발설되지 않았다. 역사. 과거. 말하는 여자. 9일 낮과 9일 밤을 기다리는 어머니를 찾아내도록 하라.
> 기억을 회생시키라. 말하는 여자, 딸로 하여금 땅 밑으로부터 나타날 때마다 샘을 회생시키도록 하라.
> 잉크는 마르기 전에, 쓰기를 전혀 마치기도 전에 가장 진하게 흐른다. (146쪽)

계속되는 억압과 그로 인한 침묵을 구원하는 자는, 어머니들,

여성들이다. 땅 밑으로 사라진 딸 페르세포네를 기다리는 어머니 데메테르. 자신의 감옥행을 나라 전체가 감옥살이를 하는 것으로 받아들였던 유관순. 외국어 사이에서 지속되는 역사를 끝없이 견뎌왔던 어머니, 그들의 언어는 언제나 고착되지 않는 잉여와 결핍의 진한 피를 포함하고 있다. 마르기 전에 가장 진하게 흐르는 잉크, 그 침묵의 언어를 심연으로부터 길어 올리는 구술자가 신화를 상상하는 것은 어쩌면 예정된 결론일 수 있다.

『딕테』의 마지막을 장식하는 것은 병든 어머니를 위해 약을 구하러 갔던 어느 어린 여자아이의 이야기이다. 약을 구해오던 중에 우물에 다다른 여자아이에게 어떤 젊은 여인은 차가운 물과 어머니를 구할 약을 전해준다. 뜨거운 햇빛과 먼지 날리는 길을 걸어 약을 구하는 어린 여자아이의 모습은 우리 무속신화의 '바리데기'와 닮아 있다. 버림받은 딸이었으나 아비의 병을 위해 이승과 저승을 오가며 갖은 고생 끝에 약을 구해오는 바리데기. 가장 멀리 버려졌고 가장 박해받았으나 또한 그 박해로 인해 희생과 구원의 의미를 실현할 수 있게 된 바리데기는 죽은 자들을 인도하는 오구신이 됨으로써 이승과 저승의 경계에 머물렀다. 물론 바리데기는 저승의 서역국에서 온갖 시련 끝에 약을 구해왔지만 『딕테』의 여자아이는 우물에서 만난 젊은 여인으로부터 약을 얻는다. 그러나 가부장제, 제국주의, 국가주의의 폭력 속에서 오랫동안 말하지 못하는 자의 고통을 견뎌온 그 여인들의 공통체험이란 수난과 시련을 통해 역사의 경계에서 구원을 말할 수 있게 된 자들의 것이다. 유관순과 어머니와 성 테레사의 침묵과 고통을 오래오래 힘겹게 받아쓴 『딕테』는 그 숨겨진 여성들의 역사로부터 구원을 얻는 새로운 신화를 쓸 수 있게 되는 것이다. 그리고 이 신화는 고통의 역사를 마감하는 화해로 귀착되지 않고 일방적 폭력의 역사를 경계하면서 기억한다. 아홉 뮤즈의 이름을 차례차 례 불러내며 중간중간 힘겨운 글쓰기와 발화의 고통을 기억하면 서 『딕테』가 완성된 것처럼. 그리고 『딕테』는 이승과 저승의 경 계를 오가며 죽은 자들을 인도하는 바리데기처럼 민족과 민족의 경계에서 영원히 부유하는 고통의 언어들을 오래오래 간직하고 있다.

시작은 황홀한 기투에 대한 기대였으나 결말은 그렇게 황홀하 지 않다. 난감하고 힘겨운 여정이었을 뿐이다. 아직도 『딕테』에 는 해독할 수 없는, 번역할 수 없는 언어의 잉여가 남겨져 있다. 신과 종교에 대해서, 언어와 민족에 대해서, 그리고 제국과 여성 에 대해서, 그리고 그 밖의 것들에 대해서 『딕테』는 여전히 미지 의 외국어이다. 이 다중언어의 텍스트에서 "민족주의 내러티브 와 여성의 정체성들 사이의 관계"를 읽거나 "제국주의적 지배 이 데올로기 비판", "변종적이고 이질적인 정체성을 소유한 제3세 계 여성들이 단선적이고 통합을 추구하는 배타적인 지배 담론에 저항"[5]하는 모습을 읽어내는 것은 전혀 무리한 일이 아니다. 그 러나 이때 놓치지 말아야 할 것은 '제3세계 여성'을 교집합적 의 미가 아니라 합집합적 의미로 읽어야 한다는 사실이다. 『딕테』는 여성주체를 표 나게 강조하고 있지만 그것은 모든 지배받는 자 들, 자신의 언어로 말할 수 없는 하위주체들의 삶 속에 공통으로

5) 서경숙, 「식민 지배적 남성담론 해체와 차학경 테레사(Theresa Hak Kyung Cha)의 『받아쓰기』(Dictee)」, 충남대학교 대학원 영어영문학과 박사학위 논문, 121~123쪽 참조.

잠재해 있는 침묵과 고통을 함께 드러내고 있다. 그것은 미국 내 소수민족들의 정체성에 관련된 것이기도 하지만 또한 단일민족이라는 이름으로 공고하게 결합된 것처럼 보이는 대한민국의 국민국가와 모국어를 향해서도 마찬가지의 문제의식을 던져놓는다. 이 텍스트에서 프랑스어 혹은 영어로 대표되는 제국주의의 폭력은 또한 아내를 자신의 견습공으로, 소유물로 여기는 남성주체의 폭력과 이어지며, 어린 소년들의 지워지지 않는 피를 불러왔던 군사독재와도 통한다. 그러므로 우리는 단 한순간도 명징하고 구체적인 언어를 가질 수 없다. 여성의 고통 속에서 말을 잃었던 민족의 고통이 떠오르며 거기에 다시 자신의 정체성을 잃은 어린 군인의 경직된 얼굴이 겹쳐진다.

『딕테』는 이 제각기 층위가 다른 억압과 침묵의 혼종을 포함하면서 국가, 성, 민족의 경계에 선다. 아마도 여기에서 중요한 것은 이 경계에 선 여러 층위의 동질성을 강조하는 일이 아닐 것이다. 폭력과 지배라는 이름으로 제국과 국가와 남성을, 혹은 식민과 민중과 여성을 균질화시키는 것이야말로 경계에 선 위태로움을 감수하는 텍스트에게는 폭력이 될 수 있다. 이 경계에 선 타자들이 지극한 고통을 지니고 있음을 기억하는 것, 그 고통들은 결코 환원할 수 없는 차이로 버려진 주체들의 몸에 각인되어 있음을 기억하는 것. 거기서부터 경계에 서 있는 불안과 고독이 황홀한 기투로 전환되는 길이 열릴 것이다.

(『내일을 여는 작가』 2005년 겨울호)

천국보다 낯선, 이 고요한 지옥

_황석영의 『바리데기』

1. 세계문학으로서의 한국문학

　『바리데기』(창비, 2007)는 『손님』(창비, 2001), 『심청』(문학동네, 2003)과 함께 근대서사의 한 출구를 모색하는 작가의 야심찬 노력의 산물이다. 작가도 밝히고 있듯이 "우리네 형식과 서사에 현재의 세계가 마주친 현실을 담아"[1]내려는 시도의 한 정점에 있는 작품인 것이다. 『심청』이 판소리 여섯 마당 중 하나인「심청가」를 소재로 하여 제국주의 시대 동아시아 근대화의 역정을 담은 작품이라면, 『손님』은 '손님굿'의 형식을 빌어 한국전쟁기 좌우대립과 학살의 역사를 기록한 작품이다. 『바리데기』는 우리 고유의 전래무가인 '바리데기'의 이야기를 통해 현재의 한반도가 마주친 세계화의 현실을 그려내고 있다. 근대 초기와 냉전

---

1) 작가 인터뷰「분쟁과 대립을 넘어 21세기의 생명수를 찾아서」, 『바리데기』, 창비, 2007, 295쪽. 이하 이 책에서의 인용은 쪽수만 표시함.

시대를 거쳐 『바리데기』는 마침내 자본의 세계화 시대, 대립과 분쟁의 현대사를 정면으로 마주하게 된 것이다.

소설 『바리데기』를 말하기 위한 수많은 논점이 있겠지만 역시 관건은 '바리데기' 무가를 통한 새로운 소설형식의 실험, 그리고 그 실험이 담아낸 이 지구의 현실에 놓이게 될 것이다. 소설의 전체를 관통하는 '바리데기' 무가의 장악력은 새삼 말할 필요도 없이 강력하다. 버려진 아이 '바리'가 부모와 세상 모든 이들의 역병을 구하기 위해 갖은 고난을 거치고 서천국에 가서 생명수를 구해온다는 이야기는 그대로 『바리데기』의 서사적 뼈대를 이룬다. 한반도 북쪽에서 일곱째 딸로 태어나 기근을 견디고, 수많은 죽음을 목격하며, 국경을 넘고 넘어 영국 런던에 정착하여 이민의 삶을 살아가는 주인공 '바리'의 행로는 그대로 '바리데기' 무가의 바리공주가 걸었던 길이기도 하다. 기근과 탈북과 납치와 협박과 사고를 견디며 세계화의 참혹한 이면을 응시하는 바리의 길은 생명수를 구하기 위해 불지옥과 모래지옥을 거치는 바리공주의 고난이기도 하다. 뿐만 아니다. 무가에서 바리공주는 죽은 혼령을 저승으로 인도하는 '오구신'으로 무당의 원조이기도 하다. 죽은 혼령과 교통하고 이승과 저승의 경계에 머무는 바리공주의 존재는 『바리데기』에서 혼령을 보고 저승과 이승의 경계를 넘나드는 환상의 장면을 서사화할 수 있게 한다.

그 바리가 있는 곳은, 그리고 옮겨간 곳은 지구상의 가장 궁벽진 곳의 하나, 한반도 북쪽의 땅이며 또한 노쇠한 근대문명의 수도, 영국 런던이다. 그리고 그가 본 것은 기근에 시달려 참혹하게 굶어 죽고, 생존을 위해 목숨을 걸고 강을 건너고 국경을 넘는 이민들이며, 분쟁과 대립의 세계, 그로 인해 죽고 죽이며 폭발하는 불행하고 고통스런 세계화의 밑바닥이다. 한반도의 구체적 현실로부터 출발하여 그들의 길이 결국 기아와 테러와 감금과 학살의 교만하고 아픈 지구로 이어져 있음을 유장한 서사를 통해 전하는 『바리데기』는, 분명 서사의 힘을 잃어가고 있는 한국문학에 뚜렷한 방향타를 제시하고 있는 문제작이다.

그러나 이것으로 소설 읽기가 끝나서는 안 될 것이다. 우리는 여기에서 한국의 전통적 서사형식으로 위기에 이른 근대문학의 궁경을 돌파하고자 한 작가의 전략을, 한반도의 현실에서 출발하여 분쟁과 고통의 세계 전체로 향하는 작가의 시야를 다시 한 번 꼼꼼히 짚어보지 않으면 안 된다. 한국문학이 한반도의 협소한 독자만이 아닌 전 인류 공통의 문제의식과 만나는 길, 세계문학으로서의 한국문학이 가야 할 길은 이제 겨우 모색의 길에 들어섰을 뿐이기 때문이다. 물론 여기에서 세계문학이란 한 나라의 문학이 세계를 대표한다는 의미의 독단적인 개념이 아니라, 좁고 궁벽하고 가난한 한 지역의 문학이 모두 각각 우리가 살아가는 이 세계 자체를 감각하고 앓고 있다는 의미에서의 세계문학이다.

2. 몸의 말, 넋의 말

'가장 한국적인 것이 가장 세계적인 것이다'라는 슬로건은 하나의 경구로는 훌륭하지만 그것을 제대로 실현하기란 쉽지 않다. 이미 자본이 세계를 통일한 글로벌 문화의 시대에 한국적인 것이란 어떤 것인지를 우선 물어야 할 것이며, 그러할진대 세계적인 것이란 어떻게 존재할 수 있겠는가를 물어야 할 것이기 때문이다. '전통적인 서사형식'으로 말을 바꾸어도 마찬가지이다. '바리데기' 무가가 전래의 고유문학이라 하더라도 그것이 현대의 한국인의 삶과 어떻게 연관되어 있는지를, 그리하여 전통적 서사형식이 우리의 지금 여기의 삶에 대해 무엇을 말해주는지를 확인하지 못한다면, 이 전통이란 이미 굳어버린 관념 이상이 되기 힘들다.

물론 버려진 딸 바리데기가 세계를 구할 생명수를 얻으러 길을 떠난다는 것, 그리하여 생명수란 특별한 것이 아니라 우리 일상 속에서 찾아야 한다는 것은 가장 고통받고 가장 힘겨운 사람들에 의해 세계의 미래가 증언될 것이라는 사실을 암시하는 훌륭한 알레고리이다. 그러나 그 알레고리는 현실의 형상을 전체적으로 조망하게 할 수는 있어도 구체적으로 감각하게 하지는 못한다. 그러기 위해서는 좀 더 현실의 구체적 면면으로 육박하는 생생한 실감의 현장이 필요하다. 『바리데기』에서 그러한 역할을 하는 장치는 바로 바리의 특별한 능력, 죽은 혼령을 보고 그들의 과거를 읽는 능력이다. 이승과 다른 저승의 존재를 뚜렷이 인정하고 산 사람들뿐 아니라 죽은 자들의 영혼과 미래를 믿는 세계관은 무가의 독특한 세계관인데, 이 세계관이 소설의 서사와 어떻게 만나는가에 따라 이른바 '전통적 서사형식'은 그 구체적 몸을 얻게 되는 것이다. 그렇다면 이 전통적 서사형식은 '전래무가'라든가, '환상의 도입'이라는 말로 간단히 설명될 것이 아니다. 죽은 자와 산 자가 서로 소통하고 교류하는 이 환상의 방식은 『바리데기』의 서사에서 어떤 효과를 발휘하는가.

우린 여길 못 떠나구 있다. 야들 아부지를 기다리고 이서. 우리

두 양주 식량 구하레 회령 청진 돌아치다 차를 못 잡구 걸어왔대서. 사흘 만에 집에 돌아오니 저것들이 꽁꽁 얼어서 굶어 죽었두나. 나두 억이 막혀서 이 자리서 넘어지멘 죽었지. 우리 호주는 어디로 떠나가 안 돌아오는지. 저 마당을 보라. 이게 다아 동네 사람덜이야. 모두 떠나구 우리만 남았다.

　나는 문간과 마당에 검은 연기처럼 이리저리 뭉쳐서 흐물대고 있는 혼들을 보았다. 할머니 생각이 나서 헝겊배낭에서 비닐에 싼 밀가루 곱장떡을 꺼내서 조금씩 뜯어 마당에 던지기 시작했다. (91쪽)

　바리가 아버지의 소환과 가족의 해체를 겪으며 도강했다가 다시 가족을 찾기 위해 돌아온 곳에서 귀신들과 만나는 장면이다. 바리는 청진에서, 혹은 무산에서 가족들과 정답게 하루하루를 살아갔던 행복한 추억을 갖고 있다. 그리고 어느 해의 기근으로부터 시작하여 이웃들이 먹을 것을 찾아 뿔뿔이 헤어지는 과정을 목격했고 그 자신 타지에서 혹독한 겨울을 나야 했다. 그렇다면 먹을 것을 찾다가 굶어 죽은 저 영혼들은 사실상 자신의 것이기도 한 추억과 고통의 증거들이다. 추위에 얼어 죽은 언니 현이의 혼령이기도 할 것이고, 가족의 해체를 감당하며 외롭게 타국에서 죽어간 할머니의 영혼이기도 할 것이다. 집과 대지에 깃든 정령과 아직도 주위를 맴도는 혼령들은 이처럼 이웃들의 삶이 곧 나의 삶이라는 절실한 공감, 지상을 떠난다고 해서 사라지지 않는 고통의 현재성을 말해준다. 그리하여 혼령의 아픔을 함께 앓는 영매의 역할이란 그들의 고통이 아직 끝나지 않았으며, 그리고 우리는 여전히 그 고통의 현재를 살아가고 있다는 사실을 잊지 않게 하는 일이다. 죽은 혼령들의 배고픔을 외면하지 않고 곱장

떡을 뜯어 던져주는 마음, 그들의 절절한 고통과 아픔을 함께 앓는 마음, 그로 인해 여기 이승의 고통이 지닌 현재성은 더욱 절실하고도 간곡하다. 『바리데기』에서 환상은 죽음의 참혹만이 아니라 그 죽음에 새겨진 추억과 안타까움과 그리움으로 더 간절한 고통을 말하는, 세계의 확장이고 슬픔의 확장인 것이다.

때로 강대국들의 헤게모니 다툼과 세력확장의 논리로, 혹은 자본의 논리에 입각한 체제 우월성 과시로, 끊임없는 전쟁위협과 분쟁조성의 근거지로 언급되는 북한 이야기에 정작 그곳을 살아가는 자들의 삶은 없다. 체제 이전에, 이념 이전에, 국제관계 이전에, 기근으로 굶어 죽고 살기 위해 목숨을 걸고 국경을 넘으며, 오랫동안 세계를 떠돌다 납치당하고 팔려가는 사람들이 있다는 것. 그들의 삶으로 그들의 눈으로 체제를, 국가를, 세계화를, 탈북을 읽어야 한다는 메시지가 『바리데기』에서는 환상의 힘으로 울려 나온다. 『바리데기』가 공간의 확장과 이동을 계속하며, 그리하여 세계화에 대해 말해야 할 수많은 장면들을 때로 스치고 때로 축약하고 있다 하더라도 여전히 소설의 중심을 굳건히 떠받치고 있는 힘이란 바로 이러한 고통의 현실성에 대한 작가의 확실한 '입장'이다.

3. 지금 여기, 세계의 중심 혹은 끝

이제 이 고통의 현실성이 세계의 구조를 향해 나아가는 과정에 대해 말할 차례이다. 북한의 기근은, 그리고 핵을 둘러싼 공방은 결국 국제적인 양극화 체제의 결정적 증거물이기도 하다. 강대국의 이해관계를 중심으로 재편되는 세계체제에서 북한은 그 이해관계에 떠밀려 굶주리고 분쟁을 겪을 수밖에 없는 주변부 국가의 대표적인 예이다. 그리고 북의 주민들이 겪는 고통과 시련에, 삶도 죽음도 참혹한 그들의 영혼에 다가간 『바리데기』의 이야기는 그 절실성으로 무자비한 국제관계를, 양극화 체제가 유발하는 비인간성을 아프게 지적한다.

그런데 바리는, 탈북에 머무르지 않고 서구적 근대문명의 오랜 수도, 미국 위주의 패권주의의 원형인 영국으로 이동한다. 이 노쇠한 왕국은 더 이상 근대문명의 화려한 현장도 인권과 민주주의의 본고장도 아니다. 바리의 이동 경로를 따라 서구 근대 패권주의가 다다른 황량한 그늘이 서서히 드러난다. 밀항선의 컨테이너 밑바닥에서 펼쳐지는 지옥도가 이미 그러하고(이처럼 끔찍한 지옥을 거쳐서야 도착할 수 있는 영국이 새로운 희망의 땅일 리가 없다!), 바리의 아파트에 모여든 온갖 주변국 사람들의 면면이 그러하다. 함께 밀항선에 올랐던 샹 언니는 매춘과 마약에 찌들어가고 이웃집의 나이지리아 출신 부부는 강제출국조치를 당해 어디론가 떠난다.

엘리펀트 앤 캐슬 지역을 걷다보면 색색가지 사람들이 섞여 있었다. 노란 얼굴이나 회색 얼굴, 검은 얼굴, 그리고 가끔씩 하얀 얼굴들도 보였지만 그들은 거의가 영국 사람들이 아니었다. 이곳 사람들 중에서 그들은 그럴듯하게 행세하며 살았는데 폴란드나 체코에서 온 건설노동자들이었다. 그러고는 모두 우리 같은 유색인종들뿐이었다. (149쪽)

런던에 모여든 다른 얼굴색의 인종들, 그들은 세계화의 주변국들로부터 모여든 이민들이며, 런던은 이 온갖 고통과 수난의 삶들이 흘러들어와 만들어내는 비극의 모자이크일 뿐이다. 그 고통의 당사자들이, 그들의 삶이 자본주의의 심장부를 차지하고 있다. 세계화의 중심부는 이미 고통에 장악당해 있다. 그들을 치유하지 못한다면, 그들과 살아갈 수 없다면, 이 중심부는 곧 무너질 수밖에 없는 위태로운 기반 위에 서 있는 것이나 마찬가지이다. 그리하여 지금 여기는 언제나 세상의 끝이며 중심과 끝은 언제나 연결되어 있다.

세계의 중심이라 일컬어지는 런던은 곧 떠밀려온 고통들의 만화경이기도 하다. 이승과 저승을 넘나들고 죽은 넋들과 대화하는 바리의 능력은 여기에서 한층 더 확장되는데, 이 환상의 방식은 전반부의 것과는 조금 다르게 실현된다. 한반도의 북쪽에서 바리의 능력이 현실의 구체성을 더욱 깊고 절실하게 읽어내는 환상의 장면들로 채워졌다면, 이곳에서 바리는 세계화의 현실 전체를 조망하기 위해 혼령들을 만난다. 남아프리카 공화국에서 온 에밀리 부인, 금광에 동원되어 강제노역을 했던 흑인들, 그 야만적 지배의 오랜 역사, 9·11테러에서 비롯된 아프가니스탄과 이라크의 분쟁, 전쟁으로 쓰러져 죽어가는 사람들, 관타나모 수용소의 참혹한 풍경이 숨 가쁘게, 꿈인 듯, 넋인 듯, 생시인 듯 바리의 눈앞으로 순간순간 스쳐 지나간다. 그리하여 바리의 능력은 현실 깊숙이 침투하기보다는 세계 곳곳을 넘나들며 세계를 조망하기 위해 발현된다. 이는 리얼리즘적 서사의 한계를 넘어서서 서사공간을 확장하기 위한, 근대적 시선만으로 포착할 수 없는 관계와 총체성을 확보하기 위한 방법이기도 하다.

이러한 서사공간의 확장은 분명 세계화의 현실을 더욱 폭넓게 담기 위한 의미 있는 시도이지만 또한 전반부의 바리가 보여주었던 간절한 구체성과는 분리될 수밖에 없다. 그곳을 겪고 경험했기 때문에, 죽고 사라지는 사람들에 대한 그리움과 안타까움을 안고 있었기 때문에 더욱 절실했던 바리의 접신은 이제 그 영혼들 속으로 스며들기보다는 영혼들을 조망하고 굽어본다. 그래서 바리는 영혼들을 불러내어 세계의 고통을 드러내기보다는 그 영혼들을 구원하는 구원자로 격상한다. 비극적 현실의 장면들을 불러내는 바리의 서사가 종종 위태로워지는 까닭은 절박한 구체성이나 인과 없이 이어 붙여진 장면들의 과잉 때문이기도 하지만, 그것보다 더 중요한 것은 바리가 지상에서 초월하여 화해와 구원의 여신으로 격상해버린다는 데 있다. "몸과 넋을 분리하는 내 이상한 소질" 덕분에 "어떻게 왔는지 나는 아무것도 기억하지 못"하게 되었고, "넋과 몸이 산산이 해체되는 꿈을 꾼 후로 어느 남자도 무서워하지 않게 되었다". 영국으로 향하는 배는 영혼과 교감하던 영매 바리가 세계의 구원자로 지상을 초월해가는 과정이며, 그래서 "작은 몸집의 가엾은 계집아이" 바리는 영국에 도착한 후 사라져버린다. 아울러 한반도의 북쪽에서 경험했던 수많은 구체적 고통들에 대한 감각과 슬픔 역시 바리에게서 차츰 사라진다. 바리의 몸은 영국에 있으되 굳이 영국에 있을 필요가 없으니 초월한 자의 고통은 이미 이 지상의 고통이 아닐지도 모른다. 바리공주가 서천국으로 가서 생명수를 구하기 위해 장승이와 9년을 살아주듯이, 바리의 영국에서의 삶은 구원자가 되기 위한 통과의례처럼 보인다. 밥해 먹고 빨래 빨던 그 물이 바로 생명수라는 장승이의 말은 결국 구원은 일상으로부터 온다는 말이기도 하다. 중요한 것은 기적의 신묘한 능력이 아니라 일상의 고통을 견디며 그 고통을 읽는 힘이다. 바리가 구원자가 되기 위해서는 이 일상의 고통 속에서 더욱 생생하게 자신의 삶을 그려내고 읽어낼 수 있어야 하지 않았을까. 남아프리카 줄루족의 주술사 베키의 영혼, 바리를 서천국으로 안내해준 바리의 할머니, 그리고 알라신을 모시는 압둘 할아버지, 그리고 세계의 바깥을 넘나들 수 있는 바리까지 『바리데기』에는 이승의 경계를 이미 넘어선 자들이 넘쳐난다. 그들의 지혜가 절망하는 이들에게 가슴 서늘한 감동이 되는 것도 사실이다. 그러나 "어떤 지독한 일을 겪을지라도 타인과 세상에 대한 희망을 버려서는 안된다"는 압둘 할아버지의 말보다 더 중요한 것은 이 세계의 고통을 향해 더욱 가깝게 다가앉는 일이며, 그 고통을 통해 희망을 발견하는 일이다. 한반도의 북쪽, 기근과 이산의 고통 속에 죽어간 넋들을 향해 그러했듯이.

4. 천국보다 낯선……

좀처럼 '가엾은 계집아이'의 몸으로 돌아오지 않던 바리의 넋이 딸 홀리야 순이의 죽음 이후 다시 그의 몸과 결합하는 과정은 그래서 더욱 소중하다. 물론 돈에 내몰린 샹 언니가 순이를 죽게 한 이후 바리는 다시 고통에 찬 몸과 그 몸을 떠나려는 넋으로 산산이 분리된다.

가차 없이 장면이 바뀌면서 배 안의 이곳저곳이 자세하게 비친다. 흑인들 백인들 황인들 각양각색의 인종들이 배 안에 타고 있다. 굶어 죽고, 병들어 죽고, 시달리다 죽고, 일하다 죽고, 맞아 죽고, 터져 죽고, 불에 타서 죽고, 물에 빠져 죽고, 애달아 죽은 온 세상의 넋들이 타고 있는 배. (268쪽)

또 다른 배가 지나간다. 일렁이는 횃불을 고물과 이물과 갑판의 사방에 켜놓은 붉은 배가 천천히 흘러온다.
배 안에는 창 든 사람, 활 든 사람, 칼 든 사람, 총 든 사람이 열지어 섰고, 머리 풀어 산발하고, 팔 떨어지고 군복 입고, 붕대를 매고, 의족 짚고, 눈을 가리고, 허우적거리는 사람들도 타고 있다. (269쪽)

딸 훌리야 순이가 죽은 후 바리는 죽은 듯이 앓다가 꿈인 듯 생시인 듯 죽은 할머니를 만난다. 할머니가 인도한 서천길에서 바리는 생명수를 구하는 구원자의 역할을 떠맡게 된다. 앞의 인용에 등장하는 여러 배 안의 풍경들은 생명수를 구하기 위해 피바다를 건너는 바리 옆으로 스치고 지나가는 풍경들이다. 이들은 기근과 질병과 전쟁을, 인종과 계급과 성의 모순을 상징한다. 그리고 바리는 세계의 이 모든 고통과 갈등들을 스치고 지나는 것이다. 그들은 바리에게 묻는다. 그들이 겪는 고통이 무엇 때문인지. 어째서 악한 것들이 승리하는지. 죄 없이 죽은 자들의 의미는 무엇인지. 바리는 돌아올 때 말해주겠다고 대답한다. 말하자면 바리는 생명수를 구하기 위해 서천으로 가는 동안 그들의 구원자 역할을 맡게 되는 것이며, 그 생명수는 지상의 고통들에 대한 구원이자 해답이 되는 것이다. 그러나 정작 서천에 도착한 바리는 생명수는 없다는 것을 알게 된다. 그저 밥해 먹는 옹달샘이 있었을 뿐 서천국에 생명수는 없다. 그것을 알고도 바리는 돌아오는 길에 다시 스치는 배를 향해, 그들의 물음에 하나하나 답한다.

어째서 악한 것이 세상에서 승리하는지, 우리가 왜 여기서 적들과 함께 있는지 알아왔어요?
나는 새된 어린 계집아이 목소리로 종알거린다.
전쟁에서 승리한 자는 아무도 없대. 이승의 정의란 늘 반쪽이래.
(282쪽)

할머니가 말한 것처럼 생명수는 없지만 바리는 생명수를 보는 눈을 얻었다. 그리하여 세계의 고통에 대해 전쟁과 기근과 지배와 수난에 대해 하나하나 답한다. '전쟁에서 승리한 자는 아무도 없다'거나 저들의 고통은 '사람들의 욕망 때문'이라거나 하는 대답은 경전에 나오는 신의 말씀처럼 숭고하지만 그것으로 분쟁과 대립과 고통과 억압이 사라지지는 않을 것이다. 그렇다면 바리는 결국 세계의 고통을 구원하는 구원자였으나 사실은 현실의 고통을 순화시키는 화해의 무당으로 그의 서사를 마감하려는 것일까. 아직 그렇게 말하기는 이르다. 바리의 이 대답들이 "누구의 말을 빌려서 하는지 나는 저절로 어린아이의 목소리로 변하며 공수가 터진" 끝에 나왔다는 사실에 주목하자. 그리고 이 어린아이의 목소리는 죽은 바리의 아기, 홀리야 순이의 목소리다.

우리 엄마가 묶여 있어. 엄마가 미움에서 풀려나면 너희두 풀릴 거야.

배가 엇갈려 지나가면서 차츰 멀어져간다. 나는 스스로 계집아이가 되어 흐느낀다.

불쌍한 우리 엄마, 불쌍한 우리 엄마……

나는 그제야 죽은 홀리야 순이가 내 안에 들어와 함께 항해했다는 걸 느낀다. (284쪽)

이제 바리의 능력은 죽은 넋들의 억울함과 고통에 한껏 다가앉음으로써 지상의 슬픔을 더욱 절실하게 만들었던 처음의 것에 다시 가까워졌다. 그러나 이제 바리가 다가가는 것이 아니라 죽은 넋이 다가온다. 죽은 아이의 혼령이 엄마의 고통을 위로하며 함께 아파하는 장면, 세계의 구석구석에서 온갖 모순과 갈등의 장면들을 조망함으로써 그의 신비한 능력으로 세계의 구원자가 되려 하였던 바리는 이제 초월자가 아니다. 바리의 고통과 아픔은 아무 죄 없이 죽은 아기의 영혼에 의해 구원받고 위로받는다. 이제 바리의 접신은 일방적이지 않다. 죽은 넋들로 인해 바리의 삶은 다시 지상으로 돌아올 것이다. 먼저 죽은 자들, 그들의 고통이 아직도 오래오래 남은 지상의 삶들을 견디게 해줄 것이다. 그들의 죽음이 억울하고 슬프기 때문에 그들을 잊지 않으면서 우리는 세계의 고통을 더욱 크게 앓을 수 있을 것이다. 그리고 그 고통을 느끼고 기억하는 한, 우리는 아직 살아 있다. 그러니 살아 있는 우리를 구원하는 것은 죽은 저들의 고통이다.

관타나모에서 돌아온 바리의 남편 알리, 지난날의 고통을 길게 말하지 않고 그와 함께 작은 가게를 꾸리고 발마사지를 하면서 살아가는 '가엾은 어린 계집아이' 바리. 그들은 "하마터면 세상이 달라졌다고 믿어버릴 만큼 한동안 평온하게 살았다". 그러나 물론, 세상은 달라지지 않았다. 런던의 한중간에서 터져나온 폭발음. 도로 한복판에 널브러진 시체들. 그것이 우리가 매일매일 아무렇지도 않게 평온하게 살아가고 있는 일상의 참모습이다. 천국을 바란 적도 없지만 이곳은 천국보다도 더 낯선, 고요한 지옥이다. 이승과 저승을 건너, 넋과 몸을 오가며 대륙을 건너온 바리가 서 있는 바로 그곳. 평온한 일상에 겹쳐지는 서천국의 불지옥. 소설 『바리데기』의 가장 감동적인 장면은 바로 여기가 아닐까. 바리가 지상으로 돌아와 이 일상의 고통을 향해 흘리는 한 줄기 눈물. 서사의 끝이자 시작이다.

"내가 흐르는 눈물을 두 손으로 닦으면서 걷다가 돌아보니 알리도 울고 있었다."

(『대구작가』 9호, 2007)

모성의 세계가 이끄는 성장의 과정

_심윤경론

1

심윤경은 2002년 『나의 아름다운 정원』(한겨레신문사, 2002, 이하 『정원』)으로 한겨레문학상을 수상하면서 등단하고 2004년 『달의 제단』(문이당, 2004)으로 다시 문단의 화제로 떠오른 신예 작가이다. 등단 초기에 주로 단편에 주력하는 요즘의 경향과는 반대로 두 권의 굵직한 장편소설로 작가적 이력을 쌓아가고 있는 데서도 알 수 있듯이 심윤경은 최근의 젊은 문학의 지향과는 차별적인 개성을 확보하고 있는 작가이다. 인물들의 내면이나 무의식에 초점을 맞추면서 전통적인 이야기 구조를 해체하는 것이 요즘의 젊은 문학의 경향이라고 할 때 심윤경의 문학은 확실히 이러한 경향과는 거리를 두고 있다. 심윤경은 개성 있는 인물을 내세우면서도 인물들과의 갈등이나 관계를 중시하며 면밀한 이야기 구조를 구축하는 데 심혈을 기울인다. 소재적으로도 당대의 문제보다는 주로 과거의 세계를 다루고 있다는 것이 심윤경의 작품에서 두드러지는 특징이다. 『정원』은 1980년을 앞뒤로 한 시기를 한동구라는 어린 소년의 시점으로 다루고 있는 작품이고, 『달의 제단』은 조선조의 가문적 전통을 지키고자 하는 종갓집을 배경으로 하면서 거기다가 이백 년도 더 된 과거의 여인이 쓴 언찰까지 서사에 참여하고 있는, 겉으로만 본다면 고색창연하다고 해도 좋을 만한 작품이다. 또한 그의 두 소설이 모두 성장소설의 형식을 취하고 있는 것에서도 그가 정통적 서사를 충실히 따르고 있음을 알 수 있다. 성장소설은 자아가 충분히 성숙되지 않은 주인공이 주변의 환경을 접하면서 자신의 자아를 깨고 세계와 만나며, 궁극에서는 현실 속에서의 자신의 위치를 찾고 성숙해가는 이야기의 구조를 지닌다. 그의 소설은 개별적 인물의 내면에 충실하면서도 그 인물이 주변과의 갈등, 관계를 통해 문제를 해결하고 화해와 이해의 결론을 얻어가는 것으로 진행된다.

작가가 최근의 젊은 소설에 대해서 "쿨하다고 착각해버리기에는 너무나 쿨하지 못한 우리네 인생, 아무래도 사는 건 구차하고 남루하다. 인연은 거미줄처럼 얼기설기 이어졌고, 생의 흔적은 먹고 내버린 파리 껍질처럼 여기저기 주렁주렁 매달려 있다"라고 평하는 데서도 알 수 있듯이 이러한 그의 소설세계는 다분히 의식적인 것처럼 보인다. 그리고 작가는 이처럼 절대로 쿨하지 않은 세상 속에서 "한 마리 호랑거미처럼 조심조심 발 디딜 자리를 찾"(심윤경, 『달의 제단』 작가의 말)는다고 말하고 있는데, 이 "조심조심 발 디딜 자리를 찾는" 행위가 바로 심윤경의 소설쓰기인지도 모른다. 인연이 거미줄처럼 얼기설기 이어진 구차하고 남루한 삶을 섬세하고도 깊이 있게 이해하면서, 그 속에서 조심스럽게 자신의 삶의 방향을 찾아가는 인물들의 이야기가 심윤경의 소설이라 할 만하다. 인물들의 주변과 그들 간의 관계에 대해서 단순화될 수 없는 삶의 복잡성을 그려내고, 그 속에서도 관계를 따져 묻고 합리적 인과를 살피는 치밀한 추적을 펼쳐내고 있는 작가의 소설세계는 '자아와 세계와의 대결'이라는, 소설에 관한 익숙한 정의를 따르고 있으면서도 또한 그것을 고정화시키지 않는 힘을 지니고 있다.

그런데 심윤경은 그간 이루어낸 만만치 않은 소설적 성과에도 불구하고 그다지 비평적 조명을 받지 못한 작가에 속한다. 한편의 작가론(오창은, 「'집'의 상상력과 공감의 '성(性)' 정치」, 『실천문학』 2005년 봄호)을 제외하고는 심윤경에 대한 언급은 대개 문학상 심사평 정도에서 만나볼 수 있다. 문학상 심사평이 작품에 대한 심도 깊은 논의를 허락하지 않는 형식의 글이고 보면 심윤경에 대한 집중적 조명은 아직 충분치 않다고 할 수 있다. 이 글에서는 전통적 서사문법에 충실하다는 점이 심윤경이 지닌 작가적 미덕이라는 점에 주목하면서 그의 이러한 서사 구성 방식이 함유하고 있는 문학적 특성을 좀 더 구체적으로 살펴보고자 한다.

2

심윤경이 발표한 두 편의 장편소설은 모두 주인공의 성장을 주요 모티프로 삼고 있다. 이미 성인인 조상룡을 중심에 놓고 있는 『달의 제단』이 성장소설의 외양을 띠고 있다고 보기는 힘들겠지만, 이 역시 '환경과 싸워나가면서 관계를 통해 성숙하는 주인공'이라는 서사진행을 취하고 있다는 점에서 넓은 의미에서 성장의 과정을 작품의 중심축으로 활용하고 있다고 보아도 될 듯하다. 이러한 성장의 구조에서 중요한 것은 주인공들이 성장을 위해 접하는 세계, 그리고 성장을 통해 얻은 세계가 얼마나 보편적 공감을 확보할 수 있는 것이냐가 될 터이다. 심윤경의 작품에서 주인공의 성장은 주인공의 주변에서 시작하여 그 영역을 넓혀나가고, 그것이 마침내 우리 삶의 보편적 문제와 만나게 된다는 점에서 독자의 공감을 충분히 얻어내고 있다. 작가는 인물의 성장을 이루는 요소들을 치밀하게 배치하고 그것에 논리를 부여함으로써 탄탄한 서사구조를 만들어나가고 있는 것이다.

『정원』에서 한동구의 성장은 '난독'(難讀)의 문제를 중심으로 이루어진다. 동구는 3학년이 되도록 글자를 제대로 읽지 못한다. 그의 이러한 '난독'은 글자를 깨치지 못했기 때문이 아니라 '마음의 그늘'이 글자를 읽고 소통하는 과정을 방해하고 있기 때문이다. 그 마음의 그늘은 아마도 할머니와 어머니의 극심한 갈등에서 비롯되는 가정의 불화 때문에 생긴 것일 터이다. 그러므로 그가 '난독'에서 '해독(解讀)'으로 나아가는 과정은 가정의 불화를 극복하고 자신과 가족으로 이루어진 작은 세계를 이해해가는 과정과 겹쳐진다. 그것이 곧 그의 성장일 것인데, 그 성장을 돕는 안내자가 바로 박영은 선생님이다. 박영은 선생님은 동구의 '난독'을 다른 선생님들이 그러했듯이 글자를 깨치지 못하는 저능으로 이해하지 않는다. 박영은 선생님은 마음속에 가지고 있는 불안과 그늘 때문에 글자를 읽고 소통하는 과정을 무의식적으로 거부하고 있는 동구의 마음을 읽고 그 마음을 치유해주기 위해 노력한다.

며느리를 아들과 자신으로 이루어진 가족질서에 개입한 경쟁자로 취급하는 할머니로부터 빚어지는 엄마와 할머니의 갈등에서 동구 가족의 불화는 비롯된다. 아버지가 가장의 권위만을 지키려 할 뿐 이 갈등을 방관하기에 불화는 더욱 깊어진다. 동구는 이러한 가족 간의 불화 때문에 난독의 증세를 앓는 것이고 동구가 난독을 이겨나가는 과정은 또한 그 가족구조의 심층을 이해해가는 과정이기도 하다. 안온하고 따뜻한 안식의 자리이며, 화합과 무조건적 애정의 요람으로 일컬어지는 가족이 사실은 숱한 갈등과 억압의 장이라는 사실을 동구의 눈을 빌려 소설은 일깨운다. 어쩌면 가족이라는 이름에 주어진 절대불변의 애정이라는 이데올로기는 가족 구성원의 갈등과 억압을 가장 효과적으로 은폐하기 위해 만들어진 것일지도 모른다. 동구가 난독을 이겨나가는 과정은 아버지와 할머니와 어머니를 모두 이해하며 성숙해가는 과정이지만 또한 이러한 갈등과 억압의 가족구조 자체를 이해하는 과정이기도 하다. 글자를 깨치지 못했다는 표면적 사실이 아니라 가족을 이해하고 사랑하는 동구의 마음을 읽어주는 박영은 선생님에 의해서 동구는 점점 자신과 가족의 세계를 이해하게 된다. 누군가의 마음을 진심으로 알아주고 이해해주는 일이 얼마나 소중한 것인지를 알게 되면서 동구 역시 갈등으로 얼룩진 가족을 이해하는 일을 조금씩 시도해나가게 되는 것이다.

동구가 난독을 이겨나가는 과정은 가족 속에서 출발해서 점차 가족의 바깥으로 확장된다. 『정원』은 크게 두 개의 사건 축을 중심으로 이루어지는데, 하나가 동구와 동생 영주를 비롯한 그의 가족과 관련된 것이라면 또 하나는 1979년 12·12와 1980년 5월 광주로 이어지는 일련의 시국과 관련한 사건들이다. 두 축은 동구와 박영은 선생님을 매개로 이어져 있는데 이를 통해서 동구의 성장은 단지 가족의 세계에 머무르지 않고 가족 바깥의 사회적 영역으로 확장되는 것이다. 그런데 여기서 중요한 점은 이러한 세계의 확장이 단지 동일한 시간적 배경을 근거로 한 공간의 나열이 아니라는 점이다. 만약 동구의 가족을 중심으로 한 서사에 단지 사회적 상황이 배경으로 끼어들기만 했다면 서사는 어색한 균열을 면하기 힘들 것이다. 동구는 군인들이 탱크를 몰고 중앙청 앞에 진주해 있다는 소문을 듣고 친구와 함께 탱크를 보기 위해 달려나간다. 이때 동구는 단지 탱크라는 신기한 물건을 목격할 수 있다는 경이로움에 들떠 있을 뿐이다. 그러나 이 탱크의 진주가 위험하고 공포스러운 일일 뿐 아니라 부당한 일이라는 사실을 주리 삼촌을 통해 알게 되고 이후 주리 삼촌과 그의 후배, 박영은 선생님의 회합에 동참함으로써 그 탱크의 의미를 듣게 된다. 물론 어린아이인 동구의 관점에서 어른들의 이야기는 이해하기 힘든 대상일 뿐이다. 그러나 이후 동구는 광주사건으로 박영은 선생님이 데모에 참가하고 급기야 죽음을 맞이했을지도 모른다는 소식을 듣게 되는데, 그를 통해 빨갱이나 간첩들이나 하는 것이라고 교육받아온 데모에 대한 자신의 시각을 조정할 수 있게 된다.

낮이나 밤이나 혼자 끙끙거리며 세상에서 가장 정의롭고 현명하고 절대적으로 옳은 박 선생님과, 나쁘고 어리석고 위협적이고 불순한 데모에 대해 며칠 동안이나 끊임없이 생각한 결과 나는 해답을 얻은 거라고 할 수는 없지만 나름대로 마음이 편해지는 경지에 도달했다. 데모에 대해 너무 많이 생각하고 입 속으로 중얼거렸기 때문에 며칠이 지나자 데모라는 말에서 느껴지던 지독한 이물감이 사라졌던 것이다. 데모는 간첩, 북괴, 삐라, 공산당 등의 생각만 해도 치가 떨리는 단어에서 밥, 이불, 학교, 딱지처럼 아무런 두려움

없이 생각할 수 있는 단어로 등급 조정되었다.

_『정원』, 240쪽

글을 모르고 공부를 못하면 바보라는 선입견이 박영은 선생님에 의해 극복되었듯이 데모가 불순하고 어리석고 위험한 것이라는 고정관념 역시 박영은 선생님에 의해 깨어진다. 동구는 집안의 갈등에 대해 나름의 분석적 시선을 가지게 되면서 스스로 성장한 것처럼, 또한 불안하고 억압적인 사회적 상황을 접하면서 이데올로기에 의해 교육받은 자신의 고정관념들을 하나씩 깨쳐 나가게 되는 것이다.

그래서 집 안과 집 밖의 서사를 연결 짓는 매개로서의 박영은 선생님의 역할은 매우 중요하다. 박영은 선생님은 3학년이 되도록 글을 읽지 못하는 동구가 저능아나 학습부진아가 아니라 가족을 사랑하고 동생을 아끼는 속 깊은 소년이라는 점을 발견해주었고, 또한 동구에게 "남을 이해하려면", "그 사람이 되었다고 생각하고 진심으로 그 사람의 마음을 헤아려봐야"(『정원』, 302쪽) 한다는 것을 가르쳐주었다. '난독'에 빠져 말하지 못했던 동구의 마음을 읽어주고, 증오와 분노로 얽힌 가족관계를 동구로 하여금 이해할 수 있도록 한 박영은 선생님. 이러한 자질은 어디에서 나오는 것인가. 박영은 선생님과 그의 선배인 이태혁과의 대화에서 이 과정을 짐작할 수 있다. 박영은 선생님은 이태혁과 함께 학생운동을 했으나 그 당시 자신의 부르주아적 습성 때문에 숱한 비판을 받았음을 기억하고 있다. 모두가 집회 때문에 밤을 새고 있는 때에 집에서 면바지를 다려 입고 나왔던 박영은 선생님은 그 어울리지 않는 결벽성 때문에 비판을 받았고, 현장에 투신하는 것이 올바른 운동의 과정이라고 생각되던 때에 교사의 길을 가려는 자신의 나약함 때문에 숱한 고민의 과정을 겪기도 했었다. 획일적이라고도 할 수 있는 운동의 논리와 습성에 동화되지 못하고 겉돌던 박영은 선생님의 고민은 상대의 마음을 진심으로 헤아리고 이해하는 심성으로, 그러면서도 문제의 본질을 잊지 않는 자질로 다시 태어날 수 있었던 것이다.

『정원』은 이처럼 어린 소년의 성장을 서사의 중심에 놓으면서도, 가부장적 이데올로기나 여성성의 문제가 시대의 이데올로기, 혹은 사회변혁의 문제와 결코 무관하지 않다는 점을 상기시킨다. 심윤경의 소설세계가 전통적 소설문법을 충실히 지키고 능숙한 서사구성의 진경을 보여주고 있다면, 그것은 이처럼 집 안과 집 밖이라는 두 개의 세계를 하나의 주제의식 속에서 논리적으로 연결하면서 성장의 세계를 확장시키는 힘에 근거하고 있다.

『정원』의 성장이 집 안과 집 밖이라는 두 개의 공간을 연결시키면서 이루어진다면, 『달의 제단』의 성장은 과거와 현재의 두 시간이 서로 교섭하는 가운데 이루어진다. 점점 변화해가는 현대 사회의 물결 속에서 가문의 전통을 지키고자 하는 할아버지와 그의 위엄과 권위에 억압되어 살아가는 조상룡을 중심으로 현재의 사건이 구성된다면, 우연히 발견된 조상룡의 8대조 할머니인 안동 김씨의 언찰에 의해 과거의 사건은 서술된다. 조상룡이 집안의 부엌데기인 정실과 사랑에 빠지면서 사건은 점점 더 갈등의 국면을 만들어내는데, 이와 동시에 언찰 속 안동 김씨의 수난 역시 점점 파국을 향해 치달아간다. 현재의 사건과 과거의 사건은 병행 서술되지만 이 두 사건들이 서로 교섭하고 영향을 미치면서 소설은 진행되는 것이다. 그리고 과거와 현재의 두 시간은 억압받는 여성성과 가문의 권위를 위한 남성의 폭력이라는 주제로 압축되면서 다시 통합된다. 이처럼 과거와 현재가 교차하면서 치밀하게 엇물리는 서사 속에서 조상룡의 성장은 이루어진다. 조상룡은 정실과의 사랑을 통해, 그리고 언찰을 매개로 알게 된 안동 김씨의 삶을 통해 자신을 억압하던 피해의식과 강박관념으로부터 벗어나는 성장을 얻게 되는 것이다.

평생을 가문의 중건을 위해 살아왔고, 존재 자체가 이미 전통의 살아 있는 화신인 할아버지의 기대에 부응하지 못한다는 사실에서 조상룡의 위축과 번민은 비롯된다. 그러나 근본적으로 조상룡을 괴롭히는 것은 자신의 출생 배경, 즉 할아버지의 강압에 저항한 아버지가 밖에서 낳아온 자식이 자신이라는, 자신이 가문의 종부인 해월당 유씨의 소생이 아니라는 사실이다. 조상룡은 자신이 가문의 품격에 어울리지 않는 천한 출신이며, 자신의 어머니가 성적으로 방탕한 여자였다는 사실에 강한 콤플렉스를 가지고 있다. 할아버지의 기대와 가문의 전통에 부응하지 못하는 존재라는 열등감에서 그가 벗어나지 못하는 까닭도 여기에 있다. 조상룡은 정실과의 육체적 사랑을 통해서 이러한 열등감과 피해의식으로부터 벗어난다. 이는 늘 억압과 금기로만 존재했던 성적 욕망을 쾌락과 해방의 경험으로 분출할 수 있었기에 가능한 일이다. 또한 할아버지에 의해서는 늘 모자라고 부족한 존재였던 자신이 정실에 의해 최고의 남자로 칭송받게 되면서 가능해진 것이기도 하다. 그러나 그가 여전히 할아버지를 중심으로 한 가문 속에서는 자신의 위치를 제대로 얻지 못한 위축된 존재라는 점에서 그의 성장은 제한적이다. 그는 정실과의 사랑을 통해 금기/쾌락의 이분법에서 벗어나지만 그 사랑의 이름으로 자신의 가문과 할

아버지의 관계를 다시 읽는 데까지는 나아가지 못하는 것이다. 할아버지는 여전히 자신이 감히 따를 수 없는 위엄의 존재이며, 갈등의 원인은 할아버지의 부당한 억압이 아니라 자신의 모자람에 있다. 그런 의미에서 조상룡이 정실과의 사랑을 통해 얻게 되는 해방감은 진정한 성장이라기보다는 하나의 도피에 머무르는 감이 있다. 이런 조상룡의 제한적 성장을 온전한 성장으로 바꾸는 계기는 안동 김씨의 마지막 언찰이다. 안동 김씨의 시아버지는 가문의 전통을 잇기 위해 갓 태어난 손녀를 죽이고 그 자리에 아무도 몰래 다른 아들을 바꾸어 채워 넣었고 안동 김씨는 이 끔찍한 고통 속에서 스스로 목숨을 버린다. 안동 김씨의 마지막 언찰을 통해 조상룡의 열등감과 콤플렉스를 자극했던 가문의 전통은 결국 허구에 불과하다는 사실이 밝혀지는 것이다. 그토록 전통과 법도를 중시 여겼던 자신의 가문이 사실상 어린 생명을 죽이고 며느리의 모성을 파괴하면서 존재해온 위험하고도 부당한 폭력의 소산이었던 셈이다. 가문의 대를 잇는 적통들에 의해 만들어졌다는 전통은 사실은 어디에서 왔는지 알 수도 없는 사람들에 의해 채워진 허구의 산물일 뿐인 것이다.

그런데 "나는 내가 아니었"고, "할아버지도 할아버지가 아니었"으며 "우리는 근원을 알 수 없는 우주의 미아"(『달의 제단』, 273쪽)였다는 깨달음은 서사의 진행상 너무 늦게 얻어진다. 거의 소설의 결말부에 이르러서야 조상룡은 자신을 억압하던 가문의 허구성을 깨달음으로써 존중과 부담의 이중적 시선으로 바라보았던 할아버지의 세계와 비로소 제대로 대립하게 되는 것이다. 자신의 존재가 지니는 허구성을 깨달음으로써 조상룡은 할아버지와 대립적 위치에 서게 되고 그 속에서 스스로의 주체성을 확인하는 진정한 성장을 이룬다. 그러나 그 깨달음은 너무 늦게 얻어지는 바람에 그의 성장과 동시에 소설은 막을 내린다. 할아버지와 조상룡의 급작스러운 죽음으로 마무리되는 결말, 이 급격한 파국의 결말은 무엇을 의미하는가. 이에 대해서는 좀 더 섬세한 분석이 필요하다.

3

『달의 제단』의 급격한 파국의 결말은 권위와 억압의 남성적 질서에 대립하는 모성과 포용의 여성적 질서가 지니는 자체 모순에서 비롯된다. 정실과 조상룡의 사랑은 가문의 전통과 출신의 고귀함을 따지는 할아버지에 의해 억압받고 배제되는 관계이다. 그리고 이러한 억압과 배제에 의해 고통받는 여성성은 안동 김씨의 죽음, 해월당 유씨의 억압받은 인생으로 확장된다. 가문의 대를 이으려는 시아버지의 욕망에 의해 파괴되는 안동 김씨의 삶은 물론이거니와 언제나 전통의 품격과 금욕의 자세로 조상룡으로 하여금 위축과 소외를 경험하게 했던 해월당 유씨의 삶도 결국은 억압당한 욕망의 왜곡된 표현이었음이 드러나면서 소설은 억압받은 존재들의 연대와 이해라는 주제의식을 전달한다. 그런데 문제는 이러한 포용과 이해의 관계가 할아버지의 삶까지도 포함하려고 하는 데서 발생한다. 안농 김씨의 마지막 언찰에서 가문의 전통을 유지하려는 욕망이 만들어낸 추악한 폭력과 범죄가 밝혀지고, 그래서 할아버지가 유지하고자 했던 가문의 전통성이 하나의 허구임이 밝혀진 이후에도, 조상룡은 할아버지의 세계를 이해와 연민의 대상으로 바라본다.

> 할아버지의 모습을 보면서 문득 목울대가 뜨거워졌다. 모든 것을
> 잃는다 해도 할아버지의 고귀함만은 끝까지 지켜주고 싶다. 근원을
> 알 수 없는 우리 집안의 비천한 핏줄기 속에서 할아버지만은 본지
> 정계(本支正系) 만세귀골(萬世貴骨)의 풍모가 우뚝하지 않았던가.
> 효계당의 주인이자 이 집안의 계승자로 살기 위해 한평생을 바친 사
> 람에게, 아무리 진실이라 한들 이토록 가혹한 결말을 따르도록 강요
> 하는 것은 진정 부당한 일임에 틀림없었다.
>
> _『달의 제단』, 275쪽

'남을 이해하려면', '그 사람이 되었다고 생각하고 진심으로 그
사람의 마음을 헤아려봐야' 한다는 포용과 이해의 자세는 일관되
게 심윤경의 서사를 지탱하는 중요한 주제의식임을 알 수 있다.
적대와 갈등으로 가득 찬 세계를 변화시키는 것은 우선 이해할
수 없는 상대의 심정과 처지를 진심으로 이해하고 포용하는 것에
서 출발한다는 입장을 심윤경은 서사의 근간으로 삼고 있는 것이
다. 그러나 할아버지의 세계는 조상룡에게 이해와 포용의 자세를
가르쳐준 정실과 안동 김씨, 해월당 유씨의 세계와는 명백하게
대립된 곳에 서 있다. 이 둘을 모두 이해하고 포용하는 것은 논
리적으로는 불가능한 어설픈 화해에 불과하다. 정실, 안동 김씨,
해월당 유씨의 삶을 이해하고 포용하는 것은 이들의 삶이 모두
할아버지의 세계로 대표되는 남성적 지배와 억압의 결과물이라
는 공통성을 가지고 있다는 것을 아는 데서 가능해진다. 서사 속
에서 할아버지의 세계는 그가 의도했든 의도하지 않았든 정실을,

해월당 유씨를 억압하면서 존재해왔다. 그럼에도 불구하고 할아버지의 세계가 이해되고 옹호될 수 있다면 그것은 어떤 이유 때문인가. 전통과 질서에 한 몸이 된 할아버지의 품격과 일생을 건 노력을 존중했던 조상룡의 시선으로 미루어 짐작하건대 할아버지의 세계가 가치를 가진다면 그것은 할아버지가 경박한 현대사회의 조류에 맞서는 지점에 서 있기 때문이라고 저자는 보고 있는 듯하다. 그렇다면 할아버지가 애써 가꾸고 지키고자 했던 효계당 바깥의 세계는 천격의 세속에 불과하다는 결론이 내려질 수밖에 없다. 그러나 과연 그런가.

다시 한 번 강조하건대 할아버지의 세계에 맞서는 세계로 구체화된 것은 여전히 부당하게 억압당하고 고통받은 여성들의 삶이다. 비천한 출신이라는 이유로 어디론가 끌려갔던 정실이 그러하고, 평생을 효계당의 부엌을 지키며 살았으나 딸의 사랑이 무참하게 파괴되는 것을 보아야 했던 달시룻댁이 그러하고, 가문의 전통과 질서라는 이름으로 스스로 모성적 욕망을 억압해야 했던 해월당 유씨의 삶이 또한 그러하다. 심지어 '초콜릿 루나티크'라는 가게에서 신비한 사랑의 메신저가 되어 있는 조상룡의 생모의 삶조차도 그러하다. 그렇다면 할아버지의 세계는 일찌감치 회의와 반성의 대상이 되어야 함에도 불구하고 조상룡은 서사의 말미에 이르기까지 할아버지의 삶을 따르고 이해하려고 노력한다. 할아버지의 세계 바깥을 천격의 세속으로 이해하는 태도는 자신의 출생이 비천한 것이라는 열등감과 연결되고, 할아버지의 세계를 존중하는 동안 조상룡은 여전히 자신의 피해의식에서 온전히 벗어나지 못한다. 그리고 조상룡의 이러한 태도는 오히려 자신의 연인인 정실의 여성성을 타자화시키는 것으로 나타나기도 한다.

조상룡이 정실과의 육체적 관계를 통해 금기와 억압으로부터 벗어나는 해방감을 느끼고 그래서 자신의 불행한 출생과 위축된 주체성을 회복할 수 있었다고 하지만, 할아버지의 세계를 인정한 곳에서 그것은 진정한 해방이라기보다는 하나의 도피에 불과한 것이다. 정실과의 관계가 애초에 강간에서 출발했으며, 정실이 언제나 조상룡을 받아주고 포용하는 상대로만 그려진다는 것은 그녀의 욕망이 주체적으로 조상룡과의 관계로 다시 삼투하지 못했다는 것을 의미한다. 어쩌면 육체적으로도 불구이고 정신적으로도 약간은 모자란 정실이라는 인물의 설정 자체가 이미 이러한 문제를 내장하고 있는지도 모른다. 정실의 육체적, 정신적 장애는 그녀가 가장 어둡고 소외된 곳에 있다는 것을 강조함으로써 그녀의 모성과 포용을 더욱 돋보이게 할 수 있을지도 모른다. 그러나 그렇다고 하더라도 결국 그녀가 어떻게 조상룡을 사랑하고 그를 포용하게 되었는지에 대한 정보는 소설에서 퍽 부족한 편이다. '그 사람이 되었다고 생각하고 진심으로 그 사람의 마음을 헤아려'보는 일은 적어도 정실에게는 충실히 적용되지 않는다. 그 과정에 의해서 정실이 지닌 가치와 의미는 더욱 분명해질 것인데 말이다. 독자는 정실이 왜 조상룡을 사랑했으며, 어째서 어떤 억압과 위험에도 불구하고 조상룡에게 전폭적인 신뢰와 애정을 보내게 되었는지 알지 못한다. 그녀는 언제나 조상룡이 원하는 곳에 서 있으면서 조상룡이 원할 때 몸을 내주고 마음을 안아주는 존재일 뿐이다.

모성적 포용과 이해의 세계란 그것이 어떤 국면에서 작용하느냐에 따라 다른 의미를 지닐 수밖에 없다. 남성적 지배와 권위의 질서와 마주할 때 그것은 부당한 억압에 맞서고 그것을 전복하는 하나의 대안적 세계가 될 수 있지만, 또한 그것이 부당한 억압까지도 끌어안으려 할 때는 갈등을 무화시키고 문제를 왜곡시키는 어설픈 화해와 은폐의 수단이 되기 쉽다. 할아버지의 세계에 대한 『달의 제단』의 시선은 모성적 포용과 이해의 세계가 가지는 이러한 모순을 포함하고 있다.

그러므로 할아버지와 조상룡이 모두 죽음을 맞이하는 파국의 결말은 작가가 제시한 모성적 포용과 이해의 세계가 지니는 모순을 해결하기 위해 어쩔 수 없이 선택된 것이라고 말할 수 있다. 할아버지는 안동 김씨의 억울한 죽음이 드러난 마지막 언찰을 보고서도 자신의 세계를 반성하지 않는다. 오히려 안동 김씨의 언찰이 진실이 아니라 조작된 것이라는 결론을 내리며 완고하게 자신의 세계를 유지하고자 한다. 할아버지의 세계가 지닌 권위와 질서는 허구적인 것이지만 그것은 쉽사리 깨어지지 않는 완고한 힘을 지닌 세계이기도 하다. 끝까지 진실을 인정하기를 거부한 곳에서 화해와 포용은 이루어질 수 없다. 소설에서 그 사실은 너무 늦게 밝혀짐으로써 결국 극단적 파괴와 소멸의 결론을 불러왔다. 그런 의미에서 할아버지와 함께 조상룡마저도 효계당을 휩싸고 있는 불길 속으로 스스로 몸을 던지는 결말은 억압 속에서 고통스럽게 존재하는 모성의 세계에 바치는 속죄의식이라 할 만하다. 정실을 통해서 해방과 위안을 얻으면서도 여전히 할아버지의 세계에 맞서 정실을 지키지 못한 죄, 그래서 오랫동안 정실의 사랑을 자신의 입장에서만 바라보면서 방치해온 죄, 결국은 정실의 삶을 타자화시키고 대상화시켰던 자신의 죄, 이 죄를 불길 속에 던져 넣음으로써 조상룡은 자신의 삶을 마감한다. 조상룡은 자신의 삶을 모성적 포용과 이해의 세계라 할 만한 "둥글게 하늘을 덮은 그들의 달"(『달의 제단』, 282쪽)의 세계에 바치는 제물로 삼은 것이다.

할아버지의 삶과 그가 일생을 걸어 지키고자 했던 효계당, 그리고 그 효계당의 세계에서 온전히 벗어나지 못했던 조상룡을 함께 불태우는 제의에 의해 '달'의 세계는 더욱 둥글어지고 환해진다. 그러나 그 '달'의 세계는 고통과 억압에 의해서만 빛나기에 슬프고 비극적이다. 이 비극적 결말은 '모성적 포용과 이해'의 세계가 지니는 모순이 극적으로 반영된 결과라고 할 수 있다. 한편으로 『달의 제단』의 이러한 비극적 결말은 '모성적 포용과 이해의 세계'가 결코 갈등을 유보하고 문제를 은폐하는 화해를 통해 이루어지지 않는다는 사실을 스스로 드러낸다. 비록 유보되고 지연되었지만 작가는 할아버지의 세계에 보내는 시선의 이중성을 끝까지 외면하지는 않는다. 진정한 포용과 이해는 문제의 시비를 따지고 결과와 원인을 점검하는 냉정하고도 정직한 시선에 의해 완성된다. 이제 살아남은 자는 아무도 없다. 소설은 파멸과 폐허만을 남긴 채 마무리된다. 어쩌면 이 끔찍한 파국이 우리의 모성에 대한 착잡한 오해와 이해가 처한 정직한 자리일지도 모른다. 그러므로 조상룡의 성장은 죽음과 함께 완성되지만 조상룡의 죽음 이후에 남겨진 세계는 '진정한 포용과 이해의 세계'가 어떻게 가능할 것인가라는 질문을 독자에게 던진다.

'모성적 포용과 이해의 세계'를 서사를 끌어가는 중요한 원동력으로 삼으면서도 그것으로 문제를 은폐하거나 유보하지는 않으려는 작가의 냉정하고 정직한 시선은 『정원』에서도 여지없이 드러난다. 갈등과 불화 속에 삐걱거리는 가족관계를 이어주는 사랑의 화신이었던 동생 영주가 죽고 나서 동구의 가족은 극심한 혼란 속에 빠진다. 위태롭게 이어왔던 엄마와 할머니의 긴장은 마침내 파열되고 엄마와 할머니의 갈등은 도저히 수습할 수 없는 지경에 빠진다. 엄마와 할머니가 한집에서 살 수 없는 상황에 처하자 동구는 지금은 없는 박영은 선생님과의 대화를 통해 할머니와 함께 집을 떠나기로 결심함으로써 문제해결의 실마리를 찾아낸다. 이는 엄마와 할머니, 그리고 가족의 갈등을 일단은 무마하고 피하는 것이라는 점에서 갈등의 해결에는 이르지 못하는 결론이다. 그러나 이러한 결론이 단지 갈등을 덮고 겉으로만 화해를 시도하는 것과는 사뭇 다른 의미를 지닌다. 할머니와 함께 시골로 떠남으로써 망가진 가족을 유지하겠다는 결론을 내리기까지에는 지금의 가족을 만들어낸 원인과 문제점을 인식하고 그럼에도 불구하고 상대의 입장을 이해하려는 부단한 노력의 과정이 전제되어 있다.

"살다 보면 아픔이 많지. 어려운 일을 겪다 보면 서로 섭섭한 일도 많이 생기게 되고. 그런 걸 모두 다 네가 잘 했다, 내가 잘 했다 따지면 안되는 거야. 무조건 서로 이해해 주면서 살아야 해. 그게 가족이다."

그렇게 생각하면 우리는 훌륭한 가족이었다. 누가 잘못했는지 제대로 따져본 적이 한 번도 없었기 때문이다. 그 결과 엄마와 할머니는 서로 원수가 되어 앓아누웠고 아버지와 나는 지금 식은 탕수육 국물을 앞에 놓고 망가진 가족을 재건할 방안을 논의하고 있었다. (중략)

"아버지인 나를 중심으로 우리 가족이 뭉쳐서 이 아픔을 이겨내보자. 네 엄마도 지금은 슬픔을 이기지 못해 저러고 있다만 나를 따라줄 것이라고 믿는다. 할머니도 물론이시고, 아들인 너는 더 말할 것도 없다……."

　제발 아버지가 집착을 버리면 좋겠다. 이렇게 온 가족이 만신창이가 되었는데도 아직도 아버지는 자신이 중앙에 서 있는지 밀려났는지 그것부터 염려한다. 사실 아버지가 중심을 지키기만 했어도 엄마가 스스로 정신병원에 가는 일까지는 없었을 것이다. (중략)

　문득, 지금 아버지가 나에게 한 말들도 아버지의 생각을 정확하게 전달하지 못했다는 생각이 들었다. 지금 아버지를 가장 괴롭히는 것은 아버지가 가지고 있다고 생각했던 절대적인 권위가 오늘날 우리 가족 누구에게도 힘이 되지 못하고, 아버지가 애써 생각해낸 위로의 말이 엄마의 병을 낫게 하지도 못하고, 아버지가 마지막까지 믿었던 할머니가 저렇게 한심한 모습으로 자신의 모습을 책임지지 못하는, 아버지가 한 번도 그러리라고 생각하지 못했던 아버지의 끔찍한 무력함일 것 같았다.

　　　　　　　　　　　　　　　　　　　＿『정원』, 285~287쪽

　어린 동구는 아버지가 제시하는 가족의 재건 방법에 동의하지 않는다. 상처와 불화로 망가진 가족은 갈등을 덮어버리고 무조건적 화해와 이해로 뭉치는 방법으로는, 더구나 아버지를 권위의 중심에 내세우고 다른 가족들이 아버지를 따르는 방법으로는 재건되지 않는다. 동구는 아버지의 무력감을 이해하고, 며느리에게 자신의 자리를 빼앗겨버렸다고 생각하는 할머니의 상실감을, 아버지와 할머니에 의해 소외되고 억눌린 어머니의 억울함을 이해하지만 그것을 무조건적 화해의 방편으로 삼지는 않는다. 가족들에 대한 이해는 문제의 원인과 결과, 시비를 분명히 따진 이후에 내려진 결론이기 때문에 새로운 화해를 위한 모색으로 이어질 수 있는 것이다. 그러므로 동구가 할머니와 함께 시골로 내려감으로써 가정의 불화와 갈등을 일단 정지시키는 해법은 결론이라기보다는 새로운 시도이고 시작이다.

4

모든 성장소설이 드러내는바, 성장은 하나의 세계를 이해하고 다른 세계를 여는 과정이다. 그러므로 하나의 세계를 마감하는 것은 새로운 세계를 만나는 것으로 이어진다. 동생 영주와 박영은 선생님이라는, 자신의 성장을 이끌어주었던 두 사람을 모두 잃으면서 마감된 동구의 성장은 그들의 삶을 자양분으로 삼으면서 원조자 없이 홀로 선 동구의 새로운 출발을 의미하는 것이기도 하다. 그것이 죽음으로 마감되기에 비극적이기는 하지만 자신을 달의 제단에 바친 조상룡의 성장도 사실은 하나의 세계를 마감하는 것이면서 또 다른 출발을 의미하는 것이다. 갈등과 파국을 회피하지 않는 작가의 냉정하고 정직한 문제인식이야말로 이 출발을 가능하게 하는 원동력이라 할 것이다.

그러므로 전통적 서사문법에 충실하면서 인물들의 갈등과 긴장, 그리고 그것이 대표하는 세계들을 치밀하게 구조화하는 심윤경의 작가적 역량은 단지 서사구성의 능력에만 머무르는 것이 아니다. 심윤경은 소설 속에서 제기된 문제들을 감동과 위안의 유혹에 이끌려 섣불리 무화시키지 않으며, 그것이 지닌 문제성들을 논리적으로 치밀하게 따지고 해석하는 데 탁월한 능력을 발휘한다. 『달의 제단』을 통해서도 알 수 있듯이 그것은 심지어 작가 자신조차도 혼돈스러워하는 문제를 다루는 데서도 여지없이 드러난다. 그의 작품이 탄탄한 서사구조를 지닌다면 그것은 이처럼 문제를 냉정하고도 정직하게 파악해나가는 작가의 현실인식 능력에 힘입은 바 크다. 작가는 집 안과 집 밖, 과거와 현재를 넘나들면서 단지 서사의 내부에만 머무르지 않는, 세계에 대한 관심과 이해의 확장을 이끌어낸다. 그가 제시하는 '모성적 포용과 이해'라는 주제의식은 '여성/남성', 혹은 '집 안/집 밖'이라는 경계를 넘어 우리의 삶을 진정으로 이해하는 방법론으로 자리잡는다.

그의 이러한 문제인식 능력과 진지한 서사구성의 태도는 그러나 당대의 문제의식을 풍부하게 담지 못한다는 점에서 아쉬움을 남긴다. 물론 모성적 포용과 이해의 세계라는 것이 과거의 것에 국한되는 것이거나 현재의 우리 삶에서 그 의미를 발휘하지 못하는 것은 아니다. 그러나 범인류적이라 할 만한 이러한 주제의식은 그것이 지금 여기에서 여전히 너절하고 남루하게 살아가는 사람들과 어떻게 구체적으로 만날 수 있는가를 고민할 때에만 더욱 의미 있게 형상화될 수 있을 것이다. 작가의 말마따나 결코 '쿨'하지 못한 것이 우리네 인생이지만 그럼에도 불구하고 '쿨'의 태도가 조장되고 횡행하는 것이 또한 우리의 현실임을 잊지 말아야 할 것이다. 현실을 대하는 작가의 진지한 문제의식과, 그것을 하나의 서사로 치밀하게 묶어내는 문학적 역량이 당대성 속에서 더욱 환하게 피어나기를 기대해본다.

(『작가와 비평』 2005년 상반기)

주변성과 타자성의 발견, 그리고 그 이후

_이상섭의 「그곳에는 눈물들이 모인다」

1. 낡은 것과 새로운 것

언제나 문제는 새로움이었다. 새로움이 강조되는 최근 문단의 경향에 대해 비판의 목소리가 큰 것도 사실이지만 새로움을 추구하는 것 자체는 비판받을 일이 아니다. 물론 젊은 세대에 지나치게 관심이 집중되거나 기법적, 소재적 새로움만을 부각시키는 경향, 그리하여 세대교체의 주기가 너무 짧아지고 문학이 숨 가쁜 상품시장의 속도 속으로 함몰되는 결과를 불러일으키는 것은 충분히 경계해야 한다. 새로움을 좇다가 어느새 그 새로움의 의미를 신중하게 가늠할 여유조차 놓치게 되는 아이러니를 범할 수 있기 때문이다. 그러나 또한 좋은 문학은 언제나, 어떤 의미에서는 새로웠음을 잊어서도 안 된다. 그 새로움은 언제나 익숙한 것들 속에서 낯선 의미를 발견하고 진부한 관계들 속에서 다른 관계의 가능성을 발견한다.

반대의 경우도 생각해볼 수 있다. 새로움이 일방적으로 강조되는 상황에서 오래되었으나 여전히 소중한 미덕이 새삼스럽게 부각되기도 한다. 소설을 들어 말하자면 이야기의 힘, 생활의 주변을 세심하고도 깊이 있게 탐사하는 서사정신의 가치, 익숙한 일상 속에 오래 머물러 있는 작가정신의 끈기와 일관성 같은 것들이 여기에 해당될 터이다. 이러한 가치들은 오래되었지만 자주 외면당하기에, 섣불리 낡은 것으로 취급받기에 오히려 더 새로운 것처럼 보인다. 그러나 새로움에 비교되어 그것이 지니는 희소가치만으로 그 의미가 자동적으로 격상될 수는 없는 일이다. 새로움이 기법이나 소재의 문제가 아닐진대 오래된 방법이든 소재이든 간에 그것이 좋은 문학이 되기 위해서는 익숙한 것 속에서 반짝이는 새로운 의미들을 함축할 수 있어야 한다. 여전히 문제는 새로움이며 그 새로움이 지니는 의미의 진폭이다.

그런 연유로 새로움은 '낯설게하기'와 관련을 맺는다. 브레히트는 당연한 것으로 굳어버린 자동화된 일상과 예술적 문법을 지적하며 새로운 형식의 중요성을 강조했지만, 그렇다고 해서 브레히트가 공격해 마지않았던 루카치식의 리얼리즘에서 '낯설게하기'가 불가능한 것은 아니다. 부분으로 파편화된 예술의 조각들이 전체의 형상으로 이어질 때, 불가해한 삶의 소외된 국면이 지닌 관계를 알게 되고, 그 관계를 보는 눈에 의해 일상은 새롭게 인식된다. 누군가 언뜻 보았으나 지레 눈감고 말았던 것, 간절히 열망했으나 그것을 향할 정열을 잃어버렸던 곳에서 삶은 새롭게 발견되며 문학은 삶과의 관계 속에서 그 의미의 지평을 넓힌다. 그리하여 익숙한 것과 낯선 것들이 부딪치고 갈등하는 사이 나와 타인, 중심과 주변은 문학 속에 재편된 리얼리티로 되살아난다. 이러한 새로움을 위해 리얼리즘은 익숙한 일상을 향해, 괴물 같은 현실 속으로 더욱 집요한 탐구의 눈길을 가다듬어야 함은 물론이다. 익숙한 일상과 익숙한 인식에 파격을 가하고 충격을 줌으로써 삶을 낯설게 바라볼 수 있게 하는, 문학은 그 새로움을 얻기 위해 더 오래 익숙한 것들에 머물러야 하는 것이다.

이상섭(『그곳에는 눈물들이 모인다』, 창비, 2006)의 경우라면 어떻게 말할 수 있을까. 이상섭이 지역의 작가이며, 도시의 일상에 집중되고 있는 이즈음의 소설 경향과는 다르게 지역과 주변의 삶들을 애정 깊은 시선으로 형상화하고 있다는 것, 판타지와 각종의 환상들과 대중문화의 문법들이 넘쳐나는 젊은 세대의 소설들에 대비되어 여전히 일상의 세목들과 그 삶의 곡진함을 문학 속에 옮겨놓기 위해 고투하고 있다는 것, 오래 잊고 있었던 이야기의 재미를 한껏 맛보게 해준다는 것 등은 이상섭의 소설을 읽은 독자라면 누구나 동의할 수 있는 내용일 것이다. 그러나 이상섭 소설에 관해 새로운 경향에 비견되는 오래된 것들의 가치, 혹은 잊고 있었던 주변적 삶의 리얼리티만을 말한다면 그것은 아직 충분치 못하다. 이상섭이 지키고 있는 소설의 오래된 덕목들이 얼마나 새로운 가치를 발견하고 있는가. 그의 소설이 드러내는 리얼리티가 얼마나 우리 자신과 이웃들의 삶을 새롭게 사유하게 해주는가에 대해 물어야 하기 때문이다.

2. 주변적 삶의 구체성, 그렇다면 중심을 어떻게 사유할 것인가

먼저 주변의 삶에 관한 이야기로 시작해보자. 이상섭의 소설은 모두 현대의 도시적 삶과는 멀리 떨어진 주변의 공간에서 진행된다. 지방 도시의 어시장이나 부둣가, 혹은 섬이나 시골 소읍이 이상섭 소설의 주요 배경이다. 그리고 그 공간에 사람들이 산다. 이 사람들에 의해서, 그들이 품고 있는 사연 때문에 이상섭 소설의 공간적 배경은 밀려난 삶, 소외된 삶, 그러나 그곳에서도 계속되는 삶의 터전이 되며 그것은 이상섭 소설의 가장 인상적인 구체성을 이루는 주요 항목이기도 하다. 그러므로 정확히 말하자면 이상섭 소설의 주변성은 지역과 변방이라는 공간 때문이 아니라 거기에서 살고 있는 사람들의 삶, 그리고 그들의 인식에서 나오는 것이라고 보아야 한다.

과연 이상섭 소설의 인물들은 모두 어딘가로부터 밀려 나와 그 변방의 공간에 이르렀으며 대체로 자신들의 삶을 소외되고 불우한 것으로 여긴다. 「바다는 상처를 오래 남기지 않는다」에서 은희가 고향의 바닷가 마을로 돌아온 것은 도시에서 남편과 일구었던 작은 공장이 실패했기 때문이다. 「자장가」에서 '나'는 도시에서 온갖 험한 일을 하며 고향의 어머니와 잘살아볼 날을 꿈꾸었으나 결국 사기를 당하고 몸이 망가진 후에 고향으로 돌아온다. 「그곳에는 눈물들이 모인다」의 얼굴 하얀 새댁이 거칠고 사나운 생선좌판에 뛰어든 것도 필경 더 이상 살길이 없는 막다른 곳에서의 선택이었을 것이다.

그러나 그들이 찾아온 고향도, 혹은 자연의 다른 이름일 바다도 더 이상 삶에 지친 그들을 안아주는 풍요와 안식의 땅은 아니다. 바다 역시 도시화, 산업화의 물결에 밀려 피폐해져가고 있으며, 그곳에 사는 사람들 역시 푸근한 인심으로 길을 잃고 밀려온 도시의 사람들을 맞을 여유를 갖지 못한다. 나날이 진행되는 자연의 파괴, 오염의 결과일 지구온난화로 어류들이 떠나는 바다,

거기에다 조선소나 매립공사로 바다는 병들었으며 그곳에 사는 사람들 역시 삶이 팍팍하기는 마찬가지이다. 총각들은 결혼할 처녀가 없어 청춘의 기나긴 밤을 끓어오르는 욕망을 잠재우며 지새우고, 예전만 같지 않은 고기잡이로 나날을 꾸려가는 일은 힘겹다. 치솟아 오르는 사료값과 그에 반비례해 떨어지는 고기값 때문에 양식도 여의치 않게 되고, 대형화된 횟집과 수산물 유통은 가진 것이라곤 낡은 배 한 척과 몸뚱이뿐인 이들을 점점 궁지에 몰아넣는다.

이상섭의 장기는 이처럼 궁지에 몰려 더욱 가난하고 고단해진 그들의 삶을 누구보다도 실감나고 절실하게 그려내는 데서 빛난다. 파도 속에서 패대기쳐지면서도 그물을 걷고 고기를 추리고, 물길을 살피고 치어를 돌보는 그들의 손길 하나하나는 생생하게 실감의 현장을 잡아낸다. 바다는 알 수 없는 자연의 공포이거나 혹은 안식의 고향으로 신비화되지 않으면서 보탤 것도 뺄 것도 없는 생활의 현장으로 싱싱하게 소설의 육체를 이룬다. 매일 물길을 열고 나가 작업을 하거나 좌판 바닥에서 악다구니와 실갱이로 하루를 사는 이들은 대단한 희망이 있거나 미래가 있어 그런 것이 아니라 그것을 생활로 받아들이면서 하루하루를 꾸려가야 하기 때문에 활기차다. 어느 땐가 열심히 일하면서 저축을 하고 따뜻한 가정을 이루어 행복하게 살 수 있으리라 믿었던 적이 있었지만 그들은 예외 없이 실패하여 희망도 보람도 없는 곳으로 떠밀려간다. 이때 세상의 끝처럼 보였던 변방의 삶, 지역의 삶이 새삼스럽게 발견되는데, 그곳에 잃어버린 희망이 있어서가 아니라 그곳에도 여전히 싸우고 울고 나누면서 공감하는 삶이 있기 때문이다. 위안도 아니고 환상도 아니며 그렇다고 순전한 비애만도 아니다. 떠밀려온 자들에게 주변의 공간은 불우하고도 소외된 곳이지만 그것으로 끝이 아니다. 그 주변의 공간은 생활을 위해 다시 시작해야 하는 공간이며, 그리하여 주변의 공간들은 중심의 타자로서만 의미화되지 않고 그 자체로서의 삶의 구체성을 싱싱하게 뿜어낸다. 그래서 「그곳에는 눈물들이 모인다」의 그 새댁은 이미 자리 잡은 영세 좌판상인들의 틈에 자신의 좌판을 밀어넣으려 악다구니를 벌여야 하고, 「바다는 상처를 오래 남기지 않는다」의 은희는 고향 마을에서 다시 살아가기 위해서 주민들과의 불화를 겪어야 했다. 그리고 소설은 끝까지 화해의 결말을 보여주지 않는다.

주변의 공간은 단지 중심의 타자가 아니며 그것대로의 싱싱한 독립성을 가지고 있다는 것, 그것은 이상섭 소설의 중요한 미덕이다. 그리고 그것은 미덕임과 동시에 또한 또 다른 문제의 발원지이기도 하다. 그 문제란 바로 '그렇다면 중심을 어떻게 사유할 것인가'라는 것과 관계가 있다. 주변의 삶들이 나름대로의 구체성을 확보하기에 그것은 중심의 대타항으로 타자화되지 않지만, 그렇다고 해서 그 주변의 삶들이 중심과 주변이라는 구조와 무관한 것은 아니다. 주변적 삶의 구체성으로 확보한 독립성이 자족성이나 폐쇄성으로 귀결되지 않기 위해서는 그 주변을 만들어내는 삶의 구조, 중심과의 관계가 어떤 식으로든 사유되어야 하는 것도 분명하다. 이상섭의 소설 역시 이러한 구조에 대해서 관심을 가지고 있으며 이는 주변적 삶에 작가가 특별히 관심을 갖는 중요한 이유이기도 하다.

횟감 배달도 이제 사양길이었다. 너도나도 대규모의 수산회사와 직거래를 트거나 주인이 직접 활어차를 이용해 횟감을 실어 나르니 그와 같이 중간이익을 챙기는 활어판매상은 버티고 설 자리가 없다. 수입은 나날이 줄어갔다.

　_「그곳에는 눈물들이 모인다」(『그곳에는 눈물들이 모인다』), 88쪽

모두가 대형화, 대기업화 되는 세상 속에서 중간상인 노릇을 하면서 이쪽저쪽 눈치를 보며 살아가는 이들이 설 곳은 점점 줄어든다. "우산도 돈이 된다고 대기업에서 앗아가"버리고, 사람들은 "메이커 단 것을 보면 우리가 만든 건 거들떠보지도 않"(「바다는 상처를 오래 남기지 않는다」)으니 공장이랄 것도 없는 영세산업체들은 살아남을 길이 없다. 대형화된 메이커들의 세상에서 대자본도 신기술도 가지지 못한 자들이 갈 길은 멀고 험하다. 은희처럼 손을 잃거나 은희의 남편처럼 술에 절어 폐인이 되거나, 아니면 「자장가」의 주인공처럼 병든 몸으로 자신의 삶을 스스로 마감하거나 할 수밖에 없는 것도 그 때문이다.

대기업도 메이커도 없는 좌판과 중소상인들의 거처에서 이상섭의 소설은 그럼에도 계속되는 삶을 그리고 있지만 그 삶들은 언제나 그들을 밀어낸 중심을 환기한다. 그러나 중심은 언제나 환기될 뿐이다. 주변의 삶들이 지닌 영세함과 몰락과 불우함이 중심을 환기시키기는 하지만 그 중심이 어디에 있는 것인지 도대체 누가 그들을 주변으로 밀어내었는지를 알 수 없다. 그러므로 그 중심은 비어 있다. 「자장가」가 사투리 질펀한 넋두리 형식으로 진행되는 것도 이 때문일 것이다. 표준어에 익숙한 독자들이 독해하기 쉽지 않을 만큼 경상도 남쪽의 사투리는 입말의 구체성을 충분히 발휘하지만 그 발화는 혼잣말이다. 어떻게든 성공

하기 위해 건축현장 날품팔이를 하면서도 공부를 하고 자격증을 따고 몸이 부서져라 일하였지만 그는 도무지 '열심히 일하면 잘 살수 있는 세상'에 편입할 수 없었다. 견고한 세계는 이야기의 바깥에서 그를 자꾸 밀어내고 이야기의 안에 남은 것은 절실하고 고통스럽지만 다른 이에게 들리지 않는 넋두리뿐인 것. 이상섭 소설의 균열은 이 지점에서 발생하고 있는 것이 아닐까. 부둣가 이거나 양식장이거나 어시장이거나 한 구체적인 삶의 공간에서 그의 소설은 주변에서 지속되는 생활의 현장을 구체적으로 담아내지만 소설의 시야를 그 바깥으로 넓히고자 할 때, 그리하여 중심과 주변의 관계와 구조를 본격적으로 탐사하고자 할 때 그 구체성의 미덕을 잃어버린다. 「웨일맨, 나의 아버지」가 추상적인 알레고리에 그치고 마는 것도 그 때문일 것이다. 애초에 아버지에게 고래는 "인간에게 제 몸을 내주는 성자나 마찬가지"인 자연의 상징이었겠으나 도시를 전전하며 아버지에게 고래는 "그것들 때문에 이미 이곳 사람들이 병들기 시작"한 괴물고래로 변한다. 고래를 잡으려는 아버지의 꿈은 한결같지만 그 꿈은 어느새 성자인 고래와 합일되려는 꿈에서 괴물인 고래와 싸우는 꿈으로 변한다. 그것은 작가가 지향하고자 하는 소설의 방향이기도 할 것이다. 자연을 그리고 그곳에 숨은 아름다움을 발견해내는 작가는 다시 일상을 덮쳐오는 거대한 힘과 맞서 싸울 수밖에 없는 존재이기도 한 것이다. 그러나 아버지가 잡으려 하는 고래, 대형과 메이커만 살아남게 한 자본주의, 그 부산물인 "나쁜 이기심, 폭력, 전쟁, 포르노" 같은 것이 맥드라이브나 월마트 같은 상징으로만 간단하게 이해될 수 있는 것이 아님은 물론이다. 맥도날드와 월마트에 매혹당하는 아들이 "아버지는 아직 현실을 몰라도 너무 모르는군"이라며 "아버지의 터무니없는 진지함에 도리머리"를 치면서도 "어쨌든, 힘내세요. 웨일맨, 나의 아버지!"라고 응원할 수밖에 없는 것, 이것은 이상섭뿐 아니라 피폐한 현실 속에서 어떤 식으로든 다른 세상을 꿈꾸는 작가들이 모두 처해 있는 곤경일지도 모른다.

다시 강조하자면 섣부른 위안이나 환상도 아니고 패배감이나 절망만도 아닌 주변적 삶의 구체성을 일구어낸 이상섭의 소설은 그 구체성을 무기로 다른 세계구조를 좀 더 적극적으로 탐색할 필요성과 가능성을 함께 열어놓고 있다. 우리는 여전히 블랙홀처럼 우리의 일상을 빨아들이고 있는 이 세계의 폭력적 구조, 자본주의적 삶의 실체와 충분히 맞대결하고 있지 못한 것이다. 모두 불행한데 그 불행의 원인이 어디에 있는지 우리는 아직 모른다. 아니 너무 잘 알고 있다고 생각하기 때문에 그 세계를 제대로 탐색해내지 못한다. 대부분의 작가들이 이 거대한 블랙홀을 그저 감각하거나, 혹은 기발한 방식으로 이탈할 때, 이상섭은 어쨌던 여기에 머물러 그것과 대결하려고 하고 있는 중이라는 점은 분명하다. 그러므로 "중심을 어떻게 사유할 것인가"라는 점은 이상섭 소설에 여전히 남겨져 있는 문제라 할 수 있다.

3. 수평세상의 꿈, 타자들과 어떻게 만날 것인가

지역과 변두리, 남부럽지 않게 잘사는 꿈에서 밀려나온 사람들은 다시 새로운 꿈을 꾼다. 그것은 내 불행으로 남의 불행을 읽고 그리하여 그 불행으로 이해의 손길을 내미는 연대의 꿈이다.

「수평선, 그 가깝고도 먼」에서 작가는 그것을 '수평세상'의 꿈이라고 했거니와 그 '수평세상'이란 바다가 보여주는 수평선처럼, 어떤 장애나 결함으로 인해 차별받지 않고 모두 자신의 몫을 해내고 그것으로 자신의 꿈을 이루는 세상일 것이다. 비정규직 인생인 큰아들, 활어차로 생선 도매에 나섰으나 아직 수입이 신통찮은 둘째 아들, 우수한 성적으로 학교를 졸업해도 취업길이 막힌 장애인 딸, '그'는 자식들의 그늘진 나날을 안타까운 부모 심정으로 바라보면서 수평세상의 날을 꿈꾼다. 그리고 자식들의 것이기에 더욱 마음 아픈 이 장애와 결핍 때문에 주위의 소외와 고통들을 돌아본다. 말도 통하지 않고 일하는 품새가 신통찮아 늘 역정의 대상이 되곤 하였던 외국인 인부들이 자신과 다르지 않은 약자의 처지에 있음을 알게 되는 것이다. 역정은 연민이 되고 불통의 갑갑함은 이해의 속내로 깊어진다. 가슴속의 응어리를 다스리지 못해 산행 중인 딸을 기다리면서 그는 인부들을 위해 횟감을 다듬는다.

양식장의 고된 일과와 손발이 맞지 않는 외국인 인부들과의 부딪침이 그의 시선을 중심으로 객관화된다면 자식들과의 핸드폰 통화는 그의 육성 그대로 소설 속에 노출된다. 3인칭 시선과 1인칭 시선의 교차를 통해 소설은 그의 집안 내부와 집안 바깥을 넘나든다. 그리고 모든 힘없는 자들, 장애와 결핍과 불안에 가득 찬 소수자들의 삶은 이 넘나듦의 시선에 의해 한데 묶인다. 내 자식이기에 더 안타깝고 갑갑하겠지만 그것은 단지 부모 마음에 그치는 문제가 아니다. 모든 비정규직들, 장애인들, 일용직들, 대형화의 메커니즘에서 소외된 영세업자들의 삶을 같은 시선에서 바라보는 데서부터 진정한 수평세상은 시작될 것이기 때문이다.

사투리의 육성으로 그대로 전해지는 그의 통화 내용은 그만큼의 절실함으로 수평세상의 꿈을 불러일으키고, 그것은 다시 외국인 인부들과 자신이 처한 양식업의 객관적 상황 속으로 확대되면서 증폭된다. 부리는 자와 부림받는 자로 분리된 곳에서 진정한 수평세상은 가능하지 않을 것이니 외국인 인부 장 씨와 바쌩에 대한 그의 태도 역시 마찬가지이다. 싼값으로 부릴 수 있는 인부로 그들을 바라보지 않고 함께 노동하는 자로 그들을 새롭게 발견할 수 있을 때, 그 타자화된 소외는 다른 방식의 소통을 얻을 수 있을 것이다.

그가 부당한 노동조건하에서 힘겨운 삶을 계속해야 하는 동료로 외국인 인부들을 이해했는지, 그래서 자신이 타자화시켰던 그 인부들의 삶 속에 진정으로 스며들었는지는 아직 분명치 않다. 어쩌면 인부들을 위해 횟감을 다듬다가 칼에 베인 그의 상처는 타자와 아직 진정으로 만나지 못했음을 알리는 하나의 붉은 신호일지도 모르겠다. 없는 사람들끼리 서로를 이해하고 부당하게 타자화된 삶을 복원해야 한다고 말하기는 쉽다. 그러나 타자와의 진정한 만남이란 말처럼 쉬운 일은 아니다. 외국인 인부들의 딱한 처지를 연민할 수는 있겠지만 그들의 서툰 노동으로 자신의 일이 손해를 입기라도 한다면 이야기는 달라진다. 「바다는 상처를 오래 남기지 않는다」의 은희와 아내의 갈등, 「그곳에는 눈물들이 모인다」의 새댁과 아내의 갈등도 같은 맥락에서 볼 수 있다. 작업 중에 손을 잃고 공장마저 망해서 고향으로 돌아온 은희의 처지는 딱하지만, 그녀가 나의 생업을 침해한다면 마냥 연민할 수만은 없다. 올망졸망한 아이들을 거느리고 좌판에 나온 새댁이 안스럽다고 해서 선뜻 내 영업자리를 내줄 수도 없는 일이다. 공감과 연대의 타자는 그 구체성을 드러내는 순간 그 다면적인 위치로 인해 순식간에 적대의 대상이 되기도 한다. 우리가 타자와의 연대를 소중히 여긴다면 그럴수록 더욱 그 타자의 구체적 다면성을 이해해야 하며 그 타자들을 바라보는 우리의 시선도 함께 점검해야 하는 것이다. 아쉽게도 이상섭의 서사는 여기에서 멈춘다.

　　은희네 가게 앞은 이미 아수라장이었다. 웃음소리가 흥건하던 곳이 이젠 악다구니로 가득했다. 주위엔 동네에서 몰려나온 아낙들이 싸움을 말리느라 부산스러웠다. 한편 멀찍이 떨어진 남정네들은 모처럼 구경거리가 생겼다는 듯 담배를 꼬나문 채 지켜보고 있었다. 그는 천천히 걸으면서 속으로 되뇌었다. 어쩌면 이번 싸움은 한번은 터져야 할 고름인지도 모른다고. 횟집을 내는 일은 그다음이라고.
　　__「바다는 상처를 오래 남기지 않는다」(『그곳에는 눈물들이 모인다』),

74쪽

　　고름이 한번 터지고 나면 아물고 새살이 돋듯이 타자와의 갈등도 그렇게 해결될까. 손바닥만 한 어촌에서 지금껏 자신이 독점하고 있던 가게 옆에 같은 가게를 낸 은희를 아내는 쉽게 받아들일 수 없다. 아내는 자신이 지금껏 애써 꾸려온 가게를 포기하면서 은희에게 자신의 미래와 희망을 내어줄 수 있을까. 담배를 꼬나문 채 지켜보는 남정네들, 그 싸움을 한번은 터져야 할 고름이라고 짐짓 이미 깨달은 자의 몸짓을 하고 있는 덕수야말로 아직 타자와 만날 준비가 되어 있지 않은 것은 아닌가. 은희는 덕수의 첫사랑이었고 여전히 안타깝고 애틋한 대상이다. 더욱이 그녀의 불행한 삶은 동정과 연민을 불러일으키기 충분하다. 그러나 그녀가 자신의 집 옆에 가게를 내는 순간 그녀는 자신과 이익을 다투어야 한다. 그렇다면 동정과 연민으로 뭉뚱그려진 그녀에 대한 감정은 좀 더 섬세하게 조각날 필요가 있다. 덕수가 가게를 그만두고 횟집을 낼 것이라고 미리 결론을 내어놓고 느긋하게 은희와 아내의 싸움을 보고 있는 까닭은 아직도 여전히 은희와 아내를 타자화시키고 있기 때문이다. 가게를 그만두고 횟집을 차리겠다는 덕수의 결심은 좀 더 여유 있는 자의 관용이고 그러므로 이미 은희와 덕수의 관계는 위계화되어 있으며 전혀 수평적이지 않다. 「수평선, 그 가깝고도 먼」에서 '그'와 외국인 인부의 관계가 여전히 부리는 자와 부림받는 자로 위계화되어 있는 것과 마찬가지이다. 「고추밭에 자빠지다」에서 '그녀'는 말썽쟁이 조카를 거두면서 자신의 모성애를 발견했다. 말썽쟁이 조카는 실업난으로 아버지와 헤어질 수밖에 없었던 슬픈 아이로 다시 발견되었다. 그러나 이 발견은 도시의 동서를 아이를 버린 무정하고 나쁜 여자로 만들면서 가능한 발견이었다. 그녀의 모성과 조카 민우와의 애틋한 연대가 주는 감동은 타자화된 동서에게 빚진 것이다. 「바다는 상처를 오래 남기지 않는다」에서 은희는 '가냘픈 몸매'와 '사각거리는 풀잎' 같은 목소리로, 팅팅 불은 아내의 몸매와 비교되면서 타자화된다. 「그곳에는 눈물들이 모인다」에서 새댁 역시 '알맞게 젖어 있는 촉촉한 눈과 머릿결'로 타자화된다. 그악스러운 토박이 여인네들이나 풀잎처럼 가늘고 하얀 그녀들이나 남성의 눈에 비친 여성의 육체로 타자화된다는 점에서는 동일하며, 그래서 그녀들이 처한 생활의 사연과 고통들은 그 육체에 가려 흐려진다. 언젠가 한번은 터져야 할 고름이라고, "이라몬 우리 전부 다 죽는 기라"라고 남자들이 말할 수 있는 까닭은 아직도 여자들을 타자화하는 자신의 시선을 깨닫지 못한 탓일지도 모른다. 내 안에 숨어 있는 타자성과 권력이 타인과 만나는 길을 가로막기도 한다는 사실을 모르기 때문에 타자와의 연대가 쉽게 상상되는 것일 수도 있다. 주변적 삶의 지난함을 거쳐 이상섭 소설의 인물들은 소외된 약자들, 타자들의 연대를 통한 수평세상을 꿈꾸지만, 냉정하게 말하자면 그들은 타자와 이제 겨우 막 만나기 시작했을 뿐이다.

4. 주변성과 타자성의 발견, 그 이후

하늘 아래 새로운 것은 없다는 전언이 전해진 지도 이미 오래이고 그 이후로 이야기는 늘 진부함의 악몽에 시달려야 했다. 더욱 강렬하고 생생한 이미지가 서사를 대신하는 충격을 준다 해도 그 이미지는 반복되면서 금방 식상해진다. 구체적 현실이라는 금과옥조가 자주 처방으로 내려지긴 하지만 그 구체성의 영역이란 쉬운 감동과 공감의 유혹 속에서 상투적이 되기 십상이다. 기발하고 창의적인 상상력이 일상의 실감과 만날 수 있을 때 쉽게 소비되지 않고 생명력을 유지할 수 있는 것처럼 오래된 가치와 덕목들 역시 나날이 변화하는 현실 속에서 새로운 발견으로 이어질 때 여전한 미덕으로 남을 수 있다.

그런 의미에서 이상섭의 소설은 익숙한 소설문법이 줄 수 있는 즐거운 발견의 순간들을 풍부하게 내장하고 있다. 주변으로 밀려나 소외된 삶들이 지니는 생생한 구체성은 여전히 그곳이 거기에 있음을 새삼스럽게 발견하게 한다. 그리고 그곳은 결코 절망의 대리물이거나 희망의 헛된 기대가 아니라 그것대로의 삶의 현장이라는 발견, 타자들의 삶을 충실히 그려내는 것만으로도 그들의 공통적 토대를 실감하게 된다는 오래되었지만 여전히 신선한 발견. 이 발견들만으로도 이상섭의 소설은 충분히 의미 있다. 그러나 우리가 더욱 주목해야 할 것은 이상섭의 소설이 멈추어 선 지점, 상상적으로 봉합된 것처럼 보이지만 애써 숨기지는 않는 결락의 지점들이다. 「수평선, 그 가깝고도 먼」에서 이주노동자들과의 쉬운 연대를 허락하지 않는다는 듯이 그의 손가락에 맺혀 있던 빨간 피, 「바다는 상처를 남기지 않는다」나 「그곳에는 눈물들이 모인다」에서 싸우는 여인네들과 구경꾼이 된 사내들 사이의 엉거주춤한 거리, 「웨일맨, 나의 아버지」에서 고래를 찾아 떠난 상징으로만 남은 아버지, 이 무언가 미심쩍고 개운찮은 결말에서 이상섭 소설의 새로운 리얼리티가 시작될 것이다. 이 결락의 지점들은 동시에 우리가 현실의 구체성을 강조하며 섣불리 스쳐갔을지도 모르는 힘겨운 탐색의 행로를 지시하고 있다. 주변적 삶의 타자성을 발견하면서 거꾸로 도시의 삶을 타자화시키거나, 타자들의 연대를 말하면서 수많은 타자성의 다른 얼굴을 못 본 체한다면 문학은 진부함과 상투성의 악몽에서 끝내 벗어나지 못할 것이다. 어쩌면 우리는 다른 세상을 향한 열망보다는 그 다른 세상이 쉽사리 오지 않는 이유, 우리가 여전히 불행할 수밖에 없는 이유와 더 치열하게 맞대면해야 할지도 모른다. 주변적 삶과 타자성의 불행을 발견한 이후, 우리 주위에는 아직도 읽어야 할 타자들이 너무도 많다. 그리고 그 타자들은 얽히고 맺혀서 서로를 비끼며 겹쳐 있다.

쉽게 달라지지 않을 현실과 다른 세상을 향한 열망 사이, 온통 타자들뿐인 세상이므로 연대할 수밖에 없다고 믿었던 당위와 내 안의 수많은 타자적 위계들의 단층 사이, 화해와 위안의 결말을 기대하는 오래된 서사의 관습들. 길은 끊기고 날은 저물었으나 끊긴 길 끝에 나 있는 수많은 발자국들 앞에 우리는 서 있다. 길을 찾을 수는 없지만 그 수많은 발자국들이 다른 길이 되기도 할 것이다. 이상섭의 소설은 그 수많은 발자국 중의 하나이다.

(『오늘의 문예비평』 2007년 여름호)

관계의 고통, 연민과 경계의 틈새

_이혜경의 『틈새』

1. 경계(境界), 혹은 경계(警戒)

소설집 『틈새』(창비, 2006)에 실린 「망태할아버지 저기 오시네」는 『현대문학』 2006년 1월호에 실렸던 것과는 약간의 차이가 있다. 몇 가지 에피소드가 더해져 수정되었는데 여기서부터 이야기를 시작해볼까 한다. 소설집을 내면서 작가가 기존에 발표된 작품을 수정하고 보완하는 것은 흔히 있는 일이지만 여기에서 작가를 이해하는 하나의 틈새를 발견할 수도 있을 것 같기 때문이다.

「망태할아버지 저기 오시네」는 안락한 일상과 그 이면의 불편한 관계들에 관한 이야기이다. 소도시로 이사해 서울의 좁은 연립에서 느낄 수 없었던 햇살과 노을과 들꽃을 만난 '나'의 가정은 더없이 편안하고 화목하다. 아니 그래 보인다. 그 평온한 가족의 일상은 또한 '우리'와 '그들'을 구분짓고 그 속에서 배타적 친밀만을 유지하려 하는 이기심에 의해 유지되는 것이기 때문에 보이는 것만큼 편안하지 않다. 외지에서 들어온 수상한 차를 호출하며 시도 때도 없이 고함을 지르는 경비원 아저씨의 방송이나 '부적절한 관계'들을 수군거리며 가족의 합법성을 주장하는 이웃들에 의해 그 편안함은 유지되기 때문이다. 사건은 그렇게 발생한다. 어느 집 아이나 무람없이 드나들고 이웃들의 격의 없는 사랑방이 되기도 하는 희정의 집에 드나든 또 한 명의 이웃 때문이다. 아마도 소도시 작은 아파트에 어울리지 않는 고급차를 맞아들이는 '부적절한 관계'의 주인공일 그 이웃 여자를 '희정엄마'가 동등한 이웃으로 생각한 것이 문제가 된 것이다. 이웃의 아이들이 모두 드나드는 집에 그런 여자를 들였다고 아이 엄마들은 사뭇 청문회 분위기를 잡는다.

희정엄마가 아무에게나 품을 여는 여자가 아니었더라면 오늘 모였던 여자들도 아이를 맡기지 못했을 것이다. 희정엄마가 누구와 사귀는지 물어본 사람도 없고 그럴 권리도 없었다. 머릿속으로 착착 정리하는 순간에도, 여자로 분장한 개그맨처럼 빨갛던 지수의 입술이 스치는 건 어쩔 수 없었다. 어느 날, 안방에 들어가 문까지 잠갔던 지수는 빨갛게 뭉개진 입술로 나와, 립스틱이 지워질까 봐 입술을 뾰족이 내밀고 물고기처럼 오물거리다가 선언했다. 난 찬호가 좋아.

_「망태할아버지 저기 오시네」, 『틈새』, 213쪽

소설집에 덧붙여진 부분은 그다음이다. 지수가 좋아한다던 찬호가 집에 놀러왔다가 미처 옷을 내리지 못해 오줌을 싸자 민망한 찬호를 위로하기 위해 언니 지인과 동생 지수는 어린 마음으로 할 수 있는 온갖 방법을 다 쓴다. 마침내 자신들도 오줌 싸고 똥 싼 적이 있다고 폭로 아닌 폭로를 한 다음에야 찬호와 어색하지 않게 어울릴 수 있었다. 여기에 하나의 에피소드가 덧붙여진다. 시어머니 생신이라 유난스러운 시이모들을 접대하고 난 후 우연히 발견한 바퀴벌레. 서울 집에서 바퀴벌레에 질겁을 한 경험이 지긋지긋하지만 이곳에 이사 와서는 바퀴벌레를 발견하지 못했다. 그러나 다시 바퀴벌레가 출몰한다. 소설은 "그 아름다운 풍경 뒤편, 안락한 내 집 어딘가에 숨어 있을 바퀴벌레"로 마무리된다.

이 두 에피소드는 "머릿속으로 착착 정리하는 순간에도, 여자로 분장한 개그맨처럼 빨갛던 지수의 입술이 스치는 건 어쩔 수 없었다"라는 문장에 대한 부연이 아닐까 한다. 이웃 여자들의 배타적 친밀이 결코 바람직하지 않다는 것을 알면서도, 합법적 가정의 테두리가 그렇지 못한 관계들을 불결한 것으로 치부하는 폭력이 되며, 습관화된 배려와 친절이 타인의 삶을 헤집어놓는 부당한 호기심에서 비롯된 것이라는 점을 알면서도, 역시 '부적절한 관계'의 이웃 때문에 자기 아이가 물들었을지도 모른다는 의혹에서 자유로울 수 없는 그 이중적 심리 말이다. 아이들의 천진한 배려와 이해가 어떻게 관계를 만들어가는지 부연하면서 그 이중성을 깨고 나와야 한다는 의지는 좀 더 단호하게 강조되고 그 강조하는 과정에서 바퀴벌레에 대한 성찰이 나온다. "안락한 내 집 어딘가에 숨어 있을 바퀴벌레"는 무섭다. 다른 해충은 무서워하지 않으면서도 바퀴벌레를 유난히 겁내는 이유는 알 수 없다. 이유를 알 수 없기 때문에 더 무서운 것이다. 그러므로 바퀴벌레는 안락한 내 집을 유지하기 위해 따라야 했던 금기이고 관습이고 경계(警戒)이기도 할 것이다. 또한 그 금기와 관습과 경계가 결국 배타적 이기심의 산물이라는 점을 인지하고 있는 의식 자체이기도 하다. 남편과 아이들과 함께 노을 지는 전망을 지닌 가정을 유지하기 위해서는 모든 부적절한 관계들을 경원시하고 그것에 아이들이 물들까 경계하면서 자신들의 합법성을 강조해야 할 것이다. 그러나 그것이 진정한 관계에 이르는 길인가. 변화된 환경 때문에 일찍 들어와 아이들과 산책을 하곤 했던 남편의 일상은 어느새 슬금슬금 제자리로 되돌아간다. 주위의 모든 관계들 속에서 자신의 삶을 주시하고 성찰하지 못했기 때문이다. 그것은 내 가정의 울타리 외의 다른 것들을 의식 바깥으로 밀어버리고 애써 평안한 가정에 안도했기 때문이기도 하다. 그러므로 바퀴벌레는 집 밖에 있는 것이 아니라 집 안에 있으며 내 안에도 있다. 제도와 금기와 관습의 은밀한 폭력과 무심함을 예민하게 감각하면서 또한 자신이 그 제도와 금기와 관습에 동의하면서 살아가고 있다는 사실 역시 인정해야 하는 딜레마. 수정을 거듭해 덧붙여진 에피소드는 그 앞에서의 하염없는 망설임과 주저를 의미하는 것일지도 모른다. 이혜경의 소설이 자리하는 곳은 바로 여기이다.

2. 친밀함이라는 독약

친밀을 가장한 무례와 간섭, 이해와 배려를 앞세우지만 그 속에서 불쑥 솟는 이기심, 나와 타인의 구별 짓기와 내 것 네 것의 경계 만들기가 빚어오는 타인에 대한 은밀한 폭력들을 이혜경의 소설에서 발견하는 것은 어려운 일이 아니다. 일상의 무심한 순간에도 배어 있는 이 위험한 기미들을 포착하는 데 있어서 이혜경은 누구보다도 세심하고 예민하다.

「문밖에서」에서의 타인에 대한 친절과 배려가 상대에 대한 진정한 이해와 소통에서 비롯된 것이 아님을 밝혀내는 과정이라든지, 「그림자」에서의 친밀과 애정을 호소하면서 오히려 상대를 괴롭히고 결국 죽음에 이르게 했던 '수영'에 대한 그 남자의 태도 같은 것이 적절한 예가 될 터이다. 「문밖에서」의 30대 독신 여성들의 모임 같은 경우, 그들은 때가 되면 생일을 챙기고 무슨 일이 있으면 모여서 함께 식사를 하면서 서로의 친목을 도모한다. 그러나 연애에 빠진 친구에게 호기심 가득한 축하를 보내면서 어울리지도 않는 시스루 블라우스를 선사한다든가, 사소한 감사의 의미로 별자리 목걸이를 선물하고 같은 자리에 모여 각자의 목걸이를 확인한다든가 하는 행위가 진정한 친밀과 이해라고 말할 수 있을까. 상대의 연애에 대한 호기심은 은밀하고 소중하게 자신의 비밀을 만들고 싶어했던 당사자의 바람을 무시한 것이었으며, 모두 같은 별자리 목걸이를 걸고 나오도록 암묵적으로 종용하는 것은 타인의 취향을 아랑곳하지 않는 것과 통한다. "남녀 간의 문제는 남들이 모르는 게 있"다는 「그림자」에서의 그 남자의 항변은 사실 자신의 욕망을 비열하게 충족시키고자 하는 이기적 술수에 불과했다. 그는 사랑을 호소하면서 필요할 때마다 수영을 찾아가 고상한 아내에게서는 함부로 내보일 수 없는 욕망을 충족시켰다. 그리고 수영은 그 남자의 이기심에 넌더리를 내면서도 결국 거기에서 벗어나오지 못했다. 이별을 고하러 나간 자리에서 이별여행을 따라나선 수영은 결국 어느 바닷가 불탄 자동차 안에서 시체로 발견되었다. 수영은 그것을 정사라고 믿었을지도 모르겠으나 남자는 자신이 저지른 사고를 회피하기 위해 함께 죽을 사람이 필요했을 뿐이었다.

쿨하고 단호한 어떤 작가들은 이쯤 되면 진정한 관계는 없는 것이며 세상은 온통 허위와 무례로 가득 차 있다고 선언하면서 환멸과 냉소의 태도를 택할지도 모른다. 그러나 이혜경은 그러지 않는다. 일상의 곳곳에 너무도 자연스럽고 당연하게 어쩔 수 없이 존재하는 '내 안의 바퀴벌레'를 도무지 잊을 수 없는 까닭이다. 「그림자」의 그 남자는 동정의 여지없이 비열하고 비겁한 인간이었지만 거기에서 헤어나오지 못하고 죽은 수영은 내가 사랑하고 안타까워했던 가여운 내 친구이다. 그를 벗어나게 하기 위해 온갖 정성을 다했지만 결국 '나'의 관심과 애정은 그를 구하지 못하였으니 그녀의 죽음 역시도 내 안에 살아 있는 바퀴벌레이다. 타인에 대한 간절한 이해와 배려, 또는 냉정한 금 긋기와 경계의 태도가 공존할 수밖에 없는 것은 이런 이유에서이다. 나는 어쩔 수 없이 얼굴을 마주쳐야 하는 직장동료들에게는 필요 이상의 친절도 관심도 허용하지 않지만 전화를 걸어오는 고객들의 이야기는 정성을 다해 들어주고, 생일 카드를 보내야 하는 대상자들에게는 그들의 이름자 하나, "댁내 평화가 깃드시기를" 같은 상투적 문구 하나도 세심하게 고민하고 걱정한다. 이런 나의 이중적 태도는 수영의 어이없고 부아 치미는 죽음과 거기서 벗어날 수 없었던 수영의 삶에 대한 이해를 모두 간직할 수밖에 없는 내가 선택한 위태로운 삶의 자리이다.

그리고 거기에서도 피할 수 없는 인연은 다가온다. 전화로 영어를 교습해주던 대니얼의 지난 사랑을 들어주고 안타까워하면서도 그의 얼굴을 보지 않아도 되고, 그가 곧 떠날 사람이라는 데에 안도했던 나는 나를 만나고 싶다는 대니얼의 목소리 앞에서 문득 머릿속이 가려워진다. "금 넘어오지 마, 대니얼. 이건 규칙 위반이야"라는 경고음이 들려오지만 그간 들어오면서 위로하고 이해했던 대니얼의 아픈 마음이 전하는 부탁을 외면할 수 있을 것인가. 더 친밀해지고 더 이해하게 되는 과정의 따뜻함이 어떻게 폭력과 상처로 돌변하는가를 목격했지만 그렇다고 해서 이해와 소통의 관계를 향하는 욕망을 온전히 포기할 수 없다. 그러기에는 나는 대니얼과 너무 많은 마음을 공유하고 서로 위로했으며 위로받았다. "인생은 소가 물 한 모금 마시는 시간만큼밖에 안된다"(「물 한모금」)는 것을 알고 있지만, 그 짧은 찰나의 인생이 허무할지라도 누군가에게 그 물 한 모금은 너무도 간절한 갈증이어서 고통스럽다. '물 한 모금'의 허무와 '물 한 모금'의 간절함을 함께 알고 있기에 어디에도 성큼 정박할 수 없는 작가는 이 사이에서 흠칫, 멈춰 선다.

3. 가족, 지루하고도 오랜 위선의 울타리

관계의 폭력과 관계의 애틋함 사이, 혹은 한때 애틋함이거나 간절한 욕망이었으되 어느새 이기적인 일상의 한 부분이 되어버린 관계의 소용돌이 안에 멈춰 선 작가는 그곳에서 헤어나오기보다는 오히려 오래 머물며 그 틈새를 깊숙이 바라본다. 그 관계의 이율배반이 주는 고통을 함께 겪으면서 멈춰 서서 그 관계의 갈피갈피를 세심하게 탐구하는 것이다. 그 탐구의 중심에는 단연

'가족'이 있다. 장편 『길 위의 집』(민음사, 1995)이나 소설집 『그 집 앞』(민음사, 1998), 『꽃그늘 아래』(창비, 2002)에서도 가족은 이혜경의 중요한 화두였거니와 최근작 『틈새』에서도 가족은 중요한 의미를 차지한다. 끔찍하지만 버릴 수 없고, 부당한 인내를 강요하지만 그만큼 이해할 수밖에 없는, 공인받은 친밀이었기에 오히려 더 치명적 상처가 되는 가족이야말로 관계의 이율배반을 가장 압축적으로 보여준다.

이혜경의 소설에서 가족은 그다지 긍정적이지 않다. 오히려 현재의 평안과 안락 뒤에 숨은 '내 안의 바퀴벌레'를 가장 치명적으로 보여주고 있다고 할 만하다. 다시 「망태할아버지 저기 오시네」로 돌아가서, '부적절한 관계'를 불결하고 부도덕한 것으로 치부하게 했던 근거는 단연 아파트의 이웃들이 누리고 있는 합법적 가족의 '적절한 관계'였다. 그들은 이웃의 불결한 여자가 자신들의 일상에 섞여 들어 그것을 더럽힐까 봐 노심초사하며 그 이웃과 자신들을 구별 짓기에 급급하다. 그러나 불행하게도 그들이 그렇게도 지키고자 노심초사했던 가족은 그렇게 순결하지도 아름답지도 않다. 시어머니와 시이모들은 가족이라는 이유로 번번이 나의 일상을 침해하고 며느리의 수고와 불편함을 아랑곳하지 않아도 좋은 자격을 갖춘 것처럼 뻔뻔하고 무례하다. 이 무례한 시어머니와 시이모들은 시아버지에게는 견딜 수 없는 고통이었으니 아비 없는 자식을 만들 수 없어 오래도록 참았다가 마침내 아들이 결혼한 직후 시아버지는 이혼을 선언한다. 아버지의 고통과 인내를 이해할 수 있었을 터인데도 남편은 아버지의 이혼을 자신에 대한 배신으로 받아들인다. 그리고 악순환은 계속된다. 시아버지를 가족 바깥으로 퉁겨내고 시어머니와 시이모들은 더욱 단단한 결속력을 과시했으며 "내가 남자라도 우리 엄마 같은 사람하고 평생 사는 건 피곤할 거"라던 남편은 어느새 "세상에 더없이 불쌍한 우리 어머니"를 입에 올린다. 주위의 어떤 불결함이나 불순함으로부터 기를 쓰고 구원해내고 지키려 했던 가족은 사실은 누구에겐가 오랜 고통이고 무거운 짐이다.

그러나 그 가족이라는 무겁고 지루한 오랜 위선을 알고 있다 하더라도 인물들은 거기에서 쉽게 벗어나지 못한다. 「섬」에서 '나'의 조면과 '언니'의 멀미의 연원 역시 바로 그 가족이다. 일찍 돌아가신 아버지의 재산을 가로챈 작은아버지의 은밀한 학대와 위선은 자매의 가슴에 오래도록 뽑히지 않는 대못을 박아두었다. 나는 언제나 깊이 잠들 수 없었고 언니는 탈것을 탈 때마다 심한 멀미에 시달려야 했다. 집을 떠나는 탈것 안에서만 깊이 잠들 수 있는 '나'와 집을 떠나는 순간 멀미에 초주검이 되는 언니의 증세는 상반되지만 사실은 같은 것이다. 가족이라는 이름으로 세상에 대한 분노와 불신을 배웠던 자매는 집에 대한 집착과 혐오를 동시에 안고 살아갈 수밖에 없었던 것이다. 아버지 대신이라는 작은아버지가 없었더라면 자매는 어떻게든 자신의 삶을 개척하고 정착하며 살 수 있었을 것이다. "니들은 곧 남의 집에 가서 그 집 제사 모실 건데"라고 생전의 아버지가 늘 말하지 않더라면 그들은 단호하게 자신의 권리를 주장할 수 있었을지도 모른다. 그러므로 가족은 위험과 시련으로부터 그들을 지켜주는 보호막이 아니라 어떤 일에도 단호해질 수 없게 하는 부형의 굴레이다.

그런데도 어느 날 문득 들려오는 가족의 소식에 무심할 수 없는 까닭은 바로 '내 안의 바퀴벌레' 때문이다. 가족은 위선의 장막이지만 또한 홀로 울타리 밖에 떨어져 나가기를 두려워하는 자들이 스스로 파고든 안전선이다. 「망태할아버지 저기 오시네」의 시어머니와 시이모들은 요란하게 결속함으로써 관계의 불모를 모른 척할 수 있었다. 시아버지와의 불편하고 냉담한 관계 때문에 더욱 시어머니는 시이모들과 떨어질 수 없었을 것이다. "어쩌다 일행에서 몇 발짝 떨어지기라도 하면 둔한 몸집에 어울리지 않는 재바름으로 따라잡는 시이모들의 굽은 등"은 결국 스스로를 가족의 안전선 안에 묶어두지 않으면 견딜 수 없는 불안의 표현일 것이다. '부적절한 관계'라는 짐작의 정당성을 의심하지도 않고 이웃을 불결하고 불순한 것으로 치부하는 이들은 그럼으로써 자신들의 관계를 합법적이고 안전한 것으로 만들면서 은밀하게 공모한다. 내가 그 멸시와 의혹을 부당하게 생각하면서도 쉽사리 거기에 저항하지 못하는 까닭은 나 또한 안전한 가족의 경계선을 벗어날 수 없기 때문이다. 가족이라는 안전선은 그러므로 타인에 대한 배타적인 무관심과 무례의 알리바이가 된다. 그 알리바이 덕분에 가족은 안에서 곪아 터지면서 친밀한 폭력을 재생산해낸다. 시어머니와 시이모들의 시중에 죽어나면서도 쉽게 그들에게서 떨어져 나오지 못하고 작은아버지의 위선과 교활함에 치를 떨었으면서도 자매는 그 어두운 기억으로부터 쉽게 벗어나지 못한다. 아들과 딸, 시어머니와 며느리, 작은아버지와 여자 조카들에게 주어진 부당한 위계는 은밀하게 계속되고 모두가 부당하다고 생각되어도 관행은 쉽게 깨어지지 않는다.

이 안전선을 넘는 순간 새로운 세계가 열릴 수도 있다. 그 새로운 세계란 언제나 결핍과 상처로만 남았던 타인에 대한 새로운 이해이기도 할 것이고 법과 제도가 허용하지 않은 세상의 절박한 속내이기도 할 것이다. 안전선 내부의 비겁과 위선, 공모와 동화의 은밀한 메커니즘을 좀 더 적나라하게 드러낼 수도 있을 것이다. 그러나 그들은 쉽게 떠나지 못한다. 안전선 바깥이 주는 공포와 위협에 맞설 수 없기 때문이다. 「늑대가 나타났다」에서 나는 사방에 둘러 쳐진 경계선 바깥을 끝없이 욕망하였으나 결국 먼 길을 가지 못하고 되돌아왔다. 철길 너머는 마을 청년들을 유혹하는 여자들이 있는 곳이고 냇가 저편은 가난하고 더러운 장바닥의 아이들이 사는 곳이다. 도덕과 부도덕, 풍요와 가난의 경계를 넘어선 곳에서 새로운 세상을 만날 것이지만, 나는 냇가 저편의 아이들과 어울려 놀다 발이 찢어져 돌아와야 했고 마음먹고 길을 떠났으나 철길을 건너지도 못하고 다리가 아파 주저앉아야 했다. 「피아간(彼我間)」의 경은은 "결혼해서 가족을 이루는 일도, 게다가 구색 맞추듯 아이까지 꼭 나아야 한다는 생각도 거부"하면서 삼십 대에 접어들어서야 결혼했지만 결국 입양을 거짓 임신으로 포장해야 했다. '내 가족, 내 핏줄'이 아닌 다른 가족을 만나면서 자신의 세계를 더 넓게 안고 싶었겠지만 핏줄의 당위를 외치는 가족들과 타협할 수밖에 없었던 것이다. 아무래도 작가는 경계선 바깥에 머리를 두고, 경계선 안에서 더 오래 머물 모양이다.

4. 경계신 안에서 경계선 넘어서기

경계선 안에 오래 머물 수밖에 없는 것은 경계를 넘는 일에 대한 공포, 또는 그 공포 때문에 경계 안의 질서에 어쩔 수없이 동의하는 자신에 대한 예민한 자각 때문이다. '내 가족, 내 핏줄'에 머물지 않으려 하였으나 그 핏줄에 어쩔 수 없이 끌려들어가고 마는 경은이 보여주는 바와 같이 이 경계선은 지루하리만치 질기고도 집요하다. 경계선을 용감히 넘어버릴 수도 있겠지만, 그리하여 경계선 안에서 곪아 터지고 있는 관계들의 불모성을 한껏 질타할 수도 있겠지만, 그 과정에서 경계 짓기의 위험하고도 끈질긴 공모가 자칫 단순화되어버릴 수도 있다. 그리하여 작가는 그 경계선 안에서 오래 머문다. 그리고 경계선 안에서 경계 벗어나기를 시도한다.

> 경은은 공연히 아랫배가 뻐근해지는 듯해 힘을 주었다. 산고를 온전히 제 것으로 치를 때, 어미박쥐는 얼마나 외로웠을까. 가슴이 답답해진 경은은 무심코 옆에 놓인 스낵을 집어들다가, 아토피를 떠올리며 손을 거두었다. 화면에 눈을 준 채, 뒷걸음질로 냉장고에 가서 귤을 몇 개 꺼내왔다.
>
> _「피아간」(『틈새』), 151쪽

소설에서 경은의 임신이 거짓임신이라는 사실은 미리 밝혀지지 않는다. 소설의 말미에서 경은이 입양원의 전화를 받음으로써 독자는 비로소 경은의 임신이 거짓임신이었음을 알게 된다. "자신이 포태한 건 생명이 아니라 거짓"이라는 사실은 이렇게 의도적으로 미루어진 반전 속에서 더욱 효과를 발한다. 그렇다고 해서 아토피를 걱정해 스낵을 삼가는 위 장면을 의도된 반전을 위한 장치로만 읽을 수는 없다. 경은은 이미 거짓임신을 통해 아이를 잉태하고 태 속에서 키우는 과정을 살고 있었던 것이다. 그리고 그것은 경계선 바깥의 타인들을 짐작하고 연민하면서 그들의 고통을 함께 사는 과정이기도 하다. "아기를 품고 키워 젖 한번 못 물리고 떠나보낼 생모를 생각하며 울고, 임신기간 동안 늘어나 탄력이 줄어들었을 그녀의 배를 떠올리며 울고, 내 핏줄 아니면 돌아보지도 않으려 하는 차가운 세상에 던져질 아기를 생각하며 울고, 끝내 공개입양을 고집하지 못한 채 천연덕스럽게 거짓말을 꾸며대며 유폐하는 자신 때문에" 우는 경은은 그것으로 마치 자신의 아이를 키우듯이 타인의 아이를 품고 있었던 것이다. 이 감염된 타인의 고통 때문에 경은은 경계선 안에서 경계선을 넘는다. 아이는 핏줄이라는 이름으로 경계선 안으로 들어왔으나 이미 그것으로 경계선은 더 이상 경계선이 아니다. 이제 남은 것은 경계 밖으로 나가기 두려워 경계 안에서 타협했던 자신, '내 안의 바퀴벌레'와 싸우는 일이다. 이미 경계를 넘었음에도 불구하고 마지막까지 남아 있는 이 경계는 그래서 더 멀고 아득할 수도 있다. 이혜경 소설은 이 경계 위의 좁은 틈새에 서 있다. 이혜경 소설의 새로운 국면은 여기서부터 열릴 것이다. 스스로 경계를 지워나가기 시작한 이혜경 소설의 주인공들이 경계 밖의 타인들과 어떻게 만나고 어우러질지, 그 예상할 수 없는 반전을 기대하게 된다.

(『문학사상』 2007년 9월호)

모든 문학은 이 세계 바같의 다른 세계를 꿈꾼다. 그러나 대다
수의 좋은 문학은 그 경계의 문턱에서 이 세계의 한계와 고통을
오래 생각한다. 그리하여 문학은 세계의 저편을 선망하는 호기심
이고 상상력이며 또한 세계의 이편에서 공감하고 근심하는 성찰
이다. 이를테면 날개와 중력 사이의 긴장, 거기에 문학의 슬픔이
있고 또 희망이 있다. 내 비평이 그 슬픔과 희망에 대한 기록이
었으면 좋겠지만 글을 쓸수록 그 길이 그리 호락호락하지는 않음
을 절감한다.

문학에 대해 순진한 믿음을 가질 수 없는 때라는 것을 안다.
그렇지만 나는 여전히 문학이 타인의 고통에 민감하고 그 고통들
이 엮어 이루어낸 세계의 자존심에 대해 생각할 수 있어야 한다
고 믿는다. 마감에 쫓기느라 내내 그렇지는 못했겠지만 내 글들
이 대부분의 시간에 그런 마음이었으면 한다.

우울하거나 원고가 풀리지 않을 때, 나는 한껏 궁상맞은 포즈
로 이전에 내가 쓴 글들을 읽는다. 그리고 내심 '브라보'를 외치
며 용기를 얻는다. 그러다 다른 이들의 글을 읽으면서 또 내가

갖지 못한 그들의 장점에 감탄하고 그들을 부러워한다. 면식이 있거나 없거나, 하여튼 나의 문학적 동료들의 그 글들이 없었더라면 나는 '자뻑'의 수렁에서 혼자 미쳐갔을 것이다. 민족문학연구소의 연구원들, 김재용 소장님, 모순영 국장, 문학수첩 편집위원들, 수많은 서울의 밤을 화려하고 따뜻하게 함께해주었던 나의 현지처 날양과 그 패밀리들, 나의 유머 컨설턴트 깐죽대마왕, 이 책에 실린 글들은 그들과 함께 보낸 한 시절 동안 쓰여졌다. 그러니 어찌 이 글들을 혼자 썼다고 할 수 있으랴.

실천문학과는 이래저래 인연이 깊다. 그 인연에 감사한다.

타인을 읽는 슬픔

2008년 11월 24일 초판 1쇄 찍음
2008년 11월 28일 초판 1쇄 펴냄

지은이 | 서영인
펴낸이 | 김영현
기획실장 | 손택수
편집 | 김혜선, 진원지
디자인 | 이선화
관리 · 영업 | 김경배, 이용희

펴낸곳 | (주)실천문학
등록 | 10-1221호(1995.10.26.)
주소 | (121-820) 서울시 마포구 망원1동 377-1 601호
전화 | 322-2161~5   팩스 | 322-2166
홈페이지 | www.silcheon.com

ⓒ서영인, 2008

ISBN 978-89-392-0607-6 93810

* 이 책은 2007년 한국문화예술위원회의 문예진흥기금을 받았습니다.